U0128477

纸醉金迷 上

张恨水 著

zhanghenshui zhu

远方出版社

图书在版编目(CIP)数据

纸醉金迷 / 张恨水著. --呼和浩特：远方出版社，2017.12

（张恨水经典作品集）

ISBN 978-7-5555-1005-5

Ⅰ.①纸… Ⅱ.①张… Ⅲ.①长篇小说-中国-现代 Ⅳ.①I246.5

中国版本图书馆 CIP 数据核字(2017)第 304036 号

纸醉金迷

ZHI ZUI JIN MI

作　　者　张恨水
责任编辑　云高娃　武舒波
责任校对　云高娃　武舒波
封面设计　仙　境
版式设计　王志利
出版发行　远方出版社
社　　址　呼和浩特市乌兰察布东路 666 号　邮编 010010
电　　话　(0471)2236471 总编室　2236460 发行部
经　　销　新华书店
印　　刷　北京市燕鑫印刷有限公司
开　　本　170mm×240mm　1/16
字　　数　650 千
印　　张　33.5
版　　次　2017 年 12 月第 1 版
印　　次　2018 年 4 月第 1 次印刷
印　　数　1—5 000 册
标准书号　ISBN 978-7-5555-1005-5
定　　价　68.00 元(全二册)

导　读

张恨水，生于1895年，安徽省潜山县人。著名章回体小说家，也是“鸳鸯蝴蝶派”的代表作家，被尊称为现代文学史上的“章回小说大家”和“通俗文学大师”第一人。张恨水生于晚清时期，但他的成书风格并不像清朝守旧文人那样引经据典、晦涩难懂，而是老少咸宜、雅俗共赏。他的作品情节曲折复杂，结构布局严谨完整，人物刻画细致入微，文字浅显，口语自然。他以报纸连载为主，发表过多部反响热烈的长篇小说，如《金粉世家》《啼笑因缘》《纸醉金迷》等。他将中国传统的章回小说与西洋小说的新技法融为一体，极受大众欢迎，当时有的读者为了尽快看到后续的故事情节，经常迫不及待地到报社门口等着新报出售。张恨水小说的魅力之大，由此可见一斑。

《纸醉金迷》是张恨水后期最具影响力的代表作，它讲述了抗日战争胜利前夕的重庆，聚集着一批沉迷于灯红酒绿、怀着一夜暴富梦想的人们：投机商人、银行家、交际花、公务员、女仆，甚至苦力工人，他们都迷失在倒卖黄金、炒作债券的金融旋涡中……在全民投机的社会背景下，人性扭曲，纲常混乱，感情、肉体、交际，无一不是投机和赌博的砝码……

小说以公务员魏氏夫妇由同居到反目为线索，以众多人物抢购黄金储蓄券发财为契机，展开了纷繁复杂的故事。

男主人公魏端本在战乱时被迫抛下家眷，随逃难人潮撤往重庆，路上偶遇小他6岁的美丽少女田佩芝，两人随之相恋，同居在重庆的吊角楼中并育有一对儿女。老实本分的魏端本供职于某政府机关，以微薄的工资支撑着这个小家；而田佩芝虽然身为人母，但是她生性虚荣、好吃懒做，难耐贫苦枯燥的生活并渐渐迷上了赌博。起初，她在邻居陶伯笙家小赌，输赢不大。后来，她在牌局上结识了富有的胡太太和投机商人范宝华，跟着胡太太接触到了更大的赌局，有一次竟然连丈夫的20万公款也输掉了。为了填补亏空，她不惜偷窃范宝华的财物。范宝华以此为要挟,逼迫她做自己的秘密情人。田佩芝的畸形生活由此展开。

经由范宝华介绍,田佩芝攀上了有权有势的洪五爷和专门培养交际花来赚钱的朱四奶奶。这时,魏端本因为一件买卖黄金的贪污案而被捕入狱,田佩芝借此与其分手,公然参加赌局并与各种有钱人结识交往。由于嗜赌成性,她负债累累,于是铤而走险,再次行窃,偷走了洪五爷的黄金储蓄券。事情暴露后,她走投无路,只得投靠朱四奶奶,最终沦为交际花,在朱四奶奶的控制下出卖色相,四处骗取有钱男人的钱财,从而一步步走向深渊……

而陷入倒卖、投机黄金风潮中的范宝华,因为黑市金价一涨再涨,为了买进更多的黄金,他倾囊而出,将自己能募集的一切资金都投到黄金买卖上,并疯狂地向各大银行贷款。不料天不遂人愿,由于抗战即将胜利,财政部宣布黄金债券一律减半兑现,范宝华因此一夜破产,并欠下巨额债务。像范宝华一类的投机商可谓不计其数,不论是小市民还是大商人,发财梦终成一场泡影。

抗战胜利后,各个地区的关卡纷纷开放,外地货物大量涌入,物价不再高居不下。趁着战乱囤积货物而大发其财的投机商,倒闭的倒闭,破产的破产。朱四奶奶便是其中之一,她因承受不住打击而自杀了。田佩芝由此失去了落脚之地,但她毫不悔改,继续沉沦赌海,穿梭于各种男人之间,以肉体作为赌资的筹码,彻底堕落。

魏端本出狱后,成了卖报小贩,艰难度日,后来更带着一对儿女沦为街头卖唱艺人。全国解放后,他看透一切,带领儿女离开了让人迷失的重庆,回到乡下过着平凡的生活。

小说传神地刻画了各个阶层的人们想靠买金发财的众生相,揭露了人类性格弱点中无比贪婪的劣根性,展现了一个追逐金钱的疯狂世界,即便抗日战争还在进行之中,即便国难当头之时,依然无法阻挡人们对于“黄金梦”的热烈渴求。小说中想靠投机、赌博发财的人们,最终都以倾家荡产、妻离子散的悲剧收场。张恨水洞悉社会人性,以各式人物的悲哀来写当时中国的悲哀,极具讽刺意味,给世人以莫大警醒。

目录

上　册

第一部分　纸醉金迷

001　重庆一角大梁子　3

002　吊脚楼上两家庭　10

003　回家后的刺激　17

004　乘兴而来败兴回　24

005　输家心理上的逆袭　31

006　一切是撩拨　39

007　买金子买金子　46

008　半夜奔波　53

009　排　队　60

010　半日工夫　67

011　皮包的喜剧　74

012　起了酸素作用　81

013　物伤其类　88

014　一场惨败　96

015　铸成大错　103

016　杯酒论黄金　110

017　两位银行经理　118

018　再接再厉　125

上 册

第二部分 一夕殷勤

001 成就了一笔生意 135
002 安排下钓饵 142
003 入了陷笼 149
004 心 病 156
005 两个跑腿的 164
006 巨商的手法 172
007 大家都疯魔了 179
008 如愿以偿 186
009 一夕殷勤 193
010 乐不可支 200
011 极度兴奋以后 207
012 一张支票 214
013 谦恭下士 221
014 忍耐心情 228
015 破家之始 235
016 胜利之夜 242
017 弃旧迎新 249
018 挤 兑 256

上　册

第一部分　纸醉金迷

远方经典阅读·张恨水作品集

001　重庆一角大梁子

民国三十四年春季，黔南反攻成功。接着盟军在菲律宾的逐步进展，使大家都相信“最后胜利必属于我”这句话百分之百可以兑现。本来这张支票，已是在七年前所开的，反正是认为一张画饼，于今兑现有期了，那份儿乐观，比初接这张支票时候的忧疑心情，不知道相距几千万里，大后方是充满了一番喜气。但人心不同，各如其面，也有人在报上看到胜利消息频来，反是增加几分不快的。最显明的例子，就是游击商人。在重庆，游击商人各以类分，也各有各的交易场所。比如百货商人的交易场所就在大梁子。

大梁子原本是在长江北岸最高地势所在的一条街道。几次大轰炸，把高大楼房扫为瓦砾堆。事后商人将砖砌着高不过丈二的墙，上面盖着平顶，每座店面都像个大土地堂，这样，马路显着宽了，屋子矮小的相连，倒反有些像北方荒野小县的模样。但表面如此，内容却极其紧张，每家店铺的主人，都因为计划着把他的货物抛出或买进而不安。理由是他们以阵地战和游击商比高下的，全靠做批发，一天捉摸不到行市，一天就可能损失几十万法币。

在这个地方，自也有大小商人之分。但大小商人，都免不了亲到交易所走一次。交易所以外的会外协商，多半是坐茶馆。小商人坐土茶馆，大商人坐下江馆子吃早点。

在大梁子正中，有家百龄餐厅，每日早上，都有几批游击百货商光顾。这日早上七点半钟，两个游击商人正围着半个方桌面，茶烟点心，一面享受，一面谈生意经。

上座的是个黄瘦子，但装饰得很整齐。他穿了花点子的薄呢西服，像他所梳的头发一样，光滑无痕，尖削的脸上，时时笑出不自然的愉快，高鼻子的下端，向里微钩，和他嘴里右角那粒金牙相配合，现出他那份生意经上的狡诈。旁座的是个矮胖子，穿着灰呢布中山服，满脸和满脖子的肥肉臃肿着，可想到他是没有在后方吃过平价米的，他将筷子夹了个牛肉包子在嘴里咬着，向瘦子道：“今天报上登着国军要由广西那里打通海口。倘若真是这样，外边的东西就可以进来了，我们要把稳一点。”

那瘦子嘴角里衔着烟卷，取来烟缸子在上弹弹灰，昂着头笑道：“我范宝华生在上海，中国走遍了，什么事情没有见过？就说这六七年，前方封锁线里钻来钻去，我们这边也好，敌人那方面也好，没有碰过钉子。打仗，还不是那么回事。把日本鬼子赶出去，那还不简单？老李，你看着，在四川，我们至少有三年生意好做。不过三年的工夫也很快，一晃就过去了。为了将来战事结束，我们得好好过个下半辈子，从今日起，我们要好好地抓他几个钱在手上，这倒是真的。我们不要信报上那些宣传，自己干自己的。”

老李道：“自然不去信他。但是你不信别人信；一听到好消息，大家就都抛出。越是这样越没有人敢要，一再看跌。就算我们手上这点存货蚀光了为止，我们可以不在乎，可是我们总要另找生财之道呀。于今物价这样飞涨，我每月家里的开销是八九上十万，不挣钱怎么办？你老兄更不用说了，自己就是大把子花钱。”

范宝华露着金牙笑了一笑，表示了一番得意的样子，因道：“我是糊里糊涂挣钱，糊里糊涂花钱。前天晚上赢了二十万，昨天晚上又输了三十万。”老李道：“老兄，我痴长两岁，我倒要奉劝你两句，打打麻将，消遣消遣，那无所谓。唆哈[①]这玩意，你还是少来好，那是个强盗赌。”

范宝华又点了一支纸烟吸着，微摇了两摇头道：“不要紧，赌唆哈，我有把握。”老李听了这话，把双肉泡眼眯着笑了起来。放下夹点心的筷子，将一只肥胖的右巴掌掩了半边嘴唇，低声笑道：“你还说有把握呢，那位袁三小姐的事，不是我们几位老朋友和你调解你就下不了台。”范宝华道：“这也是你们朋友的意思呀，说是我老范没有家眷，是一匹野马，要在重庆弄位抗战夫人才好。好吧，我就这样办。嗐！”说到这里，他叹了口气，改操着川语道：“硬是让她整了我一下。你碰到过她没有？”老李笑道：“你倒是还惦记她呢。”范宝华道：“究竟我们同居了两年多。”正说到这里，他突然站起身来，将手招着道，“老陶老陶，我们在这里。”

老李回头看时，走来一位瘦得像猴子似的中年汉子，穿了套半旧的灰呢西服，肋下夹了个大皮包，笑嘻嘻地走了来。他的人像猴子，脸也像猴子，尤其是额头前面，像画家画山似的一列列地横写了许多皱纹。

老李迎着也站起来让座。范宝华道：“我来介绍介绍，这是陶伯笙先生，

① 唆哈：扑克游戏中的一种。

这是李步祥先生。”陶伯笙坐下来笑道：“范兄，我一猜就猜中，你一定在大梁子赶早市。我还怕来晚了，你又走了。”范宝华道：“大概九点钟，市场上才有确切消息。先坐一会儿吧，要吃些什么点心？”

茶房过来，添上了杯筷。他拿起筷子，指着桌上的点心碟子道：“这不都是吗？我不是为了吃点心而来。我有件急事，非找你商量一下不可。”范宝华笑道：“又要我凑一脚？昨天输三十万了，虽然钱不值钱，数目字大起来，也有点伤脑筋。”

陶伯笙喝着茶吃着点心，态度是很从容的。他放下筷子，手上拿了一只桶式的茶杯，只管转着看上面的花纹，然后将茶杯放在桌上，把手按住杯口，使了一下劲，做个坚决表示的样子，然后笑道：“大家都说胜利越来越近了，也许明年这个时候我们就回到南京了。无论如何，由现在打算起，应该想起办法，积攒几个盘缠钱。要不然，两手空空怎么回家？”范宝华道：“那么，你是想做一笔生意？我早就劝过你了，找一笔生意做。你预备的是走哪一条路？”

陶伯笙额头上的皱纹闪动了几下，把尖腮上的那张嘴笑着咧到腮帮子上去，点了头道：“这笔生意，十拿九稳赚钱。现在黄金看涨，已过了四万。官价黄金，还是二万元一两。我想在黄金上打一点主意。”范宝华对他看了一眼，似乎有点疑问的样子。

陶伯笙搭讪着把桌上的纸烟盒取到手，抽出一支来慢慢地点了火吸着。他脸上带了三分微笑，在这动作的犹豫期间，他已经把要答复的话拟好了稿子了。他喷出一口烟来道：“我知道范兄已经做有一批金子了。请问我当怎么做法？”范宝华哈哈一笑道：“老兄，尽管你在赌桌上是大手笔，你还吃不下这个大馍馍吧，黄金是二百两一克，买一块也是四百万。自然只要现货到手，马上就挣它四百万。可是这对本对利的生意，不是人人可以做到的。”

陶伯笙道：“这个我明白。我也不能那样糊涂，想吃这个大馍馍。你说的是期货，等印度飞来的金砖到了，就可兑现，自然是痛快。可是我只想小做，只要买点黄金储蓄券。多一点三十两二十两，少一点十两八两都可以。”范宝华道：“这很简单，你挤得出多少钱就去买多少得了。我还告诉你一点消息，要做黄金储蓄，就得赶快。一两个礼拜之内，就要加价，可能加到四万，那就是和黑市一样，没有利息可图了。”

陶伯笙看了李步祥一下，因道：“大家全不是外人，有话是不妨实说。我也就为了黄金官价快要涨，急于筹一笔钱来买。范兄，你路上虽得活动，你自己也要用，我不向你挪动。但是，我想打个六十万元的会。”范宝华不等他说完，抢着道：“那没有问题。不就是六万元一脚吗？我算一脚。”

陶伯笙笑道：“我知道你没有问题，除了你还要去找九个人呢。实在不大容易。我想，求佛求一尊。打算请你担保一下，让我去向人家借一笔款子。”范宝华两手同摇着笑道：“你绝对外行，如今借什么钱，都要超过大一分，借六十万，一个月要七八万元的利钱。黄金储蓄，是六个月兑现。六七四十二万，六个月，你得付五十万的子金。这还是说不打复利。若打起复利，你得付六十万的利息。要算挣个对本对利，那不是白忙了？”

那胖子李步祥原只听他两人说话。及至陶伯笙说出借钱买黄金的透顶外行话，也情不自禁地插嘴道：“那玩不得，太不合算了。”陶伯笙道：“我也知道不行，所以来向范兄请教。此外，还有个法子，我想出来邀场头，你总可以算一脚吧？”范宝华道：“这没有什么，我可以答应的。不过要想抽六十万头子，没有那样大的场面。而且还有一层，你自己不能来。你若是也加入，未必就赢。若是输了的话，你又算白干，那大可不必。”

陶伯笙偏着头想了一想，笑道：“自然是我不来。不过到了那个时候，朋友拉着我上场子，我要是说不来的话，那岂不抹了人家的面子？怎么样？李先生可以来凑一脚？”李步祥笑道：“我哪里够资格？我们这天天赶市场的人，就挣的是几个脚步钱。”

范宝华道：“提起了市场我们就说市场吧。老李，你到那边去看看，若是今天的情形有什么变动的话，立刻来给我一个信。我和老陶先谈谈。”

李步祥倒是很听他的指挥，立刻拿起椅子上的皮包就走出餐厅的大门。刚走到大门口，就听到有人在旁边叫道：“我一猜就猜着了，你们会在这里吃早点的。”他掉转头去看时，说话者就是刚才和范宝华谈的袁三小姐。

她穿着后方时新的翠绿色白点子雪花呢长袍，套着浅灰法兰绒大衣。头发是前面梳个螺旋堆，后面梳着六七条云丝纽。胭脂粉涂抹得瓜子脸上像画上的美女一样，画着两条初三四的月亮形眉毛。最摩登的，还是她嘴角上那粒红豆似的美人痣。看这个女人也不像是怎样厉害的人。倒不想她和范宝华变成了冤家。他匆遽之间，为她的装饰所动，有这点感想，也就没答复出什么话来，只笑着点了两点头。

袁小姐笑道：“哼！老范也在这里吧？”她说着，把肋下夹的皮包拿出来，在里面抽出一条小小的花绸手绢，在鼻子上轻轻抹了两下。李步祥又看到她十个手指头上的蔻丹，把指甲染得血一般的红。

她笑道："老李！你只管看我做什么？看我长得漂亮，打什么主意吗?"李步祥哎哟了一声，连说不敢不敢。

袁三小姐笑道："打我什么主意，谅你也不敢！我是问你，是不是打算和我做媒?"李步祥还是继续地说着不敢。

袁三小姐把手上的手绢提了一只角，将全条手绢展开，抖着向他拂了一下，笑道："阿木林，什么不敢不敢？实对你说，你要发上几千万元的财，也就什么都敢了。"老李笑道："三小姐开什么玩笑，你知道我是老实人。"

她笑道："哼！老实人里面挑出来的。哪个老实人能做游击商人？这也不去管他了。你是到百货市场去吧？托你一件事，给我买两管三花牌口红来。别害怕，不敲你的竹杠，我在百龄餐厅等着你。买来了，我就给你钱。"李步祥先笑道："袁小姐就是这一张嘴不饶人。东西买来了，我送到哪里去?"

袁三道："你没有听见吗？我在百龄餐厅等着你。你以为老范在那里我不便去。那没有关系，不是朋友，我们也是熟人。回头要来。"说着笑对了他招招手，她竟是大开了步子，走进餐厅里去。李步祥望着她的后影，摇了两摇头自言自语地道："这个女人了不得。"于是走上百货市场去。

这百货交易所在一幢不曾完全炸毁的民房里。这屋子前后共有四进，除了大门口，改为土地堂的小店面而外，里面第二第三两进屋子，拆了个空，倒像个风雨操场。这两进房子里挨着柱子，贴着墙，乱哄哄地摆下摊子。那些摊子上，有摆衬衫袜子的，有摆手绢的，有摆化妆品的，也有专摆肥皂的。夹着皮包的百货贩子四处乱钻，和守住摊子的人，站着就地交涉。全场人声哄哄，像是夏季黄昏时候扰乱了门角落里的蚊子群。

李步祥兜了两三处摊子，还没有接洽好生意，这就有个穿蓝布大褂的胖子光了头，搬一条板凳放在屋子中间。他这么一来，在市场上的游击商人立刻就围了上来。人围成了圈子以后，那胖子站在凳子上，在怀里掏出一本拍纸簿，在耳朵夹缝里取出一支铅笔。他捧着簿子看了看，伸了手叫道："新光衬衫九万。"只这一声，四处八方，人丛中有了反应："八万，八万五，八万二，两打，三打，一打。"同时，围着人群的头上，也乱伸了手。那胖子又在喊着："野猫牌毛巾一万二。"在这种呼应声中，陆续地有人走来，加进了那个拥挤的人圈，人的声音也就越发嘈杂了。

李步祥的意思，只是来观场，并不想买进货品，也就只站在人丛后面呆望了一阵。约莫有十来分钟，他把市场今日的行市大概摸得清楚了。却有人轻轻在肩上拍了一下，看时，正是那位邀赌的陶伯笙。便笑道："陶先生，你也有兴致来观观场吗？不买东西，在这里站着是无味的，声音吵得人发昏。”陶伯笙笑道：“那位袁三小姐又去找老范去了。我想坐在一处，他们或者不好说话，所以我就避开来了。”

李步祥笑道：“没有关系。我和他们混在一处两三年，什么不知道。这位袁三小姐是什么全不在乎的。不是你提起我倒忘怀了。她正叫我给她买两支口红呢。来吧，我们一同来给袁小姐看口红。”说着，转了两三个化妆品摊子，果然找到了两支三花牌口红。

李步祥一问价钱，那位摊贩子并没有开口说话，将蓝布衫的长袖子伸出来。当李步祥也伸过手去和他握着时，他另一只手，立刻取了一块白的粗布手巾，搭在两个人手上，也不知道他们两只手在布底下捏了些什么。那李步祥缩回手来，摊贩子立刻摇了两摇头道：“那不行，差远了。”李步祥笑着伸过手去两只手捏住，又把布盖着。他连问着：“可不可以?”于是两个人一面捏手，一面打着暗号，结果，李步祥缩回手来，掏出几千元钞票，就把口红买过来了。

陶伯笙跟着他走了几步，笑道：“为什么不明说，瞒着我吗?”李步祥道：“市场上就是这么一点规矩，明事暗做。其实什么东西，什么价钱，大家全知道。你非这样干，他不把你当内行，有什么法子呢。走吧，把东西送给袁三去。”

陶伯笙笑道：“你当了老范的面，送她这样精致的化妆品，恐怕不大妥当，老范那个人疑心很重。”李步祥笑道：“没关系，大家全是熟极了的人。”

他说着，向前走，一到餐厅门口，陶伯笙不见了。心想，这家伙倒是步步当心，是个机灵鬼，自己也不可太大意。于是缓着步子向里走，隔着餐厅玻璃门，先探头望了一下。那袁三和范宝华坐在原先的桌位上，谈笑自若。她倒是先看见了，抬起手来，连招了两下。

李步祥只好夹着皮包走了过去。看看范袁两人脸色，都极其自然，他便横头坐下来笑道：“刚才范兄还提到你的，不想你就来了。”袁三将眼睛向两人瞟了一眼，笑道：“那多谢你们惦记了。”李步祥道：“本来你和范兄是很好的。大家还可以……”袁三立刻把笑脸沉下来道：“老李，话不要说得太远了。过去的事提他干什么！我们都不过是朋友而已。朋友见面，坐坐茶馆何妨?”李步祥把脸腮上的胖肉拥起来，苦笑了一下。

袁三又笑道：“你自说是个老实人，说错了话我也不怪你。托你买的口红，你买了没有?”他便在口袋里掏出两支口红管子，放在桌上。袁三拿过去看了看装潢上的记号，又送到鼻子尖上闻了两下，点着头道："这是真的，你花了多少钱买的？"李步祥笑道："小意思，还问什么价钱。"袁三道："我敲竹杠要敲像老范一样的，敲就敲笔大的。你这个小小游击商人，经不起我一敲。多少钱买的？说！"

李步祥一想，这家伙真凶，和她客气不得，于是点了头笑道："袁小姐说的是，你就给五千块钱吧！我们买得便宜。"袁三道："两千五百元买不到一支口红，你说实话。"李步祥将肥脖子一缩，笑道："袁小姐真是厉害，市场上价目都晓得。我是七千元买的。"

袁三将朱漆的小皮包放在桌上打开，在里面抽出一叠钞票，拿了几张由桌面上向李步祥面前一丢，因笑道："你真是阿木林。北平人有句话，叫作窝囊废，你说对不对？"李步祥红着胖脸道："民国二十一二年，我混小差使在北平住过两年，这句话我懂得。那比上海人说的阿木林还要厉害一点。"袁三道："你看！要钱就要钱，白送就白送，少算两千块钱，那算怎么回事？"他笑道："我怕袁小姐嫌我买贵了。"她笑着叹了口气道："你真是一块废料。"说话时，还把手上拿的花绸手绢隔了桌面向他拂了几拂。李步祥心里十分不痛快，可是对了她还只有微笑。

袁三站了起来，将皮包夹在肋下，向范宝华道："你大概是不要我会东的了。"范宝华笑道："根本你也没有扰我，就只喝了半杯茶。"袁三道："胜利快来到了。大概一两年内，我们可以回上海。好孩子，好好地抓几个钱回家去养老婆儿女，别尽管赌唆哈。"她说着话时，手拿了皮包，将皮包角按住桌子，在地面悬起一只脚，将皮鞋尖在地面上点着，最后，说了两个字"再见"，扬着脖子挺了胸脯子就这样地走了。

范李怔怔地对望了一阵。还是范宝华笑道："这家伙越来越流，简直是个女混子。幸而她离开了我，若是现今还在一处，我要让她搜刮干了。"李步祥道："我在餐厅门口碰着她，是她先叫我的。她叫我到市场上去买口红。不知道什么缘故，我见着她就软了，她叫我买东西，我不敢不买，我想老兄不会见怪吧。"

范宝华也笑着叹口气道："你真是一块废料。这且不谈，今日市场情形怎么样？"李步祥道："还在看跌，市场上很少人进货，我们还是按兵不动的好。"范宝华将桌子一拍道："我还看情形三天，三天之内，还是继续看跌的话，我决计大大地变动一下，要干就痛痛快快地大干一阵，这样不死不活的也闷得很。我也不能让袁三小瞧了我。"

李步祥道："如果你有这个意思，我倒可以和你跑跑腿。那衡阳来的几个百货字号，当去年撤退的时候，他们把所有的东西都搬进来了，就是存着货不肯拿出来，预备挣钱又挣钱。现在国军打胜仗，眼见不久就要拿回桂柳，货留着不是办法，预备倒出来。你若买进一部分回来，赶快运到内地去卖，还是一笔好生意。"

范宝华笑道："你真是不行，大后方可做的生意多着呢，除了做百货，我们就没有第二条路子吗？你瞧着吧，这个礼拜以内，我要玩个大花样。老陶那家伙溜了，你到他家去找他一趟，让他到家里来找我。老李，你看我发财吧！"说着，打了一个哈哈。

002 吊脚楼上两家庭

范宝华是个有经验的游击商人，八年抗战，他就做了六年半的游击商，虽然也有时失败，但立刻改变花样，就可以把损失的资本捞回来。因之利上滚利，他于民国二十七年冬季，以二百元法币做本钱，他已滚到了五千万的资本。虽然这多年来，一贯地狂嫖浪赌，并不妨碍他生意的发展。

李步祥以一个小公务员改营游击商业，才只短短的两年历史，对范宝华是十分佩服的，而且很得他许多指导。见他这样大笑，料着他又有了游击妙术，便笑道："你怎样大大地干一番？我除了跑百货，别的货物我一点不在行，除此之外，现在以走哪一条路为宜呢？"

范宝华笑道："你不用问着我这手戏法吧，你去和我找找老陶，就说我有新办法就是了。若是今天上午能找到，就到我那里去吃中饭，否则晚上见面。今晚上我不出门，静等他。"李步祥道："我看他是个好赌的无业游民，他还有什么了不起的办法吗？"

范宝华道："你不可以小视了他，他不过手上没钱、调动不开，若是他有个五六百万在手上，他的办法，比我们多得多呢。"李步祥笑道："我是佩服你的，你这样地指挥我做，我就这样进行。这次你成了功，怎么帮我的忙？"

范宝华笑道："借给你二百万，三个月不要利钱。你有办法的话，照样可以发个小财。"他听了自是十分高兴，立刻夹了皮包，就向陶伯笙家来。

这陶伯笙住在临街的一幢店面楼房里，倒是四层楼。重庆的房子包括川东沿江的码头，那是世界上最奇怪的建筑。那种怪法，怪得川外人有些不相信。比如你由大街上去拜访朋友，你一脚跨进他的大门，那可能不是他家最低的一层，而是他的屋顶。你就由这屋顶的平台上，逐步下楼，走进他的家，所以住在地面的人家，他要出门，有时是要爬三四层楼。而大门外恰是一条大路，和他四层楼上的大门平行。

这是什么缘故？因为扬子江上溯入峡，两面全是山，而且是石头山。江边的城市无法将遍地的山头扒平，城郭街道房屋都随了地势高低上下建筑。街道在山上一层层地向上横列地堆叠着，街两旁的人家，就有一列背对山峰，也有一列背对了悬崖。背对山峰的，他的楼房靠着山向上起，碰巧遇到山上的第二条路，他的后门就由最高的楼栏外通到山上。这样的房子还不算稀奇，因为你不由他的后门进去，并不和川外的房屋有别的。背对了悬崖的房屋，这就凭着川人的巧思了。

悬崖不会是笔陡的，总也有斜坡。川人将这斜坡，用西北的梯田制，一层层地铲平若干尺，成了斜倒向上堆叠的大坡子。这大坡子小坦地，不一定顺序向上，尽可大间小，三间五，这样的层次排列。于是在这些小坦地上，立着砖砌的柱子，在下面铺好第一层楼板。那么，这层楼板必须和第二层坦地相接相平。第二层楼面就宽多了。于是在这一半楼面一半平地的所在，再立上柱子，接着盖第三层楼。直到最后那层楼和马路一般齐，这才算是正式房子的平地。在这里起，又必须再有两三层楼面才和街道上的房子相称，所以重庆的房子有五六层楼那是极普通的事。

可是这五六层楼，若和上海的房子相比，那又是个笑话。他们这楼房，最坚固的建筑也只有砖砌的四方柱子。所有的墙壁全是用木条子、双夹的漏缝钉着，外面糊上一层黄泥，再抹石灰。看去是极厚的墙，而一拳打一个窟窿。第二等的房子，不用砖柱，就用木柱。也不用假墙，将竹片编着篱笆，两面糊着泥灰，名字叫着夹壁。还有第三等的房子，那尤其是下江人闻所未闻。哪怕是两三层楼，全屋不用一根铁钉，甚至不用一根木柱。除了屋顶是几片薄瓦，全部器材是竹子与木板。大竹子做柱，小竹子做桁条，篦片代替了大小钉子，将屋架子捆住。壁也是竹片夹的，只糊一层薄黄泥而已。这有个名堂，叫"捆绑房子"。由悬崖下向上支起的屋子，屋上层才高出街面的，这叫吊楼：而捆绑房子，就照样地可以起吊楼。唯其如此，所以重庆的房子，普通市民是没有建筑上的享受的。

陶伯笙是个普通市民，他不能住超等房子，也就住的是一等市房的一幢吊楼。吊楼前面临街，在地面上的是一家小杂货铺。铺子后面，伸出崖外，一列两间吊楼。其中一间住了家眷；另一间是他的卧室，也是客厅，也是他家眷的餐厅，过年节又当了堂屋，可以祭祖祭神。这份儿挤窄，也就只有久惯山城生活的难民处之坦然。

李步祥经范宝华告诉了详细地点，站在小杂货店门口打量了一番，望着店堂里堆了些货篓子货架子，后面是黑黝黝的，怕是人家堆栈，倒不敢进去。就在这时，有个少妇由草纸堆山货篓子后面笑了出来，便闪开一边看着。

那少妇还不到三十岁，穿件半旧的红白鸳鸯格子绸夹袍，那袍子自肋以下有三个纽扣没扣，大衣襟飘飘然，脚下一步两声响，趿了双皮拖鞋。烫头发鸡窠似的堆了满头和满肩。不过姿色还不错，圆圆的脸，一双画眉眼，两道眉毛虽然浓重些，微微地弯着，也还不失一份秀气。她操着带中原口音的普通话，笑着出来道："下半天再说吧，有人请我听戏哩。今天该换换口味了。"她脸腮上虽没有抹胭脂粉，却是红晕满腮，她笑着露出两排白牙，很是美丽。

李步祥想着，这女人还挺漂亮，为什么这样随便。他正这样注意着，后面正是陶伯笙跟出来，他手上举了只手皮包，叫着道："魏太太你丢了重要的东西了。"她这才站住，接过皮包将手拍着道："空了，丢了也不要紧。不是皮包空了，我今天也不改变路线去听戏。这两次，我们都是惨败。"说着，摆头微笑，走到隔壁一家铺子里去了。

李步祥这才迎向前叫声陶先生。他笑道："你怎么一下工夫又到这里来了？请家里坐，请家里坐。"说着，把他由店堂里向后引，引到自己的客室里来。

李步祥一看，屋子里有张半旧的木架床，被褥都是半旧的。虽然都还铺叠得整齐，无如他的大皮包、报纸、衣服袜子，随处都是。屋子里有张三屉桌和四方桌，茶壶茶碗、书籍、大小玻璃瓶子、文具，没有秩序地乱放。在垃圾堆中，有两样比较精致些的，是两只瓷瓶，各插了一束鲜花，另外还有一架时钟。

这位陶先生出门，把身上的西服熨烫得平平整整，夹了个精致大皮包，好像家里很有点家产，可是住的屋子这样糟。这吊楼的楼板，并没有上漆，鞋底的泥代了油漆作用，浮面是一层潮黏黏的薄灰。走着这楼板，还是有点儿闪动。陶伯笙赶快由桌子下面拖出张方凳子来，上面还有些瓜子壳和水渍，他将巴掌一阵乱抹，然后拍着笑道："请坐请坐。"

李步祥看他桌上是个存货堆栈，也就不必客气了，把带来的皮包也放在桌上。虽然那张方凳子是陶伯笙用手揩抹过的，可是他坐了下去还觉得不怎么合适，那也不理会了，因笑道："我不是随便在门口经过的，是老范叫我来的。"陶伯笙道："刚才分手，立刻又请老兄来找我，难道又有什么特别要紧的事吗?"说着，在身上掏出一盒纸烟，抽了一支敬客。

李步祥站起来接烟时，裤子却被凳面子粘着，拉成了很长，回头看时，有一块软糖，半边粘在裤子上，半边还在凳面上，陶伯笙笑着哎呀了一声道："这些小孩子真是讨厌，不，也许是刚才魏太太丢下来的。"李步祥笑道："没关系，我这身衣服跟我在公路上跑来跑去，总有一万里路，那也很够本了。"他伸手把半截糖扒得干净。主人又在床面前另搬了张方凳子出来，请客坐下。

李步祥吸着烟，沉默了两三分钟，然后笑道："这件事，就是我也莫名其妙。老范坐在茶座上，突然把桌子一拍，说是三天之内要大干一番，而且说是一定要发财。我也不知道他这个财会怎样地发起来。他就叫我来约你去商量。想必他大干一番，要你去帮忙。"陶伯笙伸着手搔了几搔头，因道："要说做买卖，我也不是完全外行。但是要在老范面前，着实要打个折扣。他做生意，还用得着我吗?"

李步祥道："他这样着急地要我来约你，那一定有道理。他在家里等你吃午饭，你务必要到。"说着，就拿了皮包要走。陶伯笙说道："老兄今天初次光顾，我丝毫没有招待，实在是抱歉。"说着，将客送出了大门，还一直地表示歉意。

李步祥走了，陶伯笙站在店铺屋檐下，还不住地带着笑容。有人笑问道："陶先生，什么事这样得意？把客送走了，还笑容满面，这个胖子给你送笔财喜来了?"看时，又是那魏太太。她肋下夹着一本封面很美丽的书，似乎是新出版的小说；手上捏了个牛角尖纸包，里面是油炸花生米。陶伯笙答道："天下有多少送上门来的财喜？他说是老范叫他来约我的，要我上午就去。"魏太太道："那还不是要你去凑一脚。在什么地方?"陶伯笙道："不见得是约我凑脚。他向来是哪里有场面就在哪里加入，自己很少邀班子。而且我算不得硬脚，他邀班子也不会邀我。"

这时，有个穿藏青粗呢制服的人，很快地由街那边走过来，站住，皱了眉问魏太太道："怎么在大街上说赌钱的事。"魏太太钳了一粒花生米，放到嘴里咀嚼着，因道：“怎么着？街上不许谈吗？”她钳花生米吃的时候，忘了肋下，那本书扑的一声落在地上。她赶快弯腰去捡书。可是左手做事，那右手捏的牛角尖纸包就裂开了缝，漏出许多花生米。那男子站在旁边，说了两个字：“你看——”不想这引起魏太太的怒火，刷的一声，把那包花生米抛在地上，掉转身就走进杂货店隔壁的一家铺子去了。

陶伯笙笑道：“魏先生，端本老兄，你这不是找钉子碰吗？你怎么可以在大街上质问太太？”魏端本脸上透着三分尴尬，苦笑了道：“我这是好意地劝告，也不算是质问啦。”陶伯笙笑道：“赶快回家道歉吧。要不然，怪罪下来，你可吃不消。”魏端本微笑着，走回他的家。

他的家也是在一幢吊楼上，前面是一家冷酒店。他们家比陶家宽裕，拥有两间半屋子。一间是小客室，也做堂屋与餐厅，有一张方桌子、一张三屉桌和几只木椅子和藤椅子，但是这样屋子也就满了；另一间是他夫妇的卧室；此外半间，算是屋外的一截小巷，家里雇的老妈子，弄了张竹板床，就睡在那里。

魏先生放缓了脚步，悄悄地走进了卧室，却见太太倒在床上，捧了那本新买的小说在看。两只拖鞋，一只在地板上，一只在床沿上。太太光了两只脚悬在床沿外，不断地来回晃着。魏先生走进房，站着呆一呆，但魏太太并不理他，还是晃着脚看着书。

魏先生在靠窗户的桌子边坐下。这里有张半旧的五屉柜，也就当了魏太太的梳妆台。这上面也有茶壶茶杯，魏先生提起茶壶想向杯子里斟茶，不想这茶壶里却是空的，因道：“怎么搞的？这一上午，连茶壶里的茶都没有预备？”那魏太太依然看她的书，对他还是不理会。

魏端本偷看太太的脸子，很有点怒色，便缓缓地走到床面前，又缓缓地在床沿上坐下，因带了笑道：“我就是这样说一声，你又生气了吗？”说着，伸出手去，正要抚摸太太悬在床沿上的大腿。不料她一个鲤鱼打挺，突然坐了起来，把手将魏端本身上一推，沉着脸道：“给我滚开些！”

魏端本猛不提防，身子向旁边歪过去，碰在竹片夹壁上，墙皮掉落一大块石灰。他也就生气了，站在床面前道：“为什么这样凶？我刚刚下办公厅回来，没有吃，没有喝，没有休息。你不问一声罢了，反而生我的气。”魏太太道：“没吃没喝，活该！你没有本领养家糊口，住在这手推得倒的破吊楼上。我一辈子没有受过这份罪。你有本领，不会雇上听差老妈子，伺候你的吃你的喝？”

魏端本道：“我没有本领？你又有什么本领，就是打唆哈。同事的家眷，谁不是同吃着辛苦，度这国难生活？有几个人像你这样赌疯的。”魏太太使劲对丈夫脸上啐了一声，竖着眉毛道：“你也配比人家吗？你这个骗子。”说着索性把手指着魏先生的脸。

魏先生最怕太太骂他骗子，每在骂骗子之后，有许多不能答复的问题。他立刻掉转身来道：“我不和你吵，我还要去写信呢。”他说着，就走到隔壁那间屋子里去。魏太太却是不肯把这事结束，趿拉着皮拖鞋，也追了过来。见魏先生坐在那三屉桌边，正扯开抽屉取出信纸信封。魏太太抢上前，一把将信纸按住，横着眼道：“那不行！你得交代清楚明白，为什么当了朋友的面，在马路上侮辱我？”

魏端本道：“我怎么会是侮辱你。夫妻之间，一句忠告都不能进吗？你一位青春少妇，站在马路上谈赌博，这是应当的吗？”魏太太那只手还放在桌上，这就将桌子一拍，喝道：“赌博？你不能干涉我赌钱，青春少妇？你知道‘青春’两个字就好乘人之危，在逃难的时候用欺骗的手腕害了我的终身。我要到法院去告你重婚。我一个名门小姐，要当小老婆，也不当你魏端本的小老婆，我让你冤苦了……”说着，也不再拍桌子了，坐到旁边椅子上，两手环抱伏在桌子上，头枕了手臂，放声大哭，而且哭得十分惨厉，那泪珠像抛沙一般，由手臂滚到桌面上去。

魏端本发了闷坐在破旧的藤椅子上，望了太太，很想辩驳两句，可是没有那股勇气。想安慰她两句吧，可是今天这件事，自己是百分之百地有理。难道在这种情形下，自己反要向她去道歉吗？于是只有继续地不作声，在制服口袋里摸出一盒纸烟，自己取了支烟，缓缓地擦了火柴来点着。

魏太太哭了一阵，昂起头来，自用手绢抹着眼泪，因向魏端本道：“今天我和你提出两个条件：第一，你得登报宣布，和你家里的黄脸婆子早已离婚。我们要重新举行结婚仪式。第二，干脆我们离婚。”魏端本道：“平常口角，很算不了一回事，何必把问题弄得这样严重？”

魏太太将头一摆道：“那不行。现在的时局好转，胜利就在今明年。明年回到了南京，交通便利，你那黄脸婆子来了，你让我的脸向哪里摆？这件事情，刻不容缓，你非办不可。”魏端本道：“你这是强人所难。离婚要双方签字才能有效。我一个人登报，有什么用处？”

魏太太道：“强人所难？你没有想到当年逃难到贵阳的时候，你逼着我和你一路到重庆来，书不念了，家庭也从此脱离了关系，那不是强人所难吗？我怎么都接受了，那个时候，你为什么不说你家里有老婆？”魏端本道：“六七年的旧账，你何必去清算？这七年以来，我没有亏待你。而且那时候，在贵阳的朋友也把我的家事告诉了你的。事后你问我，我都承认了，我并没有欺骗你。”

她道：“事后？事后才告诉我。可是我的贞操，已经让你破坏了。漫说我是旧家庭出身，就算我是新家庭的产儿，一个女孩子的贞操，让人破坏了，也是不可补偿的损失。那时，我年轻，没有主意，虽是你朋友告诉了我你是个骗子，可是我也只好将错就错。现在没有什么话说，你赔偿我的贞操，还我一个处女的身份。不然的话，我到法院里去告你诱拐重婚。你这种狼心狗肺的人，不给你厉害，你不知道好歹。”

魏端本将吸的烟向桌下瓦痰盂子里一丢，红着脸道：“你的贞操，是我破坏的吗?”魏太太听了这话，先是脸上一红，随后脸色惨然作变，最后脸腮向下沉着，两道眉毛竖了起来，看到桌子面前有只茶杯，猛地拿起茶杯来对了魏端本迎面砸了过去。

魏先生在她拿起茶杯来时，根据以往的经验，已予以严密的防范。她一举手，他立刻将身子一偏，茶杯飞了过来，没有砸着他的脸，却砸在他的肩膀上。茶杯里还有些剩茶，随着杯子翻过来，淋了魏先生一身。杯子滚到地板上，就呛啷一声碎成了几片。魏先生这实在不能不生气了，瞪着眼望了她道：“好——你又动手!”魏太太坐在对面椅子上，又哇的一声哭了。

魏先生对于太太有三件事，非屈服不可。其一是太太化妆之后，觉得比任何同事的太太还要漂亮。这时出于衷心的喜悦，太太要什么给什么。第二是太太生气的时候，也不能不屈服。当初和太太结合的时候，太太是十九岁，兀自带着三分小孩儿脾气，一点儿事就着恼，也不免有些撒娇成分，魏先生总是将就着。偶然有两次不将就，太太可就恼怒得更厉害。念着她年轻，还是让步吧。这么一来，成了习惯，太太一生气，魏先生就软了半截。第三是太太哭的时候，叫人有话说不进去，动手打架，更是不忍，也只有屈服。而且不屈服的话，太太就要算旧账、闹离婚。几次也就决定离婚了，可是怕她要巨额的赡养费。尤其是两个小孩子一个四岁，一个两岁半，将会陷入悲惨的境界。再说，太太实在也很漂亮，失去了这样的太太，一个抗战期间的小公务员，哪里找去？在这几种情形之下，他对太太已丝毫没有反抗的能力。

现在太太又在哭了，纵然泼了身上衣服一片水渍，可丝毫没有受伤，茶杯那一砸，也就不必计较。回想对太太所说的话，实在也太严重了。关于太太贞操的问题，这是个谜。向来微漏口风、提出质问，必是一场恶劣的斗争，积威之下，过去的事，本来也不愿提，这时因为太太自己提了出来，落得反击一下。不想她依然强硬非常。打算战胜她的话，只有答应离婚。反正她知道小公务员是穷的，不会要多少钱。若说她会闹到上司那里去，或者在报上登启事，反正这一碗公务员的饭，也没有什么可以留恋的，实在不能忍受了。除了言语咄咄逼人，她还动手打人。有家庭的乐处，实在抵不了没家庭的苦处。立刻之间，他心里有了急遽的变化。呆站着了一会儿，看到太太还在呜呜咽咽地哭，他就坐了下来，取出纸烟来吸着。

把这支纸烟吸完了，对付太太的主意也有个八成完成。觉得拆散了也好，否则，将来胜利回家，更有一番惊天动地的大交涉。正自这样想着，女佣工杨嫂带着两个孩子回来了，手上抱着一个，身后跟着一个。抱着的那个两岁半的男孩子，手上拿了半个烧饼，老远地叫着道："爸爸，烧饼。"他不由得笑了，点头道："好孩子。你吃吧。"在他这一笑之中，立刻想到，离不得婚，孩子要受罪呀。

003　回家后的刺激

魏太太很知道她丈夫是一种什么性格，见他对孩子笑着说出了和软的话，尤其料到他是不会强硬的，便掏起这件旧袖子的衣襟，擦着脸上的泪痕。杨嫂看到就把自己衣袋里一条白手绢送了过来，因道："你为啥子又和先生割孽（川语：冲突或极端不和之谓）吗？这里有块帕子。"魏太太将手帕拿着一摔道："用不着。我身上穿的衣服，还不如抹桌布呢。"

魏端本看太太这个样子，气还是很大，往常杨嫂做饭，不是将孩子交给太太，就是交给主人。这样子，太太是不会带孩子的。自己若去带孩子，也就太示弱了。没人带孩子，这顿午饭休想吃，便到卧室里拿着皮包戴上帽子，悄悄地走出去。

当他由这屋门口经过的时候，魏太太就看到了，因叫着道："姓魏的，你逃走不行，你得把话交代明白了。"魏端本一面走着，一面道："我有什么可交代的？我躲开你还不行吗？"而且说到最后一句，他脚步加快，立刻就走远了。

魏太太追到房门口，将手撑着门框，骂道：“魏端本，你有本领走，看你走到哪里去？你从此不回来，才算是你的本事。”杨嫂道：“太太，不要吼了。先生走了，你就可以么台了（完事也）。我给你买回来了，好贵哟。”说着，她在衣襟下面摸出两枚广柑来。

这东西是四川特等产品，上海人叫作花旗橘子，而且色香味，比花旗橘子都好。民国二十六年抗战初期入川的下江人，都为了满街可买到的广柑而吃惊，那时间的广柑，一元可以买到三百枚。大家真没想到中国土产比美国货又好又便宜，同时也奇怪着，为什么就没有人把这东西贩到下江去卖？因之到了四川的外省人大家都欢喜去吃川橘和广柑。广柑也就随人的嗜好普遍和物价指数的上升，在三十四年的春季，曾卖到一千元一枚。

魏太太吃这广柑的时候，是三十四年的春季，还没有到十分缺货的时候，也就五百元一枚了。她拿着广柑在鼻子尖上嗅了一下，笑道：“还不坏。”将一枚放桌上，取一枚在手，就站了剥着吃。小孩子在吃烧饼，却不理会。大孩子站在老妈子身后，将一个食指送到嘴里去吮着，两只小眼滴溜溜地望了母亲。

魏太太吃着还剩半边的广柑，就塞到大孩子手上，因道：“拿去拿去，你和你那混蛋的老子一样，看不得我吃一点东西。”说着，又剥那一个广柑吃。杨嫂道：“时候不早了，我们该烧饭了。太太，你带孩子，要不要得？”她摇头道：“我才不带呢。不是这两个小东西，我才自由得多呢。”

杨嫂道：“先生回来吃饭，郎个做（怎么办）？”魏太太道：“他才不回来呢，我也不想吃什么，到斜对面“三六九”去（重庆下江面馆，市招一律为“三六九”，故“三六九”成为上海面店之代名词）下四碗面来。我吃一碗，你带小孩共吃三碗，总够了。我那碗，要排骨的。我要双浇，来两块排骨，炸得熟点儿，你们吃什么面，我就不管了。管他呢，落得省事。把这家管好了，也没意思，住在这店铺后面的吊楼上像坐牢无二。”

这位杨嫂，和魏先生一样，她是很怕这位太太的，不过魏太太手头很松，用钱向来没有问过账目，有着这样的主人，每月有工资四五倍的进账，在太太发脾气的时候也就忍耐一点了。太太这样说着话，似乎脾气又要上来。她于是抱着一个孩子，牵着一个孩子，因道：“走，我们端面来吃。”

魏太太对于女佣工是不是去端面倒并不介意，且自把这个五百元一枚的广柑吃完了。想起刚才看的那本小说，开头描写爱情的那段就很有趣味。这书到底写些什么故事，却是急于要知道的，于是回了房去，又睡到床上，将书捧着看。

也不知经过了多少时候，杨嫂站在屋里道："太太，你还不起来吃面，面放在桌上都快要凉了。"她只是哼了一声，依然在看书。这杨嫂随了她将近三年，也很知道她一点脾气。这就端了那碗面送到她面前来，笑道："'三六九'的老板和我们都很熟了，你看看这两块排骨，硬是大得很。"魏太太把眼光由书本上瞟到面碗上来，果然那两块排骨有巴掌那么大。同时，也真觉得肚子里有点饿。一个翻身坐了起来，先将两个指头钳了一块排骨送到嘴里咀嚼着，笑道："味儿很好。"杨嫂于是把面碗放到桌上笑道："那么，太太你就快来吃吧。"魏太太被这块排骨勾引起食欲来了，立刻随着那面碗来到了桌旁，五分钟后，她就把那碗面吃完了。她那本小说，是带在手边的，于是继续地翻着看。

杨嫂进来拿碗问道："太太，你不洗把脸吗?"她道："把冷手巾拿过来，我擦把脸就是。"杨嫂道："你不是要去看戏吗?"她将手按着书昂头想了一想，便点头道："好的，我去看戏。魏端本他不要这家，我田佩芝也不要这个家，你给我打盆热水来。"杨嫂笑道："水早已打来了。"说着，向那五屉柜上一指。魏太太一拍书本，站了起来道："不看书了，出去散散闷。"说着，便把放倒了的镜子在五屉柜上支起来，在抽屉里搬出了一部分化妆品，连同桌面上的小瓶儿小盒儿一齐使用着。

三十分钟工夫，她理清了头发，抹上了油，脸上抹匀了脂粉，将床里边壁上挂的一件花绸袍子换过，摸起枕头下的皮包，正待出门，因走路响声不同，低头看去，还是趿拉着拖鞋呢。自己笑骂着道："我这是怎么着了，有点儿魂不守舍。"说着，自在床褥子下摸出长筒丝袜子来穿了。

可是再看看那床底下的皮鞋，却只有一只，弯着腰，把魏端本留在家里的手杖向床底下掏了一阵，也还是没有。因为屋子小，放不下的破旧东西多半是塞到床底下去的，大小篮子、破手提皮箱、破棉絮卷儿，什么都有。她想把这些东西全拖出来再行清理，一来是太吃力，二来是灰尘很重，刚是化妆换了衣服，若弄了一身的灰尘，势必重新化妆一次，那就更费事了。她这样地踌躇着，坐在床沿上，只是出神，最后只好叫着杨嫂了。

杨嫂进来了，看到太太穿了丝袜子却是趿拉着拖鞋，一只皮鞋扔在屋子中间地板上，这就让杨嫂明白了。杨嫂笑道："那一只皮鞋在五斗柜抽斗里，太太，你忘记了吗?"她道："怎么会把皮鞋弄到抽斗里面去了呢?"

杨嫂笑道："昨晚上你把皮鞋拿起来要打小弟弟，小弟弟刚是打开抽斗来要，你那只鞋子就丢在抽斗里面了。”她说着，把五斗柜最下一层抽斗拉开，那只皮鞋底儿朝天正是在那抽斗中间。魏太太笑道：“我就没有向那老远地想，想到昨天晚上去。拿来我穿吧。”

杨嫂将鞋子送过去，她是赶快地两脚蹬着，及到站起来要走，觉得鞋子怪夹人。杨嫂笑道：“鞋子穿反了哟。”魏太太笑道：“真糟糕，我是越来越错。”于是复坐下来，把鞋子穿顺，拿起手皮包，正待要走，这倒让她记起一件事来，因而问杨嫂道：“我两个孩子呢？”她笑道：“不生关系，他们在隔壁屋子里吃面。”

魏太太含着笑，轻放了脚步，慢慢儿地走出去了。她惯例是这样子的，出去的时候，怕让两个小孩子看见，及至出了大门，她也就把小孩子们忘记了。小孩子被她遗弃惯了，倒也不感觉得什么痛苦，杨嫂带着他们到邻居家玩玩、街上走走，混混就是一天。倒是在办公厅里的魏端本，有时会想起这两个孩子。今天和太太口角一番，负气走出去，没有在家吃午饭，他想到太太是向来不屈服的，料想也未必在家。两个孩子，不知吃了午饭没有？他有了这份想头，再也不忍和太太闹脾气了，公事完毕，赶快地就向家里走。

到了家门口，已是满街亮着电灯的时候。冷酒铺子正在上座，每副座头上都坐着有人，谈话的声音闹哄哄的。他心里本就有几分不快，走到这冷酒店门口，立刻发生着一个感想：当公务员，以前说是做官，做官那还了得，谁不羡慕？于今做官的人，连住家的地方都没有，只是住在冷酒铺子后面，这也就难怪做小姐出身的太太始终是不痛快。

他怀着一分惭愧的心情走回家去。那个做客厅的屋子，门是半掩着，卧房呢，门就倒锁着了。向隔壁小房子里张望一下，见杨嫂带了两个孩子睡在床铺上。巷子口上，有盏没有磁罩子的电灯，是照着整个长巷。长巷另一头，是土灶水缸小木板用棍子撑着的条桌，算是厨房。灶是冷冰冰的，条板上的砧板菜刀很安静地睡在那里，菜碗饭碗覆在条板上堆叠着，碗底朝天。他便自叹了一声道：“不像人家，成天不举火。”

这话把睡在床上的杨嫂惊醒，坐起来道：“先生转来了。钥匙在我这里，要不要开房门？”魏端本道：“你把钥匙交给我，你开始做饭吧。”杨嫂将钥匙交过来，答道：“就是吗，两个娃儿都困着了，正好烧饭。没的菜喀。”魏端本道：“中午你们怎样吃的？”杨嫂道：“在‘三六九’端面来吃的，没有烧火。”魏端本道：“我猜着一点没有错。钥匙还是交给你，请你看家看孩子带烧饭，我去买点菜。油盐有没有？”杨嫂道：“盐倒有，没有油。割得到肉的话，割半斤肥肉转来，可以当油，也可以烧菜。”魏端本道：“就是那么说。”于是将帽子、公事皮包一齐交给了杨嫂，自己出去买菜。

这地方到菜市还不远，没有考虑地走去。到了那里，只有木栅栏上挂了几盏三角菜油灯，各放出四五寸长的火焰，照见几个小贩子，坐在矮凳子上算账，高板凳堆着大小钞票。菜市里面的大场面，是黑洞洞的。这面前有七八副肉案，也都空着。只有一副肉案的半空上挂着两小串肉，带半边猪头。

叫一声买肉，没有人答应。旁边算账的小贩代答道：“卖肉的吃夜宵去了，不卖了。”魏端本说了许多好话，请他们代卖半斤肥肉，并告诉他们自己是个穷公务员，下班晚了。有个年老的贩子站起来道：“看你先生这样子，硬是在机关里做事的，我割半斤肥肉你转去当油又当菜吃。你若是做生意的，我就不招闲（不管），怕你不会去下馆子。”说着，真的拿起案子上的尖刀，在挂钩上割下一块肥肉，向案上一扔道：“拿去，就算半斤，准多不少，没的称的。”

魏端本看那块肉，大概有半斤，不敢计较，照半斤付了钱，因而道：“老板，菜市里还买得到小菜吗？”老贩子摇摇头道：“啥子都没的。”魏端本道：“这半斤肥肉，怎么个吃法？”老贩子道：“你为啥子早不买菜？”魏端本道：“我一早办公去了，家里太太生病，还带三个孩子呢，已经饿一天了，谁来买菜？而且我不在家，也没有钱买菜。我今天不回家，他们还得饿到明天。”老贩子点点头道：“当公务员的人，现在真是没的啥子意思。你们下江人在重庆做生意，哪个不发财，你朗个不改行吗？我帮你个忙，替你去找找看，能找到啥子没的，你等一下。”说着，他径直走向那黑洞洞的菜场里面去了。

约莫六七分钟，他捧了一抱菜蔬出来，其中是三个大萝卜、两小棵青菜、半把菠菜、十来根葱蒜，笑道：“就是这些，拿去。”说着，全放在肉案板上。魏端本道：“老板，这怎么个算法，我应当给多少钱？”老贩子道：“把啥子钱，我也是一点同情心嘛！卖菜的人都走了，我是当强盗（川语谓小贼为强盗，而谓强盗为棒客或称老二）偷来的。”魏端本拱拱手道：“那怎样好意思哩？”老贩子道：“不生关系。他们也是剩下来的。你太婆儿（川语太太也）病在家里，快回去烧饭。抗战期间，做啥子官？作孽喀。”

魏端本真没想到得着人家下级社会这样的同情，连声地道谢，拿着杂菜和半斤猪肉走回家去。太太依然是没有回来。他把菜送到厨房里去。杨嫂正焖着饭，看了这些菜道：“哟！这是朗个吃法？”魏端本笑道：“那不很简单吗？先把肥肉炼好了油，萝卜青菜菠菜煮它个一锅烂。有的是葱蒜，开锅的时候，切些葱花蒜花，还有香气呢。闲着也是闲着，你洗菜，我来切。”

杨嫂也没有说什么，照着他的话办。看她那样子，也许有点不高兴，魏先生也就不说什么了。连肉和菜蔬都切过了，和杨嫂谈几句话，她也是有问就答，无问不理。她分明是极端表示着，站在太太一条线下。便也不多说话，回到外边屋子里，随手抽了本土纸本的杂志坐在昏黄的电灯下看，借等饭菜来到。

不到半小时，饭菜都来了，一只大瓦钵子，装了平价米的黄色饭，一只小的钵子，装了杂和菜。那切的白萝卜片上，铺着几片青菜叶儿，颜色倒很好看，尤其是那些新加入的蒜叶葱叶，香气喷人。他扶起筷子夹了几片萝卜放到嘴里咀嚼，半斤肥肉的做料，油腻颇重，因笑道：“这很不错，色香味俱佳。”杨嫂靠了房门站定，撇了嘴角微笑。

魏端本笑道：“你笑什么？我也不是生来就吃这个呀。这抗战的年头，多少人家破人亡，有这个东西吃，那也不大坏呀。”杨嫂道：“先生，你为啥子不做生意？当个经理，不比当科长科员好得多吗？现时在机关里做事，没的啥子意思喀。”

魏端本吃着饭，且和她谈话，因道：“你叫我做生意，我做哪个行当呢？”杨嫂道：“到银行里去找个事吗，要不，吃子公司也好吗。不做啥子生意，买些东西囤起来也好嘛！票子不值钱，拿在手上做啥子？”

魏端本笑道：“我比你知道得多。票子不值钱？票子我还想得到呢。太太说你也囤了些货，挣多少钱？”杨嫂听了这话，眉飞色舞地笑了。她道：“也没有囤啥子。去年子，我爸爸进城来了，带去几千块钱，买了几斗胡豆（蚕豆也），上个月卖脱，挣了点钱。”

魏端本道：“你说的是四川用的老斗子。几斗豆子，大概有两市担吧，于今的市价，你应该挣了三四万了。”她笑道：“没的朗个多。但是，做生意硬是要得，做粮食生意更要得。黑市的粮食好贵哟！”

魏端本放下筷子，昂头叹了口气道：“是何世界？来自田间的村妇，知道囤积，也知道黑市这个名词，我们真该惭愧死了。”忽然有人接嘴道：“你今天才明白？你早就该惭愧死了。”

说着话进来的，正是太太田佩芝。他心里想着：好哇！人还没有进门，就先骂起我来了。昂起头来，就想向她回骂几句过去。然而就在这一抬头之间，他的勇气完全为审美的观念折服，没有反抗的余地了。现时眼里所看到的太太，比往日更为漂亮，她新烫了发，乌亮的云团，罩着一张苹果色的嫩脸子，越显得那双大眼睛黑白分明。尽管脸上带了怒色，也是她做女孩子时候那样天真。

他立刻放下筷子碗，站起来笑道："今天上午的事，回想起来是我错了。我想你不好意思怎样处罚我吧?"魏太太瞪了他一眼，没说什么，走近桌子，看看瓦钵子里是煮的萝卜青菜，便道："越来越出穷相了。盛菜没用碗，用瓦钵子，不像话。"说毕，把头一扭兀自走了。

魏端本虽然碰了太太一个无言的钉子，然而究竟没再骂出来，似乎因自己的道歉压下去了几分怒气。听到隔壁卧室里，丁冬两下响，知道太太已脱了高跟鞋。她向来是这样，疲倦了要倒向床上睡下，照例是远远地把鞋子扔了出去的。

把饭吃完，自到厨房里去提着水壶到卧室里去，打算将热水倾到洗脸架子上的脸盆里去，却见太太正把那脸盆放在五屉柜上，脸盆里的水变成乳白色，一阵香皂味袭人鼻端，洗脸手巾揉成一团，放在桌面上，她正弯了腰对着镜子，将那胭脂膏的小扑子，三个指头钳着，在脸腮上擦着红晕。他就放下水壶，站在旁边呆看了一会儿。

太太抹完了胭脂，却拿起了柜面上的口红管子在嘴唇上涂抹着。她站在桌子的正面，恰是拦住了魏先生过去取洗脸盆。魏先生看过了这样久，却是不能不说话了，因道："你不是刚由理发馆里回来吗？又……"这句话没有完，魏太太扭转了身躯，向他瞪了眼道："怎么样？由理发馆里回来就不许再洗脸吗?"

口里说着，她收拾了口红管子，将染了口红的手指头，在湿手巾上揉搓着。她那身体是半偏的，她出门的那件淡红色白点花漂亮花绸衣服又没有换下，倒更是显得身段苗条。说话时，红嘴唇里的牙齿越发显得白净而整齐。他就两只手同时摇着道："不要生气，太太，我是说你已经够美的了！这是真话，你理了发回来，黑是黑，白是白，实在现出了你的美丽。一个穷公务员，真是不配和你做夫妻。"说着，半歪了脖子看着太太，做个羡慕的微笑。

魏太太脸上有点笑容，鼻子耸着，哼了一声。魏端本回头看看，杨嫂并不在身后，就向太太深深地鞠了个躬，笑道："我实在对不起你，你要怎样罚我都可以。你是不是又要出门去？若是看电影的话，买票子挤得不得了，我去和你排班。"他口里说着，看看太太的脚下，却穿的是绣花缎子旧便鞋。魏太太笑道："不要假惺惺了，我不上街。"

魏端本走近一步，靠住她站着，低声笑道："你修饰得这样的漂亮，是给我看吗?”魏太太伸手将他一推道:“不要鬼头鬼脑，你也自己照照镜子吧，周身都是晦气。谁都像你，年轻的人，见人不要一个外面光?”

她是轻轻地推着，魏端本并没有让她推开，便笑道:“我怎么能穿得外面光呢?现在骨子里穷，面子上也穷，还可以得着人家同情。若是外面装着个假场面，连社会的同情心都要失掉了。”魏太太道:“社会上同情你?谁同情你?打我这里起，就不能同情你。一样的有手有脚有脑筋，而且多读了十几年书，有一张大学文凭，什么事不能干?要当一个公务员，你混得简直不如一个挑粪卖菜的了。哪个年轻力壮的人，现在不是一挣几十万。”

魏端本笑道:“你不要说社会上没有同情我，刚才到菜市去买菜，那菜贩子就同情我，青菜萝卜送了一大抱，看见我可怜，不要我的钱。”魏太太把脸一沉，瞪着眼哈了一声道:“你也太没有廉耻了，说你不如挑粪卖菜的，你倒是真的接受着人家的怜悯，拿了人家的菜蔬不给钱，你还有脸对我说。我不和你说话，别丢尽了我的脸。”说着捡起床上放着的皮包扭身就走。

魏端本被她这样抢白着，也自觉有点惭愧，怔怔地站在屋子里。杨嫂走进屋子来，给她收拾着扔在五屉柜上的化妆品。魏端本问道:“太太到哪里去了，你知道吗?”杨嫂很随便地答道:“还不是打唆哈去了。”他问道:“打唆哈去了?她不见得有钱呀!”

杨嫂把化妆品收拾干净，放到抽屉里去了，将抽屉猛可地一推，回转头来向他笑道:“先生，你没有办法，别个也没有办法吗?”她说毕兀自走了，魏端本站在屋子中又呆住了，杨嫂的言语，比太太说得还要刺耳几分呢!

004　乘兴而来败兴回

在魏先生这样呆住的时候，却听到门外有人叫了声杨嫂。她答应了以后，那个叫的人声音变小了，挨着房门走向隔壁的夹道里去。这是个妇人，是邻居陶家的女佣工。魏端本看到她这鬼鬼祟祟，心里立刻明白过来，必是太太同陶先生一路出去赌钱去了，这是来交代一句话。且悄悄地去听她说些什么，于是也就跟踪走了过去。

这就听到那女佣工低声道："你太太在我们家里打牌，手帕子落在家里，你拿两条干净的送了去。"杨嫂道："啥子要这样怪头怪脑，随便她朗个赌，先生也管不到她……就是吗，我送帕子去。我太太要是赢了钱的话，你明天要告诉我。"那女佣笑道："你太太赢了钱，分你小费？对不对头？"杨嫂道："输了就要看她脸色喀。今天和先生割孽，还不是这几天都输钱。"

魏端本听到这里，也就无须再向下听了，回到屋子里，睡倒床上，呆想了一阵，怪不得这个月给了她十几万元还混不过半个月。这十几万元，跑了多少路，费了多少手脚。下半个月，若不再找两笔外快，且不谈这日子过不下去，至少要和太太吵架三五次。而且，自己要买一双皮鞋，也要做一套单的中山装，这不止是十万元的开支。

他想到这里，不能睡了，一个翻身坐起来，将衣裳里记事由的日记本子翻着检查一遍。这些事由，在字面上看，虽都是公事。但在这字里行间，全是找得出办法来的。自己检查着心里随时的计划，怎样去找钱来补家用的不足。这又感到坐在床沿上空想是不足的了，必须实行在纸面来列举计划，于是就了电灯光，靠着五屉柜站立，把放在抽屉里的作废名片拿出，将太太画眉毛的铅笔在名片背上写着，自己打着哑谜地做起记号来。

先想起了白发公司的王经理，曾托自己催促某件公事的批示，这就把白改为红，王改为玉，公事改为私章。这件事在陈科长那里，已表示可以通融，径直地就暗示王经理拿出五十万来，起码弄他个十万。

又想起合作社那一批阴丹士林布，共是五十七匹，放在仓库里五六个月没有人提起，可能是处长忘记了。经手的几个人，全是调到另一科去了。档案的箱子，自己是能开的。若是能把那五字改成三字，二十四阴丹士林可以弄出来。这只要和科长说明了，有大批收入，为什么不干？这市价五六万的行市，就是一百万。这可以叫科长上签呈说是把那布拿出来配给，和什么平价布、平价袜子，混着一拿，只要是科长把这事交给我办，运到科里检收的时候，就可以在分批拿出去的过程中，径直送到科长家里去。事成之后，怕科长不分出几成来。于是另取张名片，写了"丹阳人五十七岁，半年不知所在"几个字。

第二次又在杂记簿上发现了修理汽车行通记的记载，这是共过来往的。处长上次修理车子，配了三个零件，照市价打折算钱，处长高兴之至。运动科长上过签呈，把南岸三部坏了的卡车拿去修理。通记的老板，至少也会在修理费上给个二八回扣，十万八万，那也是没有问题的。

他这样地想着，竟想到了七八项之多，每个计划，都暗暗地做下了记号。自己也没有理会到已经站了多久，不过偶然直起身子来，已是两只脚酸得不能直立了。他扶着五屉柜和板凳，摸到床沿上去坐着。他默想着自己是有些利令智昏了，单独地在家里想发财，人都不知道在什么地方了。可是话又得说回来，若不想法子弄钱，怎样能应付太太的挥霍呢？这个时候，她正在隔壁挥霍，倒不知道心里是不是很痛快？她正在那五张扑克牌上出神，还会有那富余的思想想到家和丈夫身上来吗？好是赌场就在隔壁，倒要去看看她是怎样的高兴。

于是把皮鞋脱了，换了双便鞋，将房门倒锁了，悄悄地走向隔壁去。这时那杂货店已关上了店门。里面看门的店伙计显然已得有陶伯笙的好处，敲门的时候，应门的人盘问了好几句话，直问到魏端本交代清楚，太太也在陶家，是送东西来的，他才将门打开。人进去了，他也立刻就关上门。

魏端本走到店房后，见陶伯笙所住的那个屋子有强烈的电灯光，由里面射出来。因为他的房门虽已关上，但那门是太薄了，裂开了许多缝，那缝里透露出来的光线，正是银条一般。魏端本走到门外，就听到太太有了不平的声音道："真是气死人，又碰了这样一个大钉子。越拿了大牌，我就越要输钱，真是气死人。"

她说这几句话，接连来了两句"气死人"，可想到她气头子不小。若是走进去了，她若不顾体面骂了起来，那倒是进退两难了。这把要来观场的心事，完全推翻。不过好容易把门叫开，立刻又抽身回去，这倒是让那杂货店里的人见笑的。因之就站在门边，由门缝里向内张望着。这个门缝竟是容得下半只眼睛，看得里面非常的清楚。

这屋子中间摆了一张圆桌面，共围坐了六个男人、两个女人。其中一个就是自己太太了。太太面前放着一叠钞票，连大带小约莫总有两三万元。她总是说没钱用，不知道她这赌场上的钱是由哪里来的。人家散着扑克牌，她却是把面前的钞票一掀三四张，向桌子中心赌注上一扔，扔了一回又是一回，结果和着桌中心大批的钞票让别人席卷而去。

魏端本在门缝里张望着，心里倒是非常之难过，叹了口无声的气，径自回家去了。但他一不留心，却把门碰响了一下。主人翁陶伯笙坐在靠门的一方，他总担心有捉赌的，立刻回转身问句：哪个？但魏端本既已转身，人就走远了。并没有什么反应。

魏太太坐在陶伯笙对面，抬头就看到这扇门，便笑道："还不是你们家里的那只野狗？你们家有剩菜剩饭倒给野狗吃，就常常招引着它来了。”陶伯笙对这话虽不相信，但惦记桌上的牌，也就没有开门来看是谁，无人答应也就算了。

这时，是这桌上第二位太太散牌。这位太太三十多岁，白白胖胖的长圆面孔，鼻子两边两块颧骨高高撑起，配着单眼皮的白果眼，这颇表示着她面部的紧张，也可想到，她在家庭是有权的。若照迷信的中国老相法说，她是克夫的相了。她微微地卷起一寸多绿呢夹袍的袖口，露出左腕上戴的一只盘龙的金镯子，两只肥白的手，拿着扑克在手上，是那样的熟悉，牌像翻花片似的，向其余七位赌客面前扔去。送到第二张的时候，是明张子了。魏太太紧挨了她坐着是第七家，第二张是个 K，第三张却是个 A。她笑道：“老魏，你该捞一把了。”她说话时，随手翻过自己的一张，是个小点子，摇摇头道：“我不要了，看一牌热闹吧。”这以前还不是胜负的关头，其余的七家都出钱进了牌。

这时，该魏太太说话，她看看桌上明张没有 A，除了对子，决计是自己的牌大。她装着毫不考虑的样子，把面前的钞票全数向桌子中心一推，大声道：“……唆了！”她这个作风，包括了那暗张在内，不是一对 K，就是一对 A。还有六家，有五家丢了牌。只有那位范宝华，钱多人胆大。他明张九十两张，暗张也是个九。他想着，就算魏太太是一对，自己再换进一个九来，不怕不赢她。她今天碰钉子多了，有大牌也许小心些，现在唆了，也许她是投机。便问道：“那是多少？”魏太太道：“不多，一万六千元。”

范宝华道：“我出一万六千元，买两张牌看看。”散牌的那位太太对二人看了一眼，料着魏太太就要输，因为姓范的这家伙打牌还相当地稳，没有对子，他是不会出钱的，好在就是两张牌两家，先分一张给范宝华是个三，分给魏太太是个 K。范宝华说声完了。再分给范宝华一张是个九，他没有动声色，只把五张比齐着，最后分给魏太太，又是个 A。她有了两对极大的对子，向范宝华微笑道：“来几千元‘奥赛’吗？”范宝华笑道：“魏太太，你未必有‘富而好施’。仅仅是两大对的话，你又碰钉子。”魏太太道：“你会是三个九？”范宝华并不想多赢她的钱，把那张暗牌翻过来，可不就是个九！

魏太太将四张明牌和那张暗牌向桌子中间一扔，红着面孔，摇了摇头道：“这样的牌，有多少钱都输得了。”对散牌的人道：“胡太太，你看我这牌打错了吗？”胡太太笑道：“满桌没有爱斯（即 A），你有个老开和爱斯，可以唆。”她道：“那张暗牌，还是皮蛋呢。”说着，站了起来。她心里明白，不到两小时，输了五万元，明天自己的零用钱都没有了，就此算了吧，哪里找钱来赌？

范宝华见她面孔红得泛白，笑道："魏太太收兵了。"她一摇头道："不，我回家去拿支票本子来。"主人陶伯笙听了这话，心里可有点为难，魏太太在三家银行开了户头，有三本支票，可是哪家银行也没有存款。在赌场上乱开空头支票，收不回去的话，下了场，人家赌钱的人，都把支票向邀赌的人兑了现款去，那可是个大麻烦。因道："你别忙，先坐下来看两牌。"

范宝华连和她赌三次，都是她输了，心里倒有些不过意，便把刚收去她唆哈的那叠票子，向桌子中间一推，笑道："原封未动，你先拿去赌，我们下场再算，好不好？"魏太太还不曾坐下，因道："若是你肯借的话，就索性找我四千，凑个整数好算账。"范宝华说了句那也好，就拿了四张千元钞票放到她面前，她也就坐下来再赌了。她心里想着：只有这两万元翻本，必须稳扎稳打，不能胡来了。

又是三十分钟，算把得稳，还输去了八九千元。这桌上的大赢家，是位穿西装的罗先生。他尖削的脸，眼睛下面两只转动的眼珠，表示着他的阴险。只是小半夜，他已赢了一二十万，面前堆了一大堆钞票，其中还有几张美钞，是杨先生输出来的。这杨先生只二十来岁，是个少爷。西装穿得笔挺，只是脸子白得像石灰糊的，没有丝毫血色。他不住地在怀里掏出大皮夹子，在里面陆续地抽出美钞来。这个时候的美钞是每元折合法市千元上下，这每拿出来三四张五元或十元的，这数目是很惹人注意的。魏太太还不知道他叫什么名字，只听到赌友全叫他小杨而已，心里也就想着：这家伙是几辈子修到的，有钱而又年轻。只看他输了多少钱脸上也不有一点变动，不知他家是有多少家产的。那小杨坐在她斜对面，见她只管打量着，不知道自己有什么毛病，倒很感到受窘，只是把头低了。其实魏太太倒不是看他的脸，而是看他面前放的那叠美钞，想着怎么找个机会，把他的美钞也赢两张过来才好。

机会终于来了，轮到那大赢家罗先生散牌。在第三张的时候，她有了三个四，明张是一对。对过的小杨有一张 A、一张 Q 摆在外面。自然是有对子的人说话了，她照着扑克经上钓鱼的说法，只出了五百元进牌。此外七个人却有五个人跟进了。小杨牌面上，成了一对 A，姓罗的牌面上一对 K 带一个 J，魏太太换来一个 K，这该那有对 A 的姓杨的说话。照说，姓杨的应当拿出大注子来打击人，但是，他还只加了五百元。魏太太心想：糟了，他必然是有张 A 盖着的。出小注子，恐怕也是钓鱼。这样倒霉，自己三个四，却又碰了他三个 A。但有三个四在手，决不能不碰一下，幸是他只出五百元，乐得跟进。

桌子上的人，除了那姓罗的都把牌丢了。他发最后的一张牌，小杨是个七，她又得了一张 K。明张是 K 四两对，姓罗的本来有对 K 证明了她不会有 K 三个。她以两对牌的资格，将钞票向桌子中心一推，说声唆了。姓罗的毫不考虑，把牌扔了。小杨把那张暗牌翻过来，正是一个 A。他一手环靠了桌沿，一手拿了他面前的美钞在盘弄着微笑道："别忙，让我考虑考虑。"老 K 她只有两张，那没问题。难道她会有三个四？原来我三个 A，是公开的秘密，她只两对，肯投我的机吗？

魏太太见他三个 A 摆出来，心想：有这样大的牌，他不会不看。于是也装着拿小牌的人故作镇静的样子，将桌外茶几上的纸烟取过来一支，摸过来火柴盒，把火擦着了，缓缓地点着烟，两手指夹了支烟，将嘴唇抿着喷出一口烟来。烟是一支箭似的，射到了桌子中心。那小杨考虑的结果，将拿起的美钞重新放下，把五张牌完全覆过去，扔到桌子中心，摇摇头道："我不看了。"胡太太是和魏太太站在一条线上的。她虽不知道那暗张是什么，但小杨有三个 A 而不看牌，这是个奇迹，望了他道："这样好的牌也牺牲吗？"他笑着没有做声。

魏太太好容易得了一把"富而好施"，以为可以捞对门一张美金。不想这家伙竟会拿了三个 A 不看牌。这个闷葫芦比碰了钉子还要丧气。自己也不肯发表那暗张，将牌都扔了，只是小小地收进了几千元，沉住了气没有做声，只是吸烟。胡太太低声问道："你暗张是个四？"魏太太淡淡地答道："你猜吧。"

在这种情形下，做主人的陶伯笙知道她是拿了大牌而没有赢钱，看这样子，今晚上她非输十万八万不可！本来他两口子今日吵了一天的架，就不应当容她加入赌场。这样隔壁的邻居，她大输之下，她丈夫没有不知道之理。明天见了面，魏端本重则质问一番，轻则俏皮两句，都非人所能堪。便向魏太太笑道："今晚上你的牌风不利，这样该沉着应战，或者你先休息休息，等一个转变的机会，你看好不好？"魏太太道："休息什么，输了钱的人都休息，赢钱的人正好下场了。我输光了，也不向你借钱。"

她这几句话，显然是给陶伯笙很大一个钉子碰。好在姓陶的平常脾气就好，到了赌博场上脾气更好。虽然她是红着面孔说的，陶伯笙还是笑嘻嘻地听着。可是她的牌风实在不利，输的是大注子，赢的是小注子，借来范宝华的那两万元都已输光。所幸邻座胡太太也是小赢家，还可以通融款子下注。

只是她决不肯掏出老本来给人财，只是三千二千地借。零碎凑着，也就将近万元了。自己是向陶伯笙夸过口的，不向他借钱。范宝华又已借过两万的了。“我倒不信，今天的牌风是这样的坏。”于是立刻开了房门向外走。

陶伯笙借着出来关门，送她到店堂里低声道：“魏太太，我看你今晚上不要再来了吧？你不看见他们开支票，是彼此换了现款再赌的，支票并不下注。这就因为桌子上一半是生人。你开支票，除是我和老范可以掉款子给你，可是我今晚上也输了。开出支票来，你以为老范肯兑现款给你吗？”她听了这话，当然是兜头一瓢冷水。因道：“你也太仔细了，你瞧不起我，难道我家里就拿不出现款？”说着话很是生气，扑冬扑冬，开得杂货店的店门乱响，她就走出来了。陶伯笙家里有人聚赌，当然不敢多耽误，立刻把店门关起来了。

魏太太站在屋檐下，整条街已是空洞无人。人睡了，不用电了，电线杆上的灯泡偏是雪亮地悬在街顶上。马路原来是不平的，而且是微弯着的。在这长街无人的情形下，似乎马路的地面平了许多。同时，街道也觉得已经被拉直。远远地看去，只有丁字路口站着个穿黑衣服的警察，此外就是自己了。她想着这大概是很深的夜了，自己赌得头昏眼花，也没有看看表，她凝了一凝神。这天晚上，有些例外，山城上并没有雾，望望街顶上，还稀疏有几点残星。四川是很少风的，这晚上也是这样。可是魏太太赌唆哈的时候，八九个人拥挤在一间小屋子里，纸烟的残烟充塞在屋子里，氧气又被大家呼吸得干净，除了乌烟瘴气，就是尼古丁毒的辣味熏人，而且也因为空气的浑浊，头是沉甸甸的。屋子里人为的温度，只觉身上发燥。这时到了空洞的长街上，新鲜的空气扑在脸上，仿佛是徐来的微风轻轻地拂着脸，立刻脑筋清醒过来，而呼吸也灵通得多了。

她凝思之后，忽然想到，真回去拿钱来赌吗？自己是分文没有，不知丈夫身上或皮包里有钱没有？他当然是睡了，叫醒了他和他要钱，慢说是白天吵过架的，就是没有吵过架，这话也不好开口，只有偷他的了。可是偷得钱来，也未必能翻本，输了算了，回家睡觉去吧。她想着翻本的希望很少，缓缓地走到冷酒店门口去敲门，但敲了七八下，并没有回响。

她站在门下，低头想着，这是何苦？除了把预备给孩子添衣服的钱都输了，还借了范宝华两万元的债。和这姓范的，除了在赌场上会过三四次，并没有交情可言，这笔债不还恐怕还是不行。还得赌，赌了才有法子翻本。反正是不得了，把支票簿拿来，开一张支票，先向姓范的兑三万元，再开张支票还他二万元。赢了，把支票收回来，输了有什么关系？难道还能要我的命吗？

终于是想到主意了，她用力冬地敲上几下门板。门里的人没有惊动，却把街头的警察惊动了，远远地大声问句哪一个。魏太太道：“我是回家的，这是我的家。”警察走向前，将手电筒对她照了一照，见她是个艳装少妇，便问道：“这样夜深，哪里来？”他这一照一问，她感觉他有些无礼。可是陶家在聚赌，不能让警察盘问出消息来的。因道：“我由亲戚家有事回来，这也违犯警章吗？”警察道：“我在岗位上，看到你在这里站了好久了。现在两点钟了，你晓不晓得？一个年轻太太，三更半夜在这里站住，我不该问吗？地方上发生了问题，是我们警察的事。”魏太太道：“我也不是住在这里一天的。不信，你敲开门来问。”

那警察真个敲门，并喊着道：“警察叫门，快打开。”他敲得特别响，将里面有心事容易醒的魏端本惊动了。他连连地答应着，心里也就猜是太太回家了。仿佛听到说是警察叫门，莫非她赌钱让抓着了？那也好，警戒她一次。他打开门来，果然是太太和警察。他还没有发言呢，她先道：“鬼门，死敲不开，弄得警察来盘问。”一抢步，横着身子进了门。

警察道：“这是你太太吗？这样夜深回家？”魏端本道：“朋友家里有病人，她回来晚了。”警察道：“她说是去亲戚家，你又说是上朋友家，不对头。”魏端本披了中山服的，袋里现成的名片，递一张过去，笑道：“不会错的。这是我的名片，有问题我负责。”那警察亮着手电，将名片照着，见他也是个六七等公务员，说句以后回来早点，方才走去。这问题算告一段落。

005 输家心理上的逆袭

魏端本站在大门口，足足发呆了五分钟，方才掩着门走回家去。奇怪，太太并没有走回卧室，是在隔壁那间屋子，手托了头，斜靠了方桌子坐着，看那样子，是在想心事。他心里想着：好，又必定是输个大窟窿。我也不管你，看你有什么法子把话对我说。你若不说，更好，我也就不必去找钱给你了。他怀了这一个心事，悄悄地回卧室睡觉去了。

魏太太坐在那空屋子里，明知丈夫看了一眼而走开，自己输钱的事当然也瞒不了他。一来他是向来不敢过问的，二来夜深了，他是肯顾面子的人，未必能放声争吵。因之也就坦然地在桌子边坐下去。

在她转着念头的时候，仿佛隔壁陶家打扑克的声音还能或断或续地传递了过来。又有了这样久的时间，不知道是谁胜谁负了。若是自己多有两三万的资本，战到这个时候，也许是转败为胜了。可惜的是，拿着那把“富而好施”的时候，小杨拿着三个爱斯他竟丢了牌不看。

想到这里，心里像有一团火，只管继续地燃烧，而且这股怒火，不光是在心里郁藏着，把脸腮上两个颧骨也烧得通红。看看桌上，粗磁杯子里还有大半杯剩茶，她端起来就是一口咕嘟下去，仿佛有一股冰凉的冷气直下丹田。这样，好像心里舒服一点，用手扑扑自己的脸腮，却也仿佛有些清凉似的。

于是站在屋子里徘徊一阵，打算开了吊楼后壁的窗户看看隔壁的战局已到什么程度，就在这时，看到魏端本的大皮包放在旁边椅子上。她心中一动，立刻将皮包提了过来，放在桌上打开，仔细地寻查一遍，结果是除了几百元零碎小票子而外，全是些公文信件的稿子。她将皮包扣住，依然向旁边椅子上丢下去，自言自语地道：“假使这里面有钱他也就不这样地乱丢了。可是，他的皮包向来不这样乱丢，分明有意把皮包放在这里骗我一下。也可以想，皮包并不是空的，他把钱都拿了起来，藏在身上。”想到这里，她就情不自禁地鼻子里哼上了一声。于是熄了电灯，轻移着脚步缓缓地走回卧室。

当她走回卧室的时候，见魏端本拥被睡在枕头上，鼾声大作。他身上穿的那套制服挂在床里墙钉上。她轻轻地爬上床，将衣服取下，背对了床，对着电灯，把制服大小四个口袋完全翻遍，只翻到五张百元钞票。她把这制服挂在椅子上，再去找他的制服裤子，裤子搭在床架子头上，似乎不像有钱藏着的样子，但也不肯放弃搜寻的机会，提将过来，在插袋里、后腰袋里、前方装钥匙小袋里，全找遍了，更惨，只找出些零零碎碎的字条。说了句穷鬼，把字条丢在桌上。

其中有张名片，反面用铅笔写了几个大字，认得是魏端本自己的笔迹，上写，明日下午十二时半，过南岸，必办。在“必办”旁边打着两个很大的双圈。她想：这决不是上司下的条子，也不像交下来的公事，他过江去干什么？也不知道这明日是过去了的日子，还是未来的日子。自己是常到南岸去赌钱的，这话并没有告诉过他，莫非他知道了，要到南岸去寻找？可是我真在赌场上遇到了他的话，一抓破了面子，我只有和他决裂。他既然去寻找，一定是居心不善的。

她想着想着，坐在屉柜旁的椅子上。这就看到那柜桌面上有许多名片，在下面写了铅笔字。那字全是隐语，什么意思，猜想不出来，看看床上的人，睡得正酣。心想，他这是捣什么鬼，莫非是对付我的？

心里猜疑着，眼就望着床上睡的人。见他侧着的脸，颧骨高顶起，显着脸腮是削下去了。他右手臂露在外面，骨头和青筋露出，显着很瘦。记得在贵阳和他同居的时候，他身体是强壮的，那还是在逃难期中呢。这几年的公务员生活，把他逼瘦了。以收入而言，在公务员中，还是上等的，假使好好过日子，也许不会这样前拉后扯。譬如这个礼拜里面，连欠账带现钱输了将近十四五。这十四五万拿来过日子不是可以维持半个月甚至二十天吗？尤其是今晚这场赌，牌瘾没有过足，就输光了下场。真是委屈得很。那陶伯笙太可恶，就怕我开空头支票，先把话封住了我，让我毫无翻本的希望。今晚上本没有预备赌钱，只想去看电影的。不是这小子在街上遇着，悄悄地告诉，今晚上家里有局面，那么手皮包里两万元依然存在，明天可以和孩子买点布做衣服。这好了，自己分文不存，魏端本身上，不到一千元了，每天的日用生活费，这就是大大的问题。魏端本一早起，就要上机关去办公的，还必得在他未走以前，和他把交涉办好。自然，开口向他要钱，必得说出个理由来，这理由怎么说呢？这半个月，他已经交了家用二十多万了。照纸面上的薪水津贴说，已超过他三个月的收入。她想到这里，又看了看睡在枕上的瘦脸。心里转了个念头，觉得这份家也真够他累的。

她心里有点恕道发生了，却听大门外马路上有了嘈杂的人声。远远有人喊着向右看齐，向前看，报名数，一二三四五……极短促而粗暴的声音，连串地喊出。这是重庆市训练的国民兵，各条街巷，在天刚亮而又没有亮的时候，他们在山城找不着一块平坦的地方，就在马路上上操。有了这种叫操声，自然是天快亮了。自己本是没有钱，无法去翻本，就算有钱，现在已不能去翻本了。

这个时候，脸上已经不发烧了，心里头虽还觉得有些乱糟糟的，可是也不像赌输初回来的时候，那样难过了。倒是天色将亮，寒气加重，只觉一丝丝的冷气，不住由脊梁上向外抽。两只脚，也是像站在冷雪上似的，凉入骨髓。站起来打了两个冷颤，又打了两个呵欠，赶快脱了长衣，连丝袜子也来不及拉下，就在魏先生脚头倒下去，扯着被子，把身子盖了。

她落枕的时候，心里还在想着，明日的家用，分文俱无，必得在魏端本去办公以前，把交涉办好。同时追悔着今晚上这场赌，赌得实在无聊，睡了好大一会还睡不着。朦胧中几次记起和丈夫要钱的事，曾想抢个先，在他未走之前，要把这问题解决。可是无论如何，自己挣扎不起来。等着可以睁开眼睛了，听到街上的人声很是嘈杂。

重庆的春季，依然还是雾天，看看吊楼后壁的窗子外，依然是阴沉沉的，她估计不到时间，就连叫了两声杨嫂。她手上拿了张晚报进来，笑道："太太，看晚报，又是好消息。卖晚报的娃儿乱吼，啥子德国打败仗。"她将两只手臂，由被头里伸了出来，又打了两个呵欠。笑道："什么，这一觉，睡了这样久？先生没有给你钱买菜吗？"杨嫂道："给了两千元，还留了一封信交把你，他不回来吃午饭，信在枕头底下。"魏太太道："他还别扭着，好吧，我看他把我怎么样？"说着在枕头下一摸，果然是厚厚的一封信。看时，信封上写着芝启。敞着口，没有封。她将两个指头把信瓤子向外扯出来，先透出了一叠钞票，另外有张纸，只写了几行字：

芝：好好地休息吧。留下万元，做你零用。我今日有趟公差，过南岸到黄桷桠去，我把轿子钱和旅馆钱省下，想今晚上赶回来。万一赶不回来，我会住在朋友家里的，不必挂念。

本留

她看完了信，将钞票数一下，可不是一万元。黄桷桠是疏建区的大镇市，常去的。过江就上坡总在几千级。本地人叫作上十里下五里，十里路中间，没有二十丈的平地，上去上坡子到山顶为止，才是平路。若不坐轿子，那真要走掉半条命。他这样子省有什么用？还不够太太看一张牌的钱。但不管怎么样，他那样苦省，自己这样浪费，那总是对不住丈夫的事。想到这里，又把魏先生留下的信从头至尾地看上一遍，这里面丝毫没有怨恨的字样，怕今天赶不回来，还叮嘱着不要挂念。

她把信看着出了一会儿神，也就下床漱洗。杨嫂进房来问道："太太要吃啥子饭食？先端碗面来，要不要得？"魏太太道："中午你们怎么吃的？"杨嫂道："先生没有回家，我带着两个娃儿，郎个煮饭？我带他们上的三六九。"魏太太笑道："那好，又是一天厨房不生火，那也不大像话吧。孩子交给我，你去做晚饭。”杨嫂笑道：“要是要得，你要耐心烦喀。”魏太太道：“我只要不出去，在家里看着孩子，有什么不耐烦？”杨嫂低着头笑了出去，低声说了句：“郎个别脱（犹言那样干脆）。”

魏太太听了，心下不大谓然，心想：难道我会生孩子，就不会带孩子？只是这个女用工，却是自己放纵惯了的，家交给她，孩子也交给她。另换个人，就不能这样放心，只得把这句话全盘忍受了，只当是没有听到。

果然，杨嫂抱着牵着，把两个孩子送进来了。大孩子五岁多，是个女孩，小头发蓬着像个鸡窠。身上穿了白花洋纱质带裙子的童装，在这上面，罩了件冬天用的骆驼绒大衣。大衣不但是纽扣全没有了，而且肋下还破了个大口，向下面拖着绒片筋。胸面前湿了大块，是油渍糖渍鼻涕口水黏成的膏药状。下面光了腿子，穿了双破皮鞋，而且鞋上的绊带也没有了。两条光腿，那全不用说，都沾遍了泥点。小的这个孩子，是个男孩，约莫两岁。他倒完全过的冬天。身上的一套西北蓝毛绒编的挂裤，已记不清是哪日起所穿，胸襟前、袖口上全是结成膏片的脏迹。袖口上脱了毛线，向下挂着穗子。那张小圆脸儿，更不成话，左腮一道黑迹，连着鼻子嘴横抹过来，涂上了右腮。鼻子下面，还是拖两条黄鼻涕，拖到嘴唇。腿上是和姐姐相同，光着下半截。一只脚穿了鞋袜，一只赤脚。

魏太太皱了眉头道：“我的天！怎么把孩子弄得这样脏。”杨嫂并没有回答她这个问题，将男孩子交给主妇，扭身就出去了。她好像认为小孩子这样脏乃是理所当然。魏太太叹了口气把男孩子放在床上，自己舀了盆热水来，给两个小孩子洗过手脸，顷刻之间，找不到日用的脚盆，一并给两孩子洗了脚，这又找不到擦脚布。看看床栏上，还有就也遇事从简了，将脸盆放到地板上，换下来两日未曾洗的一件蓝布罩衫，取过来给孩子擦了腿脚，将箱子五屉柜全翻了一阵，找出十几件小孩儿衣服，挑着适当的，给他们换上了。因对了孩子望着道：“这不也是很好的孩子，交给杨嫂，就弄成那个样子。”有人笑答道：“可不是很好的孩子吗？孩子总是自己带的好。”

看时，是隔壁陶伯笙太太呢。她总是那样干净朴素的样子，身上穿了半旧的阴丹士林罩衫，她会熨烫得没有一丝皱纹。头上的长发，在脑后绾了个辫环。脸上略微有点粉晕，似乎仅是抹了一层雪花膏。魏太太立刻起身相迎，笑道：“你这位管家太太，也有工夫出来坐坐？”陶太太笑道：“谈什么家，无非是两间屋子。”

魏太太屋子里，本来也就秩序大乱，现时和孩子一换衣服，又把面前两把椅子占满了。她只得将衣服抱着一堆，立刻送到桌底下去，口里连道请坐请坐。陶太太坐下来笑道："打算带孩子出去玩吗?"魏太太道："哪里也不去。我看孩子脏得不成样子，给他们收拾收拾。"魏太太道："是的，住在这大街上，家里一寸空地也没有，孩子没个透空气的地方，健康上大有关系，若是再不弄干净一点，更不好了。"

魏太太一面拿鞋袜给孩子穿，一面谈话。因道："我是太笨了，横针不会直竖，孩子的鞋帮子，我也不能做，什么都买个现成的。就是现成的吧，也赌疯了，不给孩子装扮起来。这门娱乐太坏，往后我要改变方针了。"陶太太微笑道："若是摸个八圈，倒也无所谓，打唆哈可来得凶，我一径不敢伸手。"

魏太太心想：她不走人家的，今日特意来此，必有所谓，且先装不知，看她要些什么。因道："我家成日不举火，举火就是烧饭，热水也没有一杯。你又不吸香烟，我简直没法子招待你。"陶太太道："不要客气，我有两句话和你商量商量。你不是和胡太太很要好吗？我知道她手边很方便。我有一只镯子，想在她手上押借几万块钱。这件事我不愿老陶知道。他是个好面子的人，他知道押首饰，又要说我丢了他面子了。我想请你悄悄地去和胡太太商量一下。她若认为可以，我再去找她。"

魏太太笑道："你手上也不至于这样紧呀!"陶太太叹了口气道："你哪里知道我们家的事。你不要看老陶三朋四友，成天在外面混，他是完全绷着一个面子。做了人家公司一个交际员，只有两万元夫马费，吸香烟都不够。我们也就是图这个名，写户口册子好看些，免得成了无业游民。两个孩子都在国立中学，学膳费是不要的，可是孩子来信餐餐抢糙米饭吃，吃慢了，饭就没有了，得饿着。大孩子的学校离重庆远，在永川，每餐饭还有两碗没油的蔬菜，八个人吃。第二个孩子在江津，常是一餐饭吃一条臭萝卜干。而且每餐只有两碗饭，只够半饱。两人都来信，饿得实在难受，希望寄一点钱去，让他们买点烧饼吃。大孩子还不断地有点小毛病，不是咳嗽，就是闹湿气，要点医药费。我怕孩子太苦了，打算每人给他两三万块钱。你别看老陶上了牌桌子不在乎，那都是临时乱拉的亏空。真要他立刻掏出一笔现款，他还要去想法子。他也未必给孩子那样多钱，东西我也不戴出来，白放在箱子里，换了舍不得，出几个利钱押了它吧。"

魏太太没想她托的是这件事，笑道："进中学的孩子了，你还是这样地疼。"陶太太皱了眉道："前天和昨天连接到两个孩子的来信诉苦，我饭都吃不下去。我们那一位，倒是不在乎，照样地打牌。魏先生就不像他，我看见他回家就抱孩子。”

魏太太道：“他呀，对于孩子也就是那么回事，见了抱抱，不见也就忘记了。说起打牌，我倒要追问一句，昨晚上的局面，陶先生又不怎样好吧？”陶太太摇着头苦笑了一下，接着又点了两点头道：“不过昨晚上这场赌是他敷衍范宝华的，可以说是应酬，连头带赌，还输了三万多。听说那个姓范的要做一笔黄金生意，叫老陶去和他跑腿。老陶就听场风是场雨，高兴得了不得，昨晚上有两个穿西服在一处打牌的就是帮忙可以买金子的人。老陶为他们拉拢，在馆子里大吃一顿，又到我们家来赌钱。听说原来是要到一个女戏子家里去赌的，他们一面赌钱，一面还要开心。因为那个女戏子不在家，就临时改到我家来了。我们做了买金子的梦，一点好处没有得到，先赔了三万元本，人熬了一夜，累得七死八活。我的那位还是很起劲，觉也没有睡，一大早就到老范那里去了。”

魏太太道：“那倒好，我和胡太太抵了那个女戏子的缺了。”陶太太不由得脸上飞红，立刻两手同摇着道：“你可不要误会。你和胡太太，都是临时遇到的。”

魏太太虽然听到她这样解释了，心里总有点不大坦然，这话只管老说下去，却也没有味。便笑道：“好赌的人，有场合就来，倒不管那些，我是个女男人，谁要对我开玩笑，谁预备倒霉，我是拳头打得出血来的人。”陶太太不好说什么，只是微微地笑着。

那杨嫂正走了进来。问道“饭做好了，就吃吗？没得啥子好菜咯。”陶太太笑道：“你去吃饭，我晚上等你的回信。”说着，大家一齐走到隔壁屋子里来。看那桌上的菜，是一碗豆腐，一碗煮萝卜丝。魏太太皱了眉道：“又买不到肉吗？炒两个鸡蛋吧。”陶太太道：“我为老陶预备了很多的菜，他又不回来吃，我去给你送一点来。”说着立刻走了。

魏太太坐在桌子边，捧着一碗平价米的黄色饭，将筷子尖伸到萝卜丝里拨弄了几下，然后夹了一块煎豆腐，送到鼻子尖上闻了一闻，将豆腐依然送回菜碗里，鼻子哼着道：“唔！菜油煎的，简直不能吃。”杨嫂盛着小半碗饭来喂孩子，便笑道：“你是比先生考究得多咯。你不在家，先生买块咸榨菜，开水泡饭吃两三碗。你在家，他才有点菜吃。”

魏太太还没有回答这句话，陶家女用人端了一碗一碟来，碗盛的是番茄红烧牛肉，碟子盛的是叉烧炒芹菜。她放到桌上，笑道：“我太太说，请魏太太不要客气，留下吃，家里头还多咯。”魏太太看那红烧牛肉烧得颜色酱红，先有一阵香气送到鼻子里，便道：“你们家里的伙食倒不坏。”刘嫂道：“也就是先生一个子吃得好。太太说先生日夜在外面跑，瘦得那样，要养一家子，让他吃点好饭食。他自己挣的钱，自己吃，天公地道，骑马的人还要给马上点好料呢。太太自己，硬是舍不得吃，餐餐还不是青菜萝卜？”

魏太太说着话时，夹了块牛肉到嘴里尝尝，不但烧得稀烂，而且鲜美异常，因道：“你太太对你们主人，真是没有话说。你们先生对于太太，可是马马虎虎的。”刘嫂道：“马虎啥子？伺候得不好，他还要发脾气，我到他们家年是年（谓一年多也），没看到太太耍过一天。”

魏太太道：“你们太太脾气太好了，先生成天在外交游，你太太连电影都不看一场。”刘嫂道：“还看电影？有一天，太太上街买东西转来晚一点，锁了房门。先生回来，进不得门，好撅（骂也）一顿。我要是她，我都不受。”

魏太太笑道：“你还想做太太啦？”刘嫂红着脸道：“这位太太说话……”她一笑走了。魏太太倒也不必客气，把两碗菜都下了饭，但到这时，许多在个性相反的事情，继续向她逆袭着，她心理上的反映，颇觉得自己有过分之处。

吃过了饭，呆呆地坐着。看着两个孩子在屋子里转着玩。有人在外面叫了声魏太太。她问是谁。那人进来了，是机关里的勤务，手上拿着一个小篾篓子。魏太太道：“你找魏先生吗？他过南岸去了。”勤务笑道：“是我和魏先生一路去的。他今晚不能回家，让我先回重庆。这是带来的东西。”说着将小篾篓放到桌上。魏太太道：“他说了什么话吗？”勤务在身上取出一封信，双手交上。

魏太太拆了信看，是日记簿上撕下来的纸片，用自来水笔写的。信这样说：

芝：公事相当顺手，今晚被主人留住黄桷椏，做长谈，明日可回家午饭，请勿念。友人送广柑十枚，又在此处买了咸菜一包，由勤务一并先送回，为妹晚饭之用。晚饭后，若寂寞，带孩子们去看电影吧。晚安！

本上她把这信看完，心里动荡了一下，觉得有一股热气上冲，直入眼眶，她要流泪了。

006　一切是撩拨

女人的眼泪是最容易流出来的，很少例外。不过魏太太田佩芝个性很强，当她眼泪快流出来的时候，她想到面前还有个勤务，她立刻用一种极不自然的笑容，把那要哭的意味挡住。因向勤务道：“魏先生也是小孩子脾气，怕重庆买不到广柑，还要由南岸老远地带了回来。你也该回去休息了，我没有什么事，你走吧。”那勤务看到她的颜色极不自然，也不便说什么，敬着礼走了。

魏太太在没有人的时候，把魏先生那张信纸拿着，又看了一看。杨嫂由外面走进来笑问道：“太太，朗个的？说是你不大舒服？”她笑道：“刚才还吃了两碗饭，有什么病？”杨嫂道：“是刚才那个勤务对我说的。”魏太太忽然省悟过来，笑道：“我有什么病？不过我在想心思罢了。”

杨嫂看她斜靠了桌子坐着，手托了半边脸，眼光呆定了，望着那两个在床边上玩的孩子。杨嫂走近两步，站在她面前，低声道：“我说太太，二天你不要打牌了，女人家斗不过男人家咯。你要是不打牌的话，我们佃别个两间好房子住的钱都有了，住了有院坝的房子，娃儿有个要的地方，大人也透透空气。有钱吃一点，穿一点，比坐在牌桌上安逸（舒服也）得多。输了就输了，想有啥子用，二天不打牌就是。”

魏太太扑哧一声笑了，站起来道：“我受了十几年的教育，倒要你把这些话来劝我。陶太太托我和胡太太商量一件事，还等了我的回信呢。你看着两个孩子，我半点钟就回来。”杨嫂笑道：“怕不过十二点？”魏太太道：“难道我就没有做回正经事的时候？打水来我洗脸吧。”杨嫂看她这样子，倒也像是有了正经事，立刻帮助着她把妆化好。她还是穿了那件挂在床里壁的花绸衣服，夹了只盛几千元钞票的皮包，匆匆出门而去。这也是普通女人的习惯，在出门之前，除了化妆要浪费许多时间而外，还有许多不必要的琐事，全会在这时间发生，以致真要出门，时间是非常迫促，就落个匆匆之势。

这里到胡太太的家里路并不算远，魏太太并没有坐车子，步行地走去。

下百十步坡子，走到一条伸入嘉陵江的半岛上。这里是繁华市区，一个特殊的境界，新式的欧洲建筑，三三两两间隔着树立在山冈上下，其间有花木，也有草地。房子有平房，也有楼，每扇玻璃窗透出通明的电灯光线，这光线照着，让你可以看到穿着上等西服的男子，或满脸脂粉的烫发女郎，在这一丈长、三尺宽的石板坡子上来去，因为这个地方对于战都的摩登仕女是太合理想的。到热闹街市很近，一也；房屋决不拥挤，有办法美化，二也；半岛是很好的石质，随处有极坚固的防空洞，三也。唯一的缺憾只是地不平，无论上街的坡子怎样宽大，车辆不能到门口，找不到轿子的时候，就得步行。但这点缺憾倒是百分之九十几的重庆人所能忍受的。因之这半岛上拥了个真善美新村的雅号，住着一二百家有钱阶级与有闲阶级。

魏太太不但是羡慕这里，而且也羡慕这里居民的生活。她每次到这里来，就发生一种感慨，论知识，论姿色，而且论年岁，都比这里的多数妇女强几倍。然而自己就住在冷酒铺后面的吊楼上。因此，不愿到这地方来。今天来了，她倒另有一番感想，假使自己把输了的钱都来做生活用途，自也有这个境况。

她正这样想着，身后一阵嬉笑之声。回头看时，三四支电筒，闪着白光，簇拥一群男女走下来。听那些人口音，有说北方话的，有说下江话的。有人道："今晚上我不能跳得太夜深，明天上午九点钟，我有要紧的事。"有个女子问道："什么要紧的事，是买金子吗？"那人笑道："买金子，九点钟才去，那才是外行呢。今天晚上就要到银行门口去排班。"那女子道："你廖先生买金子，还用得着排班吗？我知道范宝华就在和你合作。"这句范宝华让魏太太特别注意。原来这位小姐也是老范的熟人。这就缓缓地开步，让过他们，随在后面走。那男子道："袁小姐几时看到老范的？"她道："不用遇着他，我也知道他的行动。不过他买他的金子，他发他的财，我袁三小姐并不眼热，我也不会再敲他的竹杠。"那男子哈哈一笑。

魏太太这就明白了，这个女子就是和老范拆了伙的袁三。听说她长得很漂亮，可惜看不到她的面貌。她一路想着，一路跟他们走，这倒巧了，他们所到的地点，就是胡太太家紧隔壁的一所楼房。借了他们手电光，直到胡家门口。

胡家的房子，是五六间洋式平房周围绕着细竹篱笆，屋檐下亮着雪白的电灯，照见篱笆里两棵红白碧桃花，开得像两丛彩堆。花下一片青草地毯，绿油油的。这和自己家里打开吊楼窗户就看到人家高高低低灰黑色的屋脊，真不可同日而语。她在篱笆门下叫了声胡太太。檐下的洋式门推开了，看到门里面又是灯火通明的，有人伸头问了一问。魏太太道："我姓魏，来见胡太太，有几句话商量。"这报告完毕，胡太太早是由门里抢了出来，迎上前挽着她的手臂笑道："这是哪阵风吹来的。请到里面坐。"她牵着魏太太由侧面的小门里进去。

魏太太由正屋窗子外经过向里看着的时候，见那里是座小客厅，灯光下坐满了人。主人将客引到自己卧室里让座，首先就问："吃了晚饭没有？"魏太太道："我已经吃过饭了，你家有什么喜庆事情？"胡太太道："什么喜庆也没有，我们是随人家热闹。隔壁刘家今夜跳舞，到他家去跳舞的人我们有一大半是相熟的，在没有跳舞之前就到我家来谈天。我怕你是来邀我去凑局面，所以我请你到房里来谈话。"

魏太太便把陶太太所托的事细细地说了。胡太太丝毫不假考虑，因道："叫她拿来就是了。现在银楼挂牌的金价是四万到五万。我照三万一两押她的。小事，我也不要什么利钱。可是日子久不得。金子跌了价，也许不值三万，那我就倒出利息了。"

魏太太笑道："我虽不买金子，可是这好处我晓得，金子只有往上涨，哪有向下落的道理。"胡太太道："照你这样说，有金子的人都不肯向外卖出了。你是好朋友，我也不必瞒着你。我现在做一笔生意，请你看几样东西。"说着，她把玻璃窗上的幔布先给掩盖起来，然后打开穿衣橱，取出白铁小箱子来。她将背对了窗户，捧着白铁小箱子朝了电灯，然后向魏太太招了两招手。

魏太太会意走了过去。她将小铁箱的锁打开，掀开盖来，黄光外射，让魏太太吃了一惊。里面有四只金镯子，两串金链子，十几枚金戒指，因道："这都是你收买的吗？"胡太太笑道："若是我收买的，我就不给你看了。明天早上，我就送进银楼。"

魏太太道："你怕金子会跌价，所以趁这个机会卖了它。我劝你可别做这种傻事。"胡太太将小箱子锁好，依然送到衣橱子里去，笑道："我并不傻，我是替人家代劳的。我有两家亲戚，住在歌乐山。他们看到金子能卖到四万几一两，黄金储蓄呢？可只要两万元一两。于是他们脑筋一转，有了办法，决定把金子拿到银楼去换现钱。这笔现钱分文不动，拿去买黄金储蓄券。六个月到期，凭了储蓄券去兑现金。那么现在卖掉一两金子，六个月之后，就变成二两金子了。这样现成的好买卖，为什么不做？他们有了这个动议，惊动了两家太太小姐们，连老妈子也在其中凑热闹，各把首饰拿出来，带到城里来换。他们知道我们认识一家银楼，托我去和他们换掉，而且还托我们胡先生到银行里去买储蓄券。所以今天晚上我这衣橱子倒成了交易所了。”

魏太太道：“也许这里面有一大半是你的吧?”胡太太将衣袖子向上一卷，露出了右手臂上套着的金镯子，笑道：“我的还在这里。假使我有那富余钱的话，就买了黄金储蓄券了，哪里还会等着今日。”魏太太嘻嘻地望着她笑道：“也许你早就买得可观了。”胡太太也只笑了一笑。

魏太太道：“这几个月来，也偶然听到有人说买金子，买黄金储蓄券，真正干得起劲的人也还不多，为什么这个礼拜以来到处都听着是买金子的声音?”胡太太点点头道：“这个我有点研究，可以告诉你，第一是黄金的黑市，涨到了五万上下，现在花二万元买一张储蓄券，六个月兑现，对本对利，比在银行里存大一分的比期（川地商家习惯半月一交割，十五或三十一日必须结账。故每月三十一及十五谓之比期。银行因此习惯而有半月存款之例谓之比期存款。普通半月存款亦谓之比期存款。但依存款之日起息，半月一结，则不必固定十五日或三十一日。）还要合算。你拿十万元到银行里存大一分，到七个月头，利上加利，才有十九万几，还不到对本对利呢。这不是买黄金储蓄券更合算吗?所以黄金黑市越涨价买黄金储蓄券的人越多。第二是官价和黑市相差一半，政府卖黄金也好，卖黄金储蓄券也好，那都吃亏太大了。非把官价提高不可。提高多少现在虽不知道，但是总不会和黑市相差一半。等到黄金官价定高了，兑现的日子就不能对本对利了。据报上登载，就在这几日财政部要宣布新官价。大家要抢便宜，所以这几日买黄金的人发了狂，这些买三两五两黄金储蓄券的算什么?那些买黄金期货的，一买几千两，也雪片似的向四行送着支票，那才是吓人呢。第三，还有个原因，说政府看到卖黄金是太吃亏，要不卖了，因此要想发财的人更是着急。”

魏太太笑道：“你说这话，我算明白了。既是卖黄金吃亏，政府又何必卖，马上就可以停止，还等什么?”胡太太道：“为的是法币要回笼。”魏太太道：“什么叫法币回笼?”胡太太道：“法币发得太多了。这叫通货膨胀。通货膨胀，钱不值钱，东西要涨价，这叫法币贬值。政府不愿法币贬值和东西涨价，要把市面上的法币收回去，这就叫回笼。让法币回笼的办法很多，不一定是出卖黄金。譬如抽税，发公债票，抛售物资都可以。”

魏太太走近一步，将手拍了她肩膀道：“真有你的，你也没有学过经济，怎么晓得这样多?”胡太太笑道：“这还用得着学呀！我们家里每天晚上来些摆龙门阵的客人，谈的无非就是这些。听过三回五回，也许你还不明白。等着你听到二三十回，甚至五六十回，难道你还不明白吗?”魏太太道：“那么你们府上贵客满堂，也许又是在开经济座谈会了。”胡太太道：“那倒不是。他们今天都是到刘家去跳舞的，时间未到，先到我家来坐坐。我不是说了，这些人我们认识一大半吗?”

魏太太道：“跳舞还有时间不时间，反正是大家趁热闹。”胡太太道：“自然是这样的，不过人马未曾到齐，大家就得等上一等，尤其是几位女明星没有到，大家必须等着。”魏太太道：“是哪几位女明星呢？舞台上和电影上的女明星我很少看到她们的本来面目。”胡太太挽着她的手道：“你随我来吧，也许她们来了。”她随着女主人走出门时，隔壁那客室里的欢笑声，已经停止。那边洋楼里，留声机用扩大器放着音乐片子，响声由窗子缝里和门缝里传播了出来。胡太太笑道：“他们已经开始了。你看，很有趣的。”

魏太太关于摩登的事，什么都玩过，就是不会跳舞。这原因第一是由于她没有朋友引带学习，第二是她参加的社交，是不大高贵的场合，没有跳舞的机会。心里倒也想着，重庆城里半公开的跳舞，到底是怎么一种场面？这时有了这样一个机会，自也愿意去见识。顺便看看范宝华那个离婚夫人，长得是怎么漂亮。心里如此，随着胡太太，已走进了刘家。

这屋子倒是纯欧化式的，进了大门，就是个门廊，壁上的衣架帽钩悬挂了不少的帽子和杂物。门廊过去，一条宽甬道，左边一所小客厅，已是坐满了人的。左边有个垂花门的大敞厅，家具全搬空了，只屋子角上留有一张小圆桌，桌上放了一架留声机，旁边堆了二三十张话片。一位穿西服的少年，弯了腰在那里伺候话匣子。那头屋角，有个扩大器安在墙上。全屋电灯通明，照着七八对男女，在光滑的地板上溜着。在垂花门外面，乱摆着大小椅子，不舞的人，男女夹杂坐在那里。

胡太太带她进来了，随便地向人点着头，不知道谁是主人，也没有人来招呼。两人自走向那小客厅里去。一个头发梳得乌油淋淋的西服少年，迎向前对胡太太脚底下望着，笑道：“怎么穿便鞋来的?”胡太太笑道：“我今天没有工夫。”那人笑道：“为什么不来？今天有几张很好的音乐片子呢。”说着，将右手扬起来，中指按住了大拇指，对胡太太脸上遥遥地一弹，拍的一声响，自走开了。魏太太看她脸上时，略带微笑，并没有对这人感到失态。

这小客室里，只有一套沙发、四个锦垫，人都坐满了。两人走进去，复又退出来。这时，一段音乐片子放完，舞伴放开了手，分别向舞厅四周站着。

魏太太心想，就是这么个局面，这会有什么很大的乐趣吗？说到男人，那还罢了，搂抱着女人那总是占便宜的事。说到女人，让男人抱着跳舞，这也会有趣味？跳完了，连个好好休息的地方都没有。

她以一个外行的资格，站在那垂花门边，向舞场上的几位女宾身上打量着。其中有个瓜子脸的女人，后脑披着十来股纽丝卷烫发，穿件大红银点子的旗袍，胸前高挺了两个乳峰，十分惹人注意。正好有个西装男子，将她向一位穿制服的人介绍着，称她是袁三小姐。她伸出手来和那人握着。远处兀自看到手指上银光一闪，这无须说，正是她手上戴了一只钻石戒指了。魏太太这就知道她是范宝华的离婚夫人。这样的全身繁华，可知老范在她身上花了多少钱。

再看看其他的女宾，虽不是个个都像袁三那样华丽，可是穿的衣服全是很时髦的，戴金镯子那太不稀奇，手指上圈着钻石戒指的，就还有三位。尤其是各位女宾穿的皮鞋，漏花帮子的，绊带式的，嵌花条的，重庆鞋店玻璃窗里的样品，这里全有。袁三穿的是双朱红绊带式的高跟鞋子，套在白色丝袜上，那颜色像她那件红色银点旗袍，非常刺激人的视官。魏太太很敏感地看了看自己身上这件五成旧的花绸衣服，红不红，灰不灰，白又不白。穿的这双皮鞋又是满帮子，好像军人穿的黄皮鞋。这和人家打比，未免太相形见绌了。

她正是这样惭愧着，偏是好几位女宾都把眼光向自己看来。她心想，这必是人家笑我落伍，我还老站在这里做什么。于是低声向胡太太道：“我们走吧。”胡太太也看出了她局促不安的样子，以为她不会跳舞的人对于这种场合不大习惯，便点点头引了她出去。

转身只走了两步，后面有人叫道：“怎么走呢，胡太太？”她们回过头看时，是位穿西服、嘴唇上留有半圈短胡子的人。胡太太笑道：“我是陪这位魏太太来观光的，刘先生自己没有跳舞？”他笑道：“你若下场子我可以奉陪。魏太太初次来，我没有招待，那太对不起，请到楼下去坐坐。我熬有一点真咖啡，是重庆不大容易得着的，喝杯咖啡走吧。”说着，向魏太太笑着点头。她明白了，这是主人，人家所请的客人，都是珠光宝气的太太小姐，自己这副形象，怎好意思加入人家的舞群，便笑道：“对不起！刘先生，我今天有事，改日再来拜访刘太太吧。”那主人有的是凑热闹的女宾，却也不怎样挽留，笑着送到门廊下就止步了。

魏太太再到胡家，他们家的男客已完全走了，主人让到小客室里来坐。

重庆非大富之家经过八年的抗战已没有沙发椅。小康之家代替沙发的是柳条和藤片做的沙发式的矮椅子。胡家客室里也有这种陈设，而且椅子上各加阴丹士林布的软垫子。这种布也久已是成为奢侈品的了。客室的另一角放着小圆桌子，上面盖着挑花的漂白布桌毯，魏太太是久有此意，想买两丈极好的漂白布做两身内衣。也就因为白布既极贵，而且也不大容易买到，把这事延误了，倒不如人家胡太太拿了做桌布。因笑道："你们家打算在重庆还住个十年八载呢，还是这样新添东西。"胡太太道："这不算添东西呀？你看我们家，到晚上还有大批人马来到，不能不让人家有个落座的地方。"

魏太太看围着圆桌的椅子，也是新置的，显然是最近的布置。魏端本阶级相等的朋友，就没有谁人家里能预备一间客室。这胡家的客室，虽然是这点家具就摆满了，可是墙壁上挂着字画，桌上摆着鲜花瓶，并没有客室里不应当摆的东西，这可知道完全是做客室之用的。因笑道："胡太太，我很欣慕你。在重庆能过着这样安适的日子，这不是容易的事。"胡太太笑着摇摇头道："并不安逸呀！我们胡先生也是不住地向我啰唆，老说我花多了钱。往后我也要少赌两场了。"说着，嘻嘻一笑。

魏太太道："你怕什么？有的是资本做金子生意。六个月对本对利大捞一笔，你输不了。"胡太太道："提起这事，我不要说过就忘了。陶太太的事我们怎样办理，她是要现钱，还是要支票？现款恐怕家里没有这样多。"

魏太太道："你开明日的支票吧。让她自己明日上午把金器拿来。她又没有拿东西来，我带了现款去，倒负有责任。"胡太太对于这个说法，倒好像是赞成的。立刻进屋子去，又拿了个小红皮箱出来，打开皮箱，取出了三个支票本子，挑了其中一个，摸出口袋里的自来水笔，伏在圆桌上，开了张三万元的支票。支票放在桌上，把小皮箱送进房去。再出来，却带了印泥盒和图章盒，在支票上盖了两个章，交给魏太太，笑道："这决不是空头。"

魏太太心里想着，这家伙真有钱，而且也真会管理。支票和图章不但不放在一处，而且也做两回手续办理。这便笑着点了两点头道："胡太太的事，没有错。你玩是玩了，乐是乐了，家里日子过得十分舒服，手边用的钱也十分顺便，我应当向你学习学习。"胡太太道："好哇！随便哪天来，我先教给你跳舞。"魏太太道："我若是有你这个环境……唉！不说了。我到你这里来一趟，我的眼睛受的刺激够了，我不能再受刺激了。"说着，将那支票揣在身上，扭转身就走了。

007　买金子买金子

魏太太带着满怀的感慨回到了家里，事实上是和预定期间多着两三倍。杨嫂带着孩子们都睡了。她心想，自己是个倒霉的人，这三万元支票，别在身上揣丢了。因之并不耽误，就到陶家来。陶太太坐在电灯下补袜子底呢，立刻放下活计相迎。魏太太笑道："你们陶先生也穿补底袜子？"陶太太道："请问重庆市上，有几个人的袜子底不是补的？"魏太太道："其实，只要少输两回，穿衣服的钱都有了，别说是穿袜子。"陶太太笑道："话是谁都会说，可是事临到头上，谁也记不起这个说法了。"

魏太太嘻嘻一笑，弯着腰在长袜统子里，摸出了那张支票，递给陶太太，因把在胡家接洽的经过说了一遍，接着叹口气道："有钱的人做什么事都占便宜，他们有法子用金子滚金子，现在是四两，半年后就是半斤。你这金镯子若是不押了它，现在卖个三四万块钱，就可以买二两黄金储蓄券。到了秋天，你就戴两只镯子了。"陶太太笑道："你也知道这个办法，你一定买了。伯笙原来也是劝我这样做的，可是我要为孩子筹零用钱，我就顾不得捡便宜的事了。"说着，她突然摇了两摇手，把支票收到衣袋里去。隔壁屋子，正是陶伯笙在说话。

魏太太到那屋子里来，见他将一张纸条放在桌上，用铅笔在纸上列写阿拉伯字码。他一抬头笑道："昨晚上的事，真对不起，我又是一场惨败。无论如何，要休息一个时期了。"魏太太笑道："回来就写账，合伙买金砖吗？"陶伯笙哈哈大笑道："好大口气，我也不过是和人跑跑腿而已。"

魏太太胡乱开句玩笑，却没有想到他真是在算金子账，便坐在旁边椅子上问道："你有买金子的路子吗？"陶伯笙坐在桌子边，本还是拿了铅笔在手，对了纸条上的阿拉伯字码出神，这就很兴奋地放下了铅笔，两手按住了桌沿，望着魏太太道："怎么着，你对这事也感兴趣吗？"

魏太太笑道："对发财的事谁不感兴趣？若不感兴趣，那也就怪了。可是我没钱，一钱金子也买不到。"陶伯笙正了脸色道："我不是说笑话，你何妨和魏先生商量商量，抽个十万八万，买四五两黄金储蓄券也好。将来抗战胜利回家去，也有点安家费。现在真是那话，胜利逼人来，也许明年这个时候我们已经回到了南京。”魏太太摇着头道：“你也太乐观了。”陶伯笙道：“不乐观不乐观，这是比‘放比期’还优厚的利息，能借到债也可以做的买卖呀！”魏太太低头想了一想，笑道：“端本回家来了，我和他商量着试试吧。”

正说到这里，有个矮胖子走进来。魏太太已知道他，他是给老范跑腿的李步祥，人家真要谈生算经，自己也就只好走开了。陶伯笙和他握着手，笑了让座，因道：“冒夜而来，必有所谓。”李步祥笑道：“在门外面我就听到你和刚才出去的这位太太谈买金子了，兄弟发财的念头也不后人。”

陶伯笙起身敬了他一支烟，又擦着火柴给他点上了，就因站在他面前的缘故，低声笑道：“老兄，要买的话，打铁趁热，就是明后天。我听了银行里的人说：就在下月一号，金价要提高。今天的消息更来得急，说是政府看到买金子的人太多，下月就不卖了。”李步祥喷了一口烟，笑道：“我也是听了这个消息，特意来向你打听的。你既然这样说了，我的事也就拜托你，你和老范去买的话，顺便给我来一份。”

陶伯笙道：“你找我，我还找你呢。我和老范托的那位包先生，是隔子打炮的玩意。他根本还得转托业务科的人。几百万的本票，我可不敢担那担子，让人转好几道手。干脆，我去排班。我打算今晚上起个黑早，到中国或中央银行门口去等着。你也有此意，那就很好，我们两个人同去，站班有个伴，也好谈谈话。”李步祥把手伸到帽子里去，连连搔了几下头发，搔得那帽子一起一落。原来他走进来就谈金子，帽子都忘了摘下来呢。他笑道：“站班，这可受不了。我到重庆来，除了等公共汽车，我还没有排过班。为了排班，什么平价东西，我都愿意牺牲。”

陶伯笙架了腿坐在床沿上，衔了支烟卷在嘴角上。左手拿了火柴盒，右手取根火柴，很带劲地在火柴盒上一擦，笑道：“难道说，买平价金子，你也愿意牺牲吗？”说完了，方才将火头点了烟卷深深地吸上一口。李步祥道：“若是你陶先生西装笔挺都可以去排班，我李步祥有什么不能去的。不过你拿几百万去买，虽然是人家的，怕这里面有你很大的好处。我可怜，只拼凑了二十万元，买他十两金子而已。”

陶伯笙笑道：“十两还少吗？我太太想买一两，那还凑不出那些钱呢。这些闲话都不必说了。银行是八点钟开门，我们要六点钟就去排班，晚了就挤不上前了。我们在哪里会齐?”李步祥已把那支烟吸完，他把桌上的纸烟盒拿起，又取了一支来抽，借以提起他考虑的精神。陶家这屋子里，有两把不排班的椅子，相对着各靠屋子的左右墙壁。李步祥面对了主人背靠了椅子，昂起头来，一下子吸了五分长一截烟，然后喷出烟来笑道：“我还得问明白了老兄，我们是到中央、到中国，还是到储汇局?”

陶伯笙笑道：“还是中央吧。听说将来兑现金，还是由中央付出。为了将来兑现得便利，就是中央吧，而且我的四百万元本票，只有一张五十万，是中央的，其余有两三家商业银行。为了他们交换便利，也是中央好。”李步祥笑道：“你真前后想个周到，连银行交换票据你都替人家想到了。”

陶伯笙唉了一声道：“你知道什么?你以为这是在大梁子百货市场上买衬衫袜子，交了钱就可以买到货?这买黄金储蓄券手续多着呢。往日还有个卡片，交给买主，让你填写姓名住址储金的数量。自从买金子的人多了，卡片不够用，银行里笔墨又闹恐慌，这才免了这节繁文。可是你还得和他们讨张纸条，写好姓名数量，将钱交了上去。当时他给你个铜牌子，明日再去拿定单。你若是现款，那自然你以为是省事，可是要带上几百万元钞票，你好带，人家还不愿意数呢。最好你是交中央银行本票，人家只看看就行了。其次是各银行的本票，他收到了本票，写了账，把你的户头登记了。本票交到交换科。交换是中央主办的，其他国家银行也是送到这里来交换。交换科每天交换两次，上午一次是十一点。交换科将本票验了，若是商业银行的话，还得算清了，今天他们并不差头寸，这张本票，才算是现钱。交换科通知营业科，营业科交办理黄金储蓄的人开单子。这几道手续，至少也得十二小时。若是你赶不上十一点钟的交换时间，中央晚上办理交换，第二天下午，才能通知营业科，你这定单，至早也得第三天才能填好，所以我们必须上中央，而且要赶上午。这个月已没有几天了。万一下月停止办理黄金储蓄，这两日争取时间，是最重要的事。”李步祥听了这篇话，茅塞顿开，将手一拍大腿道：“真有你的，怪不得老范要你跑腿。你怎么知道得这样多?”

陶伯笙笑道：“这年头做生意不多多地打听，那还行吗?我除了在银行里向朋友请教而外，又在中国中央，亲自参观了一番。本来这件事还有个简单办法，就是托着来往的商业银行代办，并无不可。人家和国家银行有来往，天天有买卖。可是老范这人精细起来却精细得过分。他原和三家商业银行有来往。其中一家有点靠不住，他的存款都提出来了，其余两家也是拼命在抢购金子。他怕托运两家银行不十分卖力，会耽误了时间。反正有我这个跑腿的，就在银行里开了本票，让我直接到银行里去买定单。反正是两条腿，站他两小时的班，这比辗转托人情，向人赔着笑脸，总要好得多。我们这是拿着几百万元去存款，又不向人家借几百万，凭什么那样下贱去托人情呢？”李步祥笑道：“你说的这些话，我都明白了，不用说了。事不宜迟，我连夜凑款子，明天早上我们在中央银行门口相会。”

陶伯笙道：“你不是说，已经凑足了款子吗？”李步祥道：“款子现成，全是现钞。我听到你说，银行里嫌数现钞麻烦，我连夜和朋友去商量，去调中央银行的本票。若是调不着本票的话，就是去调换些大票子也好。”

陶伯笙道：“这倒是个办法。最好明天早上你来约我，我们一路到中央银行去，排班也好排在一处。”李步祥道：“那也好，反正打你这里过，弯路也有限。那么，我就走了。”说着，他就起身走去。

李步祥是个跑百货市的小商人，没有钱在城里找房子住，家眷送在乡下过日子，他却是住在僻静巷子里一个堆栈的楼上。这原来是重庆城里一所旧式公馆。四进房子，被敌机炸掉了两进半。商人将这破房子承租过来，索性把前面两进不要。将旧砖旧料，把炸了的半进盖个半边楼。李步祥就是在这加做的楼上住着。破砖和石头堆的坡式梯子，靠了屋边墙向上升，墙上打个长方洞，那算是楼门。楼倒有一列楼廊，可没有顶，又可算是阳台。旧式房子的屋顶，本来是三角形，屋檐前后总是很低。炸弹把这屋子炸去了半截，修理的时候，就齐那三角形的屋脊附近，由地面起了半截墙。墙上钉着木板，拦成半边楼。这样，楼的前面，高到屋脊，也就可以在板壁上开门开窗户了。楼里自然是前高后低，是斜形的，但临窗放桌子，靠后墙铺床，也起居如意。因为屋顶是斜的，为了显得里面空阔些，全楼是通的，并不隔开，一字相连铺了七八个床铺，两头对面又各铺了一张床。在这里住的人，倒好像坐小轮船的半边统舱。因为临窗的桌子和靠墙的床相隔只可走一个人，若有人放把椅子在桌上算账，经过的人，必须跳栏竞赛地斜了身子跨过去。再加上箱子篮子盛货的包裹，其杂乱也不下于一个统舱。

李步祥走到这楼上，见不到罩子的秃头电灯泡，挂水晶球似的，前后左右，亮着四盏。两头两张三屉小桌，各堆了一堆椒盐花生，配着几块下江五香豆腐干。每张桌前，或站或坐，各有三四个人，互递着一只粗碗在喝酒，因为那股浓烈的香气袭人，就是不看到碗里有什么，也知道是在喝酒的。他喝了一声道：“好快活，吃花酒。”

这堆栈里一个年老的陈伙计，秃着头，翘着八字须，脸上红红的。卷起他灰布长衫的袖子，正端了粗饭碗在抿酒。放下碗来，钳了半块豆腐干，向他招招手道："来来来，李老板，我们划几拳。"李步祥的床铺，在半间楼的最里面横头。这像坐统舱的边铺，是优待地位。他正要经过这两个吃花酒的席面。走到陈伙计面前，见有两张粗纸放在花生堆边，纸上洇着两大团油晕，还有些酱肉渣子。便笑道："怎么着，今天打牙祭？"陈伙计笑道："什么打牙祭？他们敲我的竹杠。"李步祥道："那未必是老兄赚了一票，要不然，他们不会无缘无故敲你的竹杠。"

吃酒的人中有位刘伙计，便道："李先生，你要知道，你也该喝他四两，陈先生令弟，由西康来，和他带来三两多金子。在西康不到三万元收的，到了重庆做四万五卖给别人了。那三两金子，根本就是带一万多块钱货到西康去换来的。前后也不过四个月，他赚了个十倍转弯，这还不该敲他一下吗？"陈伙计本来是端了酒碗待抿上一口，听了这话，笑得牙齿露着，胡子翘着，把碗里的酒喝不下去，索性放下碗来，笑道："你不要听他们夸张的宣传。赚是赚了一点，哪里就赚得了许多呢？"

李步祥说着话，走到他的床边，将壁上的西装木架子取下，将身上穿的这套西服脱了挂上去，另在床底下箱子里，将一套旧的青呢中山服穿起。原来在重庆的商人，只要是常在外面活动的，都有一套拍卖行里买来的西服。就以这半个楼面上的住客而论，在家里挤得像罐头里的沙丁鱼，出去就换上了西服。你在街上遇到他，想不到他是住在这鸡窝里的。

陈伙计看到李步祥换下了西服，倒想起了一件事，笑道："李先生出去跑市场，舍不得穿这套西服的。今天忙到这时候回来，有什么好买卖？"他毫不考虑，笑道："抢购黄金。"陈伙计抓了把花生走过来塞到他手上，笑道："别开玩笑了。"他是江苏人，憋了这句京腔，那个"开"字和"玩"字，依然是"刻"字"晚"字的平声，实在不如本腔受听，全楼人都笑了。

李步祥剥着花生，笑道："你以为我是说笑话吗？这是真事。明日一大早，我就到中央银行去排班。明日上早操的朋友，希望叫我一声。"原来这楼上也有一位国民兵团的壮丁，是堆栈里两位学徒。他们没有吃花酒的资格，各端了本川戏唱本，睡在床上念。就有个川籍学徒答道："要得。往常买平价布，赶汽车，（川人对乘船乘车，均曰赶）都是我喊人咯。"

陈伙计道："李先生真去买黄金储蓄券。若等一天，我们一路去。"李步祥道："我不说笑话。你若是打算买，那就越快越好。听说下月一号，不是提高官价，就是停止办理黄金储蓄。这消息虽然已经外露，知道的人还不算多，等到全重庆的人都知道了，你看，银行门口怕不会挤破头。所以要办……”

那位陈伙计，本已坐到那三屉桌子边，缓缓地剥着花生。听了此话，突然向上一跳地站了起来，问道：“李先生，这消息靠得住?”李步祥倒不是像他那般紧张，依然坐在原位上，剥了花生米，落在右手掌心里，张开嘴来，手心托了花生米，向嘴里一抛，咀嚼着道：“不管他消息真不真，决定了办，明天就办。早一天办，拿了储蓄券，将来就早一天兑现取金。”

有位坐在床上端酒碗的张老板，是个黑胖子，穿了西装，终年顶了个大肚子，颇有大腹贾的派头。谈起生意经，倒只有他是陈伙计的对手。这时，他把酒碗放下，将五个指头，轮流地敲着桌子，因微笑道：“老兄，我刚才和你商量的话怎么样？你何必一定要买十两？你手上有十五六万先买他七八两，等凑到了钱，再补二两，那还不是一样？老兄，你要知足，你一万多块钱，变成了三两多黄金。黄金卖了十五六万，再去做黄金。黄金卖了十五六万，再去买黄金储蓄，半年之得，有半斤金子了。”陈伙计听了龇开了牙齿，手摸了几下胡子，笑道：“既然是对本对利的生意，你为什么不干?”

张胖子皱了眉，嘴里缩着舌头啧的一声，表示惋惜之意，因道：“我的钱都在货上了，调动不开，手边上只有两三万元，二两都凑不上。”说到这里，陈伙计突然兴奋着，站了起来，大声问道：“各位有放债的没有？三千五千，八千一万，我都借。半个比期，我一定奉还，只要能凑成四五万块钱，我就心满意足了。我照样出利钱，但我希望照普通银行的规矩，七分或八分，不让我出大一分就好。”他这样号召着。虽然有几个人响应，但那数目，都只三千两千。

那最有办法的张胖子，拖了个方凳子，塞在屁股后面，就在桌子边坐下，在花生壳堆里挑着完整的花生出来，慢慢地剥着吃，他却不说什么。陈伙计望了他道：“老张，真的！你有没有现款?”他这才笑道：“老兄，赚钱的事个个想干的啊！我有钱，我自己也去买黄金储蓄了。”陈伙计道：“我不相信你就只三万现款。”

他慢慢地还是在剥花生，在花生壳堆里找花生，而且还把喝光了酒的空碗端起来闻上一闻。看他脸色沉着，好像是在打主意。于是大家也就沉默着，听他发表什么伟见。果然他挑出一粒花生，又向花生壳堆里一扔，然后脸子一扬道：“我倒有个有福同享的办法。像凑钱买航空奖券一样，现在我们在这屋子里的人，除了自己有钱可以去买三两五两的不算。那只能买一两八钱，或者连五钱都不够买的，可以把款子凑起来。凑到十万，我们就买五两，凑到二十万，我们就买十两。记一笔总账，某人出了钱多少，将来兑现，按照出的资本分账。黄金储蓄券，记着出钱最多的那人姓名，由他开具收条，分交投资的，收据由他亲自签字盖章为凭。储券也由他负责保存。大家不要以为我出的主意，我想拿这储券，我手边只有现款三万。我这个数目不会是最多数。”

他这样说着，就有好几个人叫着赞成赞成。有的说出二万，有的说出一万五千，那不够一万的，就再向别人去商量，借点小数来凑整的。都是这样说，连五钱金子都定不到，那就没意思了。那两个川籍学徒，也由床上坐起来，不看川戏唱本了。一个问道：“哪天交款？”

张胖子道：“打铁趁热，马上交款。陈先生年纪最大，我们公推他临时主席，款交给他。我们再推一个代表，明日一早到中央银行去排班。由主席今晚交款子给他，他负全责去办储蓄。将来兑现的时候，大家奉送一笔排班费。这样做，我觉得最公道也最公开。大家干不干？”这时，除了陈伙计为着凑不到款子，谢绝当临时主席外，其余的人一律同意。有的开箱子找钱，有的在衣袋里摸索。

那两个川籍学徒，是这楼上最穷的分子，各各掏摸身上，都不过两三千元。甲学徒向乙学徒道“别个都买黄金，我们就无份，我们也凑五钱金子股本，要不要得？”乙学徒向床上一倒，把那放在被卷上的川戏唱本又拿了起来，答道：“说啥子空话？我没得钱，你也没得钱。发财有命咯。”甲学徒走过来，拉着他道：“我和你咬个耳朵（说私话也）。”于是低声道：“大司务老王有钱，我们各向他借四千。自己各凑一千，不就是一万？”乙学徒道：“你去和他说吗，碰他那个酒鬼的钉子，我不招闲。”那甲学徒倒是想到就办，立刻下楼到厨房里去了。

约莫是十分钟，有人就在门外叫道：“买金子，买金子，要得吗！”门拉开，那个大司务老王进来了。他一张雷公脸，满腮都是胡碴子，在蓝布袄子上系着青布围襟，手捞起了围襟，只管揩擦着两手，笑着问道：“朗个的，打会买金子？我来一个，要不要得？”

张胖子笑道：“好长的耳朵，你怎么也知道了？”老王道：“确是，大家带我一个。”张胖子道：“你搭上多少股本？”老王道：“今天我有三万块钱，预备带下乡去，交给我太婆儿，没得人写信，还在我身上。让她多吃两天吹吹儿红苕稀饭，（吹吹，犹言可以吹动之米汁也。红苕即番薯）不生关系，列个老子，我先买金子再说。三万块钱，买一两五，过不到瘾。我身上还有二千四百元零钱，我再到街上去借三千元，凑起四万，买二两。列个老子，半年后有四两黄金，二天给我太婆打一只赫大的金箍箍（戒指也），她做一辈子的梦，这遭应了梦了，喜欢死她，列个老子，硬是要得。”说着，他不住伸手抓雷公脸上的胡碴子，表示了那番踌躇满志。引得全楼人哈哈大笑。

008 半夜奔波

老王的这番话，引起了李步祥的心事。原是预备将二十万元去向熟商人掉换本票的。一回到这楼上，大家讨论买金子，把这件事情就忘了。这就叫道：“老王，你上街借钱，我托你一件事。问问有大票子没有？你若能给我换到二十万五百元的票子，我请你喝四两大曲。”老王道：“就是吗。票子越出越大，就越用越小。五百元一张的算啥子，一千元一张的，现在也有了。拿钱来吗，我去换。”李步祥听到他说可以换了，倒是望着他笑了，因道：“你的酒醒了没有？”老王道：“你若是不放心，我们一路去，要不要得？银钱责任重大，我也不愿过手。”李步祥听他说，虽觉得自己过于慎重一点，但想来还是跟着他的好。于是把二十万元放在皮包里，跟着老王走上大街。

就在这堆栈不远，是两家大纸烟店。老王走进一家是像自己人一样，笑道：“胡老板，我有点急事，要用几个钱，借我三千元，一个礼拜准还你。”这纸烟店柜台里横了一张三屉小账桌，左边一叠账簿，右边一把算盘。桌子上低低地吊了一盏白罩子电灯，胡老板也似乎在休息着这一日的劳瘁，小桌上泡了一玻璃杯子清茶，正对着那清茶出神。他坐着未动，掉过脸来，笑道：“你有什么急用，必定是拿了钱去，排班挤平价布。”

老王一摆头道：“我不能总是穿平价布的命呀。今天我要摆一摆阔，凑钱买金子。胡老板，你帮我这一次忙，隔天你要请客的话，我若不跟你做几样好川菜，我老王是龟儿子。”这胡老板不免为他的话所引动，离开了他的账桌，走到柜台里，望了他道：“这很新鲜，你也打算做金子生意？你和我借三千块买金子？你以为是金子一百二十换的时候。”老王含着笑正和他说着只借三千元的理由。

从账桌后面的小门里走出来一个中年妇人，只看她穿着雪花呢旗袍，烫发，手腕上戴着雕龙的金镯子，一切是表示着有钱，赶得上大后方的摩登装束。她抢问道："谁有金子出卖?"她见李步祥夹了大皮包站在后面，她误会这是个出卖金子的，只管望了他。老王笑道："没有哪个卖金子，买还买不到手哩。老板娘，你要买金子吗？我去和你排队，不要工钱，就是今晚上借我三千元，不要我的利息，这就要得。"老板娘道："老王，你说话算话，就是那么办。你只要在银行里站班到八点钟，我们有人替你下来，不耽误你烧中饭。"胡老板道："他的早饭呢?"老王道："我会找替工嘛。"

李步祥听了，这又是个买金子的。人家有本票有大票子，怕不会留着自己用，这大可不必开口了。同时，又感到买金子的人到处都是，料着明天早上，银行里是一阵好挤。有一次汇五万元小票子到成都，银行里都嫌数票子麻烦。这二十万元的数目，在人家拥挤的时候，人家也未必肯数。大梁子一带，百货商熟人很多，还是跑一点路吧。他自己觉得这是福至心灵的看法。再不考虑，夹了皮包，就直奔大梁子。

重庆城繁市区的夜市，到了九十点钟也就止了。大梁子是炸后还没有建筑还原的市场，当李步祥到了那里，除了马路的路灯而外，两旁的平顶式的立体小小店铺全已关了。好像断绝烟火的土地庙大集团，夹了马路休息着。然而他那股兴奋的精神，绝不因为这寂寞有什么更改。他首先奔向老友周荣生家。

这位周老板，住在一家袜子店后面。只有一间仅够铺床的窄条矮屋子。除了那张床铺，连方桌子也放不下，只在床头，塞了一张两屉小桌。可是他在乡下的堆栈，却拥有七八间屋子。他是衡阳转进重庆来的一位百货商人，就是住在这百货交易所附近，以便时刻得着消息。他流动资金不多，并不收进。但他带来的货色，他以为还可以涨个两倍三倍，甚至七倍八倍，他却不卖出。尤其是这最近半个月里，因战局逐渐好转，百货下跌。他和七八位和衡阳进来的同业，订了个君子协定，非得彼此同意，所有带来的货决不许卖出。在民国三十四年春季，他们合计的货物，约可值市价三万万五千万。若是大家把货抛出，重庆市场消化不了，可能来一个大惨跌。那是百货同业自杀的行为了。所以他住在这里，没有什么大事做，每天是坐茶馆打听行市。

这时，他买了一份晚报，躺在床上对了床头悬下的秃头电灯泡看，大后方缺纸，报纸全是类似太平年月的草纸印的。油墨又不好，不是不清楚，就是字迹力透纸背。他戴起了老花眼镜，两手捧了报，正在研究湘桂路反攻的这条消息。李步祥在门外叫道："周老板没有出门吗？"他已听出是李步祥的声音，一个翻身坐起来道："请进来，忙呀！晚上还出门。"

李老板走进他屋子，也没有个凳子椅子可坐，就坐在他床铺上。周老板虽然拥资七八千万，自奉还是很薄，这床铺上只有一条毯子和一床被。李步祥将皮包放在床铺上，他已能感觉硬碰硬的有一下响，便笑道："周老板，你也太省了，床铺上褥子都不垫一床。"他在床头枕下，摸出了纸烟火柴，取一支纸烟敬客，摇摇头道："谈不上舒服了，货销不出去，一家逃难来川的人，每月用到二三十万。连衣服也不敢添，还谈什么被服褥子。"

李步祥一听，感觉到不妙。一开口他就哭穷，他怎肯承认有本票有大钞票？口里吸着他敬的那支烟，一股又辣又臭的气味冲进了嗓子眼，他只好手钳着烟支，不吸也不丢下，沉默了两分钟，然后笑道："若是周老板嫌货销不动的话，我多少帮你一个忙。明天我和你推销一批货。今天晚上我先和你做点生意，批三打衬衫给我。我立刻付款。"周荣生笑道："我就猜着李老板冒夜来找我必定有事。实不相瞒，货是有一点，现在正是跌风猛烈的时候，我怎样敢出手？"

李步祥笑遣"那么，你不怕货滞销了？"周荣生也就感到五分钟内，自己的言语过于矛盾。抬起他的手，还带了半边灰布薄棉袍的袖子，乱搔着和尚头，微笑着把头摇了几下。李步祥道："滇缅公路，快要打通，说不定两个月内仰光就有新货运进来。周老板，你老是舍不得把货脱手，那办法妥当吗？老范的事情，你听见说了吧？"周荣生道："听见的，他不干百货了，把款子调去买金子。这倒是个办法。可是我不敢这样做。我若把我的东西一下抛出去，我敢说百货市场上要大大的波动一下，价钱不难再跌二三成。越跌，越销不出去，别人有货的，也跟着向下滚，那我是损人不利己。我若今天卖一点明天卖一点，那能抓到多少款子，而且听说下个月金子就要提高官价了，月里没有了几天，无论如何来不及了。一个很好的机会，失了真是可惜。"说着，他又抬起手来摸和尚头。

李步祥笑道："我倒不是想发大财，捡点儿小便宜就算了。我也实不相瞒，明天早上，我要到银行里去做十两黄金储蓄。只是手边上全是些小额钞票，恐怕在银行交柜的时候，他会嫌着麻烦而不肯点数。周老板手上若是有本票或者大额钞票的话，换一点给我好不好？"周荣生突然站起来，拍着手笑道："李老板，你把我看得太有办法了。没事，我关了几十万现款在身上放着。"他那满脸腮的胡碴子，都因他这狂笑，笑得有些颤动。

李步祥碰了他这个软钉子，倒弄得很难为情，便笑道："那是你太客气了。你随便卖一批货，怕不是百十万。我是猜你或者卖了一批货。其二呢？我也有点好意。我想，反正我明天是站班站定了。若是你周老板也有这个意思，我就顺手牵羊和你代办一下。多的你不必托我，自己会去办。若是十两二十两的话，我想你放心把款子交给我的。"周荣生正是心里讪笑着李步祥的冒昧，听了他这个报告突然心里一动，便站定了向他望着道："明天你真去排班？"

李步祥道，"若不是为排班我何必冒夜和你掉换票子呢？"他说着，手取了皮包，就站将起来道："天已不早了，我得赶快去想法子。"周荣生道："你再坐几分钟，我们谈谈。"说着，他就把那纸烟盒拿起来，又敬李步祥一支烟，而且把他手上夹的皮包抽下来，放在床铺上。笑道："我也是这样想着，暂时找不到大批款子，就买他十两二十两，那又何妨。但是我倒要打听一下，一个人排班，可以来两份吗？"

李步祥两指夹了纸烟，放在嘴角里碰了一下，立刻放下，斜眼望了他，见脸上带了几分不可遏止的笑容。心里就想着，这家伙一谈到钱，就六亲不认，我刚才是说和他将钱掉钱，又不是向他借钱，他推托也不推托一声，就哈哈给我一阵冷笑。他少不得要托我和他跑腿，明的依了他，暗地必须要报复他一下。因笑道："这又不是领平价米买平价布，这是响应国家储蓄政策，他要人排班，是免得挤乱了秩序。至于你一个人储蓄几份，他何必限制？并没有听到说，限制人储蓄多少两。那么，五十两来一份的可以来，十两来五份的，有什么使不得？开的是饭店，难道还怕你大肚子汉。"说着，他又将皮包提起来，点了头说声再见。

周荣生一把将他的衣袖抓住，笑道："你忙什么的？我们再谈几句。"李步祥将手拍了皮包道："我这里面带了二十万小额钞票，夜深了，夹了个大皮包，满街去跑，那成什么意思呢？再见吧。"说着，扭转身子就要走。周荣生还是将他的衣襟拉着，笑着点头道："不忙，不忙，换钞票的事，我和你帮忙就是了。"李步祥道："你不是说你没有现钞吗？"周荣生拉长了嘴角，笑得胡碴子直竖起来，抱了拳头拱拱手道："山不转路转，我没有现款，我还不能到别处去找款吗？你在我这里宽坐十分钟，我去找点现款来。纵然找不到本票，我也想法去弄些五百元一张的大票子来。"

李步祥觉着获得了胜利，倒不好意思再别扭了，笑道："我的事，怎好要你老兄跑路哩？"周荣生连说是没关系，安顿着他在屋里坐下，立刻出去了，出门之后，却又回头向屋子里探望着，笑道："老兄，你可要等着我呀！"李步祥答应了，他方才放心而去。

约莫是十五分钟，周荣生满脸是笑地走了进来，手里还捏了个小纸卷，他先把纸卷透开，里面是两支纸烟，笑道："老兄，我请客，我在纸烟摊上，特意给你买了二支骆驼牌来。这是盟军带来的玩意，我还没有尝过呢。"他说着请客，真是请客，这两支烟全数交给了客人，自己没有取用。接着在怀里掏出个手巾包，像是捆着一条咸面包似的。

将手巾包打开，里面果然是两大捆大额钞票，有二十元的关金，五百元的钞票，最小额的也是十元关金。一卷一卷地用麻绕绑好。这日子，大后方的关金，还没有离开红运。李步祥正惊讶着，他十几分钟，就怎么弄来许多钞票。可是那钞票捆中间还有个变成黄酱色的皮夹子呢。皮夹子的按钮，大概是不灵，将一根细带子把那皮夹子捆了。他解开皮夹子上的带子，透开皮夹，见里面是字据钞票发票什么都有。他在字据里面，寻出个白纸扁包儿，再透开，里面是中央银行三张本票。他将那本票展给李步祥看是两万元的两张，十万元的一张，笑道："你看，这不和你所要换的款子，相差得有限吗？"

李步祥道："这带来的钱，可就多了。"周荣生拱拱手道："你明天不反正是排班吗？我就依你的劝，也来个二十两。一时还凑不到许多钱，明天早上，我到银行里去，把钱给你，也免得你晚上负责保管的责任。"

李步祥也只有微笑。周荣生却误会了他的意思，因道："老兄，你觉得我这钱怎么一下子就拿来了，不是借来的吗？我就不妨明告诉你，钱是哪里弄来的。这里的凯旋舞场经理，和我有点来往，我是在他那里拿的。我在舞场里面，还碰到了袁三。下次见着了她，你问问她看，是不是见着了我？"李步祥听他这话，倒不觉灵机一动，笑道："我只要你肯帮我忙就很感谢，我何必问你这钱是哪里来的呢。"说着，他打开皮包，取出了带着的现款，和周老板交换钞票。

周老板却是细心，将二十万元小额钞票，一张张地点数，每点一万，放作一叠。直到排好了二十叠，又把叠数，重新点验过一番。这足足消磨了三十分钟，李步祥只有坐在旁边床铺上瞪了眼望着。等他点验完了，这才笑问道："周老板，没有什么错误吗？"周荣生笑道："你李老板的款子，还会有什么短少吗？"李步祥道："那么，我现在要告辞了。"周荣生倒觉得他这样追着一问好像有点毛病，于是又把这左手捏的二十叠票子，用右手论叠地掐着数了一遍，笑道："没有错。"

李步祥笑着走出袜子店，在大街上摇着头，自言自语地道："这家伙真小气，怎么也发了这样大的财?"说完这句话，遥远地听到有人咳嗽一声，正是周荣生的声音，他赶快地就走。

由这里直穿过一条街，就是凯旋舞厅。这是重庆市上，唯一的有夜市所在。红绿的电灯泡，嵌在花漆的门框上，排成个彩圈。远在街上，就听到一阵西洋音乐声音传了出来。这种地方，他战前就没有去过，不知道进门有什么规矩没有，这么一犹豫，他不免放缓了脚步，恰好有三个外国兵笑嘻嘻地走进去。他想，这地方有了外国人，更是有许多规矩，自己穿这么一身破旧的中山服，是不是可以走进去呢？越考虑，胆子可就越小了，慢慢地走到那大门边，却又缩脚走了回来。他自己心里转着念头道："找袁三，也不过是碰碰机会的事。她未必在这里面。就是找着了她在跳舞场上，也不是谈生意经的所在，算了，回去吧。"他自己感到这个想头是对的，就打算向回家的路上走，忽然有人在身后叫道："那不是李老板?"他回转头来一看，正是袁三小姐，便点着头道："好极了。在这里遇到了三小姐。"

她站在电灯照耀的舞场门口，向他招了两招手，笑道："过来，老范有什么话托你转告我吗?"李步祥就近两步笑道："我有点事和三小姐商量商量。特意来找你来了。"袁三摇摇头道："那不对吧？我走出门来的时候看到你是向那边走的。"李步祥笑道："谁说不是？我没有进过舞场，走到门口没有敢进去。"袁三笑道："你这块废料。说吧，有什么事找我?"

李步祥回头看看，身后并没有人，笑道："实不相瞒，这两天我犯了一点财迷。听说下个月一号黄金就要涨价了。我们得抢着买，我想明天到银行里去排班，要买点黄金储蓄。不过直到今天下午，我还只凑到了十来万元，想买十两，还差点款子。三小姐，你能不能帮我一点忙，借几万元给我。我多则半个月，少则一礼拜……"

袁三不等他说完，拦着道："什么多则少则，我向人家借钱，向来就没有打算还，要不然，你袁三小姐，没有田地房产，又没有字号买卖，这日子怎么过？人家借我的钱我也不打算叫人家还。你说，你打算借多少?"说着，她将薄呢大衣的领子，向上提了一提，人就在街上走着。她穿的是跳舞的高跟皮鞋，路面是不大平的，她走得身子前仰后合，李步祥看着，这简直就是跳舞。加之夜静了，空气沉寂着，她身上那化妆品的香气一阵阵地向人鼻子里送着。他不敢随着袁小姐太近了，在五六尺以外跟着。袁三站住了，回转身来问道："怎么回事，你怕我吃了你吗？走得这样远，你说什么，我简直没有听到。”

李步祥只好走近了两步，笑道：“我没有开口呢。袁小姐说是我借钱不打算还，那让我说什么是好呢?”袁三道：“这是我的话，你不要管。你说，你打算和我要多少钱? 反正这样深夜让你来找我借钱，不能要你白跑。”李步祥道：“那么，三小姐借我五万元吧。”她摇摇头：“不行，那太多了。送你两万。我有个条件，今晚这街上找不到车子，不知什么事，车子都躲起来了。你送我回家，行不行?”说着，把夹在肋下的皮包抽出，打开来，随手抽了两叠钞票交给他。李步祥的目的虽不止这些，但有了两万元，又可多买一两金子，她说了不用还，白捡的东西，倒不必拘谨。于是道了声谢，将款子接过。

袁三道：“你随着我走吧，没有关系。我在跳舞厅里搂着男人跳舞，也算不了什么。你跟着后面，你会怕有人说你闲话。就有这个闲话，人家说是有一天晚上，李步祥跟着袁三由跳舞厅里出来，在马路上同走。你想，这就是个谣言，你也艳福不浅。你不觉着人家说袁三和你有关系你感到有面子吗?”李步祥哈了一声，接着说了三个字：“我的天。”袁三也就吃吃地笑了，向他招招手道：“废料，来吧。”

李步祥真不敢再说什么，像鸭子踩水似的，跟了她后面，穿过几条街巷，但默然地不敢说话。但是果然不说话，又怕袁三见笑，只是偶然地咳嗽一半声。怎么是半声呢，因他的嗓子使劲不大，没有咳嗽得出来。袁三在路上，倒笑了好几回。到了她的门口，她笑道：“李老板，够你做蹩子的了，你回去吧。”李步祥如得了皇恩大赦，深深地点了个头，回身向寓所里走。

他在路上寂寞地走着，也就不断地想了心事消遣。他想着，本来是碰碰运气，想着未必就向袁三借得到钱，倒不料居然借得了两万元。她借四万也好，可以多买二两金子。她只借两万，现在连自己的老本是买十一两，这数目字不大合胃口，若能买十二两，凑成一打的数目就比较有趣。话又说回来了，白捡一两金子，六个月后，钱又翻个身，也总是有趣的事，想着想着，他自己笑起来了。身旁忽然有人问道：“做啥子的?”

看时，是街上站的警察。因站住道：“做买卖的回家去，有事问我吗?”警察道：“你为啥子个人走路，个人发笑?”李步祥道：“我在朋友家里来，他们说了许多笑话，我走着想了好笑。”警察道：“我怕你是个疯子。”李步祥笑道：“我一点不疯，多谢关照了。”

他点了头走去，他又想着，还是规规矩矩地走吧。这样夜深，身上带了二十几万现款，可别出了乱子。这样想着，也就沉静地缓缓走回寓所。但他已不敢走小巷子，绕了路顺着电灯明亮的大街走。

经过一个长途汽车站，见十来个摊贩，亮着化石灯在风露下卖食物，起半夜买车票的人，纷纷围着担子吃东西。他忽然想起一件事，是没有吃晚饭到陶伯笙家去的，以后就忙着谈金子的事，还没有吃饭呢。面前一副担子是卖豆浆的，铁锅里热气上升。有个人端了碗豆浆泡着粗油条吃，不觉胃里一阵饥火上涌。可是想过去吃点东西，那回家是太晚了。附近也有个炉子，铁丝络上，烤着馒头。瞧在眼里，不由得馋出口水来，正想掏钱去买两枚。但想到皮包里的钱，整叠地包捆在一束，若掏出二十来万元来，抽出两张小票子来买东西，夜深行路有背财不露白之戒，这个险冒不得，就忍着饿走了过去。

009 排 队

这位冒夜为买金子而奔波的李老板，精神寄托在金子翻身的希望上，累不知道，饿也不知道，径直地带着二十万款子奔回寓所去。这个堆栈里的寓公，买金子的份子不多，到了这样夜深，大家也就安息了。李步祥到了那通楼里面时，所有的人都睡着了，他想对那两个学徒打个招呼，站在屋中间向那床铺上看去，见他们睡着动也不动，呼噜呼噜，各打着鼾呼声。心想：人家劳累了一天，明日还要早起去上操，这就不必去惊动他们了。加之自己肚子还饿着，马上就睡也可以把这饿忘了。

他匆匆地脱了衣裤，扯着床铺上的被；将头和身体一盖，就这样地睡了。不多一会工夫，同寓的人大家笑着喊着：“李老板买十两金子，银行里弄错给写了二百两，这财发大了，请客请客。”他笑道：“哪里有这话，你们把银行行员看得也太马虎了。”口里虽是这样说着，伸手摸摸衣袋里，觉得就是邦邦硬的东西塞满了。顺手掏出来一块就是十两重的一条金子。同寓的人笑道：“这可不是金子吗？请客请客。”说请客，请客的东西也就来了。厨子老王将整大碗的红烧肉，和整托盘的白面馒头，都向桌子上放着。李步祥顺手取了个大馒头，筷子夹着一大块红烧肉，就向口里塞了进去，肉固然是好吃，那馒头也格外好吃，吃得非常的香，忽然有人叫道：“你们哪个买苗金？这是国有的东西，你们犯法了，跟我上警察局。”李步祥听到这话，大大地吓了一跳，人被提去了不要紧，若是所有的黄金都让人抄了去，那岂不是白费一场心力。焦急着，就要把枕头底下的金子拿起了逃跑。不想两脚被人抓住，无论怎样挣不脱。直待自己急得打了个翻身，这才明白，原来是在床上做梦呢。

警察捉人的这一惊，和吃馒头夹红烧肉的一乐，睁眸躺在床上，还是都在眼前摆着一样。买金子的事罢了，反正钱在手上，自己还没有去买呢？只是那白馒头红烧肉的事，可叫人忘不了，因为醒过来之后，肚子里又闹着饥荒了。那梦里的红烧肉，实在让人欣慕不置。他急得咽下了两次口水，只好翻个身睡去，蒙胧中听到那两学徒，已穿衣下床，这也就猛可地坐了起来。甲学徒笑道：“说到买金子，硬是比我们上操的命令还要来得有劲喀，李先生都起来了。”

李步祥看看窗子外面还是漆黑的，因道：“我是受人之托，忠人之事，我还要去叫醒一个朋友呢。”他说着，心里是决定了这样办，倒也不管人家是否讪笑。先就在床底下摸出脸盆手巾漱口盂，匆匆地就向灶房里去。

这灶房里为着早起的两位国民兵，常是预备下一壶开水，放在灶上，一钵冷饭，一碟咸菜，用大瓦盆扣在案板上。重庆的耗子，像麻雀一样多，像小猫一样大，非如此，吃食不能留过夜。李步祥是知道这情形的，扭开了电灯，接着就掀开瓦钵子来看。见了大钵子扣着小钵子的白米饭，他情不自禁地就抓了个饭团塞到嘴里，嚼也不曾嚼，就一伸脖子咽了下去，这觉得比什么都有味。赶快倒了冷热水，将脸盆放在灶头上漱洗，自然只有五六分钟，就算完毕，这就拿了筷子碗，盛了冷饭在案板前吃。

两个学徒都也拿了脸盆来了。甲笑道：“我还只猜到一半喀，我说灶上的热水李先生要倒光。不想到这冷饭粑李先生也吃。不忙，掺点开水吗。我们不吃，也不生关系。”李步祥听了，倒有点难为情，因笑道：“实不相瞒，昨晚上我忙得没有吃饭。简直做梦都在吃饭。”两个学徒，自不便和他再说什么。

李步祥吃了两碗冷饭，也不好意思再吃了。再回到楼上，打算把那位要去买大批黄金储蓄的陈先生叫醒。到那床头面前一看，却是无人，而且铺盖卷也不曾打开，干脆，人家是连夜去办这件事去了。他这一刺激，更透着兴奋，便将皮包里现钞重复点数两遍，觉得没有错误了，夹着皮包就向大街走。

这正是早雾弥漫的时候，不见天色。因为重庆春季的雾和冬季的雾不同。冬季是整日黑沉沉的，像是将夜的时间。春季的雾起自半夜，可能早间八九点钟就消失，它不是黑的，也不会高升，只是白茫茫的一片云烟，罩在地上。在野外，并可以看到雾像天上的云团，卷着阵势，向面前扑来。天将亮未亮，正是雾势浓重的时候。马路两旁的人家，全让白雾埋了，只有面前五尺以内，才有东西可以看清。电杆上的路灯，在白雾里只发出一团黄光，路上除了赶早操的国民兵，偶然在一处聚结，此外都是无人。

李步祥放开了步子，在空洞的大街上跑，径直地向陶伯笙家走去。到了那里，天也就快亮了，在云雾缥缈里面，那杂货店紧紧地闭上了两扇木板门。他虽然知道这时候敲人家的店门，是最不受欢迎的事，可是和陶伯笙有约，不能不去叫起他。只得硬了头皮咚咚地将门捶上几下，到底陶伯笙也是有心人，在他敲门不到五分钟，他就开门迎他进去了。经过那杂货店店堂的时候，柜台里搭着小铺睡觉的人，却把头缩在被里叽咕着道："啥子事这样乱整？那里有金子抢吗？"

李步祥跟着主人到屋子里，低声问道："他们知道我们买金子？"陶伯笙笑道："他们不过是譬方话说说罢了。"说着自行到厨房里去盥水洗脸冲茶，又捧出了几个甜面包来，请客人用早点。李步祥道："昨晚上你也没有吃晚饭？这一晚，可真饿得难受。"

陶伯笙倒不解何以有此一问，正诧异着，还不曾回问过来。却听到门外有人接嘴道："陶先生还没有走啦，那就很好。"随着这话进来的是隔壁魏太太。陶伯笙笑道："啊，魏太太这样早？"她似乎长衣服都没有扣好，外面将呢大衣紧紧地裹着，两手插在大衣袋里。她扛了两扛肩膀，笑道："我不和你们犯了一样毛病吗？"陶伯笙道："魏太太也预备做黄金储蓄？要几两？你把钱交给我吧，我一定代劳。"魏太太摇摇头道："日子还过不下去，哪里来的钱买金子？我说和你们犯一样的毛病，是失眠症，并不是黄金迷。"

陶伯笙道："可是魏太太这样早来了必有所谓。"她笑了一笑道："那自然。有道是不为利来，谁肯早起？我听说你是和范先生办黄金储蓄的，今天一定可以见到面。我托你带个信给他，我借他的两万元，这两天，手上实在是窘，还不出来，可否让我缓一步还他？"陶伯笙笑道："赌博场上的钱，何必那样认真？而且老范是整百两买金子的人，这一点点小款子，你何必老早地起来托我转商？我相信他不在乎。"魏太太道："那可不能那样说。无论是在什么地方，我是亲手在人家那里借了两万元来的。借债得还钱……”

陶伯笙正在拣理着本票现钞，向大皮包里放着。他很怕这大数目有什么错误，不愿魏太太从中打搅，便摇手拦着道：“你的意思，我完全明白，不用多说了。我今天见着他，一定把你的话转达，可是我要见不着他呢，是不是耽误你的事？你这样起早自然是急于要将这句话转达到那里去。我看你还是自己去一趟吧。我写个地点给你。”说着，他取出西服口袋里的自来水笔，将自己的卡片，写了两行字在上面，因道：“上午十一点到十二点，下午三点到五点，他总会在写字间坐一会子的。”

魏太太接过名片看了一看，笑道：“老范还有写字间呢？”陶伯笙道：“那是什么话。人家做到几千万的生意，会连一个接洽买卖的地方没有吗？”他口里虽然是这样说话，手上的动作还是很忙的，说着，把皮包夹在肋下，手里还捏了半个小面包向嘴里塞了去。

魏太太知道人家是去抢买金子，事关重大，也就不再和他说话。陶伯笙匆匆地走出大门，天色已经大亮。李步祥又吃了三个小面包，又喝了一碗热开水，肚子里已经很是充实。跟在陶伯笙后面，由浓雾里钻着走。

街上的店户，当然还是没有开门，除了遇到成群的早操壮丁，还是很少见着行人。陶伯笙道：“老李，现在还不到七点钟，我们来得早一点了吧？”他笑道：“我们挨庙门进，上头一炷香，早早办完了手续回家，先苦后甜不也很好吗？”陶伯笙道：“那也好，反正走来了还有走回去之理？”

两人穿过了两条街，见十字街头，有群人影子，在白雾里晃动，起初也以为是上早操的。到了附近，看出来了，全是便装市民，而且有女人，也有老人。他们挨着人家屋檐下，一字儿成单行站着。有些人手上还捏着一叠钞票。陶伯笙道：“怎么着，这个地方也可以登记吗？”

李步祥哈哈笑道：“老兄，你也不看人家穿些什么衣服，脸上有没有血色吗？他们全是来挤平价布的。你向来没有起过大早，所以没见过。这前面是花纱局一个平价供应站，经常每日早上，有这些人来排班挤着的。挤到了柜台边每人可以出六七成的市价买到一丈五尺布。布有黑的，有蓝的，也有白的，但都粗得很，反正我们不好意思穿上身，所以你也就不会注意到这件事。”

陶伯笙听他这话，向前走着看去，果然关着铺门的门板上贴了不少布告。机关没有开门，那机关牌子，也就没有挂出来。那些在屋檐下排班的市民，一个接着一个，后面人的胸脯紧贴了前面人的脊梁，后面人的眼睛望了前面人的后脑勺，大家像是发了神经病似的这样站着。陶伯笙笑道："为了这一丈五尺便宜布，这样早地在这里发呆，穿不起新衣服，就少穿一件衣服吧。"

李步祥道："你这又是外行话了。在这里挤平价布的人，哪里全是买了布自己去穿？他们里面，总有一半是做倒把生意的，买到了布，再又转手去卖给别人。"陶伯笙道："这不是要凭身份证才可以买到的吗？"他道："有时候也可以不要身份证，就是要身份证，他们配给的人，根本是连骂带喝，人头上递钱，人头上递布，凭一张身份证，每月配给一回，既不问话，也不对相片。倒把的人，亲戚朋友里面，什么地方借不到身份证？所以他们每天来挤一次，比做什么小生意都强。"

他还要继续地谈。陶伯笙猛可地醒悟过来，笑道："老兄，我们来晚了，快走吧。你想只一丈五尺平价布的事情，人家还是这样天不亮来排班，我们做的那买卖，怎么能和这东西打比，恐怕那大门口已是挤破了头了。"李步祥说句"不见得"，可也就提开了脚步走。一口气跑到中央银行附近，在白雾漫漫的街上，早看到店铺屋檐下，有一串排班的人影，陶伯笙跌着脚先说声："糟了。"

原来重庆的中央银行，在一条干路的横街上，叫打铜街。这条横街，只有三四幢立体式洋楼。他两人一看这排班的人，已是拉着一字长蛇阵转过弯来，横弯到了干路的民族路上。两人且不排班，先站到了横街头上，向那边张望一下。见那长蛇阵阵头，已是伸进到白雾里去，银行大门还看不见呢。但二人依然不放心这个看法，还是走向前去。直到银行门外，看清楚了人家是双扉紧闭。

站在门外的第一个人，二十来岁，身穿蓝布大褂，端端正正的，将一顶陈旧的盆式呢帽，戴在脑袋顶上，像个店伙的样子。陶伯笙低声道："老李，你看，这种人也来买黄金储蓄。"他笑道："你不要外行。这是代表老板来站班的。到了时候，老板自然会上场。我们快去上班吧。"说着，赶快由蛇头跑向蛇尾。就在他们这样走上去的时候，就有四五个人向阵尾上加了进去。陶伯笙道："好！我们这观阵一番，起码是落伍在十人以后了。"于是李先生在前，陶先生在后，立刻向长蛇阵尾加入。

这是马路的人行便路上。重庆的现代都市化，虽是具体而微的，但因为和上海汉口在扬子江边一条线上，所以大都市里要有的东西，大概都有。他们所站的是水泥面路，经过昨晚和今晨的浓雾浸润，已是湿黏黏的，而空间的宿雾，又没有收尽，稀薄的白烟，在街头移动，落到人身上和脸上，似乎有一种凉意。

陶李二人初站半小时的一阶段，倒没有什么感觉，反正在街上等候长途汽车那也是常事。可是到了半多时后，就渐渐地感到不好受。第一是这个站班，不如等汽车那样自由，爱等就等，不等就叫人力车走，现在站上了可不敢离开，回头看看阵脚，又拉长了十家铺面以上，站的阵尾变成阵中段了。这越发不敢走开，离开再加入，就是百十个单位的退后。第二是这湿黏黏的水泥便道和人脚下的皮鞋硬碰硬，已是不大好受，加之有股凉气由脚心里向上冒，让人极不舒服。说也奇怪，站着应该两条腿吃力，站久了，却让脊梁骨也吃力。坐是没有坐的地方的，横过来站着，又妨碍着前后站着的邻居，唯一的法子，只有把身体斜站着。斜站了不合适，就蹲在地下。

陶伯笙是个瘦子，最不能让身体受疲劳。他这样站班，还是第一次，在不能支持的情况下，只好蹲着了。可是他个子小，蹲了下去，更显着小，整条长蛇阵的当中，有这么个人蹲着，简直没有人理会脚底下有人。但在人阵当中蹲下去一个人，究竟是有空当的。陶伯笙的前面是李步祥，是个胖子，倒可抵了视线。他后面恰是个中年妇人，妇人后面，又是个小个人，在最后面的人，看到前面有空当，以为有人出缺，就向前推，那妇人向前一歪，几乎压在陶伯笙身上。吓得他立刻站了起来，大叫道："挤不得，乱了秩序，警察会来赶出班去的。"

那妇人身子扭了两扭，也骂道："挤什么？"她接着说了句成语道，"那里有金子抢吗？"人丛中有两位幽默地笑道："可不就为了这个，前面中央银行里就有金子。不过抢字加上个买字罢了。不为抢金子，还不来呢。"于是很多人随着笑了。李步祥回转头来向陶伯笙道："硬邦邦笔挺挺站在这里，真是枯燥无味，来一点噱头也好。"老陶没有说什么话，笑着摇了两摇头。

又是二十分钟，来了救星了。乃是卖报的贩子，肋下夹了一大叠报，到阵头上来做投机生意。陶李两人同时招手，叫着买报。可是其他站班的人，也和他二人一样，全觉得无聊，急于要找报纸来解闷，招着手要报的人，就有全队的半数。那报贩子反正知道他们不能离开岗位，又没有第二个同行。他竟是挨着单位一个个地卖了过来。

好容易卖到身边，才知道是重庆最没有地位的一张报纸，平常连报名字都不大听到过。但是现在也不问它了，两人各买了一张，站着捧了看。先是看要闻，后是看社会新闻。战时的重庆报纸，是没有副刊的，最后，只好看那向不关心的社论了。直把全张报纸看完，两手都有些不能负荷，便把报纸叠了，放在衣袋里。

陶伯笙向李步祥摇头道："这日子真不容易挨，我觉得比在防空洞里的时候要难过些。"李步祥笑道："那究竟比躲防空洞滋味好些。倒是，这用不着害怕。"在李步祥面前的，正是一位北方朋友，高大的个子，方面大耳，看他平素为人，大概都干着爽快一类的事情。他将两手抱住身上穿的草绿呢中山服，一摆头道："他妈的，搭什么架子，还不开门？咱们把他揍开来。"

李步祥把身上的马表掏出来看看，笑道："倒不能怨人家银行，才八点钟呢。银行向来是九点钟开门的。"那北方朋友道："他看到大门外站了这多人，不会早点开门吗？早开门早完事，他自己也痛快吧。我真想不干了。"说着，抬出了一只脚去。

李步祥道："老兄，你来得比我还早。现在银行快开门了。你这个时候走岂不是前功尽弃？你离开了这队伍，再想挤进来，那是不行的。"那位北方人听了这话，又把脚缩了回去，笑着摇摇头道："我自己无所谓，有钱在手，不做黄金储蓄，还怕做不到别的生意吗？唉！可是家家有本难念的经。我想这队伍里面，一定有不少同志，都奉了内阁的命令来办理。今天要是定不到黄金储蓄，回到家里，就是个漏子。"他这么一说，前后好几位都笑了。

又过了二十来分钟，队伍前面一阵纷扰，人也就是一阵汹涌。可是究竟有钱买金子的人和买平价布的人不同，阵线虽然动了，却是一直线地向前移进，并没有哪个离开了阵线在阵外抢先。李步祥随了北方人的脚跟，陶伯笙又随了他的脚跟，在水泥路面上，移着步子。

这时，宿雾已完全消失，东方高升的太阳，照着面前五层高楼的中央银行巍巍在外。银行门口，根本就有两道铁栏杆，是分开行人进出路线的。这个掘金队，一串的人，由铁栏杆夹缝里，溜进中央银行大门。门口已有两名警察、两名宪兵，全副武装分立在门两边，加以保护。他们看了这些人，好像看到了卓别林主演的《淘金记》一样，都忍不住露出一种轻薄的微笑，眼光也就向每个排队的黄金储户脸上射着。陶伯笙见人家眼光射到他身上，也有点难为情。但转念一想，来的也不是我陶某一个人，我又不是偷金子来了，怕什么？于是正着面孔走了过去。

恰好，到了银行门口，那个大队伍已停止了前进，他就这样地站在宪警的监视之下。前面的那个北方人，就站在门圈子下，可以看到银行里面，回转头来笑道："好吗？银行里面，队伍排了个圈子，让那一圈人把手续办完了，才能临到我们，这不知要挨到什么时候了。”

李步祥回头看看，见这长蛇阵的尾巴已拖过了横街的街口，便笑道：“我们不要不知足，在我们后面，还拖着一条长尾巴呢。”北方人道：“对了，我们把那长期抗战的精神拿出来，不怕不得着最后的胜利。”这连那几位宪警也都被引着笑了。

他们在门口等了十来分钟，慢慢地向前移动，陶伯笙终于也进了银行的大门内。不过在进门以后，他又开始感到了一点渺茫。原来这银行正面是一排大柜台子，在那东角铜栏杆上，贴出了白纸大字条，乃是黄金储蓄处。来储蓄的人，由门口进去向北，绕了大厅中间几张填单据的写字台，折而向东，直达到墙边，再把阵头，引向黄金储蓄处。人家银行，还有其他许多业务要办，不能让储蓄黄金的人，都把地位占了，所以这个队伍曲曲折折地在银行大厅里闪开着路来排阵的。因为如此，在前面柜台边办理手续的人，都让这长蛇阵的中段在中间横断了。他们是一切什么手续，后面全看不到。进了银行，还不知道事情怎样进行，自然又焦急起来，一个个昂着头，竖着脚尖，不断地向前看。有叹气声，也就有笑声；有埋怨声，但走开的却没有一个，究竟是金子克服了一切。

010　半日工夫

在四十分钟以后，陶李二人挨着班次向上移，已移到了银行大厅的中间，这也就可以看到靠近的柜台了。大概这些人每人手上都拿了几张本票，虽也有提着大包袱，包着整捆的钞票的，恰好都是女人，似乎是女人交现钞就没有什么麻烦。在储蓄黄金的窗户左隔壁，常有人过去取一张白纸票，然后惶惶然跑回这边窗户。但跑回来，那后面的人，就占了他和柜台内接洽的位置，因此总是发生争议。经过了几个人的交涉局面，也就看出情形来了。那张白纸是让人填写储户和储金多少的。有些人在家里就写好了来的，自不必再写。有些人根本没预备这件事，过去取得了纸，又要到大厅中间填写单据的桌子上找了笔来填写。在他后面填好了单子的人，自不会呆等，就越级竟自向柜上交款了。因之填写单子的人，回头再来队伍头上，总得和排班买金子的人费一番口舌。

陶伯笙看到，就向李步祥道："这事有点伤脑筋。我们都没有填单子，离开队伍去填写，后面人就到了那柜台窗眼下。这是一个跟着一个上去的阵线，我们回来，站在那个人面前交款，人家也不愿意。这只有我们两人合作。我站着队伍前面不动，你去填单子，填来了，你依然站在我前面。"李步祥摇摇头笑道："不妥，你看谁不是站班几点钟的人，到了柜台边，你压住阵头不办理手续，呆站着等我填单子，后面的人，肯呆望着吗?"陶伯笙搔搔鬓发，笑道："这倒没有什么比较好的法子。"

那前面的北方人笑道："不忙，自然有法子，只要花几个小钱而已。"陶李二人，正还疑心这话，这就真有一个解决困难的人走过来了。这人约莫是三十多岁，黄瘦了一张尖脸，毛刺刺的，长了满腮的胡碴子。头上蓬松了一把乱发，干燥焦黄的向后梳着。由下巴颏到颈脖子上，全是灰黑的汗渍。身穿一件旧蓝布大褂，像米家山水画，淡一块浓一块的黑迹牵连着。扛了两只肩膀，越是把这件蓝布大褂飘荡着托在身上。他口里衔了一截五分长的烟卷，根本是早已熄灭了，然而他还衔在口角上。他左手托了一只旧得变成土色的铜墨盒，右手拿了一叠纸和一支笔，挨着黄金储蓄队走着，像那算命卜课先生兜揽生意，口里念念有词地道："哪位要填单子，我可以代劳，五两以下，取费一百元，五两以上二百元，十两以上三百元。十五两以上四百元。二十两以上统取五百元。"

北方人笑道："你这倒好，来个累积抽税。二十两以上，统是五百元，我储五百两，你也只要五百元吗?"他要死不活的样子，站住脚，答道："怕不愿意多要?财神爷可就说话了，写那么一张纸片就要千儿八百元吗?"北方人还要和他打趣几句，已经有人在队伍里，把他叫去写单子了。

李步祥笑道："这倒是个投机生意。他笔墨纸砚现成，陶兄，我们就照顾他两笔生意吧。"那家伙在队伍那头替人填单子，已是听到这议论了。他倒无须叫着，已是走过来了。向李步祥点了头道："你先生贵姓?"他说话时，那衔在嘴角上五分长的烟卷，竟是不曾跌落，随了嘴唇上下颤动。

李步祥笑道："不多不少，我正好想储蓄二十两，正达到你最高价格的水准。"他尖嘴唇里，笑出黄色的牙齿来，半哈着腰道："老板，你们发财，我们沾沾光吗?你还在乎这五百元。"李步祥想着为省事起见，也就不和他计较多少，就告诉姓名和储金的数目。这家伙将纸铺在地上，蹲了下去，提了笔填写。填完了，将纸片交给李步祥，取去五百元。看那字迹，倒也写得端正。李步祥便道：“字写得不错，你老兄大概很念了几年书，不然，也想不出这个好主意。”那人叹了口气道：“不要见笑，还不是没有法子。”

那北方人也笑道：“我倒还想起有个投机生意可做。谁要带了几十张小凳子到这里出租，每小时二百元，包不落空。”前后的人都笑了。这个插曲，算是消遣了十来分钟，可是那边柜台上，五分钟办不完一个储户的手续，陶李二人站了两小时，还只排班排到东边墙脚下，去那柜台储户窗户边还有一大截路。笔挺地站着，实在感到无聊，两人又都掏出口袋里的报纸来看。李步祥笑道：“我看报，向来是马马虎虎，今天这张报，我已看了四遍，连广告上的卖五淋白浊药的文字我都一字不漏看过了。今天我不但对得起报馆里编辑先生，就是登广告的商家，今天这笔钱，都没有白花。”

陶伯笙道：“我们总算对得起自己事业的了，不怕饿，不怕渴，还是不怕罚站。记得小的时候，在学校里淘气，只站十来分钟，我就要哭。于今站上几点钟，我们也一点不在乎。”李步祥摇着头，叹了口无声的气，接着又笑上了一笑。笑过之后，他只把口袋里装着的报纸，又抽出来展开着看。他的身体微斜着，扭了颈脖子，把眼睛斜望了报纸。陶伯笙笑道：“你这样看报舒服吗？”李步祥笑道：“站在这里，老是一个姿势，更不舒服。”他这句话，说得前后几个人都哈哈大笑了。

又是二十来分钟，又挨进了几尺路。却见魏太太由大门口走进来，像是寻人的样子，站在大厅中间，东张西望。陶伯笙不免多事，抬起一只手伸过了头，向她连连招了几下，魏太太看到人头上那只手，也就同时看到了陶先生，立刻笑着走过来，因道：“你们还站在这里吗？快十一点钟了。”

陶伯笙摇摇头道：“有什么法子呢？我们是七点多钟排班的。八，九，十，十一，好，共是四小时，坐飞机的话，到了昆明多时了。”李步祥道：“若说是到成都，就打了个来回了。”魏太太周围看了一看，低声笑道：“陶先生，你一个人来几份？”他道：“我全是和老范办事，自己没有本钱。怎么着？魏太太要储蓄几两。我可以代劳。你只用到那边柜台上去拿着纸片，填上姓名，注明储金多少，连钱和支票都交给我，我就和你递上。快了，再有半点钟，也就轮到我们了。”魏太太道：“我本来也没有资本。刚才有笔小款子由我手里经过，我先移动过来四万元，也买二两玩玩。我想，陶先生已经办完手续了，所以走来碰碰看。既然是……”

陶伯笙拦她道：“没有问题。你去填写单子，这事交给我全权办理了。”

魏太太笑着点了两点头，立刻跑到那面去领纸填字，然后掏了四万元法币，统通交到陶伯笙手上。他道：“魏太太，这个地方不大好受，你请便吧。大概在半小时以内，还不能轮着我的班。”魏太太站在旁边，两手插在大衣袋，提起脚后跟，将脚尖在地面上颤动着，只是向陶先生看看。

陶先生道：“魏太太，你请便吧。我们熬到了九十多步，还有几步路，索性走向前去了。”魏太太道：“二位有香烟吗?”她说这话时，连李步祥也看了一眼。李步祥倒是知道好歹，便向她半鞠躬道：“纸烟是有，只是站得久了，没有滴水下咽。”魏太太点着头，表示一个有办法的样子，扭转身就走了。陶李二人，当时也没有加以理会，不到几分钟，她走了进来，一手提了手巾包过来。她将这两个手巾包，都递给了陶先生，笑道：“我算劳军吧。”他解开来看时，一包是橘子，一包是鸡蛋糕。陶先生说道：“这就太可谢了。”魏太太道：“回头再见吧。”她自走了。

她到这里，倒是有两件事，一件事托人储蓄二两黄金，二来是去看范宝华，说明这几天还不能归还他两万元的债。现在办完了一件事，又继续地去办另一件事，范宝华的写字间，正离着中央银行不远。魏太太到了那里，却是一幢钢骨水泥的洋楼，楼下是一所贸易行，柜台里面，横一张直一张的写字台全坐满了人，人家不是打算盘，就是低了头记账，魏太太看看这样子，不是来做生意，很不便人家问话。站着踌躇了一会子，只有几个人陆续地绕着柜台，向一面盘梯上走了去。同时，那里也有人陆续地出来，这并没有什么人过问。

魏太太觉得在这里踌躇着久了，反是不妥，也就顺了盘梯走去。在楼梯上，看到有工人提了箱子，在前引路，后面跟了一位穿西服的，两手插在大衣袋里，走着说话道：“老王，二层楼上，来来往往的人多，我下乡去了，你得好好地锁着门，小心丢了东西。”魏太太这么一听这也就知道二层楼上是相当杂乱的，在楼下那番慎重，那倒是多余的了，于是大着步子向二楼上走着。

上得楼来，是一条房子夹峙的甬道，两旁的房子，有关着门的，也有掩着门的，挂着木牌，或贴着字条，果然都是写字间。这就不必向什么人打听了，挨着各间房门看了去。见有扇门上，挂着黑漆牌子，嵌着“福记”两个金字，她知道这就是范宝华的写字间哩，见门是虚掩的，就轻轻地在门板上敲了几下，但里面并没有人答应，于是重重地敲了几下，还是没有人答应。这就手扶了门，轻轻地向里推着，推得够走进去一个人的时候，便将半截身子探了进去。

看时，一间四方的屋子，左边摆了写字台和写字椅，右边是套沙发。有个工友模样的人，伏在沙发靠手上，呼呼地打着鼾声，正是睡得很酣呢。魏太太看这里并无第二个人，只得挨了门走进去，站在工友面前，大声叫了几句，那工友猛可地惊醒，问是找哪个的。魏太太道："我有事和范先生商量。"那工友已随范宝华有日，他自然知道主人是欢迎女宾的，便道："他到三层楼去了。你坐一下，我去叫他来。"说着，掩上门就走了，魏太太单独地站在这屋子里，倒不知怎样是好，看到写字台上放了一张报，这就顺手拿起来看，报拿起来了，却落下一张字条。

她弯腰在楼板上拾起，不免顺便看了一眼。那字条上写道："后日下午二时，在南岸舍下，再凑合一局。参加者有男有女，欢迎吾兄再约一二友人加入。弟罗致明启。"看完了，把字条依然放在桌上，心里想道：又是这姓罗的在邀赌。这家伙的唆哈，打得是真狠，不赢回他几个钱实在不能甘心。他倒赢出甜头来了，又要在家里开赌场了。

正沉思着，范宝华笑嘻嘻地进来了。他进来之后，看到是魏太太，却猛可地把笑容收起来了，他似乎没有料想到来的女宾是她，便笑着点头道："请坐请坐，想不到的贵客。"魏太太道："我有一件在范先生认为是小事，我可认为是很大的一件事，要和范先生商量商量。"他笑道："请说吧，只要我认为是可以帮忙的无不帮忙。"

魏太太坐着，牵牵大衣襟，又轻轻扑了衣襟上两下灰尘，然后笑道："上次在赌场上移用了范先生两万元，本来下场就该奉还的。无奈我这几天，手头上是窘迫得厉害。"范宝华不等她说完，便拦着道："那太没有关系了。随便哪天有便交还我都可以。我们也不是从今以后就不共场面了。"

魏太太道："那不然，我是在范先生手上借的钱，又不是输给范先生的钱，怎好到赌博场上去兑账？"范宝华笑道："魏太太倒是君子得很。有些人只要是在赌博上的账，管你是借的，或者是赢的，总是赖了一鼻子灰。"说着，在旁边沙发上坐了，在衣袋里掏出烟盒子来，打开盒盖，送到她的面前。她摇摇手道："我不吸烟。"范宝华道："打牌的时候，你不也是吸烟的吗？"她道："打牌的时候，我是吸烟的。那完全是提神的作用。"

范宝华道："提到打牌，我就想起一件事。罗致明昨天来了一封信，约我明天到他家里去打牌，他太太也参加，大概有几位女宾在场。魏太太有意思去吗？"她笑道："是吗？罗太太我们倒是很熟的，上次不是我们在她家里打牌有人拿过一个同花顺？"范宝华笑着一拍腿道："对的，这件事，给我们的印象太深了。你去不去呢?”魏太太低头想了一想笑道:“明天再说吧。”

范宝华道:“不然,要决定今天就决定。他约定的是两点钟,我们吃过午饭,就得动身,明天上午再说,来不及了。”魏太太又牵了两牵她的衣襟因道:“若是胡太太去的话,我也去。实不相瞒,我没有资本。有两个熟人去,周转得过来,胆子就壮些。你想,若是我有资本,今天就还范先生的钱了。”

范宝华道:“罗太太同胡太太更熟。她家有局面,她不会不去。就是这么说,明天正午一点钟过江。坐滑竿到罗家,也得一点钟。我倒欢喜到罗家去打牌。唯一的好处,就是那里并没有外人打搅。慢说赌两三个钟头,就是大战三百回合赌他两天两晚,也没有关系。”魏太太道:“这样说,范先生一定到场了。”

范宝华还没有答复这个问题,外面有人敲门,他说:“请进吧。”门推开,是个穿西装的人进来了,见这样坐着一个摩登少妇,很快地瞟了一眼,因低声笑道:“我和你通融一笔现款,二十万元,有没有?”范宝华道:“这有什么问题,我开张支票就是了。”那人道:“若是开支票可以算事,我就不来找你了。乡下来了个位亲戚,要到银楼里去打两件首饰,要立刻带现款上街。我就可以开张支票和你换。”范宝华道:“我找找看,也许有。可是你那令亲,为什么这样性急?”说着,他轮流扯拉他的写字台。

那人叹了口气道:“现在的全重庆市人,都犯了金子迷。我这位敝亲,也不知得了哪里的无线电消息,好像今日下午金子就要涨价,非在十二点钟以前把金子买到手不可。”范宝华扯着抽斗,终于是在右边第三个抽斗里将现款找到了。他拿出了两捆钞票,放在写字台上,笑道:“拿去吧,整整二十万,你也是来巧了。昨天人家和我提用一笔款子,整数做别的用途去了,剩下三十多万小额票子,我没有把它用掉,就放在这里。”他口里说着,手上把抽斗关起,将钥匙锁着。锁好之后,将钥匙在手掌上掂了两掂,随便一塞就塞在西服裤子岔袋里。那钥匙是白钢的,摩擦得雪亮,将几根彩色丝线穿着。魏太太看到他这玩意,心里却也奇怪。漂亮到钥匙绳子上去了,却也有点过分。

那人取着现款走了,临走的时候,他又向她瞟了一眼。她这就想着,女人是不应当向这些没家眷的地方跑,纵然是为了正事来的,人家也会向做坏事的方面猜想,于是立刻起身告辞。范宝华送到楼梯口,还叮嘱了一声:“罗太太那里,一定要去。”魏太太就要想着,姓范的总算讲面子,那两万元的债务,他毫不介意。将来还钱的时候,买点东西送他吧。

她想着走着,又到了中央银行门口。心想,陶伯笙这两人,大概买得了黄金了吧？想着，便又走了进去。看时，陶李二人还在队伍里面站着，去那办黄金储蓄的柜台，总还有一丈多路。陶伯笙一看到，先就摇摇头道："真不是生意经。"魏太太道："好了，你们面前只有几个人了。"

李步祥拿了帽子在左手，将右手乱抚弄着他的和尚头，将头发桩子，和乱地唏唆作响。他苦笑了道："几个人？这几个人就不容易熬过。现在快到十二点钟了。到了十二点，人家银行里人，可要下班吃饭。上午赶不上的话，可要下午两点钟再见。"魏太太看柜台里面挂的壁钟，可不已是十一点五十几分。再数数陶李二位前面，排班的还有十二位之多。就算一分钟有一个人办完手续，他二人也是无望。这且不说破，静看他们两人怎么样。

那队伍最前面一个储金的人，正是带着两大捆钞票的现款。在柜台里面的行员叫他等在一边，等点票子的工友，点完了票子，才可以办手续。接着他就由柜台里伸出头来向排队的人道："现在到了下班的钟点了，下午再办了。"李步祥回转头来道："陶兄，说有毛病，就有毛病，人家宣布上午不办了。"

陶伯笙还没能说话，前面那个北方人将脚一跺道："他妈的，受这份洋罪，我不干了。天不亮就起来，等到现在，还落一场空。"说着，他伸出一只脚来，又有离开队伍的趋势。这次，陶李二位，并没有劝他，他将脚伸出去之后，却又缩了回去。自己摇摇头道："终不成我这大半天算是白站了班了。五六个钟头站也站过去了，现在还站两点钟，到了下午他们办公的时候，我总挨得着吧?"

他这样自己转了圜，依然好好地站着，这么一来，前后人都忍不住笑了。他倒不以为这种行为，对他有什么讽刺。自己也摇摇头笑道："不成，我没有那勇气，敢空了手回去。再说，站班站到这般时候，就打退堂鼓，分明是把煮熟的鸭子给飞了。"说到这里，柜台里面，已叮叮当当地摇着铃，那是实在地下了班了。所有在银行柜台以外，办理其他业务的人，也都纷纷地走开，只有这些办理黄金储蓄的人，还是呆呆地一串站着，那阵头自然是靠了柜台站着，那阵尾却还拖在银行大门口附近。

陶伯笙向后面看着，笑道："人家骑马我骑驴，我比人家我不如。回头看一看，一个推车汉。比上不足，比下有余。"魏太太站在一边，原是替他们难受，听到陶先生这种论调，这也就不由得笑起来了，因道："陶先生既是这样的看得破，这延长两小时的排队工作当然可以忍耐下去了。"

陶伯笙笑着一伸腰道："没有问题。"因为他站得久了，也不知怎么回事，那腰就自然地微弯了下去，那个瘦小的身材，显然是有了几分疲倦的病态。

这时腰子伸直来，便是精神一振。

魏太太道："二位要不要再吃一点东西呢?"李步祥伸着手搓搓脸，笑道："那倒怪不好意思的。"魏太太道："那倒没什么关系。纵然不饿，站在这里，怪无聊的，找点事情做，也好混时间。"说着，她就走出银行去，给他们买了些饼干和橘子来，

他两人当然是感谢之至。可是站在队伍里的人，都有点奇怪。觉得这两位站班的同志，表现有些特别。竟有个漂亮女人在旁边伺候，这排场倒是不小。各人的眼光，都不免向魏太太身上看来。她自己也就觉得有点尴尬，于是向陶先生点了个头道："拜托拜托，下午等候你的消息了。"说着，她自走去。

这时，银行柜台里面是没有了人，柜台外面，汇款提款存款的，也都走了个干净。把这个大厅显出了空虚。排班办理黄金储蓄的人，那是必须站在一条线上的。所以虽有百多人在这里，只是绕了两个弯曲，在广阔的大厅里，画了一条人线，丝毫不能充实这大厅的空虚。而且来办储蓄的人，很少是像陶李二位有同伴的，各人无话可说。静悄悄地在银行里摆上这条死蛇阵。因为有这些人，行警却不敢下班，只有这四位行警，在死蛇阵外，来往梭巡。大概自成立中央银行以来，这样的现象，还是现在才有的呢。

011　皮包的喜剧

这两小时的延长，任何储金队员，都有些受不了。有几个人利用早上买的报纸，铺在地面上，人就盘腿坐在报上。这个作风，立刻就传染了全队。但重庆的报纸是用平常搓纸煤的草纸印刷的，丝毫没有韧性，人一动，纸就稀烂，事实上，人是坐在地上。因之有手绢的，或有包袱的，还是将手绢包袱铺地。陶李二人当然也是照办。站得久了，这么一坐下来，就觉得舒适无比。反正有两小时的休息，不必昂着头看阵头上人的动作。自然，在这两小时的长坐期间，也有点小小的移动。但他两人都因脚骨酸痛，并没有做站起来的打算。

约莫是到了下午一点半钟，前面坐的那位北方人，首先感到坐得够了，

手扶了墙壁要站起来，就哎呀了几声。李步祥问道："你这位先生，丢了什么东西?"他扶着墙壁，慢慢地挣起。还依然蹲着，不肯站起来。笑着摇摇头道："什么也没有丢，丢了我全身的力气。你看这两条腿，简直是有意和我为难，我可怜它（指腿）站得久了，坐下去休息休息。不想它休息久了，又嫌不受用，于今要站起来，它发麻了，又不让我站起。不信，你老哥试试看。你那两条尊腿，也未必就听调遣的。"

李步祥是盘了腿坐着的，经他这样一提醒，也就仿佛觉得这两条腿有些不舒适，于是身子仰着，两手撑地，要把腿抽开来。他啊哈了一声道："果然有了毛病。它觉得这样惯了，不肯伸直来了。"于是前后几个人都试验着。很少人是要站起就站起的，大家嘻嘻哈哈笑成一团。

所幸经过这个插曲不久已到两点钟。陶李前面，只有十二个人，挨着班次向上移动，三点钟的光景，终于是到了储金柜台前面。他们观察了一上午，应当办的手续都已办齐。陶伯笙先将范宝华的四百万元本票交上。那是中央银行的本票，毫无问题。然后再把魏太太的四万元现款，和她填的纸片，一块儿递上。

行员望了他一眼道："你为什么一个人办两个户头?"陶伯笙点着头赔了笑道："请通融一下吧。这是一位女太太托办的，她排不了班，退下去了。好在是小数目。"行员道："一个人可以办两户，也就可以办二十户，那秩序就乱了。"

陶伯笙抱了拳头，只是拱揖，旁边另一个行员，将那纸片看了看，笑道："是她? 怎么只办二两?"那一行员问道："是你熟人?"他笑着点点头。于是这行员没说什么，将现钞交给身后的工友，说声先点四万。当然这四万元不需要多大的时间点清。

行员在柜台里面登记着，由铜栏窗户眼里，拿出一块铜牌，报告了一句道："后天上午来。"陶伯笙想再问什么话时，那后面的人，看到他已办完手续，哪容他再站，向前一挤，就把他挤开了。陶伯笙也没有什么可留恋的，妥当地揣好了那块铜牌子，扯了站在旁边的李步祥就向外走。

出得银行门，抬头看看天上，日光早已斜照在大楼的西边墙上，就深深地嘘着一口气道："够瞧。自出娘胎以来我没受过这份罪。我若是自己买金子也罢了，我这全是和老范买的。"李步祥笑道："在和朋友帮忙这点上说，你的确尽了责任，我去和老范说，让他大大地谢你一番。"

陶伯笙道："谢不谢，那倒没什么关系。不过现在我得和他去交代一声，将铜牌子给他看看。不然的话，四百万元的本票，我得负全责，那可关系重大。这时候，老范正在写字间，我们就去吧。”

于是两人说话走着，径直地走向范宝华写字间。他正是焦急着，怎么买黄金储蓄券的人到这时候还没有回信。陶李二人进门了，他立刻向前伸手握着，笑道：“辛苦辛苦。我知道这几天银行里拥挤的情形，没想到要你们站一天。吃烟吃烟。”说着，身上掏出烟盒来敬纸烟，又叫人泡茶。

陶伯笙心想，这家伙倒知趣，没有说出受罪的情形，他先行就慰劳一番。他坐了吸烟沉吟着，李步祥倒不肯埋没他的功劳，把今日站班的事形容了一遍。

随后陶伯笙将那块铜牌取出。笑道：“本来将这牌子交给你，你自己去取储蓄单子，这责任就完了。可是我还得跑一趟。魏太太也托我买了二两，我还是合并办理吧。”范宝华道：“她有钱买黄金？什么时候交给你的款子？”陶伯笙道：“就是今天上午，我们站班的时候，交给我们的四万元。”

范宝华摇摇头道：“这位太太的行为就不对了。她今天也特意到我这里来的。她在你家赌桌上借了我两万元现款，根本我有些勉强。她来和我说，没有钱还我，请宽容几天。我碍了面子，不能不答应。不想无钱还债，倒有钱买金子，这位太太好厉害。要起手段来，连我老范都要上当。”陶伯笙道：“据她说，她是临时扯来的钱。”范宝华道：“那还不是一样。可以扯四万买金子，就不能扯两万还债吗？事情当然是小事。不过想起来，令人可恼。”

陶伯笙看范宝华的样子，倒真的有些不快。便道：“既是这样，我今天看到魏太太就暗示她一下。”他道：“两万元，还不还那都没有关系。我这份不高兴，倒是应当让她明白。”

陶伯笙自然是逢迎着范老板的，当日傍晚受了姓范的一次犒劳晚餐，把整日的疲劳都忘记了，酒醉饭饱，高兴地走回家去。

到了家中，正好魏太太在这里等候消息。他一见便笑道：“东西已经买得了。不过我有点抱歉。我嘴快，我见着老范，把你买二两的事情也告诉他了。”魏太太道：“他一定是说我有钱办黄金储蓄，没有钱还债。”她是坐在陶太太屋子里谈话。陶太太坐在床沿上结毛绳。便插嘴道：“老陶实在嘴快，你没有摸清头绪，怎好就说出来呢？人家魏太太挪用的这笔款子，根本是难作数的。”

陶伯笙点了支纸烟，坐下来吸着，望了魏太太道：“这话怎么说，我更不懂了。”魏太太坐在陶太太床上，将自己的旧绸手绢，缚着床栏杆，两手拉了手绢的两角，在栏杆上拉扯着，像拉锯似的。

她低了头不看人，似乎是有点难为情。笑道：“反正是老邻居，我的家事，瞒不了你们，说出来也不要紧。今天老魏由机关里回来，皮包里面带有六万元，据他说，是公家教他采办东西的款子。我等他到厨房里去了，全数给他偷了过来。当时，他并没有发觉。我就立刻上银行找陶先生了。我一走，他就晓得钱跑了腿，打开皮包来，看到全数精光，这家伙沉不住气，气得躺在床上。我由银行里回来。我不等他开口，就把储蓄黄金的事告诉他了，并说明是黄金要涨价，要办就办。而且今天有陶先生站班登记，这个机会不可失。他才说事情虽然是一件好事。但这是公家买东西的钱，明天要把东西买回去。没有东西，就要退回公家的钱。无论数目大小，盗用公款这个名义承担不起，而且有几件小东西，今日下午，就非交卷不可。我看他急得满脸通红，坐立不安，退回了他一万元。他为了这事，到处抓钱补这个窟窿去了，直到现在，他还没有回来，想必钱还没有弄到手，若是真没有法子的话，我定的这张储蓄券，那就只好让给旁人了。你以为我自己真有钱吗？”

陶伯笙道：“原来如此，那也难怪你不能还老范的债了。你有机会，最好还是见了他把这话解释明白。他那个人，你知道，就是那顺毛驴的脾气。”魏太太听了这话，心里就有了个暗认识。范宝华在陶伯笙面前，必定有了些什么话。明日有机会见着他，还是解释一下吧。当时怕人家夫妻有什么话说，自告辞回家。

到了家里，老妈子已带了两个孩子睡觉去了。魏端本屋子里，电灯都不曾亮起。自己卧室里，电灯是亮着的，房门却是半掩的。心里暗想，自己真也是大意。家里虽没有什么值钱的东西，床上的被褥，也是一点物资，若来个溜门贼，顺手把这东西捞去了，眼见得今晚就休想睡觉。

心里想着，将门推开，却见魏先生横倒床上，人是和衣睡了。自言自语地道：“这家伙倒是坦然无事。我何必为了那六万元，和他着急半天。”走到床边，用手推他两下，他倒也不曾动。听他鼻子呼呼有声，弯腰看他一看，还嗅到一股酒气味。淡笑一声道：“怪不得他宽心，还是喝了酒回来的。没出息，着急！就会醉了睡觉，今天算让你醉了完事，明天看你怎么办？”

说着话，又推他两推，就在这时，看到被下面露出了半个皮包角。心想，看他弄了钱回来没有？于是顺手将被向上一掀，拖出那皮包来。皮包拖出来了，魏端本也一翻身坐了起来。将手按住了皮包，瞪了眼笑道：“这可不是闹着玩的，这里面的钱不能动。”

魏太太听说皮包里有钱，益发将两手抓住了皮包，两手使劲向怀里一夺。赶快跑着离开了床边。魏端本坐在床上望了她道：“你看是可以看。不过你看了之后，可不许动那钱。”魏太太听了这话，料着钱还是不少，便将两手紧紧地抱在怀里，将两手拍了两拍问道：“这里面有多少？”他笑道：“十五万，又够你花几天的了。”

魏太太将身子一扭道：“我不信。”于是把皮包放在五斗桌上，将身子横拦了魏端本的来路，以免他前来抢夺，掀开了皮包，每个夹层里，都伸手向里面掏摸一阵，掏出好几叠钞票。直把皮包全搜罗完了，这才点一点放在桌上的数目，可不就是十五万吗？于是笑嘻嘻地问道：“你这家伙，在哪里弄来了许多钱？”魏端本道：“这个你可千万动不得。这是司长私人的钱。要我代汇到贵阳去的。不信，你搜搜那皮包的夹页里面，还有司长亲笔写的汇款地点。上午那五万元公款，被你扯用了，我还没有法子填补，幸好这笔款子来了，明天上午，我先扯用一下，把公家的款子补齐。到了下午，我必须把这款子给司长汇出去。若是把这款子动用了，司长那个杂毛脾气，我承担不起，只有打碎饭碗。”

魏太太道：“我不信。假如那五万元的漏洞没有补起来，你不会自由自在地，喝了酒回来睡觉。”魏端本道：“你以为我是在外面饭馆子里喝的酒吗？我回来了，你又不在家。我叫杨嫂打了四两大曲，买了两包花生米，在隔壁屋子里自斟自酌的。为什么如此？也无非是心里烦闷不过。你必定说，皮包里带那些个钱，为什么还要烦闷。这个理由，说出来了，你也会相信的。正由于那皮包里的钱不少，可是这钱是人家的，一张钞票也……”

魏太太早是把那些钞票，缓缓地塞进了皮包。魏先生说到这里，钞票是各归了原位。她不容他把话说完，两手拿起皮包，对魏先生头上，远远地砸了过去。魏先生看到武器飞来，赶快将头一偏，那皮包就砸在他肩上，砸得他身子向后一仰，魏太太沉着脸道：“钱全在皮包里，我没有动你分文。你不开眼，你以为我也像你这样看到这样几个钱就六魂失主吗？这十来万块钱也不过人家大请一次客，什么了不得。”魏端本在床上将皮包拿起来，缓缓地扣上皮包纽扣，淡淡地笑道：“十来万块钱请一次客，好大的口气。我们部长昨日请两桌客，也不到十……”

魏太太像饿虎攫羊的样子，跑到魏先生面前，把那皮包夺了过去，向肋下夹着，带了笑瞪着眼道：“无论怎么样，这里面我要抽出两万元来。我老实告诉你，我欠人家两万元，明天非还不可。”魏先生沉住了脸，不作声，也不动，就这样呆呆地不动。

魏太太夹着那皮包，也是呆呆地站着。但她在两分钟后，忽然省悟过来，假如这些钱有一部分是丈夫的，他不会这样为难。这完全是司长的款子，大概没有什么疑问。这样的钱，拿来用了，他自然负着很大的责任。这就先向魏先生笑了一笑，把那板着的面孔先改去，然后走到床沿，挨着丈夫坐下，将皮包放在怀里，轻轻地拍着道：“我知道这里面的钱，不是你的。可是这样大批的款子，稍微挪动个两三万元，也不是办不到的事情。我是个直性子人，心里这样想着，口里就这样说出来。若是你真为难的话，我难道那样不懂事，一定把它花了。我也知道现在找一分职业不容易。若为了扯用公款，把你的饭碗打破了，我不是一样跟着受累？我就只说一句话，试试你的意思，你就吓成这个样子。拿去吧，皮包原封未动，在这里。”说着，把皮包送到魏端本怀里来。

他和夫人之间，向来是种带勉强性的结合。一个星期，也难得看到夫人一种和颜悦色的语言。太太这样无条件将皮包退还了，先有三分不过意，便也放出了笑容道：“假使是我的钱，我还有不愿意和你还债的吗？你怎么又借了两万元的债呢？”魏太太道：“你就不用问了。反正我不能骗你。假如我骗你的话，我应当说欠人三十万，二十万，决不说欠人两万。”魏端本道：“你的性格，我晓得。你不会撒谎，而且我是让你降服了的，你伸手和我要钱，根本就是下命令，只要我拿得出来，不怕我不给。你又何必撒谎呢。”魏太太伸手掏了他两下脸腮。笑道：“你也不害羞。你说这话，还有一点丈夫气吗？”

魏先生伸手握住太太的手，另一手，在她的手背上轻轻抚摩着。笑道：“佩芝，你凭良心说我这是不是真话？我对你合理的用钱，向来没有违拗过。可是你总是那小孩子脾气，当用的要用，不当用的也要用，手里空着，立刻就向我要钱。不管我有没有，不给不行。”魏太太趁了他抚摩着手，斜靠着他的肩膀，将头枕在他肩上。因道：“你说吧。我手上空着，不要钱怎么过下去？我不和你要钱，我又向谁要钱？老实说，你若不给我钱花让我受窘，除非是有了二心。”

魏端本笑道“又来了。怎么能说到有二心三个字上去？”魏太太鼻子哼了一声。因道：“我就猜着你这十五万元，不是司长的，是你要寄回老家去的。”她提到老家两个字，就让魏先生吓一跳。因为他的老家，虽在战区，并没有沦陷，还可以通汇兑。尤其是他家里还有一位守土夫人。魏太太对于这个问题，向来是恨得咬牙切齿，除了望战事打到魏先生老家，将那位守土夫人打死。第二个愿望也就想魏先生把老家忘个干净。因之魏先生偶不谨慎提到老家，很可能的，接上便是一场夫妻大闹，闹起来魏先生有什么好处，最后总是赔礼下台。这是她自行提到老家，魏端本料着这又来了个吵架的势子，便立刻止住了道："太太，不要把话说远了。这个钱若不是司长的，二次敌机来了，让我被炸弹炸死。"

魏太太道："别赌这个风凉咒了，美国飞机炸日本，炸得他已无招架之功，自己都吃不消，还哪里有力量炸重庆。我也相信这钱是你们司长的，可是你们和司长跑腿的人，无论什么事总要揩上一点油。"魏端本道："假如是司长那里有一笔收入，经过我的手，可以揩油。假如司长有票东西由我代买，我也可以揩油。现在是司长要我代汇一笔款子出去，连汇水多少，银行都在收据上写得清清楚楚，我怎么可以揩油。"

魏太太对于他这种解释，不承认，也不加以驳回，就是这样头枕在丈夫肩上半睡半不睡地坐着。魏先生还握着夫人的手呢，她的手放在先生怀里，也不移动了。魏端本唉了一声道："接连地熬了这许多夜，不是打牌，就是看戏，大概实在也是疲倦了，就说不花钱，这样的糟蹋身体，又是何苦。佩芝，佩芝，你倦了，你就睡吧。"说着轻轻地摇撼着她的身体。她口里咿唔着道："你和我把被铺好吧，我实在是倦了。把枕头和我叠高一点。"她说着，更显得睡意蒙眬，整个的身子都依靠在魏先生身上。

他两手托着魏太太的身体，让她平平地向床上睡下，然后站起来，将枕被整理一番，但魏太太就是这样横斜地睡在床上，阻碍了他这顶工作。魏端本摇撼着她道："床铺好了，你起来脱衣服吧。"她是侧了身子，缩着腿睡在床中间的，这就把身体仰过来，两只脚垂在床沿下面。仰着脸，闭着双眼，簇拥了两丛长睫毛。魏先生觉得太太年轻貌美，而且十分天真的。自己不能多挣几个钱，让她过着舒服日子，这是让她受着委屈的。尤其是自己原来娶有太太，未免让这位夫人屈居第二位。凭良心说，这也应该好好地安慰她才是。

正这样沉吟着，见太太半抬起一只手来，放到胸前，慢慢地移到大襟上面，去摸纽扣，只摸到纽扣边，将三个手指头拨了两拨，又缓缓地落下来垂直了。魏端本望了她笑道："你看软绵绵的样子，连脱衣服的力气都没有了。喂！佩芝，脱衣服呀。"魏太太鼻子里哼了一声，却是没有动。魏端本俯下身子去，两手摇了两摇她的身体，对了她的耳朵，轻轻叫了声佩芝。魏太太依然咿唔着道："我一点力气没有，你和我脱衣服吧。"魏端本站起来对她看看，又摇了两摇头道："这简直是个小孩子了。"但是他虽这样地说了，却不愿违反了太太的命令。把房门关上，把皮包放在枕头底下。太太不是说把枕头叠高一点吗？就把皮包塞在枕头下面。魏先生到了这时，忘了太太的一切骄傲与荒谬，同情她是一个弱者了。

次日早上，还是魏端本先起床，在太太睡的枕头下面，轻轻地抽出皮包来，却见皮包外面，散乱着几十张钞票，由枕头下散乱到被里，散乱到太太的烫发下面，散乱到太太的床角上。他倒是吃一惊，怎么钞票都散乱出许多来了。立刻把皮包打开来，将全数钞票点数了一番，还好，共差两万元。这倒是自己同意了太太的要求的。她并没有过分地拿去。于是将床上散乱的票子，~齐归理起来，理成两叠，给太太塞在枕头下面。

太太睡得很熟，也就不必去惊动她，将皮包放在桌上，到隔壁屋子里去洗漱口喝茶吃烧饼，准备把这件事情做完，就去和司长汇款了。就在这时，一个勤务匆匆地跑了进来，见着他道："魏先生，司长要到青木关去一趟，叫你同去。他的汽车就在马路口上等着。他说托你汇的款子，不必汇了，明天再说吧。"

魏端本听说司长在马路口上等着，这可不敢怠慢，手里拿了个烧饼啃着，走到卧室里去，打算叫醒太太，太太已是睁着眼躺在枕头上了。她已经听到勤务的话了，因道："司长等着你，你就走吧，你还耽误什么？"魏端本道："我交代你一句话。这皮包你和我好好看着，我的太太，那钱可不能再动。"魏太太皱了眉道："你不放心，干脆把皮包拿去。"他还想说什么。勤务又在那隔壁屋子里，连叫了几声魏先生。他向太太点点头，扭身就出去了。

012 起了酸素作用

魏先生留下这么一笔款子在家里，倒让魏太太为了难。这是他和司长汇出去的款子，必须好好保存，而且还不便把款子放在箱子里，让自己出去。因为钥匙是自己带着的。把钥匙带出去了，他回来就拿不到款子。这没有什么办法，只有在家里守着这个皮包了。她想到昨日买了二两金子，又在魏先生手上，先后拿得三万法币，这二十四小时以内，生活是过得很舒服的。今天在家里看看小说，买点儿好菜，用一顿好午饭吃，这享受也不坏。

她主意拿定了，起床，洗过脸，漱过口，且不忙用胭脂化妆，先叫杨嫂抱着小的男孩子渝儿去买下江面馆的小笼包子。大女孩子娟娟就让她送到屋子里来自己带着。这孩子的衣服又是弄得乱七八糟，穿一件中国红花布长夹袄，却罩在西式童装上，那小孩的头发，又是两天不曾梳理，干燥蓬乱，散了满头。早上起来，小孩子就要吃，又没有好的吃，左手拿了半截冷油条，右手拿了一片切的红苕（即薯）。眼眵鼻涕壳子，全已在小脸上。

魏太太将她的衣服扯了一扯，瞪着眼道："要命鬼，睁开眼睛，就只晓得要吃。两天没有管你，又不像人了。"小娟娟看到妈妈骂她，把油条和红苕都丢了。两只手在衣服上慢慢擦着，转了两个小眼珠望着妈妈。魏太太咬着牙笑了，摇摇头道："我的天，你那手上的油，全擦在衣服上了，真是要命。"小娟娟呆了，两手伸开了十指，也不知道怎么是好。

魏太太原是要给孩子两巴掌，看到她这种怪可怜的样子，叹了口气，在桌子抽屉里，抓了一把字纸，就和娟娟来擦那只油手。把小手上的油都擦干净了，魏太太手上捏的那把纸团，翘起了一个大纸角，纸角楷书字写得端端正正。她心里一惊，这不要是孩子爸爸的公事吧？立刻把捏成纸团的字纸，清理出来一看，不由得连叫几声糟了。这其中除了有两件公事而外，还有一张机关里和一家公司写的合同。一切都已誊写清楚就差了签字盖章。这正是魏端本要拿去给公司负责人盖章的。这时，满合同全是大一块小一块的油迹。而且还折出了许多皱纹，她把这些字纸拿在手上看了看，丝毫没有主意。只得向抽屉一塞，把抽屉关上，来个眼不见为净。原来是想和娟娟洗个脸，换换衣服的，心想，今天魏端本回来，少不得一场吵闹。7娟娟见妈不睬她了，又见原来拿的那片红苕，还在地上，这就弯腰去捡了起来。魏太太抢上前，把那红苕片夺过去丢了，捏着拳头，在娟娟背上，连捶了三四下，骂道："你还馋啦，几辈子没有吃过东西。"娟娟让妈妈监督着，早就憋不住要哭。这可一触即发，哇哇地放声大哭。魏太太道："你还哭，都是为你，我惹下祸事了。"

正说着，杨嫂左手抱着孩子，右手捧了一只碗进来，便道："大小姐，不要哭了，吃包子。"魏太太道："你就只知道给她吃，你看孩子脏成什么样子了。短衣服套着长衣服，中不中西不西，让人看见了笑话。"杨嫂道："我要做饭，要洗衣服，还要上街买东西，两个娃儿，跟一个，抱一个，我朗个忙得过来?”说着，把那只碗便放在桌上，揭起盖在碗上的那个碟子，露出热气腾腾的一碗小包子。

魏太太早晨起床之后，最感到肠胃空虚，立刻将两个指头钳了只包子送到嘴里咀嚼着。娟娟虽不大声哭了，鼻子还是窸窸窣窣地响，杨嫂抱在手上的小男孩，指着包子碗，连叫我要吃，我要吃。魏太太就抓了一把小包子，放在原来盖碗的碟子里，将碟子交给杨嫂道：“拿去吧，给他两个人吃。吃过之后，无论如何，给他们洗把脸，换换衣服。你带不过两个孩子，我们分开办理，你洗一个，我带一个。”

杨嫂很知道这女主人的脾气，看见孩子，就嫌孩子脏，不看见孩子，她也决不会想起的，端了那碟包子，带了两个孩子走了。魏太太叫杨嫂拿筷子来，她也没有听见。魏太太且先用指头钳了包子吃，直把整碗的包子一口气吃尽，她没有将筷子拿来，魏太太也就不问了。

起床后的那盆洗脸水，浸着手巾，还放在五屉桌上。她起身洗了把手，在镜子里看到脸子黄黄的，才想起忘了化妆一件大事。魏太太的人生哲学，是得马虎处且马虎。只有一件事是例外，每天一次化妆，到了下午要出去，照照镜子胭脂粉已脱落大半了，这就必须重新化妆一次。所以她这时吃饱了早点，就立刻要办理这件事。将脸子装扮得匀了，头发也梳理得清楚，这上午就可说没有了事。

平常有这个悠闲的时候，少不得到街上去转两个圈子，买点儿零碎食物。今天为了皮包里十来万块钱，心里倒有点不自在似的，要出门非得买点东西不可，而钱又是不能动的。有钱不能用，也就懒于上街了。床头边堆了十来本新旧小说。这就掏起一本来，横躺在床上翻弄着，随手一翻，就是一段描写恋爱热烈的场面，翻过之后，就继续地向下看去。

杨嫂可就在床头打搅了。她道：“今天还没有买菜，上午吃啥子?”魏太太看着书，鼻子里随便哼了一声，杨嫂又道：“上午吃啥菜?”魏太太不耐烦了，将横躺在床上的脚一顿道：“哎呀！人家一看书就细乱。唦！在我这衣服袋里掏三千块钱去买，把晚上的都办了。”说着，将手摸摸小衣襟。

这位杨嫂，很知道女主人的脾气，见她脸朝着书页，又已看入了神，是不必多问话的。就弯着腰在魏太太衣袋里摸出一把钞票。点清了三千元留下，其余的依然给她塞回衣袋里去。因道：“太太，我去买菜，只能带一个娃儿喀。留下哪一个?”魏太太依然是眼睛对着书页，答道：“你把娟娟带去，她会走路的。把小渝儿鞋子脱了，放在床上玩。请你费点神，把娟娟换一件衣服。脸盆手巾在这桌上，拿去给她擦把脸。上街，也别弄得小孩子像叫花子一样。行不行?”她说是说了，但没有监督杨嫂去执行，两只眼睛，依然是对了小说书上注视着。

她看了几页书，觉得有小孩子在脚边爬动。抬起头来看时，小渝儿并没有脱鞋子，还拿了带泥腿的板凳，在枕头边当马骑呢。魏太太说了句真糟糕，她也没有起身。因为这段小说，正说到男女两主角已有恋爱九分成熟的机会，她急于要看这个结果是不是很圆满的，就分不开身来了。

约莫是半小时，有人在门外问道：“魏太太在家吗?”她听出了这声音是胡太太，立刻答应道：“我在家呢。”她同时想到小渝儿没有脱鞋，还带了一只小马在床上，这就把人和马，一齐抱下床来。胡太太是熟人，也就走进屋子来了。

魏太太一看自己床单子上皱得像咸菜团似的，那大大小小的黑泥脚印，更是不必说。便笑道：“你看看我们家里弄成什么样子了，和你那精致的小洋房一打比，那真是天差地远。”胡太太笑道：“这也是你的好处，一切事情不烦心，总是保持了你的青春年少。我是柴米油盐什么事都要管。这还罢了，我们那位胡先生，还只是不满意，总说我花钱太多。今天上午，又大大地吹了一场。”说着把手上的那个皮包放在桌上，不用主人相请，两手按住膝盖，坐在桌边那张独不被东西占领的椅子长长地叹了口气。

魏太太看她满脸的脂粉，却掩不住怒容，她说是和丈夫生了气，那必是真的。胡太太本是张长圆脸，但因为长得很胖的缘故，两腮下面的肉，向外鼓了起来，几乎把脸变成四方的了。这时带了怒容，只觉两块腮肉，更向下沉着。她两只青果型的眼睛，本是单眼皮，今天两条眉毛不曾画，眉角短了许多，而眼睛四周，还带了一圈儿微微的红晕。这和平常那洋娃娃似的欢喜面孔，可差得多了。便一面收拾着床铺和屋子，一面问道：“我知道，你胡先生的经济，全部交给你管，你还有什么带不过去的。”

胡太太摇了两摇头，又叹了口气道：“他把全部的经济交给我，不把他那颗心交给我，那有什么用呢?”她说着，把桌上的皮包取过来，打开皮包，取出一盒子烟来。她本来和魏太太一样，不打牌是不吸纸烟的。魏太太看到她这时拿着烟盒，赶快取过一盒火柴递上。可是这东西，她今天也预备得有，嘴角上衔着纸烟，立刻又在皮包里取出火柴盒来擦着火柴，将烟点着了。女人平常不大吸烟，忽然自动地吸起烟来，那必是心里极不安定的时候，魏太太自己就是这样，料着胡太太必是这样。这就向她笑道：“你这话必定有所谓而发吧？”她说这话时，已把另一张椅子上的衣服袜子之类，很快地收拾干净，将那椅子移得和胡太太相并了，然后坐下。

胡太太右毛按了手皮包，放在膝盖上。左手两个指头夹了烟卷，放在红嘴唇里吸着，一支箭似的，喷出一口烟来，先淡笑了一笑，接着又叹上一口气。因道：“你看我们这位胡先生，这样大的年纪，又是这抗战年头，他竟是糊涂透顶，还要在外面和那些当暗娼的女人胡混。花钱我不在乎，一个有身份的人这样胡闹，不但是有辱人格，若沾染了一身毛病，那不是个大笑话？”她说着话，又喷出一口烟。

魏太太道：“我倒是听到人说，重庆有暗娼，晚上在校场口一带拉人。那个地方，你们胡先生也肯去，那怪不得你生气。”胡太太却不由得笑了，因摇摇头道：“倒不是那一类的暗娼。我说的是一种下流女人，冒充学生，冒充职业妇女，朝三暮四，在外面交男朋友。”

魏太太听了这话，心里就明白了，胡先生是在外面交女朋友，并不是嫖暗娼。因道：“你得有充分的证据吗？”胡太太道：“那一点假不了。没有充分的证据，我何至于气得这个样子？啰！我这里就有一封信。”说着，她手是颤巍巍地伸到怀里去摸索着，在怀里摸出一封粉红色的洋信封，交给魏太太。

她接过来时，觉着那封信还是温暖的，分明是揣在胡太太贴肉小衣口袋里的。见那信封上，是钢笔写的字。因望了她笑道：“我可以看吗？”说着，把这信封颠了两颠。胡太太道：“我正是要你看。”

魏太太抽出里面一张洋信纸来，上面还有钢笔写的字，笔画虽很纯熟，可是笔力很弱，当然是位女人的手笔，信上这样写：

敬：昨晚由电影院回寓，在窄小破旧的楼上，孤独地对了一盏电灯，我加倍地感到寂寞。窗子外正飞过几点雨，那没有玻璃的窗户，糊着薄纸，漏了不少窟窿。在那窟窿里送进一阵阵的寒风，那是格外的凄凉，回想到你我在一起的时候，你给予我的温暖，徒然让我增加感触，我不由得掉下几点泪。我是个薄命的女人，二十多岁，让我丧失了他，成了一只孤雁。家乡在沦陷区，正成了既无叔伯，终鲜兄弟的那个悲惨境遇。白天，有那吃不饱肚的工作，让我鬼混一天，到了晚上，我一个少年孀妇，向哪里去？幸遇到了你，随时给予我许多帮助，我是感激的。可是我有点不知足，这只能解决物质上我眼前一些困难，我在社会上，依然是孤独，凄凉，悲惨的呀。自然，你会想到这一点的，你是常到这小楼上来温暖我。可是，第一，我怕呀，人言可畏呀。第二，这始终还是片刻的温暖而已。你既然同情我，爱我，你就得救我到底。我今天在你当面，几次想把我的心事说出来，怯懦的我又忍住了。回寓之后，形单影只，风凄雨苦，受到这分凄凉，我不能再忍了，我不能不说了。我伸出了待救的手，你快救我呀。你有约会，不必写信，还是打电话吧，快得多呀。最后，我告诉你，我永久是属于你的，你能救我，我也只要你救，快回音吧！芳上。

魏太太把信看过，依然塞进信封里，交回给胡太太，因道："这是个什么样的女人，照信上说的，是个有工作的寡妇。信倒写得相当流利"胡太太将那信捏在手上，还是颤巍巍地塞到长衣怀里去。因道："这女人是老胡的旧部下，他根本混蛋，上司可以和女职员做这下流的事吗？谁还敢出来当女职员呢。不过这个贱女人原也不是好东西，到处找男人。她丈夫大概就是为了她胡闹气死的。你看看这信，她说她永远是老胡的，她愿意做老胡一个外室。这是鬼话。老胡是个什么美男子，已是四十多岁的人了。他有什么地位。一个简任职公务员而已。她就是想骗老胡几个钱，我真气死了。太欺侮人。"说着嗓子一哽，落下两行泪。但她也不示弱，立刻将手绢擦干眼泪。她又取出纸烟来吸。

魏太太笑道："既然你知道她是个骗局，你就不必生气了。你是怎样发现这封信的呢？"胡太太道："我早就知道有这件事了。我质问老胡，他总是绝口否认，还说我吃飞醋。有一次，他和这下流女人同去看话剧，让我知道了，我要到戏馆子里去截他，不幸走漏了风声，让他们逃走了。因此，我也更进一步，随时随地，找他们的漏洞。他们通信地点是在机关里，机关里我不能去，他们觉得是保险的，可是我也有我的办法，告诉我那个大女孩子，常常假装到机关里去玩，教她暗下留意她爸爸私人来往的信件。只要像是女人笔迹的信封，就偷了拿回来给我看。总共只试验三次，就把这封信抄到了。"

魏太太笑道："你大小姐今年多大？"胡太太笑道："十四岁了，她什么不晓得。她先偷得那桌子抽屉的钥匙，藏在身上。那钥匙本有两把，老胡掉了一把，他并不介意，照常地锁。他就没想到别人会开。"

魏太太笑道："我还要问，你大小姐有什么法子在她爸爸当面去开抽屉的锁呢？"胡太太听到这里，脸上有了得意之色。眉毛扬起来笑道："这孩子就是这样得人疼爱。她陪着她爸爸下了班了，重新由大门外走了回去，对勤务说，丢了手绢在办公室里。人家当然让她去找。自然，她不能每次都说丢了手绢，她总可借了别的缘故，一人再回办公室去。这次找到了赃物，她就是由找手绢找出来的。你想，我看到这封信就是大肚子弥陀佛我也忍耐不下去吧。信是昨日下午得着的。偏是昨晚上他到一点钟才回家来。这还不是温暖那个下贱女人去了吗？昨晚夜深了我不便和他交涉。今早起来，我把这里的话质问他，他还咬口不认。我掏出信来，当面念给他听。”

魏太太抢着问道：“那就没有可抵赖的了。”胡太太鼻子里哼了一声道：“就是这样令人可恨，他若承认了，我只要他和那下流女人断绝关系，我也不咎既往，和平解决。你猜怎么样？他比我还强硬，他说这是我捏造的信，伸过手来，要把信抢了去。我真急了，扯着他的衣服，要和他讲理。他一掌把我推开，帽子也不戴，就跑出门去了。他料着我不敢到机关里去找他，先避开我。其实，我怕什么？哪里也敢去。打破了他的饭碗，那是活该。我有办法，我不依靠他当个穷公务员来养活我，等他回来再办交涉不迟。隔壁赵先生和他同事，负责把他找回来答复我一个解决办法。我也只好饶了他这一上午，反正他飞不了。可是我一个人坐在家里，越想越闷，越闷越气，邻居们叫我出来走走。我想那也好。对于这种丈夫，犯不上为他气坏了身体，我是得乐且乐。”

正说到这里，杨嫂送着娟娟进来了。她身上的衣服，虽然还是短的套着长的，可是小脸蛋已经洗干净了，便是头上的头发，也梳清楚了。胡太太拉着她的小手，拖到怀里，摸了她的童发道：“孩子你的命运好，得着一个疼你的爸爸。”魏太太道：“她爸爸疼她，那也是一句话罢了，为什么家里不多雇一个人专带孩子，两个孩子全弄得这样拖一片挂一片。”

杨嫂听了这个话风，流弹有射到自己头上的可能，便抱起小渝儿要走。魏太太笑着叹口气道：“唉！提到小孩子脏，你就赶快要走。这不怨你，我怪你也没用。胡太太在这里吃饭，快去预备，两个孩子都留在这里吧。”胡太太道：“不，我请你出去吃顿小馆。”

魏太太道：“你还和我客气什么。我的家境，你知道，我也不会有什么盛大的招待。不过在我这里吃饭，我们可以多谈一点。”胡太太今天的情绪，需要的就是谈。便道：“那也好。”说着，点了两点头。这样，两位太太就更是亲密地向下谈。

最后，胡太太为了集思广益起见，也就向魏太太请教，要怎样才能够得着胜利？魏太太笑道：“你问我这些，那我的见解，比你就差得远了。不过隔壁陶太太倒是御夫有术的人，她随便老陶几日几夜不归，她向来不问一声到哪里去了。她说，做太太的，千万不和先生吵，越吵感情越坏，这话当然有理。可是我这个脾气，就不容易办到。火气上来了，无论是谁，我也不能退让。”

胡太太又在手皮包里，取出纸烟来吸着，右手靠了椅子背，微弯过来，夹着口里的纸烟。偏着头细细地沉思，喷出一口烟来，然后摇摇头道：“陶太太的话，要附带条件，看对什么人说话。男人十有八九是欺软怕硬。做太太的越退让，他就越向头上爬。对先生退让一点，那也罢了。反正是夫妻，可是他一到另有了女人，两个人一帮，你退让，他先把那女人弄进门，你再退让，那个女人趁风而上，就夺了我们的位置。你三退让，干脆，姨太太当家，把正太太打入冷宫，这社会上宠妾灭妻的事就多着呢。抗战八年来，许多男人离开了家庭，谁都在外面停妻再娶。分明是轧姘头讨小老婆，社会上还起了一个好听的名词，说是什么抗战夫人。那好了，在家里的太太，倒反是不抗战的，将来胜利了，你说在那寒窑受苦的王宝钏一流人物，也当退让吗？”

魏太太听了这话，立刻心里拴上了几个疙瘩，一阵红晕飞上脸腮。但她这个抗战夫人的身份，是很少人知道的，胡太太并非老友，更不知道。她强自镇定着，故意放出笑容道：“可是平心说，那些抗战夫人是无罪的，她们根本是受骗。那个署名芳字的女人，她和胡先生来往，不能算是抗战夫人。你不就在重庆一同抗战吗？”

胡太太哼的一声道：“我马上就要那个贱女人好看，她还想达到那个目的吗？可是我要照陶太太那个说法，退让一下，那她有什么不向这条路上走的呢？所以我决不能有一毫妥协的意思，就算我现时在沦陷区，老胡讨个小老婆，我也要不能饶恕的。什么抗战不抗战，男子有第二个女人，总是小老婆。”胡太太是自己发牢骚。可是魏太太听了，就字字刺在心上了。

013 物伤其类

胡太太自发着她自己的牢骚，自说着她伤心的故事，她决不想到这些话，对于魏太太会有什么刺激的。她看到魏太太默然的样子，便道：“老魏，你对于我这番话有什么感触吗？”魏太太摇着头，干脆答复两个字，“没有”。可是她说完这两个字之后，自己也感觉不妥，又立刻更正着笑道：“感触自然也是有的。可是那不过是听评书掉泪，替古人担忧罢了。”

胡太太脸上的泪痕，还不曾完全消失，这就笑道：“不要替我担忧，我不会失败的。除非他姓胡的不想活着，若是他还想做人，他没有什么法子可以逃出我的天罗地网。”魏太太点点头道：“我也相信你是有办法的。不过你也有一点失策。你让你大小姐和你当间谍，你成功了，胡先生失败了，他想起这事，败在大小姐手上，他能够不恨在心吗？这可在他父女之间，添上一道裂痕。”

胡太太将头一摆道：“那没关系。我的孩子，得由我一手教养成功，不靠他们那个无用的爸爸。说起这件事，我倒是赞成隔壁陶太太的。你看陶伯笙忙得乌烟瘴气，孩子们教养的事，他一点也不办。倒是陶太太上心，肯悄悄地拿出金镯子来押款，接济小孩子。现在买金子闹得昏天黑地的日子，这倒不是一件易事。小孩子还是靠母教，于今做父亲的人，几个会顾虑到儿女身上。你叫杨嫂去看看她，她在家里做什么？也把她找来谈谈吧？”

魏太太道：“好的，你稍坐一会，我去请陶太太一趟，若是找得着人的话，就在我家摸八圈吧。”胡太太笑道：“我无所谓，反正我取的是攻势，今天解决也好，明天解决也好，我不怕老胡会逃出我的手掌心。”

魏太太带了笑容，走到陶家，见陶太太屋子里坐着一位青年女客，装束是相当的摩登，只是脸子黄黄的，略带了些脂粉痕，似乎是在脸上擦过眼泪的。因为她眼圈儿上还是红红的。魏太太说了句有客，将身子缩回来。陶太太道：“你只管进来吧。这是我们同乡张太太。”

魏太太走了进去，那张太太站起来点着头，勉强带了三分笑容。陶太太道：“看你匆匆地走来，好像有什么事找我的样子，对吗?”魏太太道：“胡太太在闹家务，现时在我家里，我要你陪她去谈谈。你家里有客，只好算了。”说着转身正待要走。那位张太太已把椅子背上的大衣提起，搭在手臂上。她向陶太太点个头道：“我的话说到这里为止，诸事拜托了。陶先生回来了，务必请他到我那里去一趟。我在重庆，没有靠得住的人可托。你是我亲同乡，你们不能见事不救呀。”说着，眼圈儿又是一红，最后那句话，她是哽咽住了，差点儿要哭了出来。

陶太太向前握了她的手道：“你放心吧。我们尽力和你帮忙。事已至此，着急也是无用。张先生一定会想出一个解决的办法来的。”那张太太无精打采的，向二人点点头，轻轻说句再见，就走了。

魏太太道："我看这样子，又是闹家务的事吧?"陶太太道："谁说不是?唉！这年头这样的事就多了。"魏太太摇摇头道："这抗战生活，把人的脾气都逼出来了。夫妻之间，总是闹别扭。"陶太太道："他们夫妻两个，倒是很和气的。"

魏太太道："既是很和气的，怎么还会闹家务?"陶太太道："唉！她是一位抗战夫人。前两天，那位在家乡的沦陷夫人，追到重庆来了。人家总还算好，不肯冒昧地找上门来，怕有什么错误，先住在旅馆里，把张先生由机关里找了去。张先生也是不善于处理，没有把人家安顿得好。不知是哪位缺德的朋友，和她出了一条妙计，写了一段启事在报上登着。这启事丝毫没有攻击张先生和抗战夫人的意思。只是说她在沦陷区六年，受尽了苦，现在已带了两个孩子平安到了重庆，和外子张某人聚首，等着把家安顿了，当和外子张某人，分别拜访亲友。这么一来，我们这位同乡的何小姐，可就撕破了面子了。她向来打着正牌儿张太太的旗号在社会上交际，而且常常还奔走妇女运动。于今又搬出一个张太太来，还有两个孩子为证。你看，这幕揭开，凡是张先生的友好，谁人不知?这位何小姐气就大了，要张先生也登报启事，否认有这么一个沦陷夫人。张先生怎么敢呢?而且何小姐也根本知道人家有原配在故乡的。原以为一个在沦陷区，一个在自由区，目前总不会碰头。将来抗战结束了，她和张先生远走他方，躲开那位沦陷夫人。不想人家来得更快，现在就来了，而且在报上正式宣布身份。她根本装着不知道有一位抗战夫人，连事实都抹杀了，这让何小姐真不知道用什么手法来招架。"

魏太太听到抗战夫人这个名词，心里已是不快活，再经她报告那位沦陷夫人站的脚跟之稳，用的手腕之辣，可让她联想到将来命运的恶劣。陶太太见她呆呆地站在屋子中间，便道："走吧，不是胡太太在等着我吗?"魏太太道："你看到胡太太，不要提刚才这位张太太的事。"陶太太道："她和张先生认识吗?"魏太太道："她家不正也在闹这同样的事吗?她的胡先生也在外面谈爱情呢。"

陶太太道："原来她是为这个事闹家务。女人的心是太软了。像我们这位同乡何小姐，明知道张先生有太太有孩子，被张先生用一点手腕，就嫁了他了。胡先生家里发生了问题，又不知道是哪一位心软的女人上了当。"魏太太道："你倒是同情抗战夫人的。"陶太太道："女人反正是站在吃亏的一方面，沦陷夫人也好，抗战夫人也好，都是可以同情的。"魏太太昂起头来，长长地叹了一口气。

陶太太听她这样叹气，又看她脸色红红的，她忽然猛省，陶伯笙曾说过，她和魏端本是在逃难期间结合的，并没有正式结婚。两个人的家庭，向来不告诉人，谁也觉得里面大有原因。现在看到她对于抗战夫人的消息，这样地感着不安，也就猜着必有相当关联。越说得多，是让她心里越难受。便掉转话风道："胡太太在你家等着，想必是找牌脚，可惜老陶出去得早一点。要不然，你两个人现成，再凑一角就成了。走，我看胡太太去。"说着，她倒是在前面走。

魏太太的心里，说不出来有一种什么不痛快之处，带着沉重的脚步，跟着陶太太走回家来。胡太太正皱着眉坐了吸烟呢，因道："你们谈起什么古今大事了，怎么谈这样的久？老魏，你皱了眉头干什么？"魏太太走进门就被人家这样地盘问着。也不曾加以考虑，便答道："陶太太家里来一位女朋友，也在闹家务，我倒听了和她怪难受的。"胡太太道："免不了又是丈夫在外面作怪。"

魏太太答复出来了，被她这一问，觉得与胡太太的家务正相反，那位张太太的立场，是和胡太太相对立的，说出来了，她未必同情，便笑道："反正就是这么回事。说出来了，不过是添你的烦恼而已。"胡太太鼻子里哼上了一声，摆一摆头道："我才犯不上烦恼呢。我成竹在胸，非把那个下流女人驱逐出境不可。"

她坐了说着，两个手指夹住烟卷，将桌沿撑住在手肘拐，说完之后，把烟卷放到嘴里吸上一口，喷出一口烟来。她虽是对了女友说话，可是她板住脸子，好像她指的那女人就在当面，她要使出一点威风来，陶太太笑道："怎么回事，我还摸不清楚哩。"

胡太太将旁边的椅子拍了两拍，笑道："你看我气糊涂了，你进了门，我都没有站起身来让座。这里坐下吧，让我慢慢地告诉你。你对于先生，是个有办法的人，我特意请你来领教呢。"陶太太坐下了，她也不须人家再问，又把她对魏太太所说的故事，重新叙述了一遍。她说话之间，至少十句一声下流女人。她说："下流女人，实在也没有人格，哪里找不到男人，却要找人家有太太的人，就算成功了，也不过是姨太太。做女人的人，为什么甘心做姨太太？"

魏太太听了这些话，真有些刺耳，可又不便从中加以辩白，只好笑道："你们谈吧，我帮着杨嫂做饭去。"说着，她就走了。一小时后，魏太太把饭菜做好了，请两位太太到隔壁屋子里去吃饭。胡太太还是在骂着下流女人和姨太太。魏太太心里想着，这是个醉鬼，越胡越乱，也就不敢多说引逗话了。

饭后，胡太太自动地要请两位听夜戏，而且自告奋勇，这时就去买票。两位太太看出她有负气找娱乐的意味，自也不便违拂。胡太太走了，陶太太道："这位太太，大概是气昏了，颇有些前言不符后语，她说饶了胡先生一上午，下午再和他办交涉。可是看她这样子，不到夜深，她不打算回去，那是怎么回事？"魏太太道："谁又知道呢？我们听她的报告，那都是片面之词呀。我听人说，她和胡先生，也不是原配，她左一句姨太太右一句姨太太；我疑心她或者是骂着自己。"陶太太抿嘴笑着，微微点了两点头。

魏太太心中大喜，笑问道："你认识她在我先，你知道她是和胡先生怎么结合的吗？"陶太太笑道："反正她不是胡先生的原配太太……"她这句话不曾说完，他们家刘嫂匆匆地跑了来道："太太，快回去吧，那位张太太和张先生一路来了。"陶太太说句回头见，就走了。

魏太太独坐在屋里，想着今日的事，又回想着，原是随便猜着说胡太太不是原配，并无证据，不过因为她和胡先生的年龄，差到十岁，又一个是广东人，一个是山西人，觉得有些不自然而已，不想她真不是原配。那么，她为什么说人家姨太太？于今像我这样同命运的女人，大概不少。她想着想着，又想到那位张太太，倒是怪可同情的，想到这里，再也忍耐不住，就把那装了钱的皮包锁在箱子里，放心到陶家来听新闻。

这时陶伯笙那屋子里，张太太和一个穿西服的人，坐着和陶太太谈话。魏太太刚走到门口，那张太太首先站起来，点着头道："请到屋里坐坐吧。"魏太太走进去了。

陶太太简单介绍着，却没有说明她和张太太有何等的关系。张先生却认为是陶太太的好友，被请来做调人的。便向她点了个头道："魏太太，这件事的发生是出于我意料的。我本人敢起誓，决无恶意。事已至此，我有什么办法，只要我担负得起的，我无不照办。"他说了这么一个囫囵方案，魏太太完全莫名其妙，只微笑笑。

张太太倒是看出了她不懂，她是愿意多有些人助威的，也就含混地愿意把魏太太拉为调人。她挺着腰子在椅子上坐着，将她的一张瓜子脸儿绷得紧紧的。她有一双清秀明亮的眼睛，叠着双眼皮，但当她绷着脸子的时候，她眼皮垂了下来，是充分地显示着内心的烦闷与愤怒。她身穿翠蓝布罩衫，是八成新的，但胸面前隐隐地画上许多痕迹，可猜着那全是泪痕。她肋下纽袢上掖着一条花绸手绢，拖得长长的。这也可见到她是不时地扯下手绢来擦眼泪的。

魏太太正端相了她，她却感到了魏太太的注意。因道："魏太太，你想我们年轻妇女，都要的是个面子。四五年以来，相识的人，谁不知道我嫁了姓张的，谁不叫我一声张太太。现在报上这样大登启事，把我认为什么人？难道我姓何的，是姓张的姘头？"

张先生坐在里面椅子上，算是在她身后，看不到她的脸子。当她说的时候，他也是低了头，只管用两手轮流去摸西服领子。他大概是四十上下年纪了。头顶上有三分之一的地方，已经谢顶，黄头皮子，光着发亮。后脑虽也蓄着分发，但已稀薄得很了。他鼻子上架了一副大框眼镜，长圆的脸子，上半部反映着酒糟色，下半部一大圈黑胡桩子，由下巴长到两耳边。这个人并不算什么美男子，试看张太太那细高挑儿，清秀的面孔，穿上清淡的衣服，实在可爱，为什么嫁这么一个中年以上的人做抗战夫人呢？她顷刻之间在双方观察下，发生了这点感想。

那张先生却不肯接受姘头这句话。便站起来道："你何必这样糟蹋自己。无论怎么着，我们也是眷属关系吧？"张太太也站起来，将手指着他道："二位听听，他现在改口了，不说我是太太，说我是眷属。我早请教过了律师，眷属？你就说我是姨太太。你姓张的有什么了不起，叫我做姨太太。你的心变得真快呀。你害苦了我了。我一辈子没脸见人。你要知道，我是受过教育的人啦。我真冤屈死了。"她越说越伤心，早是流着泪，说到最后一句，可就哇的一声哭了起来了。

张先生红着脸道："这不像话，这是人家陶太太家里，怎么可以在人家家里哭？"张太太扯下纽袢上的手绢，擦着眼泪道："人家谁像你铁打心肠，都是同情我的。"那张先生本来理屈，见抗战夫人一哭，更没有了法子，拿起放在几上的帽子，就有要走的样子。

张太太伸开手来，将门拦着，瞪了眼道："你没有把条件谈好，你不能走。"张先生道："你并不和我谈判，你和我闹，我有什么法子呢？"陶太太也站起来，带笑拦着道："张先生，你宽坐一会，让我们来劝解劝解吧。凭良心说，何小姐是受着一点委屈的。怎么着，你们也共过这几年的患难，总要大家想个委曲求全的办法。"

张先生听说，便把拿起来了的帽子复又放下，向陶太太深深地点了两点头，表示着对她的话，是非常之赞同。笑道："谁不是这样的说呢？报上这段启事，事先我是决不知道。既然登出来了，那是无可挽回的事。"张太太道：

“怎么无可挽回？你不会登一段更正的启事吗？”

张先生并不答复她的话，却向陶太太道：“你看她这样地说话，教我怎么做得到，这本来是事实，我若登启事，岂不是自己给人家把柄，拿出犯罪的证据吗？”张太太掉转脸来，向他一顿脚道：“你太偏心了，你怕事，你怕犯罪，就不该和我结婚。你非登启事更正不可。你若不登启事，我就到法院里去告你重婚，你欺骗我逃难的女子。”

张先生红着脸坐下了，将那呢帽拿在手上盘弄，低头不作声。张太太道：“你装聋作哑，那不成！我的亲戚朋友现在都晓得你原来有老婆的了，我现在成了什么人，你必得在报上给我挽回这个面子。你你你……”越说越急，接连地说了几个你字，还交代不出下文来。

张先生道：“你不要逼我，我办不到的事，你逼死我也是枉然。我曾对你说了，大家委曲求全一点，那启事你只当没有看到就是了。”说时还是低了头弄帽子。张太太也急了，站在椅子边，将那椅靠拿着，来回地摇撼了几下，摇得椅子脚碰地，叮当有声。她瞪了眼道：“你这是什么话？我只当没有看到？就算我当没有看到，我那些亲戚朋友，也肯当没有看到吗？人家现在都说我是你姓张的姨太太，我不能受这个侮辱。”

陶太太向前，将她拉着在床沿上坐下，这和张先生就相隔得远了，中间还有一张四方桌子呢。陶太太也挨了她坐下，笑道：“这是你自己多心，谁敢说你是姨太太呢？你和张先生在重庆住了这多年，谁不知道你是张太太？你和张先生结婚的时候，你是一个人，他也是一个人，怎么会是姨太太？谁说这话，给他两个耳光。”

魏太太坐在靠房门的一张方凳上，听了这话，让她太兴奋了，突然站起来，鼓着掌，高喊了两个字：“对了！”张先生坐在桌子那边，这算有了说话的机会了。便道：“我也是这样说。我觉得彼此不相犯，各过各的日子，名称上并不会发生问题，反正生活费，我决计负担。”

张太太道：“好漂亮话！你这个造孽的公务员，每月有多少钱让你负担这个生活那个生活。”陶太太笑道：“我的太太，你别起急，有话慢慢地商量。若是像你这样，张先生一开口，你就驳他个体无完肤，这话怎么说得拢？这几年来你们很和睦的，决不能因为出了这么一个岔，就决裂了。张先生的意思，完全还是将就着你，向妥协的路上走。”

张太太坐在床沿上，两脚一顿道：“他将就着我吗？这一个星期，每日他都是回家来打个转身就走了，好像凳子上有钉子，会扎了他的屁股。我原来也还忍让着，随他去打这个圆场，他反正是硬不起腰杆子来的人，开一只眼闭一只眼，暂且不必把这事揭开来闹。可是自这启事登出来之后，他索性两天不露面。这分明是他有意甩开我，甩开我就甩开我，只要他三天之内，不在报上登出启事来，我就告他骗婚重婚。”

陶太太插一句话，问道：“你那启事，要怎样的登法呢？”张太太道：“我要他说明某年某月某日，和我在重庆结婚。他不登也可以，我来登，只要他在原稿上盖个章签个字。”陶太太微笑了笑，却没作声。

张先生觉得做调人的也不赞同了，自己更有理。便道：“陶太太你看，这不是让我作茧自缚吗？”张太太道：“怎么人家可以登启事，我就不能登启事？”张先生苦笑道：“你要这样说，我有什么法子？你能说登这样的启事，不要一点根据吗？你这样办，不见得于你有利的。你拿不出根据来，你也是作茧自缚。”张太太道：“好，你居然说出这样的话来。你这狼心狗肺的东西。”张先生红了脸道：“你骂得这样狠毒，我怎么会是狼心狗肺？”张太太道：“我怎么会拿不出根据来？你说你说。”说着，挺胸站了起来。

张先生再无法忍受了，一拍桌子，站起来道“我说，我说。我和你没有正式结婚，我家里有太太，你根本知道，你有什么证据告我重婚。我们不过是和奸而已。”他说着，拿起帽子，夺门而出。走出房门的时候，和魏太太挨身而过，几乎把魏太太撞倒，张太太连叫你别走，但是他哪里听见，他头也不回地去远了。

张太太侧身向床上一倒，放声大哭。陶太太和魏太太都向前极力地劝解着，她方才坐起来，擦着眼泪道：“你看这个姓张的，是多么狠的心。他说和我没有正式结婚倒也罢了。他竟是说和我通奸，幸而你两位全是知道我的。若在别地方这样说了，我还有脸做人吗？”说着，又流下泪来。

陶太太道：“你不要光说眼前，你也当记一记这几年来他待你的好处。”张太太道：“那全是骗我的。他曾说了，抗战结束，改名换姓，带我远走高飞，永不回老家。现在抗战还没有结束呢，他家里女人来了，就翻了脸了。大后方像我这样受骗的女人就多了，我一定要和姓张的闹到底，就算是抗战夫人吧，也让人家知道抗战夫人决不是好惹的。”

魏太太眼看这幕戏，又听了许多刺耳之言，心里也不亚于张太太那分难受，只是呆住了听陶张两人一劝一诉，还是杨嫂来叫，胡太太买戏票子来了，方才懒洋洋地回家去。

014　一场惨败

胡太太说是买戏票子来了，魏太太相信是真的有戏可看。回家见着她的面，就笑道："你买了几张票？也许要去的，不止我和陶太太。"胡太太先是眯着眼睛一笑，然后抓住她的手笑道："不听戏了，我们过南岸去唆它半天。"

魏太太道："不错，罗致明家里有个局面，你怎么知道的？"胡太太道："也许无巧不成书。我去买戏票顺便到商场里去买两条应用的手帕，就遇到了朱四奶奶。她说，她答应了罗太太的约会今天到南岸去赌一场，叫我务必参加。"

魏太太道："朱四奶奶？这是重庆市上一个有名的人物。常听到人说，她坐了小汽车到郊外去赶赌场。人家可是大手笔，我们这小局面，她也愿意参加吗？"胡太太笑道："我就是这样子问过她的。她说，谁也想在赌场上赢钱，大小有什么关系，无非是消遣而已。我想，这个人我们有联络的必要，你也去一个好不好？"

魏太太笑道："我怎么攀交得上呢？你是知道的，那种大场面我没有资本参加。"胡太太道："罗家邀的角，还不是我们这批熟人？我想，也不会是什么大赌。"

魏太太站起沉吟了一会子看看床头边那两口箱子。她联想到那小箱子里还有魏先生留在家里的十五万元。虽然这里只有两万元属于自己的，但暂时带着去充充赌本，壮壮面子，并没有关系。反正自己立定主意，限定那两万元去输，输过了额就不赌，这十三万元还可以带回来。胡太太看她出神的样子，便笑道："那没有关系，你若资本不够，我可以补充你两万元。"

魏太太道："钱我倒是有。不过……"她说时，站在屋子中间，提起一只脚来，将脚尖在地面上颠动着。胡太太道："有钱就好办，你还考虑什么？走走，我们就动身。"

魏太太道："你还是一个人去吧。"她说时，脸上带了几分笑意。胡太太道："不要考虑了，魏先生回来了，你就是说我邀你出去的。"魏太太道："他管不着我。”胡太太道：“既是这么着，我们就走吧。”说着，抓住魏太太的袖子，扯了几下。

魏太太笑道：“我就是这样走吗？也得洗把脸吧？”胡太太听她这样一说，分明是她答应走了。便笑道：“我也得洗把脸，不能把这个哭丧着的脸到人家去。”魏太太借着这个缘故，就叫杨嫂打水。她洗过脸，化过妆，把箱子里装的十几万元钞票，都盛在手皮包里。

胡太太看到她收钞票，便笑道：“哦！原来你资本这样充足，装什么窘，还说攀交不上呢。”魏太太笑道：“这不是我的钱。”胡太太道：“先生的钱，还不就是太太的钱吗？走吧。”说时，拉了魏太太的袖子就往外面拉出去。

到了大门外，魏太太自不会有什么考虑，一小时又半以后，经过渡轮和滑竿的载运，就到罗致明家了。罗家倒是一幢瓦盖的小洋房，三明一暗的，还有一间小客厅呢。客厅里男男女女，已坐着五六位，范宝华也在座。其中一位女客，穿着浅灰哔叽袍子，手指上戴了一枚亮晶晶的钻石戒指，那可以知道就是朱四奶奶了。罗致明夫妇看到又来了两位女宾，这个大赌的局面就算告成，格外忙着起劲。

胡太太表示她和朱四奶奶很熟，已是抢先给魏太太介绍。这位朱四奶奶虽然装束摩登，脸子并不漂亮，额头向前突出，眼睛向里凹下，小嘴唇上，顶了个蒜瓣鼻子。尽管她皮肤雪白细嫩，但并不能给予人一个爱好的印象。也许她自已有这样一点自知之明，对于青年妇女而又长得漂亮的，是十分地欢喜。立刻走向前和魏太太拉着手笑道：“我怎么称呼呢？还是太太相称？还是小姐相称呢？你这样年轻，应该是小姐相称为宜呢。”胡太太笑道：“她姓田，你就叫她田小姐吧。”

朱四奶奶将身子一扭，笑着来个表演话剧的姿势，点了头道：“哦！田小姐，田小姐我们好像是在哪里见过，也许是哪个舞厅吧。”魏太太笑道：“我不会跳舞。”朱四奶奶偏着头想了一想，因道：“反正我们是在哪里见过吧。”说着，她果然就像彼此交情很深似的，于是拉着魏太太的手，同在旁边一张藤制的长椅子上坐下。

罗致明点点人数，已有八位之多，便站在屋子中间，向四处点着八方头，笑道：“现在就入场吗？一切都预备好了。”胡太太笑道：“忙什么？我们来了，茶还没有喝下去一杯呢。”罗致明道：“这有点原因，因为四奶奶在今天九点钟以前必须回到重庆，同时范先生他也要早点回去。”四奶奶笑道：“可别以我的行动为转移呀，我不过是临时参战。我希望我走了，各位还继续地向下打。”

这位主妇罗太太打扮成个干净利落的样子，穿件白色沿边的黑绸袍子，两只手洗得白净净的，手里捧着一面洋瓷托盘，里面堆叠着大小成捆的钞票。只看她长圆的瓜子脸上，两只溜转的眼睛，一笑酒窝儿一掀，眼珠随了一动，表示着她精明强干的样子。魏太太笑道：“哎呀！罗太太预备的资本不少。”她道：“全是些小额票子，有什么了不起。因为有好几位提议，今天我们打小一点，却又不妨热闹一点，所以我们多预备一些钞票。”她们这样问答着。男女客人，都已起身。

罗家的赌场就在这小客厅隔壁，似乎是向来就有准备的。四方的一间小屋子，正中摆了一张小圆桌，圆桌上厚厚的铺着棕毯。两方有玻璃窗的地方，在玻璃上都挡上了一层白的薄绸，围着桌子的木椅子全都垫了细软的东西。在重庆的抗战生活，中产之家，根本没有细软的座位。桌椅也不少是竹制品，更谈不上什么桌毯和椅垫了。今天罗家这份排场，显着有些特别，大家随便地坐下，罗致明就拿了两盒崭新的扑克牌，放在桌毯中心。罗太太像做主人的样子，坐在圆桌面下方。魏太太、胡太太、朱四奶奶一顺儿向上坐着，都在桌子的左边，此外便是男客。除一个范宝华之外，是赵经理、朱经理、吴科长。这位吴科长，是客人中最豪华的一位，三十多岁，穿一套真正来自英国皇家公司的西装，灰色细呢上略略反出一道紫光，他像奶奶似的手指上戴了一枚亮晶晶的钻石戒指，富贵之气逼人。

魏太太心里，立刻发生了个感想，在这桌上，恐怕要算自己的身份最穷，今天和这些人赌钱必须稳扎稳打。这些人的钱，都是发国难财来的，赢他们几文，那是天理良心。赢不到也不要紧，千万可别财赶大伴，让他们赢了去。他们赢了我的钱，还不够他们打发小费的呢。这样想着，自己就没有作声，悄悄地坐在主妇旁边。

罗太太道：“我们要扳坐吗？”说时，她拿了一副扑克牌在手上盘弄着。她眼望了大家带着三分微笑。朱四奶奶道：“我们打小牌，无非是消遣而已。谁也不必把这个过分地认真。现在我们男女分座，各占一边，这就很好。各位，不会疑心我们娘子军勾结一致吗？”她说着话，把嘴唇里两排雪白的牙齿笑着露出，眼珠向大家一睃。这几位男客同声笑着说不敢不敢。吴科长便道：“男女分座，这样就好，我们尊重四奶奶的高见。”这样说着，又让魏太太心里想着，人家都说朱四奶奶交际很广，是个文明过分的人。现在看来，在赌场上还要讲男女分座，也不是相传的那些谣言了，于是对四奶奶又添加了几分好感。

主妇这时已向大家求得同意，起码一千元进牌。五万元一底，而且好几人声明着，这只是大家在一处玩玩，不必打大的。魏太太心中估计，这已和自己平常小赌，大了一半，可能输个十万八万的，非打得稳不可。在这桌上，只有一小半人的性格是熟的，在最先的半小时内，只可做个观场的性质，千万得忍住了，不可松手。

她这样地想着，在二十分钟内，已把这些男宾的态度看出来了，那位吴科长完全是个大资本家的作风，无论有牌无牌，总得跟进，除非牌过于恶劣，不肯将牌扔下。至于手上有牌，只要是个对子，他就肯出到一万两万的来打击人。倘能抓着好牌，赢他的钱那是很容易的。宋经理是个稳扎稳打的人，还看不出他的路数。赵经理却喜投机。女客方面，只有朱四奶奶是生手，看到赌钱倒是游戏出之。

有了这样的看法，魏太太也就开始下注子和人比个高下了。接着这半小时就赢了七八万，其中两次，都是赢着吴科长的。最后一次，他仅仅只有一个对子，就出着两万元，魏太太却是三个九，她为了谨慎起见，并不在吴科长出钱之后，予以反击。当她摊出牌来之后，朱四奶奶笑道："魏太太，你为什么不唆?"她道："吴科长桌上亮出来的四张牌六七九十。假如他手上暗张是个八，我可碰了钉子了。"朱四奶奶摇着头道："吴科长面前，大概有八九万元，他若是个顺子，他肯和你客气？他就唆了。"魏太太笑道："我还是稳扎稳打吧。"她这样说着，这件事自然也就算揭了过去。可是在牌桌上的战友，也就认识她是一种什么战术。

又是牌转两周，吴科长牌面子上有两张八，暗张是个 A。他已经把面前八九万元，输得只剩三万上下了。他起到最后那张八，并没有考虑，把面前的钞票向桌中心推着，叫了一声唆。魏太太面前明张，是一张 K，一张九，暗张也是个九。根据吴科长的作风，料着不会是三个头。她自己是准赢了他的。不过后面还有两张牌没有来。知道他还会取得什么。面前已是将赢得十几万元的钞票，这很够了。等这一小时过去，将这大批现钞纳进皮包，只把些零钞应付局面，今天就算没有白来。她想着是对的，把牌扔了。下家是胡太太，倒是跟进散牌的人，将一张明牌向她面前一丢，可不就是一张九吗？魏太太两脚在地上齐齐一顿，嗐了一声。结果，吴科长还是两张八和一个 A，并没有进得好牌。胡太太却以一对十赢了他的钱。

朱四奶奶将手拍了魏太太的肩膀道："你也太把稳了，这桌上你的牌风很好，你这样打，不但是错过机会，而且会把手打闭了的。"魏太太笑道："我这个作风也许是不对，但是冒险的时候就少得多了。"她嘴里是这样的说了可是心里却未尝不后悔。她转一个念头，趁着今天的牌风很好，在座的全是财神，捞他们几个国难财有何不可。

正在这样想着，那位吴科长已是在口袋里一掏；掏出一叠五元一张的美钞，向面前一放，还用带着钻石戒指的手，在钞票上拍了两拍，笑道："美钞怎样的算法？"罗太太笑道："我们可没有美钞奉陪。吴科长先换了法币去用，好不好？用什么价钱换出来，你再用什么价钱收回去。"

吴科长在身上掏出一只扁平的赛银盒子和一只打火机，从容地打开盒子取了纸烟衔着，将打火机亮着火，吸着纸烟。同时，把开了盖的纸烟盒子托在手上，向满桌的男女赌友敬着纸烟，表示着他那份悠闲。魏太太倒是接受了他一支烟，自擦了火柴吸着；觉得那烟吸到口里香喷喷的、甜津津的，这决不是重庆市上的土制烟。心里立刻也就想着，这小子绝对有钱，赢他几张美钞，在他是毫无所谓的。

她心里有个这么一个念头，机会不久也就来了。有一副牌，吴科长面前摊开了四张红桃子同花，牌点子是四六八 Q。他却掷出了四张美钞，共计二十元。他微笑道："就算四万吧。"魏太太看看，这除了他是同花，配合那张暗牌，最大不过是一对 Q，实在不足为惧，照着他那专用大注子吓人的脾气，就可以赢他这注美钞，自己正有一对老 K 呢。她轮着班次，却在朱四奶奶的下手，而朱四奶奶面前摆了一对明张十，她却说声唆了，把面前一堆钞票推出去，约莫是六七万元。

魏太太见已有一个人捉机，就没有作声。而吴科长并不退让，问道："四奶奶，你那是多少钱？"四奶奶笑道："你还要看我的牌吗？"吴科长笑道："至多我再出十元美金，我当然要看。"四奶奶笑道："那也好，我们来个君子协定，我也出三十元美金。免得点这一堆法币。各位同意不同意？"大家要看看他两人赌美金的热闹，并不嫌破坏法规，都说可以可以。

四奶奶果然打开怀里手皮包，取出三张十元美金，向桌心里一扔，把原来的法币收回。吴科长更不示弱，又取了两张五元美钞，加到注上。四奶奶把桌上那张暗牌翻过来，猛可地向桌毯上一掷，笑道："三个十，我认定你是同花，碰了这个钉子了。"吴科长也不亮牌，将明暗牌收成一叠，抓了牌角，当了扇子摇，向四奶奶挥着道："你真有三个十！你拿钱。"四奶奶点着头，笑着说声对不起，将美钞和其他的法币赌注，两手扫着，一齐归拢到桌前。将自己三十元美钞提出，拿着向大家照照，笑道："这算是奥赛的，原来代表我面前法币唆哈的，我收回了。"说着，她将三十元美金收回了皮包。

魏太太看着，心想，吴科长果然只是拿一对投机的。若不是四奶奶有三个十，自己可赢得那三十元美金了。这时，桌上有了两家在拿美金来赌，也正是都戴了钻石戒指的。现在不但是可注意吴科长，也可注意四奶奶，她已是十万以上的赢家了。

由此时起，她就和朱吴二人很碰过两回，每次也赢个万儿八千的。有次朱四奶奶明张一对四，一个A，出三万元。魏太太明暗九十两对，照样出钱。范宝华明张只是两个老K，却唆了。看那数目，不到五万，朱四奶奶已跟进，魏太太有两对，势成骑虎，也不能牺牲那四万元，也只好跟进。第五张牌摊出的结果，范宝华是三个老K，他赢了。

不久吴科长以一对七的明张，和范宝华的一对九明张比上，又是各出三万元。魏太太是老K明暗张各一，一张J，一张A，自然跟进，到了第五张，明张又有了，一对A。这样的两大对，有什么不下注？把桌前的五六万元全唆。她见范吴二位始终还是明张七九各一对，他们的牌决不会大于自己。因为他们的暗张，若是七或九，各配成三个头的话，早就该唆了，至少也出了大注了。尤其是吴科长，没有什么牌也下大注，他若有三张七，决忍不住而只出三万元，那么这牌赢定了。

可是事实不然，范宝华在吴科长上手出了注看牌，吴科长把起手的一张暗牌翻过来亮一亮，就是一张七。笑道："这很显然，范先生以明张一对九，敢看魏太太明张一对A和一个老K，一个J，必是三个九，我派司了。"范宝华笑道："可不就是三个九。"说着，把那张暗牌翻过去，笑问道："魏太太，你是三个爱斯吗？"她见范宝华肯出钱，心里先在碰跳，及至那张九翻出来，她的脸就红了。将四张明牌和那张暗牌和在一处，向大牌堆里一塞，鼻子里哼了一声摇摇头道："又碰钉子。"说毕，回转头来向胡太太道："你看，这牌面取得多么好看，那个爱斯，竟是催命符呢。"胡太太道："那难怪你，这样好的牌，我也是会唆的，你没有打错。"

魏太太虽输了钱，倒也得些精神上的鼓励，更不示弱。最先拿出来的五万元法币，已是输光了。于是把皮包打开又取出五万元来。她原来的打算是稳扎稳打，在屡次失败之下，觉得稳打是不容易把钱赢回来的，于是得着机会，投了两次机。恰是这两回又碰到了赵经理范宝华有牌，全被人家捉住了。五万元不曾战得十个回合，又已输光。

魏太太心里明白，这个祸事惹得不小。那带来的十五万元，有十三万元是丈夫和司长汇款的款子，决移动不得。如今既是用了一半，回得家去，反正是无法交代，索性把最后的五万元也拿出一拼。再也不想赢人家的美金了，只要赢回原来的十万元就行。赢不了十万，赢回八万也好。否则丝毫补救的办法没有，只有回家和魏端本大吵一顿了，就是拼了大吵，自己实在也是短情短理，不把这笔赌本捞回来，那实在是无面目见丈夫的。一不做，二不休，不赌毫无办法，而且牌并没有终场，自己表示输不起了下场，对于今天新认识的朱四奶奶，是个失面子的事。

她一面心里想着，一面打牌。两牌没有好牌，派司以后，也没有动声色，只是感觉到面孔和耳朵全在发烧。这其间在桌旁边茶几上取了纸烟碟子里的一支纸烟吸着，又叫旁边伺候的老妈子，斟了一杯热茶来喝。混到了发第四牌的时候，起手明暗张得了一对 A 这决没有不进牌之理，于是打开怀里的皮包，取出剩余的五万元，放在面前，提出三千元进牌。

这一牌，全桌没有进得好牌的，八个人，五个人派司，只有两个人和魏太太赌，就凭了两张 A 赢得七八千元。这虽是小胜，倒给予了她一点转机，自己并也想着，对于最后这批资本，必须好好处理，又恢复到稳扎稳打的战术。这五万元，果然是经赌，直赌到第三个小时，方才输光。最后一牌，还是为碰钉子输的。她突然由座位上站起来，两手扶了桌沿，摇摇头道："不行，我的赌风，十分地恶劣，我要休息一下了。"说着她离开了赌场，走到隔壁小客室里，在傍沙发式的藤椅子上坐下，那只手提皮包她原是始终抱在怀里的。

这时，趁着客室里无人，打开来看了一看。里面空空的，原来成卷的钞票，全没有了。其实她不必看，也知道皮包里是空了的，但必须这样看一下才能证实不是做一个噩梦。她无精打采地，两手缓缓将手皮包合上，依然听到皮包合口的两个连环白铜拗纽嘎咤一响，这是像平常关着大批钞票的响声一样。

她将皮包放在怀里搂着，人靠住椅子背坐了，右手按住皮包，左手抬起来，慢慢地抚摸着自己的头发。她由耳根的发烧，感觉到心里也在发烧。她想着想着，将左手连连地拍着空皮包，将牙齿紧紧地咬了下嘴唇皮，微微地摇着头。心想自己分明知道这十五万元是分文不能移动的钱，而且也决定了今天不出门，偏偏遇到胡太太拉到这地方来。越是怕输，越是输得惨。这款子在明日上午，魏端本一定要和司长汇出去的，回家去，告诉把钱输光了，不会逼得他投河吗？今天真不该来。她想着，两脚同时在地面上一顿。

恰好在这个时候，胡太太也来了，她走到她身边，弯了腰低声问道："怎么样？你不来了？"魏太太摇了两摇头道："不能来了，我整整输了十五万元，连回去的轿子钱都没有了，真惨!"说着，微微地一笑。胡太太知道这一笑，是含着有两行眼泪在内的。她来，是自己拉来的，不能不负点道义上的责任，也就怔怔地站着，交代不出话来。

015 铸成大错

魏太太是常常赌钱的人，输赢十万元上下，也很平常。自然，由民国三十三年到民国三十四年，这一阶段里，十万元还不是小公务员家庭的小开支。但魏太太赢了，是狂花两天，家庭并没有补益。输了呢，欠朋友一部分，家里拉一部分亏空，也每次搪塞过去。只有这次不同，现花花地拿出十五万元钞票来输光了，而这钞票，又是与魏先生饭碗有关的款子。回家去魏端本要这笔钱，把什么交给他？纵然可以和他横吵，若是连累他在上司面前失去信用，可能会被免职，那就了不得了。何况魏太太今日只是一时心动，要见识见识这位交际明星朱四奶奶。这回来赌输，那是冤枉的。因此她在扫兴之下，特别地懊悔。胡太太站在她面前，在无可安慰之下，默默地相对着。

魏太太觉得两腮发烧，两手肘拐，撑了怀里的皮包，然后十指向上，分叉着，托了自己的下巴和脸腮，眼光向当面的平地望着。忽然一抬眼皮，看到胡太太站在面前，便用低微的声音问道："你怎么也下场了?"胡太太道："我看你在做什么呢，特意来看看你的。"

魏太太将头抬起来了，两手环抱在胸前，微笑道："你以为我心里很是懊丧吗?"胡太太道："赌钱原是有输有赢的，不过你今天并没有兴致来赌的。"魏太太没说什么，只是微微地笑着。胡太太笑道："他们还打算继续半小时，你若是愿意再来的话，我可以和你充两万元本钱，你的意思怎么样？也许可以弄回几万元来。”魏太太静静地想着，又伸起两只手来，分叉着托住了两腮。两只眼睛，又呆看了面前那块平地。胡太太道：“你还有什么考虑的？输了，我们就尽这两万元输，输光了也就算了。赢了，也许可以把本钱捞回几个来，你的意思如何？”魏太太突然站起来，拿着皮包，将手一拍，笑道：“好吧。我再花掉这两万元。”胡太太就打开皮包提出两万元交给魏太太，于是两个人故意带着笑容，走入赌场。

女太太的行动，在场的男宾，自不便过问。魏太太坐下来，先小赌了两牌，也赢了几个钱，后来手上拿到K十两对，觉得是个赢钱的机会，把桌前的钞票，向桌子中心一推，说声唆了。可是这又碰了个钉子，范宝华拿了三个五，笑嘻嘻地说了声三五牌香烟，把魏太太的钱全数扫收了。魏太太向胡太太苦笑了一笑，因道：“你看，又完了，这回可该停止了。”说着，站了起来道：“我告退了，我今天手气太闭。”

范宝华看到她这次输得太多，倒是很同情的。便笑道：“大概还有十来分钟你何不打完？我这里分一笔款子去充赌本，好不好？”魏太太已离开座位了，点着头道：“谢谢，我皮包里还有钱呢？算了，不赌了。”说着，坐到旁边椅子上去静静地等着。

十几分钟后，扑克牌散场了。朱四奶奶首先发言道：“我要走了。哪位和我一路过江去？”魏太太道：“我陪四奶奶走。罗太太，有滑竿吗？”主妇正收拾着桌子呢，便笑道：“忙什么的？在我这里吃了晚饭走。”魏太太道：“不，我回去还有事。两个孩子也盼望着我呢。”

范宝华胡太太都随着说要走。主人知道，赌友对于头家的招待，那是不会客气的。这四位既是要走，就不强留，雇了四乘滑竿，将一男三女，送到江边。

过了江，胡太太四奶奶都找着代步，赶快地回家。魏太太和范先生迟到一步，恰好轮渡码头上的轿子都没有了。魏太太走上江边码头，已爬了二百多层石坡，站着只是喘气。她一路没有作声，只是随了人走，好像彼此都不认识似的。

这时范宝华道：“魏太太回家吗？我给你找车子去。今天这码头上竟会没有了轿子，也没有了车子。”魏太太道：“没有关系，我在街上还要买点东西，回头赶公共汽车吧。”说时，向范宝华看看。见他夹着一个大皮包，因笑道：“范先生今日满载而归。”他道：“没有赢什么，不过六七万元。”魏太太心里有这么一句话想说出来：范先生，我想和你借十二万元可以吗？可是这话到了舌尖上要说出来，却又忍回去了，默然地跟着走了一截路。

这里到范宝华的写字间不远，他随便地客气着道：“魏太太，到我号上去休息一下吗?”魏太太道：“对了，这里到你写字间不远。好的，我到你那里去借个电话打一下。”范宝华也没猜着她有什么意思，引着她向自己写字间里走。

这已是晚上九点钟了，这楼下的贸易公司，职员早已下了班。柜台里面只有两盏垂下来的小电灯亮着。上楼梯的地方，倒是大电灯通亮，还有人上下。范宝华一面上楼梯一面伸手到裤子插袋里去掏钥匙。口里一面笑道：“我那个看门的听差，恐怕早已溜开了。”接着，走到他写字间门口，果然是门关闭上了。他掏出一把大钥匙，将门锁开着，推了门。将门框上的电门子扭着了电灯，笑道：“魏太太，请到里面稍坐片刻，我去找开水去。”说着，扭身就走。当他走的时候，脚下当的一声响，魏太太只管说着不要客气，他也没有听见。

她低头看那发响的所在，是几根五色丝线，拴着几把白铜钥匙。魏太太想起来了，前天到这里来，看到范先生用这把钥匙，开那装着钞票的抽斗，这正是他的；于是将钥匙代为拾起，走进屋子去。屋子里空洞洞的，连写字台上的文具，都已收拾起来，只有一盏未亮的台灯，独立在桌子角上。魏太太愿意屋子里亮些，把台灯代扭着了，且架腿坐在旁边沙发上。

但等了好几分钟范宝华并不见来。心里也就想着，他来了，怎样开口向他借钱呢？看他那样子，倒是表示同情的，在赌桌上就答应借赌本给我，现在正式和他借钱，他应该不会推诿。今天不借一笔钱，回家休想过太平日子。只是自己要借的是十五万，至少是十二万元，他不嫌多么？照说，他那桌子抽斗里，就放有一二十万现钞，他是毫无困难可以拿出来的。他是个发国难财的商人，这全是不义之财。

想到这里就不免对了那写字台的各个抽斗望着，手上拿了开抽斗的钥匙呢，她托着钥匙在手心上掂了两掂。偏头听听门外那条过道，并没有脚步声。于是站起身来，扶着门探头向外看看，那走道上空洞洞的，只有屋顶上那不大亮的灯光，照着走廊里黄昏昏的。魏太太咳嗽了两声，也没有人理会。她心里一动，钥匙会落在我手上，这是个好机会呀。但立刻觉得有些害怕，莫名其妙地，随手把这房门关上了。

关上门之后，对那桌子抽斗注视一下。咬着牙齿，微微点了两点头。看看手心，那开抽斗的钥匙，还在手上呢，突然的身子一耸，跑了过去，在抽斗锁眼里，伸进钥匙，把锁簧打开了。她打开抽斗来，一点没有错误，正是范宝华放现钞的所在。那里面大一捆小一捆的钞票，全是比得齐齐地叠着。她挑了两捆票额大，捆子小的在手，赶快揣进怀里，然后再把抽斗锁着。钥匙捏在手心里，抢到沙发边，缓缓地坐下，远远地离开了这写字台。可是听听门外的走道，依然没有脚步声。在衣服里面，觉得这颗心怦怦地乱跳，似乎外面这件花绸袍子，都被这心房所冲动。

坐了一会，起身将房门打开，探头向外看看，走道上还是没人。她手扶了门，出了一会神，心想，这姓范的怎么回事？把我引进他屋子里，他竟是一去无踪影了。他莫非不存什么好心？至少也是太没有礼貌。一不做二不休，那抽斗里还有几捆钞票，我都给它拿过来。

这回透着胆子大些了，二次关上了门，再去把抽斗打开，里面共是大小三捆钞票，把两捆大的，先塞在桌子下的字纸篓里，那捆小的，揣到身上短大衣插袋里，立刻关上抽斗，并不加锁。钥匙由锁眼里拔出来，也放进衣袋里。她回到沙发椅子上坐着，觉得手和脚有些抖颤，靠了沙发背坐着，微闭了一下眼睛，但还没有一分钟，她又跳起来了。先打开放在沙发上的手提包，然后将桌下字纸篓提出，将那两大捆钞票，向皮包里塞着。无奈皮包口小，钞票捆子大，塞不进去。她急忙中，将牙齿把捆钞票的绳子咬着，头一阵乱摆，绳子咬断，于是把两捆钞票抖散了，乱塞进皮包里去，那断绳子随手一扔，扔在沙发角上。钞票虽是塞到皮包里去了，可是票子超过了皮包的容量，关着口子，竟是合不拢来，她将皮包扁放在桌上，两手按着，使劲一合，才算关上。

她低头看看地下，还有几张零碎票子，弯着腰把票子拾起，乱塞在大衣袋里。将皮包搂在怀里，坐在沙发上凝神一下，凝神之间，她首先觉得全身都在发抖，其次是看到搂着的这个皮包，鼓起了大肚瓢子，可以分外引人注意。到最后她看到房门是关的，台灯是亮的，立刻站起来，将房门洞开着，又把台灯扭熄了。二次坐下，又凝神在屋子四周看着，检查检查自己有什么漏洞没有？两三分钟之后，她觉得一切照常，并没有什么痕迹，于是牵了牵大衣衣襟，将皮包夹在肋下，静等着范宝华回来。可是奇怪得很，他始终没有回来。

魏太太突然两脚一顿，站了起来，自言自语地道："走吧，我还等什么？"于是拉开房门人向外倒退出去，顺手将房门带上。她回转身来，正要离去的时候，范宝华由走廊那头来了。后面跟着一个听差，将个茶托子，托着一把瓷咖啡壶，和几个杯碟。

他老远地一鞠躬道："魏太太，真是对不起，遇到了这三层楼上几位同寓的，一定拉着喝咖啡，我简直分不开身来。现在也要了半壶来请魏太太。"她见了老范，说不出心里是种什么滋味，只觉得周身像筛糠似地抖着。咬紧了牙齿，深深地向主人回敬着点了个头。笑道："对不起，时间太晚了，我……"她极力地只挣扎着说出两句话来，到了第三句我家孩子等着的时候，她就说不出来了。

范宝华看到，这二层楼上，一点声音没有，而且天花板上的电灯，也并不怎样的亮，再看看魏太太脸腮上通红，眼光有些发呆，自己忽然省悟过来，这究竟不是赌博场上，有那些男女同座，这个年轻漂亮的少妇，怎好让位孤单的男子留在房里喝咖啡，便点了头笑道："那我也不强留了。"

魏太太紧紧地夹住了肋下那个皮包，又向主人一鞠躬。范宝华道："我去和你雇一辆车吧。"她走了一截路，又回转身来鞠了个躬，口里道着谢谢，脚步并不肯停止，皮鞋走着楼板咚咚地响，一直就走下楼了。她到了大街上，这颗心还是乱蹦乱跳，自己直觉得六神无主。

看到路旁有人力车子，也不讲价钱了，径直地坐了上去，告诉车夫拉到什么地方，脚顿了车踏板，连催着说走。同时，就在大衣袋里，掏出几张钞票来。那车夫见这位太太这样走得要紧，正站在车子边，想要个高价。见她掏出了几张钞票，便问道："太太，你把好多吗？都是上坡路。"魏太太把那钞票塞在车夫手上，又继续地在大衣袋里掏出两张来塞过去，因道："你去看吧，反正不少。"车夫看那钞票，全是二十元的关金。心想，这是个有神经病的，沾点便宜算了，不要找麻烦。他倒是顺了魏太太的心，很快地，把她拉到了家门口。

魏太太跳下车来，又在衣袋里掏出几张钞票，扔在脚踏板上，手一指道："车钱在这里，收了去。"说完，她扭身就要走进家去，可是她突然地发生了一点恐慌，这样子走回家去，好像有点不妥，回转身来，又向街上走。

她这回走着，并没有什么目的。偶然地选择了个方向，却走进一个纸烟店，及至靠近人家的柜台，才感觉到在平常，自己是不吸烟的。既然进来了，倒不便空手走出去，就掏出钱来，买了两盒上等纸烟，买过烟之后，神志略微安定了一点，看到街对面糕饼店里电灯通亮，这就走了进去，站在货架子边注视着。走过来一个店伙问道："要买点什么呢？"魏太太望了架子上摆着的两层罐头，悬起一只站着的皮鞋尖，连连地颠动着，做个沉吟的样子，应声答道："什么都可以。"店伙望了她的脸色道："什么都可以？是说这些罐头吗？"魏太太连连地摇着头道："不，我要买点糖果给孩子吃。"店伙道："啰！糖果在那边玻璃罐子里。"他说着还用手指了一指。

魏太太随了他的手看去，见店堂中一架玻璃柜子上摆了两列玻璃罐子，约莫有十六七具，于是靠了柜子站着，望了那些糖罐子，自言自语地道："买哪一种呢？"店伙随着走过来，对她微笑了一笑。她倒是醒悟过来了，便指着前面的几只罐子道："什锦的和我称半斤吧。"那店伙依着她的话将糖果称过包扎上了，交给了她。她拿了就走。店伙道："这位太太，你还没有给钱呢。"说着他抢行了一步，站在魏太太面前。

她哦了一声道："对不起，我心里有一点事。多少钱？"店伙道："二千四百元。"魏太太道："倒是不贵。"于是在大衣袋里一摸，掏出一大把钞票，放在玻璃柜上，然后一张一张地清理着，清出二十四张关金，将手一推道："拿去。"说毕，把其余的票子一把抓着，向大衣袋里一塞。店伙笑道："多了多了。你这是二拾元关金，六张就够了。"魏太太哦呀了一声道："你看我当了五元一张的关金用了，费心费心。"于是提出六张关金付了帐，将其余的再揣上，慢慢地走出这家店门，站在屋檐下，静止了约莫三五分钟，心里这就想着，怎么回事？我一点知觉都没有了吗？自己必得镇定一点，回家去若还是这样神魂颠倒的，那必会让魏端本看出马脚来的，于是扶了一扶大衣的领，把肋下的皮包夹紧了一点，放从容了步子，向家里走了去。

到了门口，首先将手掌试了一试自己的脸腮，倒还不是先前那样烧热着的，这就更从容一点地走着。遇到店伙，还多余地笑着和人家一点头。穿过那杂货店，到了后进吊楼第一间屋子门口时，看到屋子里电灯亮着呢，知道是丈夫回来了，这就先笑道："端本，你早回来啦，我是两点多快到三点才出去的。"说着，将门一推，向里看时，并没有人。再回到自己卧室里，门是敞开着的。两个小孩，在床上翻跟斗玩，杨嫂靠了桌子角斜坐着，手里托了一把西瓜子，在嗑着消遣呢。

魏太太问道："先生还没有回来吗？"杨嫂道："还没有回来。"她笑道："谢天谢地，我又干了一身汗。"说着将皮包放在桌上，接着来脱大衣，但大衣只脱到一半的程度，她忽然想到周身口袋里全是钞票，这让杨嫂看到了，那又是不妥。这一转念，又把大衣重新穿起，因道："你到灶房里去，给我烧点水来吧。小孩子你也带去，我这里有糖给他们吃。"

说到糖，四周一看，并没有糖果纸包。站着偏头想了一想，因道："杨嫂，你没有看到我带了一个纸包回来吗?”杨嫂道：“你是空着手回来的。”魏太太道：“真是笑话。我买了半天的糖果，结果是空着两手回来的。大概是在柜台子边数钱的时候，只管清理票子，我把糖果包子倒反是留在铺子里了。这好办，你带两个孩子去买些吃的，我老远地跑回来心里慌得很，让我静静地坐一会，不是心慌，不过是走乱了。啰！你这里拿钱去。”说着，又在大衣袋里掏了票子交给杨嫂。

杨嫂有她的经验，知道这是女主人赢了钱的结果。给两个孩子穿上鞋子，立刻带了他们去买糖吃。魏太太始终是穿了夹大衣站在屋子里，这才将房门关上，先把揣在身上的那三捆钞票拿出来，托在手上看看，这都是五百元一张，或关金二十元的，匆匆地点了一点，每捆五万，已是十五万元了，先把这个送到箱子里去关上，然后打开皮包，将那些乱票子，全倒在床上。

看时这里有百元的，二百元的，四百元的，也有五十元的。先把四百元的清理出来，有两万多，且把它捆好，放在抽斗里。再看零票子，还有一大堆，继续地清理下去，恐怕需要一小时，那时候丈夫就回来了。于是在抽斗里找出个旧枕头套子，把钞票当了枕头瓤子，全给它塞了进去，随着掀开床头被褥，塞在褥子底下。看看床上并没有零碎票子了，这才站起身，要把大衣脱下来。想到大衣袋里还有钱时，伸手掏着，那钞票是咸菜似的，成团地结在一处。她也不看钞票了，身子斜靠了床头栏杆坐着，将一只手抚摸了自己的脸腮，她说不出来是怎么的疲倦，身子软瘫了，偏着头对了屋子正中悬的电灯出神。

房门一推，魏端本走了进来了，他两手抄着大衣领子，要扒着脱下来，看到太太穿了大衣，靠了床栏杆坐着，咦了一声。魏太太随着这声咦，站了起来。魏端本两手插在大衣袋里问道：“什么？这样夜深，你还打算出去?”魏太太抢上前两步，靠了丈夫站住，握了丈夫的手道：“你这时候才回来。我早就盼望着你了。”

魏端本握了她的手，觉得她的十个指头阴凉。于是望了她的脸色道：“怎么回事？你脸上发灰，你打摆子吗？（川谚疟疾之谓）”魏太太道：“我也不知道，只觉全身发麻冷，所以我把大衣穿起来了。”

魏端本道“果然是打摆子，你看，你周身在发抖。你为什么不睡觉?”魏太太道：“我等你回来呀。你今天跑了一天，你那钱……”

魏端本道：“你若是用了一部分的话，就算用了吧，我另外去想法子。”魏太太露着白牙齿，向他做了一个不自然的微笑，发灰的脸上，皮肤牵动了一下。因摇摇头道："我怎么敢用？十五万元，原封没动，都在箱子里。"

魏端本道："那好极了，你就躺下吧。"说着，两手微搂了她的身体，要向床上送去。她摇摇头道："我不要睡，我也睡不着。"魏端本道："你不睡，你看身子只管抖，病势来得很凶呢。"魏太太道："我我我是在发抖抖吗？"她说到这句话，身子倒退了几步，向床沿上坐下去。

魏端本扶着她道："你不要胡闹，有了病，就应当躺下去，勉强挣扎着，那是无用的。不但是无用，可能的，你的病，反是为了这分挣扎加重起来。你躺下吧。"说着，就来扯开叠着的被子。魏太太推了他的手道："端本，你不要管我，我睡不着。我没有什么病，我心里有事。"魏端本突然地站着离开了她，望了她的脸道："你心里有事？你把我那十五万元全输了？"魏太太两手同摇着道："没有没有，一百个没有。不信，你打开箱子来看看，你的钱全在那里。"

魏端本虽是听她这样说了，可是看她两只眼珠发直，好像哭出来，尤其是说话的时候，嘴唇皮只管颤动着，实在是一种恐惧焦虑的样子。她说钱在箱子里没有动，那不能相信。好在两只旧箱子，一叠的放在床头边两屉小桌上，并不难寻找，于是走过去，掀开面上那只未曾按上搭扣的小箱子。他这一掀开盖，他更觉着奇怪，三叠橡皮筋捆着的钞票，齐齐地放在衣服面上。虽交钱给太太的时候，票子是没有捆着的，但票子的堆头却差不多，钱果然是不曾动，那么，她为什么一提到款子，就觉慌得那个样子？手扶了箱子盖，望着太太道："你不但是有病，你果然心里有事。你怎么了？你说，可别闷在心里，弄出什么祸事来呀！"这句祸事，正在魏太太惊慌的心上刺上了一刀，她哇哇地大哭起来，歪倒在床上了。

016 杯酒论黄金

魏端本站在屋子中间，看到她这情形，倒是呆了。站着有四五分钟之久，这才笑道："这是哪里说起，什么也不为，你竟是好好地哭起来了。"魏太太哭了一阵子，在肋下抽出手绢来揉擦着眼睛，手扶了床栏杆，慢慢地坐了起来，又斜靠了栏杆半躺着。垂了头，眼圈儿红红的，一声不言语。

魏端本道："你真是怪了。什么也不为，你无端地就是这样伤心。你若是受了人家的委屈的话，你告诉我，我可以和你做主。"魏太太道："我没有受什么人的委屈。我也不要你做什么主。我心里有点事，想着就难过。你暂时不必问，将来你会知道的，总而言之一句话，赌钱不是好事，以后你不干涉我，我也不赌了。"

魏端本道："看你这样子，钱都在，并没有输钱，决不是为钱的事了。"说着，两手一拍道："我明白了，必定是在赌博场上，和人冲突起来了。我也就是为了这一点，不愿你赌钱。其实输几个钱，没有关系，那损失是补得起来的。可是在赌场上和人失了和气，那就能够为这点小事，把多年的友谊丧失了。不要伤心了，和人争吵几句，无论是谁有理谁无理，无非赌博技术上的出入。或者一小笔款子的赔赚，这不是偷，不是抢，与人格无关。"魏太太听到这里，她就站起来，乱摇着手道："不要说了，不要说了，请你不要提到我这件事。"

魏端本看她这样着急，也猜想到是欠下了赌博钱没有给。若是只管追问，可能把这个责任引到自己身上来。便含着笑道："好吧，我不问了，你也不必难过了。还不算十分晚，我们一路出去吃夜宵吧。"魏太太将手托了头，微微地摆了两下。魏先生原是一句敷衍收场的话，太太不说什么，也就不再提了。自己到隔壁屋子里去收拾收拾文件，拿了一支烟吸着，正出神想着太太这一番的委屈伤心，自何而来呢。太太手上托着一把热手巾，连擦着脸，走进屋子来，笑道："大概你今天得了司长的奖赏，很高兴，约我去吃吃夜宵。这是难得的事，不能扫你的兴致，我陪你去吧。"

魏端本看她的眼圈，虽然是红红的，可是脸上的泪痕，已经擦抹干净了。便站起来道："不管是不是得着奖赏，反正吃顿吃夜宵的钱，那还毫无问题，我们这就走吧。"魏太太向他做个媚笑，左手托了手巾把，右手将掌心在脸腮上连连的扑了几下。因道："我还得去抹点儿粉。"魏先生笑道："好的好的，我等你十分钟。"魏太太道："你等着，我很快地就会来。"她说着，走到门边手扶了门框子，回转头来，向魏先生又笑了一笑。

魏先生虽觉得太太这些姿态，都是故意做出来的，可是她究竟是用心良苦，也就随了笑道："无论多少时候，我都是恭候台光的。难得你捧我这个场。"魏太太见丈夫这样高兴，倒在心里发生了惭愧，觉得丈夫心里空空洞洞，比自己是高明得多了。她匆匆地化妆完毕，就把箱子锁了，房门也锁了，然后和魏先生一路出门来吃夜宵。

因为在重庆大街上开店的商家，一半是下江人。所以在街市上的灯光下，颇有些具体而微的上海景象。像吃夜宵店之类，要做看戏跳舞男女的生意，直到十二点钟以后，兀自电灯通亮，宾客满堂。

魏端本也是要为太太消愁解闷，挽了太太一只手膀子，走过两条大街，直奔民族路。这里有挂着三六九招牌的两家点心店，是相当有名的，魏先生笑问道："我随着你的意思，你愿意到哪一家呢？"魏太太笑道："依着我的意思，还是向那冷静一点的铺子里去好，你看这两家三六九，店里电灯雪亮，像白天一样。"

魏先生道："你这是什么意思。"他站住脚，对太太脸上望着。她又是在嗓子眼里格格一笑。头一扭道："遇见了熟人不大好。可是，也没有什么不大好。"魏端本道："这是怎么个说法？"魏太太道："我们一向都说穷公务员，现在夫妻双双到点心店来吃夜宵，人家不会疑心我们有了钱了吗？"魏端本哈哈地笑道："你把穷公务员骂苦了。不发财就不能吃三六九吗？"在他的一阵狂笑中，就挽了她的手赶快向前走。魏太太是来不及再有什么考虑，就随他走进了点心店。

这家铺子，是长方形的，在店堂的柜台以后，一路摆了两列火车间的座位。这两列座位，全坐满了人。夫妇俩顺着向里走，店伙向前招待着，连说楼上有座，把他们引到楼上。魏太太刚踏遍了楼梯，站在楼口上就怔了一怔。正面一副座头上，两个人迎面站了起来，一个是陶伯笙，一个是范宝华。

但魏端本是紧随她身后也站在楼口，魏太太回头看了看，便又向范陶二人点了个头，笑道："二位也到这样远的地方来吃夜宵。"陶伯笙知道魏端本不认识范宝华的，这就带了笑容给他们介绍着。魏太太就觉自己也认识范宝华，在丈夫面前是不大好交代的，便道："范经理是常到陶先生家里去的，经营了很多的商业。"魏端本一看就明白，这必然是太太的赌友，追问着也不见光彩，就笑着点头道："久仰久仰。"

陶伯笙将座头的椅子移了一下，因道："一处坐好吗？都不是外人。"魏太太想起两小时以前在范先生写字间里的事，她的心房，又在乱跳。她的眼光，早在初见他的一刹那，把他的脸色很迅速地观察过了。觉得他一切自然，并没有什么特别之处。她也就立刻猜想着，姓范的必定不晓得落了钥匙，也就根本不知道抽斗被人打开了。不过在自己脸腮上又似乎是红潮涌起。这种脸色是不能让老范看见的，他看到就要疑心了。于是点着头道：“不必客气，各便吧。”

她说着，首先离开了这副座头，向楼后面走。魏端本倒还是和范陶两人周旋了几句，方才走过来。两人挑了靠墙角的一副座头，魏太太还是挑了一个背朝老范的座位坐着。魏端本是敷衍太太到底，问她吃这样吃那样。魏太太今天却是有些反常，三六九的东西，往常是样样的都爱吃，今天却什么都不想吃，只要了一碗馄饨。

魏端本和她要了一碟炸春卷，勉强地要她吃，她将筷子夹着，在馄饨汤里浸浸，送到嘴里，用四个门牙，轻轻地咬着春卷头，缓缓地咀嚼，算是吃下去了一枚。放下筷子来，比得齐齐地，手撑在桌子上，托了脸，只是摇摇头。魏端本笑道：“怎么着，你心里还拴着一个疙瘩啦。”他端着面碗，手扶定了筷子，向太太脸上望着。魏太太道：”算了吧。我们回去吧。我身上疲倦得很。”

魏端本又向太太脸上看看，只好把面吃完了，掏出钱来要会点心帐，那时，陶伯笙范宝华两个人面前，摆着四个酒菜碟子正在带笑对酌。看到他们要走，便一同地站了起来，陶伯笙道：“我本来要约魏先生喝两盅，你和太太一路我就不勉强了。你请吧，你的账，范先生已经代会了。”魏先生哦了一声道：“那怎么敢当？”范宝华摇摇手道：“不必客气，这个地方我非常之熟，魏先生要付账也付不了的。这回不算，改日我再来专约。”

魏端本还要谦逊，茶房走过去，向魏端本一点头，笑道：“范经理早已把钱存柜了。”魏端本手上拿着会账的钞票，倒是十分地踌躇。魏太太穿上夹大衣，两手不住地抄着衣襟，眼光向范宝华射去，见他满面是笑容，心里却不住地暗叫着惭愧，也只有笑着向人家点头。

陶伯笙走了过来，握着魏端本的手摇撼了几下，悄悄地笑着道：“没关系，你就叨扰着他吧。他这次金子，足足地挣下了四五百万。这算是金子屎金子尿里剩下的喜酒。”范宝华在那边站着，虽没有听到他说什么话，可是在他的笑容上，已看出来了他是什么报告。便点着头道：“魏先生，你听他的报告没有错，让我们交个朋友，就不必客气了。”

魏太太看了他这番报告，就越发地表示着好感。因道：“好吧，我们就叨扰了吧，下次我们再回请。”魏端本虽是有几分不愿意，太太已经说出来了，也就只好走过来和范宝华握手道谢而去。魏太太却是由心里反映到脸上来，必须和人家充分地道歉，在惭愧的羞态上，放出了几分笑容，站着向范宝华深深一鞠躬，临走还补了句改日再见。

他夫妇俩走了。陶范两人继续对酌。范宝华端着杯子抿了酒，头偏了右，向一边摆着，做个许可的样子，因道：“这位魏先生仪态也还过得去，他在机关里干的什么职务？”陶伯笙道：“总务科里当名小职员罢了。”

范宝华道：“太太喜欢赌钱而且十赌九输，他供给得起吗？”陶伯笙道：“当然是供给不起，可是太太长得相当漂亮，他不能不勉力报效。这位太太还是好个面子的，走出来，穿的戴的，总希望不落人后，把这位魏先生真压迫死了。”

范宝华道：“他太太常在外面赌一身亏空，他不说话吗？”陶伯笙唉了一声道：“他还敢说太太，只求太太不说他就够了。只要是有点事不顺心，太太就哭着闹着和他要离婚。我虽是常和魏太太同桌赌钱，我看到她输空了手和丈夫要钱的时候，我就对魏先生十分同情，也就警戒着自己，再不和她赌了，可是到了场面上，我又不好意思拒绝她。有时实在因缺少角色，欢迎她凑一角。凭良心说，我倒是愿她赢一点，免得她回家除了这位小公务员的负担而外，又得增加他精神上的压迫。”

范宝华放下酒杯，手拍了桌沿道：“女人若是漂亮一点就有这么些个彩头，男人到了这种关键下，只有自抬身价，你瞧不起我，我还瞧不起你呢。你看我对付袁三怎么样？你要走，你就走。没有袁三，我姓范的照样做生意，照样过日子快活。”陶伯笙眯了眼向他笑道：“还照样的发财。”

范宝华笑道：“老陶，不是我批评你不值钱，你这个人是鼠目寸光，像我做这点黄货，挣个几百万元，算得了什么。你没有看到人家大金砖往家里搬。”说着，他左手端了杯子，抿上一口酒。右手拿了筷子夹了碟子里一块白切鸡向嘴里一塞，摇了头咀嚼着，似乎他对于那金砖落在别人手上，很有些不平。陶伯笙道：“要金砖，你还不容易吗？你再搜罗一批款子到农村去买批期货，有钱难道他们还不卖给你？”

说到买金子，这就引起了老范莫大的兴趣，自把小酒壶拿过，向酒杯子里满满地斟上一杯，端起来先喝了大半杯。然后放下杯子，两手按了桌沿，身子向前伸着，以便对面人把话听得更清楚些。他低声道：“说到买期货，这事可要大费手脚，我们究竟消息欠灵通一点。人家出一万五的价钱，买的十一月份的期货，都到了手了。硬碰硬的现货，无论拿到哪里去卖，每两净赚两万多。一块金砖，捞他八九百万。三个多月工夫，买期货的人，真是发财通了天。现在不行了，银行里人，比我们鬼得多。期货是照样的卖，他老对你说印度金子没到，把大批的款子给你冻结了，不退款，又不交货，这金子的损失，那真是可观。有人真拿几千万去买期货的。去年十二月份的期货，现在还没有消息。一个月损失金子几百万，就是金子到了手，可能已赚不到钱，若是再拖两个月就蚀本了，所以这件事应当考虑。”陶伯笙道：“这样一说，做黄金储蓄也靠不住了，到期人家不兑现，那怎么办呢?”

范宝华端着杯子喝了一口酒，颈脖子一伸，将酒咽了下去，然后把头摇成了半个小圈。笑道：“不然，然而不然。你要知道，黄金储蓄，是国家对人民一种信用借款，像发公债一样，到期不给人金子，等于发公债不还本付息。这回上了当，以后谁还信任政府，至于买黄金期货，那就不然了，你和国家银行做的是一种买卖。虽然定了那月交货，人家说声货没有到，在现时交通困难情形之下，飞机要飞过驼峰，才把金子运来。迟到两三个月，实在不能说是丧失信用。不过就是这样，国家银行对于人家定购的期货，迟早也总是要交的。做买卖也要顾全信用。尤其是国家，银行做的买卖，更要顾全信用。这就看你是不是有那丰厚的资本，冻结了大批款子不在乎?而且还有一层，黄金储蓄券拿到商业银行里去抵押，票额小，人家容易消化，期限也明确的规定。人家算得出来，什么时候可以兑现。黄金期货正相反，一张定单，可能是二百两，也可能是二千两，小商业银行，谁能几千万的借给人?另外还有一层，买期货也容易让人注意。不是有钱的人，怎能论百两的买金子。黄金储蓄名字就好听，总叫储蓄吧?储蓄可是美德，而且一两就可储蓄，人家也不会说你是发了财。”

他一大串的说法，陶伯笙是听他说得头头是道，手扶了杯子，望了他出神，等他说完了才端起杯子来，喝了口酒。然后放下杯子，向他伸了一大拇指道：“老兄对于运用资本上，实在有办法，佩服之至。定单是拿到手了，你还有什么办法没有?”

范宝华头一昂，张了口道：“当然，我得运用它，老兄，四百万元，在今天不是小数目，我不能让它冻结半年，就以大一分算，一个月是四十万元的子金。不算复利，四六也就二百四十万，那还吃得消吗?老兄，今天来请你吃这顿吃夜宵，我是不怀好意的，还得请你和我帮忙。老李我是今晚上找不到他，不然，我也会找了他一路来谈谈。”陶伯笙拍了胸道：“姓陶的没有什么能耐，论起跑腿，我是比什么人都能卖力。你说，要我们怎样跑腿?”

范宝华提起酒壶来，向陶伯笙杯子里斟着酒。笑道：“先喝，回头我告诉你我的新办法。”陶伯笙端起酒杯来，一饮而尽。

老范再将酒给他满上，于是收回壶来，自己斟着。他放下壶，提起面前一只筷子，横了过来比着，笑道：“这二百两定单，我们还有点失策，该分开来做四个户头，或者做两个户头就好了，因为票额小，运用起来灵便一些，不过既然成了定局，也不去管他了。今天下午，我已和两家商业银行接过头，把这定单押出去。”说着，他将那筷子放下，做个押出去的样子，塞到碟子沿底下。接着笑道：“在电话里，还没有把详细数目说清。大概一家答应我押四百万，那是照了金字票额说的。这我就不干，有两百两金子，我怕换不到四百万元。一家答应我押五百万，利息没有什么分别，都是十二分，无论是五百或六百万，我把这笔款子拿回来。”

说着，他把面前另一只筷子又横了提着。送到陶伯笙面前，笑道：“那我就拜托你了，趁着国家银行还没有提高黄金官价，再去储蓄一批黄金，至少要超过二百两。”说着，他伸平了手掌，翻上一下。笑道：“这样翻他一个身，我就有四百两了。若是时间来得及，我再押一次，再储蓄一次，那就是说，我用四百万元的本钱，买进六七百两黄金。现在的黄金市价四万多一两，说话就要涨过五万。五七三千五百万，半年之后，我还掉银行一千六百万的本息，再除掉原来的四百万本钱，怎么着，我也捞他一千五百万。这是说金价这样平稳的话。凭着现在的通货膨胀，五万的市价，怎么又稳得住？也许运气好，可能赚他二三千万。”陶伯笙道：“有人估计，半年后，黄金会涨到十万大关。”

范宝华笑道：“老实不客气，那我就要赚他三千万了。”陶伯笙也忘了姓范的还有四百两黄金是幻想中的事，好像他这就储蓄了六百两黄金，而金价已到了十万。他陶醉了，猛然站起，伸着手出来，范宝华也猛可地站起，将他手握住，摇撼了几下。笑道：“诸事还得你和老李帮忙。假如一切都是顺利进行的话，将来我们回到南京，找一个好门面，开他一个百货店。以后规规矩矩的做生意，下半辈子也许可以过了。”两人很神气地握着手说了一会，然后坐下。

陶伯笙道：“朋友，彼此帮忙，朋友也愿意朋友发财。”说着，笑了一笑，因道：“别的事罢了。将来胜利了，也许要和你借点回家的川资。”范宝华将手一拍胸道：“没有问题。你若不放心，我先付你一笔款子，你拿去放比期。老兄不过要附带一个条件，你可不能拿这个去唆哈。”

陶伯笙道：“你可别看我喜欢赌。遇到做正事的时候，我可丝毫不乱，而且干得还非常的起劲。”范宝华道：“这个我也知道，不过胜利究竟哪一天能够实现，现在还很难说。现在报上，登着要德国和日本无条件投降，这不很难吗？我们不要管这些，还是照着大后方的生意经去做，再说天下哪里不是一样穿衣吃饭，就是胜利了，只要有办法挣钱，我们又何必忙着回去。”

陶伯笙道：“你太太在老家，你也不忙着去看看吗？”范宝华道：“你真呆。到了胜利了，那个时候，交通工具便利，不会把太太接来吗？只要有钱，何愁没有太太？我现在全副精神，都在这六百两问题上。这事办到，什么也都办到了。”说着，他把筷子收回，拨弄着碟子里的卤菜，手扶了酒杯子，偏着头在沉吟着。

陶伯笙举了一举杯子，笑道：“喝！老兄。只要你有本钱，一切跑腿的事，都交给我承办，你就不必发愁了。”范宝华端着酒杯子喝了一口酒，笑道：“我另想起一件事。今天魏太太和我南岸赌钱，输了一二十万。这件事，你知道吗？”

陶伯笙道：“晚上我没在家里见着她，不知道。大概又向你借了钱了。我可以代你和她要。”范宝华道：“倒没有和我借钱。不过回来的时候，她和我同船过江，还到我写字间里去坐了一会。她好像是想和我借钱，没有好意思开口，一到公司二楼，我就让人家拉上三层楼喝咖啡，把她一人丢在写字间里，我回房来，她就走了。原来我是很抱歉，想着她回家让丈夫查出帐来了，一定是难堪的。该多少借给她几文，不过刚才看到他夫妻双双出来吃夜宵，大概没有问题了。”

陶伯笙一拍桌沿道：“怪不得，她向来是很少和丈夫出来同玩的。今天必是交不出帐来，敷衍敷衍先生。她的家境并不好，她这样好赌，实在是不对。一个人不要有了嗜好，有了嗜好，那是误事的。”范宝华缓缓地喝酒吃菜，脸上沉吟着，好久没有说话。

陶伯笙道：“酒够了，吃碗面，我们散手吧。明天早起，你赶快到银行里去办款子。昨天一号，金价没有涨。也许这个月十五号要涨，你还打算翻两个身的话，也就没有什么时候了。”范宝华点头说是，停了酒，要了两碗面来吃着。放下碗，快要走了，他拿着茶房打来的手巾把子擦着脸，带了笑道：“老陶，你看魏太太和袁三比起来，哪个好？”这句话，问在意外，陶伯笙倒笑着答复不出来。

017 两位银行经理

范宝华是个市井人物，口里说话，向来是没有约束的。他忽然把魏太太和袁三小姐对比起来，倒让陶伯笙受了窘，这应该用什么话去答复呢？可是转念一想，他这个人是什么话都说得出口的，也不必认为有什么意思。他笑道："这不能相提并论了，袁小姐是个交际人物，魏太太是摩登太太。"范宝华一摇头道："不对，我说的是哪个长得好看，而且哪个性情好？"

陶伯笙笑道："大概是魏太太的本质长得好些，袁小姐化妆在行些。"老范笑嘻嘻地将两只手互相搓着，随着将肩膀扛了两下，却有句话想要说出来。陶伯笙道："在饭馆子里别说笑话了。你已有三分酒意。早点儿回家睡觉，明天早起，好跑银行。"范宝华将手拍了他两下肩膀，笑道："言之有理，有了钱，什么事都能称心如意。"他说着话，带了三分酒意，便回寓所去睡觉。

范老板的寓所还是和袁三小姐租下的一所上海式弄堂洋楼，他住在面临天井的一间楼房上。玻璃窗户，掩上了翠蓝色的绸幔，让屋子里阴沉沉的，睡得是很香甜的。他一觉醒来，在床上翻了个身，见蓝绸帷幔缝里，透进一丝丝的银色阳光。他立刻推着被坐了起来。他家那个伺候袁三的吴嫂，还依然留职未去，在他床面前便柜上放着一叠报纸。他首先一件事是取过报来看。看报的首先一件事，就是查看黄金行市，今天的黄金新闻，却是格外地刺人视线，版面上题着初号大字，乃是金价破五万大关。他突然由床沿上向下一跳，口里喊着道："糟了糟了。昨天下午，怎么没有听到这段消息呢？"

那吴嫂在门外听到，抢了进来问道："啥子事？我哪里都没有去喀。"这位吴嫂，二十多岁，虽是黑黑的皮肤，倒是五官端正。身穿一件没有皱纹的阴丹士林罩衫，窄窄的长袖子。头上一把黑发，脑后剪着半月形，鬓边还压住了一朵红色碧桃花。衣服底下，还露着肉色川丝袜子和紫色皮鞋呢，重庆型的老妈子大致和这差不多，但一色新制，却不如吴嫂。尤其是她右手无名指上，戴上了金戒指，却实不多见。范宝华除了用过男厨子，挑水和烧饭，其他的琐碎事务都交给了吴嫂。所以他有一点动作，吴嫂就应声而至。

他踏着拖鞋，手上还拿着报纸呢，吴嫂站着面前，笑了问道："香烟没得了？我去买，要不要得？"说着，在床头衣架上，将他一件毛巾布睡衣取过来，两手提着衣领，要向他身上披去。他摇摇手道："赶快给我预备茶水，我穿好衣服，要到银行里去。"说着，自提了衣架上的衬衫，向短汗衫上加着。

吴嫂且不去预备茶水，站在一边，斜了眼珠望着他。笑道："你又打算去买金子。这回买得了金子，你要分一点金子边把我咯。"范宝华笑道："好的，只要我金子买到手，我一定再送你一只金戒指。"吴嫂将嘴一噘道："你一买金子几百两，送我一只小戒指？"范宝华哈哈大笑着仰起头来。吴嫂也不知道是什么意思，只是站定了斜着眼望了他。范宝华笑道："去吧，去和我打洗脸水吧。穿的是衣服，吃的是白米饭，要金子有什么用？"吴嫂道："有了金子，怕扯不到布做衣服？怕买不到米烧饭？中央银行排队买金子的，比买平价布的多得多，别个都是疯子？"

老范穿好了衬衫，伸手拍拍她的肩膀，笑道："你明白这个，那就很好。你也不能无功受禄。你多多给我留心，看到有漂亮姑娘给我介绍一个，我一高兴，不但是送你金首饰，我可以把整条金子送你。"吴嫂站着发笑，还想说什么，范宝华道："我老实告诉你，金子今天又涨价了。我赶快去买一批进来，你不要耽误我的工夫。"说着，连连将手挥了两下。吴嫂听了这话，便只好走开了。

范宝华一面穿上西服，一面看报，匆匆地漱洗完了，将买得的黄金储蓄券收在皮包里，夹了皮包，戴上帽子，立刻就上街向万利银行里来。这家银行就是他说的愿意借他五百万的一家。这是久做来往的银行了。他用不着客气，就夹了皮包径直地奔向经理室，站在门外，叫了一声何经理。那何经理伸头一看，看到了是他，立刻起身相迎，笑道："我一猜你今天就会来，果然不错。"说着，把他引进了经理室，随手将门关上，拉着他的手，同在沙发上坐下。

他眼光可射住了范先生的皮包，笑道："你是不是要做黄金储蓄抵押？"范宝华笑道："今天什么行市？"何经理拿着一听纸烟，向他面前送着，笑道："来支烟提提神吧。今天五万四了，你挣多了。"说着，哈哈大笑。

范宝华口里衔着纸烟，将皮包打开，取出了那张储蓄单交给何经理，笑道："照着今日的市价，这该值一千零八十万了，照着我们的交情，你不能抵押六百万给我吗？"何经理自是透顶的内行，他将定单的日期看了一看，放在他的写字台上，将算盘角来压着，也取了一支烟点着，架了腿和他坐在一张沙发上，笑道："若照你这样的算法，你不是赚国家的钱，你是赚我们的钱了。你要知道，这定单上面，虽写明了是黄金二百两，可是这金子也许已经到了加尔喀答，也许还在美国，直到六个月后，那才是你的金子呀，那才值一千零八十万呀。"

范宝华道："六个月后，还只值一千零八十万吗？管他呢，反正我也不卖给你。老兄，你要知道，我四百万买来的黄金储蓄单，押你六百万元，好像我就先赚了你贵银行二百万。可是你不想想，并非白借吗？我得按月付给你的子金啦。你放我大一分的话，六个月是三百六十万子金，这还是不算复利的话。若算复利……"

何经理突然站起来，轻轻地拍了他两下肩膀，笑道："不要算这些缠夹不清的账了。银行里的钱，都这样的做黄金定单押款，他不会直接向国家银行做黄金储蓄？你有你的算盘，银行有银行的算盘，所以借出去的款子，必须比定单原价矮一点才会合算，你说不卖给银行，银行一般地也不想买你的储蓄单，这定单不过是信用的一种保障。我们是老朋友，不能照平常来往算，我可以和你做这个数目。"说着，他伸出右手的巴掌，勾去了大拇指和食指。范宝华突然站起来，望了他道："何经理，你这还是看在朋友的交情上说话吗？昨日我和你打电话，你答应了我五百万，怎么现在变为了三百万呢？"

何经理且不答复他这个问题，走回他办公室的写字台边，将桌面上的东西，一样样地向前推移着，拿起了那张定单看了看，依然放下，将算盘角压着，然后坐到写字椅子上去，将背靠了椅子背，仰了脸望着范宝华道："范先生，你没有知道这两天银根很紧的吗？重庆市上的钞票，都为了黄金吸收着回笼了。你若不信，不妨到别家银行里去打听打听。倒茶来！"他说到这里，突然地将话锋回转，将眼望了经理室的门外，改着叫茶房倒茶。

范宝华常向商业银行跑，这些银行家的作风，有什么不明白的。市面上只有银行吃来往户头，哪有户头吃银行之理。他偷眼看那何经理穿着一件阴丹士林长衫，光着个和尚头，虽是白胖的长圆面孔，脸色始终是沉着的。在他高鼻子尖上，仿佛发生一点浮光，只有这上面，透露出他是个有计划的人。

他招呼了茶房倒茶，正好桌子上的电话铃响。他拿起了听筒，也没有互通姓名，就知道了对方是谁，因道："日拆四元，大行大市，我也没有办法。老兄，我劝你少买点期货吧。大批的头寸，至少冻结三四个月。哦！不是买金子。不管了，我给你八百到一千万，支票我立刻开出，准赶得上今日中午的交换。好，回头见。”说着，他放下了电话听筒两手左右一扬，将肩膀扛了一下，笑道：“你看，这是真的吧？我们同业来往，日拆就是四元，放你十分利息，能说不是交情吗？”

茶房已是给宾主倒了茶了，何经理将右手的食指，勾住了茶杯的把子，端了起来，看了看茶的颜色，又放到茶碟子里去。看看放在桌上的那张储蓄单，他微笑了一笑，没有作声。范宝华道：“时间是要紧的，我不能和你尽麻烦，就是电话里那个数目如何？”

何经理端着茶杯喝了口茶，微笑了一笑，没有作声。这就有个穿西服的人走了进来了。那人三十来岁，嘴上养了一撮小胡子，分发梳得乌亮，小口袋上，露出一截金表链子，手上捧了几张表单送到屋子里来。范宝华起身笑道：“金襄理忙得很。”金襄理道：“天天都是这样，无所谓忙，也无所谓不忙。范先生定了多少两？”他指着桌上那张定单道：“都在这里了，我要向贵行抵押点款子，你们贵经理，就只肯出三百万元。”金襄理笑道：“这个戏法，人人会变，定了一批，押借一批款子，再翻一批，本套本，已经可以了，老兄还想在这上面翻个身吗？”他说着话，把表单送到经理面前去。

于是何经理在看表单，襄理闲着站在一边等回话，取出了一支纸烟来抽。范宝华没有了说话的机会，只好搭讪着也吸烟。这时，桌上电话铃又响了。金襄理代接着电话。他道：“哦，五万八了，回头再来个电话吧。”何经理看着表单，对他昂了一下头，问了两个字：“金价？”金襄理道：“扒进的多，还是继续地看涨。”

这个消息让范宝华听了，精神一振，呆站着望了金何二人。等何经理放下了表单，这就向他拱了一拱手道：“帮帮忙吧，金子这样涨，说不定中央银行又有什么玩意，就是照常地肯做黄金储蓄，恐怕也会挤破了脑袋了。”何经理笑道：“我说的话当然算话。”说着，向金襄理望着，低声问道：“今天上午的头寸怎么样？”范宝华一见，就知道这是一种做作。虽然不便说什么，眉头先皱了起来。那金襄理却含了笑道：“连刚才经理答应的一千万，今日上午，将有二千八百万付出去了。恐怕不怎么足？”

何经理取过烟听子来，近一步向范宝华面前进着烟。笑道：“这样吧，你少用几天吧。我照同业往来……”范宝华正由烟听子里取出一支烟来，要向口边放去，这就吃一惊的样子，猛可地将烟支放回烟听子里，翻了眼望着道：

“何经理说是拆息四元？那是要我十二分了？”

何经理道：“今天头寸紧一点，我得在别的地方调给你，所以我劝你少用几天。我们给人家的拆息，不也是四元吗？”范宝华道：“既然还要你们到别处去调头寸给我，那就太周折了。”他说着话，脸色也沉下来了，自行把那张黄金储蓄单取了回来，打开皮包来收着。向金何二人点了个头道：“再见吧，我再去另想办法好了。”

金何二人见他立刻变了态度，也不好说什么，正不知道用什么话来应付这个僵局，范宝华红着脸走出去了，二人对着只苦笑了一笑。他们这个作风，也原非只对付姓范的一个人，可是范宝华凭了和这万利银行做了两三年来往，自觉用二百两黄金储蓄单押借五百万元并非过分。不想谈过之后，五百万元变到三百万元，由利息大一分，又变到拆息每日四元，实际上是十二分到十三分，最后，他们索性说是由别处调头寸来应付，日期还要改短。一步逼着一步，那简直是说不借了。他一头怒火走出了万利银行，并没有什么考虑，径直地就来找第二家熟人千益银行。

这家银行，规模比较大，远在抗战以前就有了声誉。抗战之后，重庆分行，事实上变成了总行，像这一类的小游击商人，根本是谈不到共来往的。可是他们的营业主任莫子齐是范宝华的好友，曾共同做了几回百货生意。这批生意就有这里朱经理如夫人的股款在内。因为这位如夫人和莫主任颇有点亲戚的关系，如夫人做生意，向来是托莫主任转手的，根据了这条内线，如夫人曾和朱经理说过，不要忘记了范老板的好处，若是范老板在银行里做点小数目的透支，应该答应人家。朱经理虽是瞧不起那小生意，可是这如夫人说的话，却相当有理，因之范宝华在千益银行开个户头，来往上颇给予了他不少的便利。不过在范老板却有层拘束，他不能直接和朱经理办交涉，每次来了，都是和莫子齐谈判。他对陶伯笙说另一家银行答应借四百万，那也就是莫子齐代为答应的。

这时他一口气跑到千益银行，就在柜台外面，高抬着手，向里面招了两招。这莫主任正在营业部靠里的一张写字台上看传票盖图章，抬头看到他，也招了两招。范宝华绕着柜台，走到营业部后的小客室里去。莫子齐推着屏门走了进来，笑道：“我猜你早该来了，金子五万八了。”范宝华左手夹了皮包，右手伸出来和他握着笑道：“拜托拜托，请多帮忙。”

莫子齐在身上掏着纸烟盒，向范先生敬着烟，脸上带了微笑，且不说话。

范宝华拉了拉他的手，一同在沙发上坐下，笑道："怎么样？电话里约好的数目，没有问题吗?"一提到了正式借钱，莫子齐的笑容就收起来了，因道："在电话里，我没有答应你的数目呀，那是你一厢情愿这样说的。"正好茶房将玻璃杯子送着敬客的茶，放在沙发前的茶几上。莫子齐就掉过脸来，对茶房望着，把脸色沉下去。手指了玻璃杯子道："你怎么用不开的水泡茶，茶叶都漂在水面上了。"茶房弯着腰把两杯茶拿走了。这位莫主任的脸色，兀自不曾回复来过。

范宝华点了一支烟，沉默着吸了几下纸烟，只莫子齐兀自不曾开口，便先放出了笑容道："怎么样？能放我多少款子。"莫主任道："这事我不能做主答复，恐怕没有多大的数目。这些日子，我们的业务紧缩，不大放款。"他说着，将嘴角上的烟卷取下，大指和食指夹着，无名指只管在烟支上弹着，将烟灰弹到茶几上的烟灰碟子里去。眼光也呆望在烟支上，那脸色是不用提了，更是没有了一点笑容。

范宝华道："老兄你何必对我这样冷淡啦。在重庆市上混着，谁也有找谁帮忙的时候呀。过去我们总也有点交情吧?"莫子齐这才回转脸来笑道："我在行里的地位，你还有什么不知道的。你坐一会，我去和经理商量商量。"为了表示亲切起见，他还在范宝华肩上轻轻拍了两下，才行走去。

范宝华坐在沙发上，只是掏出纸盒盒子和打火机来，用吸纸烟的动作来消磨时间。莫主任去的时间不算久，老范只吸完了这支烟，他就回到小客室里来了。笑着点头道："朱经理说请你去谈谈。"范宝华拿了皮包，就随了他走到经理室来。

这千益银行究竟是规模宏大的，经理室也讲究得多，一张紫漆宽大的写字台，在屋子中间摆着。朱经理坐在绿绒的写字转椅上，背靠了椅子背，半昂着头，口衔了一支雪茄，身子微微地颠动着。看到了范宝华走进屋子来，他站起来也不离开位子，伸出手来，将手指尖和他握了一握，然后指着桌子边一把椅子让他坐下。他坐下来之后，不免先说两句应酬话。因道："朱经理公忙，我又来打搅。"主人将写字台上放的一些文件，向玻璃板角上移了一移，半斜了身子向客人望着，随把椅子转过，背还是向后靠着，表示了他那份舒适的样子。然后笑答道："干银行经理不一天到晚就是看账打电话会客盖图章几件事吗?"

这时，茶房进房来，敬过了一遍茶烟，宾主默然了一会。范宝华先向主人放出三分笑容，然后和缓了声音问道："刚才莫主任和朱经理提到放款的事吗?"朱经理将眉毛微皱了一皱，然后笑道："哎呀！这两个星期让国家银行办理黄金储蓄，法币回笼，银根弄得奇紧。我们为了做稳些，只好把放款紧缩了。"

范宝华道："我不是办理平常借款，就拿黄金储蓄券作押。这是十分硬的抵押品。"他说着，将皮包在怀里打开来，就取出了那张黄金储蓄单递给了朱经理，笑道："请看，这还有什么靠不住的吗?"朱经理拿着这定单，很随便地看了看，点点头笑道："最近做的，范先生的意思，是想调到了头寸，再到中央银行去办理一笔黄金储蓄？这种办法，做的人就多了。"说着，随便将这张定单放在玻璃板上。

范宝华道："可以拿这个押点款子吗?"朱经理微笑道："要做储蓄押款的话，恐怕哪家商业银行，都要挤破大门，这也只好在交情上谈点通融办法罢了。"范宝华听他所说，已有通融的意思，便笑道："朱经理多帮忙吧。能放我们多少款子呢?"朱经理道："范先生的事，我们不放也要放，就是一百万吧。"

范宝华不由得将身子向上一升，瞪了眼道："这四百万元的黄金储蓄单，只押一百万了？照市价，二百两金子，值一千多万了。"朱经理微笑道："不错的，值一千多万。可是范先生没想到这是六个月后有兑现的定单，不是条子。六个月是否能兑现，这固然是问题，就算我们信任政府吧。谁又能说六个月后的金价如何？银行里若大做黄金储蓄定单的押款，他不会直接去做黄金储蓄吗?"

范宝华笑着摇摇头："这话不能那样说，直接黄金储蓄，只是几厘息，定单押款，不是可以收到大一分的子金吗?"他这样说着，以为把朱经理的嘴堵住了。朱经理却哈哈一笑道："大一分？那还不行吧？这几天的放款，我们至少是十二分，范先生你的作风我知道，乃是把押得的钱再去买黄金储蓄，这个办法不大妥当。就算六个月后的金价，还保持现在的市价，你把利息和复利算起来，兑现之后，并不赚钱。我劝你不要做。"他说话时，脸上始终带了三分淡笑。

范宝华道："不能多借一点吗?"朱经理摇摇头道："不行！这几天我们的头寸，相当地紧。"范宝华看了他这副冷淡的样子，口风又是那样的紧，料着毫无办法。这就把那张定单收回，站起来点了头道："若是这样的算法，这款子我的确不必借了。"朱经理也站起来和他握了一握手，笑道："的确可以考量。"说着话，算是送客的样子，只走了半步，移出写字台的桌子角，这就不动了。

范宝华满肚子不高兴，禁不住也把脸色沉了下来。到了外面小客室里，莫子齐又到营业部办公去了，也不去惊动他。他将皮包打开，把定单放进去，夹了就向外走出了银行门口，回头对这四层楼的行址，看了一眼，心里想道：“你们也太势利了，我看看你们会发财靠了天吗?”他在心里十分不愉快的情绪中，在千益银行门口，未免呆站了五六分钟，最后他却一口气奔向中国银行。

018 再接再厉

范宝华这一口气地奔波着，直走到中国银行来。中国银行是出立黄金储蓄券的次一据点。在他的理想中，是比中央银行的生意，应该轻松一些的。及至到了中国银行门口一看，早见人阵拖了一条长蛇，由门口吐了出来，沿着那大楼的墙根，拖过了几十家铺面。

老范点了点头，带了几分微笑看着他们。夹着一只皮包，走进了大门，这却让他感到新奇，和中央银行定黄金的人，又是另外一个局面。那买黄金人摆下的阵线，是进大门口之后，并不是绕了圈子走向柜台，而是拉了一根曲线，走上楼梯。在楼梯上，人排了双行，一排人脸朝上，一排人脸朝下，分明是个来回线。

范宝华要看这条线是怎么拖长的，也就顺着路线走上楼去。上了二层楼，阵线还径直地向前，又踏上了三层楼，到了三层楼，人阵在楼廊的四方栏杆边，绕了个圈子，然后再把阵头向楼下走。这些做黄金储蓄的人，似乎有了丰富的经验，有带温水瓶的，有带干粮袋的。下到了二层楼，这是来得相当早的人了。已把跑警报时候带的防空凳子放在楼板上，端正地坐着。（注：防空凳是以四根小木根，交叉地支着。棍子两头有横档，上端蒙厚布。支起来，有一尺见方的平面；折起来，可以收在旅行袋里。）老范想着，他们倒是会废物利用。

下了二层楼，这更是长蛇阵的阵头。这些人必然是半夜里就到中国银行门口来等着，才能够站到这个地方来。为了买黄金，这些人真够吃苦的，不用说，是熬了一个整夜了。他这样地想着，对阵头上的人看了一看，倒觉得是自己过虑，人家脚下，都放着一个小铺盖卷儿，这正是春深的日子，四川的气候，又特别暖和，有一条小褥子，就可以睡得很舒服，这个办法，倒是很对的，干脆就在中国银行屋檐下睡着，比一大早地摸到这里来总自在些。

为了赞许这些人的计划，脸上就带了三分微笑，旁边黄金长蛇阵中有人叫道："范先生，你没有排上队吗?"范宝华向他看时，有个穿灰布长衫的小胡子，白胖的长脸，鼻子上带些酒糟晕，秃着一个和尚头，脚下放了个长圆的蓝布铺盖卷儿。他怔了一怔，不知他是谁。他笑道："范先生，你不认识我吗？我和李步祥住在一块的。"范宝华想起了他是那个堆栈里的陈伙计。便笑道："哦！陈先生，不错吗，排班排到这个地方，你一定买得上。"

陈伙计叹了一口气，摇摇头笑道："人为财死，实不相瞒，昨晚上八点多钟，吃过晚饭我就来了。我以为我总是很早的，哪晓得在我前面就有四五十个人。我带了铺盖卷，就在银行左隔壁一家杂货铺屋檐下，摊开了小褥子，靠了人家的铺门半坐半睡，熬到天亮。今天早上，雾气很大，变成了毛毛雨，洒得我满身透湿。"说着，手牵了两下灰布长衫，笑道："这原来都是湿的，现时在我身上都阴干了。"范宝华笑道："你真是老内行，还知道带了铺盖卷来。"

陈伙计笑道："又一个实不相瞒，我排班定黄金储蓄单，今天已是第四次了。"范宝华笑道："你真有办法，买得多少两了？"陈伙计笑道："我自己哪有这多钱，全是给人家买的。"说着，手抓了老范的手，将嘴伸到他耳朵边，向他低声道："范先生，你难道不知道吗？金子本来在一号就要涨价的，因为走漏了消息，有人大大的玩花样，因此又延期了，可是黑市和官价相差得太多，国家银行不能不调整。只要有钱有机会，我们就当抢进，弄一文是一文，弄一两是一两。"

范宝华笑道："你是哪里得来的这些消息?"陈伙计笑道："这消息谁不知道?"说着，将嘴对摆阵势的人一努，接着道："他们的消息多着呢。"范宝华对这人阵看着，见那些人的脸上，全是含着笑容的，两道眉毛不住闪动，心里这就想着，消息传得这样普遍，就是官价不会提高，黑市也会提高的。于是在楼下转了个圈子，就二次再跑到万利银行来。

他在路上走的时候，就有了一肚子的话，预备见到了何经理，自行转圜。不料走进经理室的门，这哑谜就让人揭破了。他由写字椅子上站起来，两手按了桌沿站定，睁了眼望着他，然后笑道："我猜你一定要回来的。老兄，我告诉你一个惊人的消息。金价黑市一度接近六万大关。”

范宝华夹着肋下那个皮包，站着呆了一呆。因道：“你怎么知道我会再来呢?”何经理笑道：“金子这样波动，不是商业银行买进，还会是些小户头弄起来的不成?这样，当然银根紧起来，而老兄这样拿黄金储蓄单去押款的人，决不止十个八个。大家都晓得这样掉花枪，难道做银行的人，他就不晓得掉这个花枪吗?他有那些头寸押你的定单，他们自己不会去直接做黄金储蓄吗?除了我们三分买卖，七分交情，谁肯拿给人家押储蓄单。因此，我就料着老兄到别家银行去作押款，决计不能如意成功，来支烟吧。”他说到这里，突然把话一转，转到应酬上去。把桌子上的赛银纸烟盒托住，走出位子送到范宝华面前来。

范宝华夹着那个皮包，还怔怔地站着，在听何经理的话呢，见他把纸烟盒送过来，这才先取了一支烟在手，然后把皮包放下来，将那支烟在写字台上连连顿了几下。然后在身上掏出打火机来，缓缓地动作着，斜靠了何经理的写字台，把纸烟点着，他很带劲地将打火机盖子盖着，向上一抛，然后伸手接住。另一只手，两个指头夹住纸烟放到嘴唇里，抿着吸了一口，一支箭似的喷了出来。接着摇了两摇头道：“我算失败了。”

何经理坐在写字椅子上，望了他微笑道：“范先生你没有什么失败呀。你拿两万元买一两金子，现在是六万元的黑市，你赚多了。你还要押款再做一笔呢，你打算盘打到我们头上来了。嘻嘻!”他说到这里，露着门牙耸着嘴上的一撮胡茬子笑了起来，笑的声音，虽然不大，只凭他眼角上复射出一丛鱼尾纹来，就知道笑声里藏有许多文章。便问道：“何经理原来答应我的四百万，大概也有点变化了吧?”

何经理伸着手，将写字台上的墨水瓶、钢笔插、墨盒子、毛笔架子，陆续地移了一移，又耸着嘴唇上的胡茬子嘿嘿地笑了一下。他只向客人望着，并不说什么。范宝华捏了拳头将他写字台一捶，沉了脸色道：“我看破了，何经理，你若是借四百万元给我，我出十二分的利息。虽是利息重一点，我先借来用两个月再说，等我把头寸调齐了……”

何经理点点头笑道：“对的，你还是早还了银行的好，子金是那样的重，若是等了储蓄券满期兑了金子还款，六个月的复利算起来，也就够五万多一两的了。”说着，一打桌上的叫人铃，听差进来了。何经理一挥手道：“把刘主任请来。”听差出去，刘主任进来了。

他是个穿西服的浮滑少年，只看他那头发梳得油光滑亮，就可以知道他五脏里面，缺少诚实两个字。何经理沉重着脸色问他道："我们上午还可以调动多少头寸？"这刘主任尖削的白皮脸子上，发出几分不自然的微笑，弯着腰做个报告的样子道："上午没有什么头寸可以调动的了。"何经理道："想法子给范先生调动三百万吧。我已经答应人家了。"刘主任在他那不带框的金丝眼镜里，很快地扫了范宝华一眼，然后出去了。

老范道："何先生，你不是答应四百万吗？"何经理道："就是三百万我也很费张罗呢。"范宝华坐在写字台对面椅子上，两手抱在怀里沉着脸子，呆望了他的皮鞋尖，心里想说句不借了，可是转念想到三百万元还可以储蓄一百五十两黄金，这个机会不可牺牲。有什么条件还是屈服了吧。他这样地想着，那两块绷紧了的脸腮，却又慢慢地轻松下来。向何经理笑道："人为财死，我一切屈服了。你就把表格拿出来，让我先填写吧。老实说，我还希望得着你的支票，下午好去托人排班定货。"

何经理见他已接受了一切条件，便笑道："范兄，我们买卖是买卖，交情是交情。这三百万元，你若是决定做黄金储蓄的话，我可以帮你一点小忙，我和你代办，明天下午手续办全，后天下午，你到我手上来拿一百五十两的黄金定单。"范宝华望了他道："这话是真？"何经理道："我和人家代办的就多了。"范宝华道："既是可以代办，上次为什么不给我代办呢？"何经理想了一想，笑道："上次是我们替人家办得太多了。"范宝华拱拱手道："贵行若能和我代办，那我省事多了。感激之至。"

正说到这里，那位刘主任已送了三张精致的表格，放到沙发椅子面前的茶几上。他拿过来看看，丝毫不加考虑，在身上拿出自来水笔，就在上面去填写。何经理向他一摆手。笑道："我们老朋友，不须这些手续。你把那二百两的黄金储蓄单拿来，我们开一张收条给你就是。到期，你拿收条来取回定单，什么痕迹都没有，岂不甚好？"范宝华道："那押款的本息，怎么写法呢？"何经理道："你不必问，反正我有办法就是了。"

范宝华到了这时，一切也就听银行家的摆弄。打开皮包，将那张黄金定单，送到经理的写字台上。何经理看了一看，并没有错误，便站起来笑道："你等一等，我亲自去催他们把手续办好。"说着，拿了那黄金定单走了。范宝华自也有他的计划，明知他是出去说什么话了，也不理会。

约莫是六七分钟，何经理回来了，笑着点点头道："正在办，马上就送来，再来一支烟吧。”他又送着烟盒子，敬了一遍烟。闲谈了几句，那位刘主任进来了，手拿着两张单据送呈给何经理。他看过了，盖过了章，先递一张支票给范宝华，笑道：“这是三百万元。你若是交给我们代办的话，我们再开张收据给你。啰！这是那黄金储蓄单的收据。”说着，又递一张单子过来。

范宝华接着看时，上写：兹收到范记名下黄金储蓄单一纸，计黄金二百两。抵押国币三百三十六万元。一月到期，无息还款取件，逾期另换收据，否则按日折算。另行写的是年月日。范宝华看完了，笑道：“这几个字的条件，未免太苛刻一点。这样算，第二个月，我这张定单就快押死了。”何经理笑道：“我们对外，都是这样写，老兄也不能例外，反正你也不能老押着，背上那重大的子金。”范宝华将巴掌在沙发上拍了一下，点着头道：“好，一切依从你便了。”说着，把那三百万元支票，交回给何经理。他倒是把手续办得清楚，立刻写了一张收到三百万元的收据。

范宝华奔忙了一上午，算告了一个段落。先回到写字间里去看看，以便料理一点生意上的事。到了屋子里，见陶伯笙李步祥同坐在屋子里等着。便笑道：“幸而是二位同来，若是一个人可惹着重大的嫌疑了。”他说着，将皮包放到写字台抽屉里。人坐到写字椅上，两只脚抬起来，架在写字台上。叹了一口气道：“这些钱鬼子做事，真让人哭笑不得，气死我了。”陶伯笙问时，他把今日跑两家银行的经过说了一遍。

陶伯笙微笑道：“这枪花很简单。万利银行算是用一百五十两黄金，换了你二百两黄金。”范宝华道：“可不就是这样，反正我把三百五十两黄金拿到手，将来期满兑现，决不止七百三十六万元。”李步祥坐在写字台边的小椅子上，笑道：“这一阵子，走到哪里，也是听到人谈黄金，不要又谈这个了。我插句问一问吧，范先生刚才说我们会惹重大的嫌疑，这话怎么讲?”

范宝华放下写字台上的两只脚，将桌子抽屉打开来，伸手在里面拍了两下。因道：“我这里放了一抽屉的钞票，前两天被窃了。席卷一空，一张都没有了。”陶伯笙道：“是吗？你这屋子是相当谨慎的。”他说着，对屋子周围看了一看。范宝华道：“这个贼是居心害我，先把我的钥匙偷去了，再混进我的屋子来开抽屉。这个人我倒猜了个四五成，只是我一点根据没有，不敢说出来。我姓范的也不是好惹的，将来不犯到我的手上便罢，若是犯到了我手上，我叫他吃不了，兜着走。”说着，他冷笑了一声。

陶李二人对望了一下，没说什么。范宝华笑道：“你二位可别多心，我不能那样不知好歹，会疑心我的朋友。充其量不过是二三十万元，我们谁没有见过。”陶伯笙一缩颈脖子，伸了一伸舌头，笑道：“今天幸而我是邀着李老板同来的。这个我倒有点奇怪。我看见过的，你那开抽屉的钥匙都揣在身上口袋里的，谁有那本领在你身上把钥匙掏了去？”

范宝华道：“我也就是这样想，钱是小事，二三十万元，我还不在乎。不过这个梁上君子，有本领在我口袋里把钥匙掏了去，又知道我这抽屉里有钱，这是个奇迹。为了好奇，我自己免不了当一次福尔摩斯，要把这案子查出来。”陶伯笙道：“在你丢钱的前一两天，和什么人在一处混过？”

范宝华摇摇手道：“这事不能再向下说了，再向下说，我自己就不好破案了。”李步祥听了，不住地用手摸着下巴颏，眯了眼睛微笑。

范宝华道：“你笑什么？你知道这小偷是谁？”李步祥道：“我说的不是你丢钱的事，我觉得你要做福尔摩斯，有点儿自负。你若是那样会猜破人家的心事，怎么万利银行给你储蓄黄金一百五十两，你倒把二百两黄金单据，就换给了人家呢？而且每个月还出人家十二分利息呢。你一个月到期，把那张黄金储蓄单取了出来，还不过是损三十六万元的子金。你若是拖延得久了，那就是把二百两黄金，变成一百五十两黄金了。人家做生意，本上翻本，利上加利，可是到了你这里储蓄黄金，好像就不是这个情形。”他一面说着，一面摸着脸。好像说出来有点尴尬，又好像很是有理由，慢慢吞吞地把这话说完。

范宝华坐在写字台边，手里盘弄着赛银的纸烟盒子，静静地把话听了下去，等着李步祥把话说完，他还继续地将纸烟盒子盘弄着，低头沉思着约莫是四五分钟。然后伸手一拍桌子道：“我不能失败，我得继续的干。老陶，你得帮我一点忙。”陶伯笙望了他道：“我帮你的忙？我有什么法子呢？我也只能和你站站班而已。”

范宝华摇了两摇头道：“我不要你排班。不过我还得借重你两条腿，希望多和我跑跑路。”说时，手里盘弄着纸烟盒，又低头沉思了几分钟，将手一拍桌子，昂了头道：“我告诉你吧。我还有一批钢铁零件和几桶洋钉子，始终舍不得卖掉，现在可以出手了。你想法子给我卖了它，好不好？”说着，他打开皮包在里面翻出了一张单子，向写字台上一放，因道：“你拿去看看，就是这些东西，我希望能换笔现钱。拿到了钱我就再定它一票黄金，把那三百万元也给还了。”陶伯笙将纸单拿到手上仔细看了一看，点着头道：“这很可以换一笔钱，不过兜揽着抢卖出去……”

范宝华又拍了一下桌子道："我就是要抢卖出去。喂！李步祥，你想不想发个小财？你若想发小财，你也帮着我跑跑腿。照行市论，大概卖八百万，我把利息看轻一点，就是七百多万，我也卖了。我有买进他一千两金子的雄心。"说着，他竖起右手，伸出了食指，笔直的指着屋顶，而且把指头摇撼了几下。他又道："换句话说。我最多只望有八百万到手，假如超出了八百万的话，那就是你二位的了，希望你们二位努力。"说着，将手指点了他两人几下。

李步祥笑着将胖脸上的肌肉颤动了几下，望了老范道："不开玩笑？"范宝华道："我要开玩笑，也不能拿老朋友开玩笑呀。做投机生意，当然是六亲不认，可是到了邀伴合伙，这就不能不给人家一点好处。"李步祥伸手摸摸秃头，向陶伯笙道："老陶，这不失是个发小财机会。假如卖出了八百万，二一添作五，我们拿了钱……"范宝华不等他说完，接着道："每人再做几两黄金储蓄。"

陶伯笙站了起来，拍着李步祥的肩膀道："老李，事不宜迟。我们这就去跑。"李步祥站了起来，向范宝华道："我们有了消息，就回你的信，可是你一出了写字间，满重庆乱跑，我们到哪里去找你？"范宝华道："你也不要太乐观了，上千万元的买卖，哪里一跑就成功。"李步祥道："那不管，反正我们拼命地去跑。无论如何，今天晚上到你家里去回信。"说着，带了满脸的笑容，挽着陶伯笙的手走了。

范宝华对于这两人的出马，并没有寄予多大的希望，自己还是照样地出去兜揽，到了晚上九点钟，才夹了皮包回家。推开大门，就看到楼下客室里，灯火通明，听到吴嫂笑道："范先生不在家，我就能做主。他这个家，没得我，硬是不行，啥子事我都摸得很对头。"

进去看时，见正中桌子上摆了酒菜，陶李两人对坐着在对酌，吴嫂坐在旁边椅子上，看了他们发笑。范宝华站在当门笑道："好哇！我不在家，你们就吃上我了。"吴嫂走过来，接着他的皮包，笑道："陶先生说，和你把事情办妥了。你要八百万，硬是卖到了八百万。二天，你又可以买四百两金子了。"范宝华一高兴，伸着两个指头，一掏她的脸腮，笑道："你都晓得这多。"吴嫂笑道："听也听懂了吗，你们一天到晚都谈金子谈美钞，别个长了耳朵，不管事吗？"

范宝华看了陶李两人满脸笑意，料着事情是圆满成功。取了帽子脱下大衣，都交给了吴嫂，搓着手坐下来陪客，心里先按不住一份高兴。因道："哪里来的这个好主顾？"陶伯笙道："这也是踏破铁鞋无觅处，得来全不费功夫，我回家去遇到隔壁邻居魏端本闲谈起我为什么忙。他说，那遇到太撞巧了。他们机关里，正需要买大批洋钉，钢板钢条虽不是必需的，也可以收买。他引着我两人见了他司长，看过了单子，我要价一千万，他开口就还了个八折，议定看货商定价钱。而且怕生意做不成，先付了五十万元定钱。看那样子，他们以为是个便宜。准可以卖出八百万。啰！这是那五十万元支票。”说着，在西服小口袋里，掏出一张支票交给了范宝华。

他放下了碗筷，将手重重一拍桌子，拍得筷子跳起来。他笑道：“我再接再厉，托万利银行再和我买四百两。这些钱鬼子，见我拿黄金储蓄券押款，他以为我没有了钱再三地刁难我，这回做一点颜色他看看。还有那千益银行的朱经理，架子大得要命，我也让他知道我的路数。哈哈！老陶老李来！干他一杯。”说着，他拿起桌上的酒壶，斟满了一杯，对着二人干了。欲知后事如何，请看本书次集《一夕殷勤》。

上　册

第二部分　一夕殷勤

远方经典阅读·张恨水作品集

001 成就了一笔生意

范宝华这杯酒，是干得没有错误的。第二日上午八时，由陶伯笙出面做东，请在广东馆子里吃早点。除范李陶三位，还有魏端本和他的科长孟希礼。他二人是最后到的，魏端本介绍着一一和孟科长相见。他穿了一套西康草绿色呢的中山服，胸襟前挂了机关的证章，头上的茶色呢帽，边沿是熨烫得很平，向外伸张着，肋下夹个大皮包，里面鼓鼓的。

一切仪表都表示他是个十足重庆上等公务员的架子。因为穷公务员的衣服，全是旧的，不能平直，而腰杆子也微弯了直不起来。脚下十之六七，没有皮鞋，就是有皮鞋，也破旧得不成样子，只把些黑鞋油像拓面糊似的，在皮鞋帮子上搽抹着，这虽是表面光亮一点了，可是那破皮鞋的补丁，却是遮盖不住的，而且鞋子也走了样了。这位孟科长可不是这样的人，穿的皮鞋，不但是既乌且亮，就是鞋子也紧绷绷的，没有走一些样。

范宝华一见他这样子，就知道对付这位科长，不能太简单，于是敬茶敬烟张罗一阵。那孟科长虽也相当地敷衍，可是坐在小圆桌的上方，却是绷紧了面孔，规规矩矩地说话。陶伯笙先将生意经的帽子谈了一谈，说范先生有货，谈到孟科长的机关愿意收买，然后再说自己和范先生、魏先生都是朋友，愿促其成。

那孟科长默然地吸着一支纸烟，静静地听着，先且什么话都不说，等陶伯笙介绍了一番之后，才淡淡地笑了一笑，接着点点头道：“的确，钢铁材料，我们是想收买一点的，不过我们总也得看看货。”陶伯笙道：“那是一定。不过这些东西，都是不好随身带着样品的。吃过点心，不知孟科长有工夫没有？若是有工夫的话，我们想请孟科长去看看货。”

孟希礼两个指头夹了烟卷，斜放在嘴角上抿着，另一只手插在他裤子的岔袋里，身子向后仰着，靠了椅子背。他微昂着头，大有旁若无人之概，那两只带有英气的眼珠，在挂在脸上的大框眼镜里面闪动。陶伯笙一看这情形，就有点不妙。难道他们牺牲那五十万元定钱不成？再不然，那五十万元支票，就是一张空头，那倒是大大地上了他的当了。他心里这样地想着，也就接不上话来。

魏端本坐在其间，对于自己科长这副做工，却认为有些蛇脚。昨日得了消息，和司长一报告，他就叫抢着买。现在开始接洽了，为什么搭起架子来？且不谈白白把几十万回扣牺牲了，东西没有买成功，怎么去交代公事呢？他立刻转了好几个念头，这就向范宝华带了笑问道："我们机关里买货，和商家互相来往不同，接洽的人，都有他的责任的。你们货在什么地方?"范宝华道："货就在城里，起运都很方便。实不相瞒，我是等了一笔现款用，不能不脱手。其实无论什么货，放在家里是不会吃亏的。"

孟希礼喷出一口烟来，微笑着道："那必然是买金子。"范宝华道："也可以说是替国家把法币回笼。我是做黄金储蓄。我这样做，还是一功两德，我的物资是卖给国家了。我的法币，可也为国家做了黄金储蓄了。"

孟科长微笑道："难道范先生就一点好处都没有吗？我是天天都看见的，那些在四行两局排班做黄金储蓄的人，一站就是二十四小时，他们真是为了国家吗?"魏端本道："范先生做几百两黄金储蓄的人，何必到银行里去排班，他给银行里一个电话，银行就给他代办了。不必银行，就是银楼，也给他代办了。"

孟科长点点头道："好的，范先生有熟银楼，将来我们打首饰，请代为介绍一下，让他们少算两个工钱。"陶伯笙道："那太不成问题了。兄弟就可以介绍，那太不成问题了。"说着，自己拍了两拍胸脯。那位孟科长又是一阵淡笑，不置可否。

范宝华是个老游击商人，这种对手，岂止会过一个？当时一面客气着，请孟魏两人吃点心。一面向陶伯笙使了一个眼色。然后站了起来道："兄弟去买一点好纸烟来吧。老陶老李，请你代我陪客十来分钟。"说着，就走了。陶伯笙虽不明白他是什么用意，反正在他这一丢眼色之下，那是决不能放着机关里这两位出钱人走的，格外是殷勤招待。

果然不到二十分钟，他就买了两包美国烟回来了。就拍着陶伯笙肩膀，引到一边空位上去说了几句话，顺便塞了个纸包到他手上。陶伯笙笑着点点头，让范宝华归座，却向孟希礼点了两点头，笑道："孟科长，你请到这边来，兄弟和你谈两句话。"他对这事，倒是欢迎的，并没有说什么就走了过来。

陶伯笙先不忙敬了他一支纸烟。划了火柴梗，给他点着了，然后两人抱了方桌子角坐下谈话。陶伯笙笑道："公事公办，孟科长要看货才说定交易，这个我们是十分谅解的。不过……"孟希礼觉得这是硬转弯的话，颇有点不入耳，将头一摆道："陶先生，你不要以为我们付了五十万元支票的定钱，我们就得无条件成交，我们可是一个电话，可以叫银行止兑的呀。支票是明天的日期，你们还没有考虑到吧?"他说着，脸上表示淡淡的神气，喷出一口烟。接着道："我看，这买卖有点做不成。"

陶伯笙先是怔了一怔。最后他一转念，不要信他，果然他不愿成交，他就不来赴这个约会了。因笑道："这件事，总希望孟科长帮忙，办理成功，至于应当怎样地开写收据，只要孟科长交代得过去，我们一定照办。"孟科长听了这话，脸上略微泛出了一点笑意，点点头道："那自然不能相瞒。现在的公务员，都是十分清苦的，谁也不能不在薪水以外，找一点补贴。你们打算怎样开收据，加一成，还是加二成?"说到这里，他嘴角向上翘着，笑意是更深了。

陶伯笙道："我不是说了吗？只要孟科长公事交代得过去，无论加几成，我们都肯写。"孟科长摆了两摆头，微笑道："现在的长官，比我们小职员精灵得多了，休说加二成，加一成也不容易，而况经手的人，也不止兄弟一人。"

陶伯笙在三言两语之间，就很知道他的意思了，便悄悄地将口袋里那个纸包掏出来，捏在手上，向孟科长中山服的衣袋里一塞，低声笑道："范先生说，他在熟银楼里买了一只最新式样的镯子，分量是一两四钱，没有再重的了，因为现在的首饰都取的是精巧一路。这点东西，不成敬意，请孟科长带回去，转送给太太。"孟科长哎呀了一声，身子向上一升，像有点惊讶的样子。

陶伯笙两手将孟希礼按住，轻轻地道："不要客气，不要客气，收下就是。"孟科长的衣袋里，放下去了一两多金子，决没有不感觉之理，那重量由他触觉上反映到脸上来，笑容已是无法忍住，直伸到两条眉峰尖上。陶伯笙依然按住他的身体，点着头笑道："请坐请坐，我们还是谈谈生意经吧。"孟希礼笑道："那没有问题，我们的支票已经开出去了，还有什么变化吗？你和我们魏先生是老邻居，一切都好商量。"

陶伯笙见大事已经成就，将孟科长约回到原来的座位上坐着。范宝华敬上一支烟来，孟希礼起了身微弯了腰接着，笑道："不要客气，不要客气，我们一见如故，随便谈话，不要受什么拘束。喂！端本，我们吃了点心，不必回去了，就径直地陪着范先生去看货。东西是早晚市价不同，人家既然将货脱手，我们早点成交，让人家好调动头寸去办正事。”范宝华听了这口风，心下就想着，这小子在几分钟之内，口风就完全不同，没有什么不能对付的了，于是也放下满脸的笑容和孟魏二人周旋着。

二十分钟之后，索性价格回扣全做定了。议定了是货价八百四十万，收据开九百六十万。在座的人，算是个个都有了收入，无不起劲。吃过点心，大家一路去看货，自然有什么不好的地方，孟科长也不加挑剔。上午回到机关里去，就给司长做了一个报告。并在报告后签呈了意见，说是这些货物，比市价要便宜百分之三十，机会不可错过。

司长看过了报告，把孟科长叫到自己单独的办公室里问话。孟希礼又道：“这价钱还可以抹掉他一点。我们尽管开九百六十万的支票，也可以要回他九百六十万的收据。我尽量去交涉，也许可以收回几十万现款。”司长微笑了一笑，并没有作声。孟希礼正着颜色道：“那么请司长向部长上个签呈……”司长摇摇头道：“不用，部长已给我全权办理了。下午你就去进行吧，我通知会计科立刻和你开支票。”孟希礼带着三分的微笑，向司长鞠了个躬，退出去了。

这日下午，孟魏二人亲自出动，把范宝华抛出的三桶洋钉和一些钢铁材料，抬进了机关，然后再找着陶李二人到范宝华写字间里交款。他们为了拿回扣的便利，在银行里换了一张八百万元的支票，另取得一百六十万现款。这一百六十万的现款，是陶伯笙二十五万，李步祥十五万，孟希礼带回一百万与司长俵分，给了魏端本二十万。

魏先生对这种分赃办法，虽是不满，可是权操在司长科长手上，若是不服，可能影响到自己的饭碗，默然的将二十万元钞票，揣进大皮包，五分高兴，五分不高兴地走回家去。到了家里，径直地走入卧室，将皮包向桌子上一放，叹了一口气道：“为谁辛苦为谁忙?”说着把头上帽子取下，向床上一扔。在衣口袋里拿出纸烟盒来，取了一支，在桌上慢慢地顿着。

魏太太是知道他今天出去有油水可捞的，再看到放在桌上的皮包，肚瓤子鼓了起来，分明是里面有货。这就立刻找到了火柴盒，擦了一支火柴，站到他面前，给他点上烟，向他瞟了一眼，然后微笑道：“难道你会一点都没有捞着吗?”魏端本喷着一口烟道：“若是一点也捞不到，下次还想我们和司长科长跑腿吗？我们共总是得一百二十万回扣。我拿了个零头，司长和科长坐捞一百万。这个不算，范宝华还送了老孟一只金镯子。”说着，坐了下去，手一拍桌子道："当小公务员的该死！"

魏太太笑道："你不要发牢骚。这二十万元，我不分润你的，你到拍卖行里去买套西服穿吧。我新近认识了朱四奶奶，有机会托她另给你找一个好差事。"魏端本听了这话，突然站起来，望了她的脸道："朱四奶奶？你认得她？你在什么地方认识她的？你居然认识她？"

魏太太被他注视着，又一连串地问着，倒不知道他是什么意思。笑问道："这有什么稀奇吗？她也并不是院长部长，见不着的大人物。"魏端本道："重庆市上有三位女杰，一位是李八奶奶，一位是田专员，还有一位就是朱四奶奶了。她们是三教九流，什么人都可以拉得上交情。可是在她一处的人，只有被她利用的，没有人家利用她之理。那是位危险人物，你和她拉交情，我有点害怕。你在什么地方见着她的？"

魏太太笑道："什么事这样大惊小怪？我在罗太太家里会着她的。她也是很平凡的一位年轻女太太，对人很和气的，有什么危险？"魏端本道："唯其是小姐太太们看不出她危险，那就是太危险了。你是在跳舞会场上遇到她的？怎么早不对我说？"他说着话时，眼睛瞪大，取下嘴里吸的烟支，用手指夹着只管向地面弹灰，另一只手扶住了桌沿，好像要使出很大的力气。

魏太太不免将身子向后退了半步，很气馁的样子，在嗓子眼里，轻轻地格格了两声，笑道："这有什么可惊异的吗？"说着，她右手扶了桌沿，左手抚摩了鬓发，接着道："我几时会跳舞？而且罗太太家里，也没有舞厅。实对你说了吧，我们在一处，打过一场小牌。我也是久闻大名，如雷贯耳，她肯加入我们那个团体打小牌，我还奇怪着呢。"

魏先生听了这个报告，像是心里拴着的石头落下了一块。又把纸烟送到嘴里吸了。撑住桌沿的那只手也提了起来，半环在胸前。因道："那倒罢了，你要知道，朱四奶奶肯加入小赌场，那还是她的厉害之处。大赌博场上的人，朱四奶奶能得的巨额支票，钻石戒指，乃类似这样东西的，诱惑不到人家。只有小赌场上的太太小姐们还需要这个。她也就可以拿这个收罗人才。她哪里是去赌钱，她是一只猎狗，出来巡猎。像你这样的人，正是她这猎狗的好猎物。"

魏太太听到这里，自然有几分明白，但还是装成不知道。因笑道："她也是个女人，怕什么的？"魏端本道："正因为大家存了这么一种思想，以为她是个女人不必怕她，那就被她猎着了。"魏太太笑道："你不必担心害怕，我成了个老太婆了，没有人要我。你既然怕人家猎了我去，我自此以后，不和朱四奶奶见面就是了。”魏先生笑道：“我说句劝你的话，你又会觉得不入耳了。我说赌博场上，不光是输赢几个钱的事，小则丧失和气，大则人命关天，全可以发生。”

魏太太笑道：“原来你怕我又输掉你这二十万元。”说着，伸手拍了两下皮包。接着道：“我决不动用你一文。你不是一宣布有二十万元，我也就宣布不用你一文吗?”魏端本道：“既然这样，我索性和你订个条约。这二十万元，我们都不用，趁着现在黄金还没有加价，我们去储蓄二两黄金。你上次储蓄二两黄金，还费了那么大的事。这次我们痛痛快快地，就储蓄十两。此外还有一个让你满意的地方，就是这定单开你田佩芝的名字。”说着，打开皮包，将那二十万元钞票取出，双手交给太太。钱递过去了，他可正了颜色望着她道：“我站在夫妻一条心上，完全信任你。你就再托隔壁老陶，和你去定十两黄金，可千万别拿去赌输了。胜利是一天近似一天了，我们知道在重庆还能住多久，不能不预备一点川资。你若是不信我的话，把二十万元……”

魏太太不等他说完，将二十万元钞票，捧着向桌上一抛，板了脸子道：“钱在这里，我分文未动。你全数拿了回去吧。”说毕，环抱了两手，坐在方凳上绷着脸子，很是带了三分怒气。魏端本笑着鞠了半个躬。因笑道：“啰!说来了，你就来了。你不要误会我的意思。我完全对你是一番好意，希望你手上能把握着十两金子。”

魏太太道：“十两金子，什么稀奇？你一辈子都是豆大的眼光。”魏端本道：“诚然十两金子，在这个金子潮中算不了什么。可是二两金子，你不还是很上劲地在储蓄吗?”

魏太太道：“那是我……那是我……”她交代不出个所以然来，扑哧一声地笑了。魏端本笑道：“不要多说了，多说着又引起彼此的误会。钱交给你了。我忙了一天，晚饭还没有下肚，该出去加点油了。”他这样说着，倒十分地表示大方，拿着帽子戴起就出去了。

魏太太坐在桌子旁边，不免对那二十万元钞票，呆呆地望了一阵。最后她站起身来，情不自禁地把那几小捆钞票拿了过来，点了两点数目，就在这时，杨嫂进来了，站在房门口，将身子缩了一缩，笑道：“朗个多钞票!”

魏太太道：“有什么了不得？二十万元罢了。照市价，三两多金子。”杨嫂看看主人，并不需要自己避嫌疑，这才缓缓地走到屋子里，挨了桌子站定，笑道：“现在无论啥子事都谈金子，我们在重庆朗个多年，金子屎也没得一滴滴。改天太太跟我打一场牌吗，邀个几千块钱头子，我也搞个金箍子戴戴吗!”

魏太太笑道:“这倒也并不是难事,可是我们家里乱七八糟。人家公馆里的茅房,也比我们的卧室好些,我怎能够邀人到我们家来打牌?你希望我哪天大赢一场吧。我赢了,干脆,我就送你一只戒指得了。”杨嫂听说,把她那黄胖的脸子,笑得肥肉向下一沉,两只眼角,同时放射出许多鱼尾纹来。将手抚摸着她的鸭屁股短发,简直有点不知手足所措的样子。

魏太太也是小孩子脾气,看到她这样的欢喜,索性把话来撩拨她两句,因将嘴向她身上那件蓝布大衫努了一下,笑道:“你这件大褂子也该换了,只要我赢钱,我再送你一件。”杨嫂笑道:“那还是啥子话说?我做梦都会笑醒来喀。”她高兴得不仅是摸鸭屁股头发了,在屋子里找事做,将桌子上东西清理清理,又将床上被褥牵扯得整齐,心里是不住地在想法子,这要怎样的才能够讨得太太的欢喜哩?她忽然想起一件事来,便笑道:“太太你要买金子,托那个姓范的吗?他说,魏先生魏太太都是很讲交情的,他只请了一回客,你们就介绍他做成了一笔大生意,改天他一定要送礼谢谢。”

魏太太道:“是的,他请我们吃过一顿吃夜宵。先生和他介绍这笔生意,那也不过是机会碰上的罢了。一个大东,就拉八百万的大生意,天下哪有这样便宜的事?但是你在哪里听到他说这话?”杨嫂道:“还不是在隔壁陶家碰到他?他还问魏先生魏太太喜欢些啥子。看那样子,硬是要送礼喀。你不是还欠他两万元吗?你试试,你送还他,他一定不要喀。”

魏太太道:“不是你提起,我倒忘记了。果然的,我明天把这两万元送还人家。等我把钱用完了,我又还不起人家了。明天你提醒我一声,别让我忘了。”杨嫂觉得居然在主妇面前做出一些成绩,心中自是高兴,她更考虑得周到,在魏端本面前,并不再提。

次日早上,魏端本吃过早点办公去了。她就向主妇笑道:“昨晚上你叫我提醒一声的事,记得吗?”魏太太笑道:“我根本就忘了。”杨嫂道:“你把钱送去还他吧。他赚了千打千万,这两万元,他好意思收你的吗?”魏太太听了,觉得她这种见解颇为不错,把那二十万元钞票都带在身上,披上大衣,夹了皮包,就向范宝华写字间里来。

他那房门倒是洞开着,伸头一张望,就看到老范两脚架在写字台上,人仰在椅子上,两手捧了报在看。他似乎已听到女人的皮鞋跟响,放下报来,抬头一望,立刻将报摔在地板上跳了起来笑道:“欢迎欢迎!”魏太太手扶着门,笑问道:“我不打搅你办公吗?”范宝华笑道:“我办什么公?守株待兔,无非是等生意人接头。”魏太太笑道：“那么，我是一只小白兔。”她说着话走了进来。

范宝华笑道：“没有的话，没有的话，我说的是生意人，请坐请坐。”魏太太倒并不坐下，将皮包放在写字台上，打开来，取出两叠钞票，送到老范面前，笑道：“真对不起，你那两万元，我直……”范宝华不等她说完，将钞票拿着，依然塞到她手上去，笑道：“这点款子，何足挂齿？这次一票生意，魏先生对我的忙就帮大了。老刘，快倒茶来！”说着，昂了头向外叫人。

魏太太摇着手道：“你不用招待，我有事，马上要走。”范宝华伸着五个指头，向她一照，笑道：“请你等五分钟吧，我有一个好消息告诉你。”魏太太听说有好消息，而又只要等五分钟，自然也就等下来了。

002　安排下钓饵

魏太太和范宝华，虽不能说是好朋友，可是共同赌博的时候很多，也就很熟了。范宝华请她等五分钟，这交情自然是有，便在写字台对面沙发上坐下，笑道：“范先生有什么事见教吗？”范宝华道：“今天下午，朱四奶奶家里有一个聚会，你知道不知道？”

魏太太已得了丈夫的明示，朱四奶奶是不可接近的人物，听了这话，未免在脸上微微泛起一阵红晕，因笑道：“我和她也就是上次在罗太太家里共过一回场面。我们谈不上交情，她不会通知我的。”范宝华道：“朱四奶奶广结广交，什么人去，她都欢迎。”

魏太太道：“我是个不会应酬的人，无缘无故地到人家家里去，那也乏味得很。”说到这里，男佣工进屋来倒茶。范宝华按下对客谈话，就向那男佣工道：“我托贾先生预备的那批款子，你和我取了来。”男佣工点着头去了。

范宝华又向魏太太道：“我忘记交代一句话，朱四奶奶公馆里，今天下午这个约会，全是女客，不招待男宾。据说是她找到一位好苏州厨子，许多小姐太太们，要试试这苏州厨子的手艺，她就约了日子，分期招待，今天已是第三批了。招待之前，少不得来点娱乐，大概是两小时唆哈。魏太太何妨去瞧瞧。”魏太太笑着摇摇头。

范宝华笑道：“你拘谨什么？罗太太她就老早地过江来了。”魏太太道：“你怎么知道的？”范宝华笑道：“她已经在我这里拿了十五万元做赌本去了。不然，我怎么会知道这件事的呢？”魏太太笑道：“我和罗太太怎能打比？第一，她皮包里方便。第二，她和朱四奶奶认识。”范宝华道：“你说的这两件事，都不成问题。第一，她皮包内并不比你有钱。这个我能做证明。她要是有钱，还会到我这里来借赌本吗？第二，她和朱四奶奶认识，难道你和朱四奶奶不认识吗？”

魏太太正想对这事加以辩驳，那个男佣工却捧了个大纸包进来，放在写字台上。范宝华从从容容地将报纸包打开，里面却是大一捆小一捆的钞票。若每小捆以一万计，这当然是三四十万元，甚至还多。范宝华将这些钞票，略微看了一看，把写字台的抽屉打开，将钞票一捆一捆的向里送，送完了顺便将抽屉关上。在正中抽屉里摸出一把钥匙，向空中一抛，然后又接上。却向男佣工笑道：“幸而我有两把钥匙，不然的话，你把那钥匙落了，现在教我怎办？”说着，将装钞票的抽屉锁上，钥匙依然揣到西服裤岔袋里去。

魏太太听到范先生提起丢钥匙的话，心房就是一阵跳动。联想着自己的脸腮，恐怕也会发红，这就把自己手提皮包开开，低着头，清理皮包的东西。范宝华锁好了抽屉，这就向她笑道：“魏太太，我和你建议，今天可以去参加朱四奶奶的聚会。我知道，在那里打牌的，都不是名手。你这一阵子，很少赢钱。今天倒是可以出马，捞它一笔回来。好在有罗太太在场，你有一个顾问，是不是我说的这情形，你可以向她打听一下。若是果然不错，她总也可以做你这个参谋的。据罗太太说，胡太太昨天就在朱四奶奶家里玩过一场的。不过是三个半小时，足足的赢了四十万，据说，参加的是百分之百的外行小姐。”

魏太太笑道：“范先生说得那样容易，好像到朱四奶奶家里去，就有钱捡着似的。”范宝华道：“这话并非我凭空捏造，你如不信，可去问问胡太太。”魏太太笑道：“好吧，若是朱四奶奶约到我家头上来的话，我也不妨去碰碰运气。这两万元，是范先生借给我的钱，我已是拖延了日子了。不必客气，请收下吧。”说着，将那两小叠钞票，还是摆到写字台上。

范宝华站着，笑了向她微微一鞠躬，因道：“不错，是你暂时移用的一点款子，在昨日以前，你还我这笔钱，我不必假客气，我就收下了。到了今天，这两万元的小款我还要斤斤较量，我这人就太不识好歹。老实说，现在做成一批八百万元的生意，那是很要花销一笔用费的。这次我要实得八百万元，分文不短，就得了八百万元。事先，我仅仅是请孟科长和魏先生吃了一顿早点另送了孟科长太太一只金镯子，我的花销，实在太小了。这两万元，也不过是打两枚金戒指，算不了什么。我干折了，怎么样？改天我再请魏先生魏太太吃饭。”说着，又抱着拳头，奉了几个小揖。

魏太太看他满脸是笑意，这不但是抽屉里钞票公案，他丝毫不见疑，而且很有感谢之意。家里杨嫂说的话，倒完全是合了拍的。便两手按了手皮包在写字台上，站着望了他笑道：“这倒让我为了难了，我放下不好，收回去也不好。”范宝华笑道：“我的话已完全说明白了，还用得着我解释吗？你要放下也可以，那我得另添一笔钱，再去买东西送你。你原是好意，这样一来，是让我更多的花钱了。”魏太太向他笑了一笑，也就把那两叠钞票，再收回到皮包里去。范宝华笑道：“魏太太，你若是大获全胜的话，可别忘了是我的建议。”魏太太觉得也无其他的话可说，点了个头，说声多谢，也就告辞了。

不过范宝华最后这句话，可给予了她的印象很深，仿佛这一到朱四奶奶家里去，就可以捡上一大笔。自己在马路上走着，自己想着心事，假使能够赢他个二三十万元，把皮包里的钞票，再翻上一个身，未尝不是一件好事？心里这么一动，这个走路的方向，不知不觉地就走向胡太太家里去。到她家还有几户人家，迎头就遇到了罗太太。她一把将魏太太拉着，笑道：“你到哪里去？”魏太太笑道：“你今天不是有一个很好的聚会吗？怎么到这里来了？”罗太太笑道：“果然有个聚会，你怎么知道的？”魏太太笑道：“有人约会你，难道说我消息都得不着吗？”罗太太笑道：“朱四奶奶也通知了你吗？那好极了，我们一块儿去吧。”说时，挽了魏太太的手就走。

魏太太笑道：“人家又没有约我，我自己走了去算个什么？”罗太太道：“没关系，朱四奶奶广结广交，也不在乎你这个人。你就和她一面不识，她也欢迎你去的。你既和她认识，一定她是双倍的欢迎。”她一面说着，一面拉了魏太太的手走，魏太太也就情不自禁地跟了她走。

这朱四奶奶的家，虽也在重庆市区，可是她家的环境，却是在嘉陵江岸边一个山林区，终年是绿色围绕着。为了对于空袭的掩护，朱四奶奶住的这座洋楼，用深灰色粉刷着墙壁，将芽黄色的楼廊，掩藏在里面。这芽黄色的楼廊，里面又是碧绿色的窗棂和门户，颜色是非常的调和美丽。魏罗两位太太坐了轿子顺着一条石板下坡路，向朱公馆走来，隔了一片树林子，在绿树的树梢上就可以看到那精致的楼房。罗太太一指，笑道：“这就是朱四奶奶家里。”魏太太就出乎意外地说了一声这样好。

到了那门口，一道短围墙，围了一方小花圃。一棵胭脂千叶桃花和一棵白色的簇拥地开着，半遮掩了东部走廊。西部却是十几棵芭蕉，绿叶阴阴的，遮住半边屋子。在重庆住着吊楼的太太，过的是鸡窠生活。到胡太太家里去，看到她那小巧的平式洋房，已觉是天上人间，于今见到这花团锦簇的公馆，便立刻想到：有这样住好洋房的女朋友，为什么不结交呢？慢说可以求朱四奶奶做点帮助，就是偶然来坐坐，精神也痛快一阵吧？

这样想时，轿子已在门口停下。那朱四奶奶很朴素地穿了件蓝布罩衫，正伏在楼栏杆上向下望着，立刻招招手笑道：“欢迎欢迎。”魏太太向楼上点着头道：“在路上遇到罗太太，说是到府上来，我就跟着来拜访，不嫌来得冒昧一点吗？”朱四奶奶道：“哟！怎么说这样客气的话？接都接不到的。”她说着，扭转身就迎下楼来。她欢迎魏太太的程度，远在欢迎罗太太之上，已首先跑向前来，握着魏太太的手，笑道：“我原是想到请你来的，可是我们交情太浅了，我冒昧地请你来，恐怕碰你的钉子。”魏太太连说言重。

朱四奶奶着实周旋了一阵，这才去和罗太太说话，一手拉着二位，同走进屋子去。她后面就跟着两个穿蓝罩衫，系着白围襟的老妈子。他们首先走到楼下客厅，里面有重庆最缺少的绒面沙发，紫檀架子的穿衣镜，以及寸来厚的地毯，其余重庆可以搜罗得到的陈设，自是应有尽有。在客厅的一边，上有北平式的雕花木隔扇，在这正中，垂着极长极宽的红绸帐幔，在那帐幔中间露着一条缝，可以看到那里面地板光滑如油，是一座舞厅。

朱四奶奶只是让两位站了一站，笑道：“都在楼上，还是上楼去坐吧。”于是又引着两位女客上楼。到了楼上，又是陈设华丽的一座客厅，但那布置，却专门是给予客人一种便利与舒适。沿了四周的墙，布置着紫漆皮面沙发。每两张沙发，间隔着一张茶几，上面陈设着糖果花生仁等干果碟子。正中一张圆桌，铺着白绸绣花的桌毯，有两只彩花大瓷盘，摆着堆山似的水果。墙上嵌着各式的大小花瓷盘与瓷瓶，全供着各色鲜花。那鲜花正象征着在座的女宾，全是二三十岁的摩登女子，花绸的衣服，与脂粉涂满着的脸，花色花香，和人身上的香气，在这屋子里融合到一处。

朱四奶奶一一地介绍着，其中有三位小姐，四位太太，看她们的情形，都也是大家眷属，魏端本原来所顾虑到的那些问题，完全是神经过敏。魏太太这也就放下那颗不安的心，和太太小姐们在一处谈话。

朱四奶奶待客，不但是殷勤，而且是周到。刚坐下，就问是要喝咖啡，或是可可？客人点定了，将饮料送上来，又是一道下茶的巧克力糖。喝完了这道饮料，朱四奶奶就问是打扑克呢？还是打麻将呢？女宾都说人多，还是唆哈好，于是主人将客人引进另一间屋子里。这屋子里设着一张铺好了花桌毯的圆桌，而且围了桌子的，全是弹簧椅子。

在重庆打牌，实在也是很少遇到这种场合的。魏太太看了看这排场，根本也就不必谦逊，随同着女客们一同坐下。朱四奶奶本人，却不加入，只是督率着佣人，进出地招待。魏太太虽是听了范宝华的话，这是个赢钱的机会，可是竟不敢大意，上场还是抱了个稳扎稳打的战术，并不下大注。在半小时之后，也就把这些女赌友的情形看出来了。除了两位年长些的太太，比较精明一点，其余全是胡来。就是稳扎稳打，也赢了四五万元。自己皮包里，本就有二十万元。在她自己的赌博史上，这是赌本充足的一次。兵精粮足，大可放手做去，因此一转念之下，作风就变了。

小小地赢了两三次，便值朱公馆开饭，大家停了手。她们家的饭厅，设在楼下。那里的桌椅，全是漆着乳白色的，两旁的玻璃橱，里面成叠地放着精致的碗碟瓶罐，不是玻璃的，就是细瓷的，早是光彩夺目。魏太太这又想着，人家这样有钱，还会干什么下流的事吗？丈夫实在是诬蔑人家了。

坐下来之后，每位女宾的面前都是象牙筷子，赛银的酒杯，此外是全套的细瓷器具。重庆餐馆里的擦杯筷方纸，早改用土纸六七年了，而朱四奶奶家里，却用的是印有花纹的白粉笺。这样，她又推想到吃的菜，不会不好。果然，那第一道菜，一尺二直径的大彩花瓷盘里，什锦拼盘，就觉得有几样不识的菜。

其中一位赵太太，两手交叉着环放在桌上，对盘子注意了一下，笑道："那长条儿的，是龙须菜吗？"朱四奶奶微笑道："这是没有代用品的。"赵太太道："那么，那切着白片儿的，是鲍鱼？"朱四奶奶道："对的。我得着也不多，留着以供同好。"赵太太道："这太好了，我至少有七八年没有吃过这东西了。重庆市上，就是那些部长家里，也未必办得出这种拼盘出来吧？往后的正菜，应该都是七八年再相逢的珍品吧？"朱四奶奶微笑道："这无非是些罐头罢了，鱼翅鱼皮可没有。我叫厨子预备了两样海味，一样是虾子烧海参，一样是白扒鱿鱼。这在重庆市上也很普遍了。"她说时，脸上带着几分得意的微笑。

魏太太一看这情形，越觉得朱四奶奶场面伟大，在这种场合，就少说话以免露怯。再说，自己这身衣服，不但和同席的太太小姐比不上，就是人家穿的皮鞋，拿的手绢，也无不比自己高明得多，更不用说人家戴着佩着的珠宝钻石了。可是她这样的自惭形秽，朱四奶奶却对她特别客气，不住地把话兜揽，而且斟满了一杯酒向她高举道："欢迎这位新朋友。"魏太太虽不知道人家为什么特别垂青，但是决不能那样不识抬举，也就陪着干了一杯，也就为了主人这样殷勤，不能不在主人家里陪着客人尽欢，继续地喝了几杯。

饭后，继续的打唆哈。魏太太有了几分酒意，又倚恃着皮包里有二十四五万元，便放开胆子赌下去，要足足地赢一笔钱。不想饭后的牌风，与饭前绝对不同，越来大注子拼，越是输钱。两小时赌下来，除了将皮包里的现钞输光，而且还要向罗太太移款来赌。

那主人朱四奶奶真是慷慨结交，看到魏太太输多了，自动地拿了十万元钞票，送到她面前笑道："我们合伙吧。你打下去，这后半截的本钱，由我来担任了。"魏太太正觉得一万五千的和罗太太临时移动，实在受着拘束，有了这大批的接济，很可以壮胆。便笑道："合伙不大好，岂不是我站在泥塘里的人，拖四奶奶下水。"朱四奶奶她站在桌子边，在几上的碟子里取了一块巧克力糖，从容地剥了纸向嘴里放着。微笑道："这几个钱，也太值不得挂齿了。你打下去就是，怎么算都好，没关系。"看她那意思，竟是站在同情的立场上，送了十万元来赌。心里自是十分感激，但为了表示自己的身份起见，就点点头道："好的，回头再说。"于是拿了这十万元又赌下去。

赌到六点多钟约定的时间，已经届满。魏太太是前后共输二十九万五千元。最先赢的五万元，算是钓鱼的钓饵，把自己的钱全给钓去了。终算在朱四奶奶这里，绷得个面子，不便要求继续地赌，而且自己已负了十万元的债，根本没有了赌本。看到其他女宾嘻嘻哈哈道谢告辞。

朱四奶奶握着她的手，送到大门口，笑着表示很亲热的样子。因道："真是对不起，让魏太太损失了这样多的钱。"魏太太笑道："没有什么，赌钱不总有个输赢吗？还有四奶奶那十万元。"四奶奶不等她说完，就含笑拦着道："那太不成问题了。我不是说合伙的吗？不要再提了。我这里，大概三五天总有一个小局面。魏太太若高兴消遣，尽管来。下次，我好好地和你做参谋，也许可以捞本。"说着，握了她的手，摇撼了一阵。

魏太太在女主人的温暖下，也就带了笑，告辞出去。是罗太太同她来的，还是罗太太陪着她一路走去。

魏太太夹了她那空空如洗的手提皮包，将那件薄呢大衣，歪斜地披在身上。她还是上午出来时候化的妆，在朱四奶奶家里鏖战了五六小时，胭脂褪了色，粉也退落了，她的皮肤虽是细白的，这时却也显出了黄黄的颜色，她那双眼睛，原是明亮的，现在不免垂下了眼毛，发着枯涩，走路的步子，也不整齐，高一步低一步，透着不自然。但她保持缄默，却是什么话也不说。

罗太太随了她后面，很走着一截路，才低声问道："魏太太，你输了多少?"她打了一个淡哈哈，笑道："惨了，连上午赢的在内，下午共输三十五万。你保了本吗?"罗太太道："还不错，赢了几千块钱。我今天输不得，是借得范先生的赌本。这钱不能放在手上，我赶紧送还他去吧。"魏太太道："他最近做了一笔生意，赚了八九百万，十来万元，他太不在乎。"罗太太道："他倒是不会催我还钱。不过这钱放在我手上，说不定再赌一场，若是输了的话，自己又负了一笔债。"魏太太道："这话不对。你今天若是输了，不已经负上一笔债了吗?"罗太太笑道："我猜着今天是可以大赢一笔的。这几位牌角，的确本领不高明。可是我们两人的手气都不好，这也就是时也命也了。"魏太太轻轻地叹了口气，也没说什么，到了大街上各自回家。

魏太太到了家，两个小孩子，就把她包围了。娟娟大一点，能说出她的要求，便扯着母亲的后衣襟。叫道："妈，你有那样多钞票，买了些什么回来给我吃?"小渝儿更是乱扯着她的大衣摆，叫道："我要吃糖，我要吃糖!"魏太太看到这两个孩子的要求，心里倒向下一落，将手上的皮包，向桌上一丢，将手摸了小渝儿的头道："妈妈没有上街，没有给你们买吃的。"

杨嫂站在房门口，先对女主人的脸色看了一看，因问道："啥子都没有买，两个娃儿，望了好大一天喀。"魏太太道："你没有给他们买一点吃的吗?"杨嫂道："买了两个烧饼把他们吃。他们等你买好的来吃喀。"魏太太软绵绵地在床沿上坐下，微微地叹了口气。

杨嫂道："大概是又输了吧?"魏太太道："这一阵子，也不知道是怎么回事?赌一回输一回。"杨嫂好失惊的样子，瞪了眼望着她道："郎个说?二十多万，这半天工夫，你都输光了。十两金子都送把人家，硬是作孽。"魏太太红了脸，站起来道："没有没有，哪会输这样多，也不过输了一两万块钱，先生回来你不要对他说。"杨嫂道："我想，你也不能郎个大意。先生费好大的事哟，赚来了二十万，你连一包花生米子也没有吃，就別别脱脱输了，别个赚来的钱，不心痛吗?先生赚的钱，还不就是你的钱。"

魏太太突然站立起来，将桌上的皮包拿了过来，夹在肋下，板了脸道："不要说了，不要说了。我出去，给他们买东西来吃就是了。"说着，就向外走。刚走到大门口，就遇到魏端本夹了皮包，下班回来。他老远地带了笑容道："佩芝，不要走了，我们一路出去看一场电影。紧张了两三天，该轻松一晚上了。"

魏太太站在屋檐下，踌躇了一会子，她的触觉很敏锐的，摸到手里的皮包，里面是空空的，分量是轻飘飘的。不免对丈夫很快地看了一眼。魏端本道："你又要去唆哈吗？今天是本钱充足得很。"说着，他已走近了两步，低声笑道："你可别忘了预备买十两金子。"魏太太道："我去和小孩子买点糖来，钱在家里收着呢。"魏端本笑道："我想你今天也许不会赌，难道真的不为自己生活打算吗，你快去快回，我等着你回来一路去看电影。"魏太太不能再说什么，低着头走了。

003 入了陷笼

魏太太对于这一场赌，不但觉得输得太冤，而且对于那二十万元现钞，什么事情没办，也非常地懊悔。丈夫是一团高兴，要庆祝这二十万元的意外收获，哪里知道已经把它输得精光？这话怎么去交代？上次输了丈夫一大笔公款，是自己做了一回亏心事，把范宝华的一笔钱偷来补充了，幸是没人知道，把那场大祸隐瞒过去，现在却到哪里去再找这样大批的钞票？

她心里这样想着，两只脚不必她指挥，还是向上次找到钞票的所在走去，她心里是这样地想着，今天上午，又看到老范将大批的钞票塞进那个抽屉，开那抽屉的钥匙，还藏在内衣袋里呢。她走着，将手伸到衣服里面去，就摸索了几回。果然，那小衣的口袋里，一串钥匙依然存在。

她转了个念头了，管他呢，再去偷他一次。姓范的这家伙，发的是国难财。他虽不是偷来的钱，囤积居奇，简直是抢来的钱，应该是比偷来的钱还要不义，对于这种人，无所用其客气。如此想着，脚步就加快了走。她最后的想法，教她不必有何考虑，径直地走向范宝华的写字间来。

这写字间，是在一所洋房的二层楼，虽是来得相当的熟了，可是到了这洋房的大门口，她自己不知道是什么原由，却踌躇起来。在大街上望了那立体式的四层楼洋房，步子就缓下来了。她心想这么大模大样地走了进去，人家不会疑心这个陌生的女人，到这里来干什么？若是真有人问起来，这是教人无法答复的。

慢慢地走去，渐渐地畏怯起来，到了这洋房大门口，不由得站着停了一停。她这么一停，路旁乘机待发的叫花子，就有一大一小，迎了上前，站在身子前后，放出可怜的样子，发出哼声哀求着道："太太，行好吧。赏两张票子我们花吧。明里去，暗中来。"魏太太听了这话，心中一动，不免向他们看了一眼。问道："什么叫暗中来？"大叫花子道："太太，你是正人君子嘛，正大光明嘛，老天爷暗中保佑你吗。"魏太太倒不想这个叫花子还能说出这么一套话。于是，在身上掏出一张小票子扔给了他们转身就走了。

她这一阵发脾气，放开了脚步走，就抢过了洋房的大门。心里同时想着，这么一所大楼必定有后门，既是要避人看见，那就是找着后门进去为妙。她这么想着，就注意到这洋楼的周围是否有横巷。果然，在去这楼房不到十家铺面的所在，发现了一条横巷子，由这巷子穿过去更有一条小横街。她看准了方向，在这条小横街上向回走。她估计着还有十来家门户，就站住脚打量着形势。这里却是一个极小的裁缝铺，由那裁缝铺上，向前看去，似乎半空里有一幢洋楼的影子。因为天色已经漆黑了，街上电灯反射到空中的光芒，不怎么的强烈，那些房屋的影子，也不怎么的清楚。

她正在出着神，这裁缝店敞着店门窗户，在做衣服的案板上，悬下一盏洋铁圆片儿罩住的电灯泡。在那灯光直照的案板边，对坐着两个裁缝，正低头做衣服。其中一人，偶然抬头，在强烈的电光下，看到窗户外一个女人影子，呆呆地站着，倒吓了一跳。随着站起来问道："找哪个？"这本来也是一句普通的问话，可是魏太太正出了神，被人家突然一问，好像自己什么漏洞被人捉住了似的，也不答话，转身就走。

她不走人家也不去怎样的疑心，她走得这样地快，更是给予人家一种疑心。那裁缝放下针线，飞奔了出来，看昏黄的灯光下，刚走过去个女子，不知窗户外站的，是不是她，倒不敢冒昧，同时，也怕是主顾，只有站在店门口屋檐下，再问了一句找哪个？魏太太也省悟过来了，便回头看了看道："什么事大惊小怪，送衣服你们做。"她虽然是解释着，可是并没有停住脚，依然继续地走去。

径自走着，不觉又走上了大街。她忽然转了个念头，丈夫等着去同看电影呢。怎能够尽管在街上兜圈子？但特意到这里来了，这洋楼的大门也不进去，那是太放弃机会了。范宝华这写字间，又不是没有来过的，进去看看，有什么要紧。万一又得着上次那样的机会，在他抽屉里再拿走几十万元，不但今晚向先生交账这一关平安地可以过去，也许可以多捞他几十万元。

想着，将脚在地面上一顿，表示了前往的决心，于是抄了一抄大衣领子，径直地走进那洋楼。楼下那个贸易公司，自然是早已下班了。顺着柜台外的盘梯走向二层楼，也并不曾遇到一个人。站在楼梯口上凝神了一会，觉得心房有点跳动，将手在胸脯上按了一按，自己叮嘱了自己道："怕什么？这并没有什么犯法的事。"同时看看这楼上的夹道，除了一路几盏电灯亮着，并没有人影子。远远地看那范宝华的写字间，房门就是微掩着的。虽然是心房有点跳动，却又不免暗喜一阵。心想，活该，这还是有个很好机会。若是他和那个听差全不在屋子里，房门必是暗锁了的，纵然有开抽屉的钥匙，这房门打不开，那也是枉然的。于是故意放重了步子，走着夹道的楼板一阵乱响。到那房门口站定，用手敲着门道："范先生在这里吗？"

连敲了几遍，又连喊了几声，里面并没有人答应。于是手扶了门轻轻向里推着，伸进头去看看。虽然屋梁上悬下来的那盏电灯是亮的，可是写字台上的桌灯，却没有光亮，屋子里空空的，主人不在，工人也不在。魏太太心里狂喜。想着：天下果然有这样的巧事，让人打着如意算盘。这一下子，又可把老范放在抽屉里的钞票，给他席卷一空。于是立刻踅身进去，随手将门掩上。第二个动作，立刻奔向写字台，弯身去开那有钞票的抽屉。

果然，拉了一拉抽屉环扣，不能动，还是锁着的。这个抽屉是旁边的第二格，上次就是在这里有了很大的收获。今天上午在这屋里，也是亲眼看到范宝华将几十万元送了进去，然后锁着的。于是将手皮包放在桌上，伸手到怀里去，在小衣口袋里把钥匙掏出。但钥匙拿在手上，却又不去开锁，再回到房门口，打开房门来，伸头向夹道看看。

见整条的夹道，还是光亮的电灯照着，空无所有。于是缩身回去，将门关上，关了不算，还把门上的插闩横插着。关了门之后，看到屋子四周是白漆粉刷，屋顶上悬下来的电灯，照见全屋子雪亮，同时，也就照见她孤零的影子，倒在楼板上。这昼夜不离的影子，谁也不会留意的，这时她回头看了看影子，好像心里有点动荡，也就联想到后墙玻璃窗子是对了洋楼外的。自己在屋子里走动，那就很可能，让楼下的人会看到楼上的人影。这屋子的电灯开关就在门角落里，她顺手一转电门子，屋子里漆黑了。这给予她一种很大的便利，不但不用得去四周探望，而且那怦怦乱跳的心房，也停止不跳了。

过了两分钟，这屋子也就有了亮了。这亮不是本屋子里发生的，乃是后墙的玻璃窗户，放进来的邻屋灯光。在那稀微的灯光下，可以看到屋子里的桌椅陈设。她偏头听听屋子外面，并没有什么响声，这就放大了胆，走到写字台边，摸着那第二个抽屉，伸着钥匙，向锁眼里插了去。她这时发现着自己有点恐慌，那钥匙只管在抽屉板上碰着，怎样也对不准锁眼，原来她这两只手，又在发抖。

她于是蹲下身子去，左手摸着锁眼，右手把钥匙插进去，她听到锁眼嘎咤一响，锁是开了。她便拉着抽屉的搭扣，向外拉出来。抽屉是活动了，只拉出来二三寸，却拉不动。伸手到里面去掏摸着，正是里面放着钞票太多了，抽屉拉不出来。但她的行为到了这时，一切是刻不容缓，也决不能罢休。于是手拉了抽屉搭扣，使劲向外一拉。这抽屉哗啦一声响，由里面直跳了出来，魏太太虽然不大十分看见，但已觉得抽屉里面的票子，有不少已蹦到了楼板上。她赶快地摸索着，全捡起来放到桌子角上。

不想越怕有声音，越是有声音，将钞票捆放下的时候，恰好是将原放的一只空茶杯子碰倒了，当的一声，在写字台上滚着。幸是有文具挡住，还不曾落下地去。

她那颗心，本就是跳着的，这响声一起，就教她的心房跳得更厉害，而且周身的肌肉，也都随着在跳动。但她知道这是紧要关头，决不能耽误片刻，一面摸索着，一面打开皮包，将钞票向里面塞。皮包塞满了，在抽屉里摸着整捆的钞票，向大衣袋里揣着。大衣上两个大口袋塞得包鼓鼓的，已不能再揣了，伸手向地面的抽屉里摸索时，还有两捆钞票。她心想，哪有这样多的钞票，黑屋子里胡乱地揣着，不要把纸卷儿都收起来了吧？借着玻璃窗子外放进来的光，还可以看到写字台上的桌灯。她摸着拉链，将电灯亮着，先看拉开的抽屉，里面果然还有两捆钞票。再在大衣袋里掏出成捆的东西来看，还是钞票。她心里想着：今天这笔收获，比上次的还要多，怕不有四五十万。这真可以说是发个小财。

她一喜之下，将抽屉里两捆钞票，也勉强地塞在大衣袋里。这也来不及去上好那抽屉了。将装满了钞票的皮包夹在肋下，随手熄了电灯，打开房门，就向外走。她开这门的时候，表示着镇定，还是缓缓地将门拉着。自己心里也就想着：这总算人不知鬼不觉，又捞了……门拉得大半开了，却有个男子的人影，端端正正在房门口挡住。

她吓得身子向里一缩，那人可随着进来了。他第一个动作是随手掩上了门，第二个动作，却把电门子开了，亮着屋顶悬挂的那盏大电灯。魏太太看清楚了，那正是这屋子和钞票的主人范宝华。他口角上衔着一支香烟，两手插在西服裤岔袋里，将背靠了房门，不住地微笑。他的眼光，先注视着那涨得像猪肚子似的皮包。再看撑出身外的魏太太大衣袋。

魏太太的脸都红破了，呆了两只眼睛向他望着，一步步向后退，退得靠住了写字台。她两行眼泪，要在眼睛里流出来但没有流出，那眼泪水只在眼眶荡漾着。范宝华看了她这份为难的样子，倒并不见逼，将两只肩膀，扛了两下，脸上还是放出笑容，口角上的烟卷从容地冒着一缕轻烟。

魏太太看这样子，绝对跑不出去，便抖颤了声音，先叫了句范先生。他依然微笑着点点头，看去并无恶意。她于是鞠了个躬道："范先生，我真对不起你，这事做得太不够朋友了，不过我也实在是出于不得已。"她一面说着，一面抖颤，那大衣袋里塞不下的一捆钞票，在写字台角上一挤，挤出大半截，更由于她过分的抖颤，那捆钞票，就落在了地板上。魏太太弯腰捡了，放在写字台上，望了范宝华道："范先生，你的钱我分文未动，你都收了回去。你放我走吧，我将来报你的大恩大德。"她说着，她要哭，她又不敢，只是周身发抖，肋下的皮包，也夹不住了，又落在地板上。范宝华将右手取出了嘴里的纸烟，指着皮包道："捡起来，有话慢慢说。"

魏太太眼望了他，半蹲着身子，伸手把那皮包拉起。然后打开皮包来，将钞票捆掏出，要放在桌上，范宝华把纸烟扔到痰盂里去，摇着手道："不忙拿出来。我问你，你是不是在朱四奶奶家里赌输了，又到我这里来打主意去塞你的漏洞？"

魏太太手里捧了皮包，低着头道："是的。我是听你的话，想去赢一笔钱，不想是大大的输了。"范宝华两手插在裤子袋里，走过来两步，问道："你输了多少？"她道："输了二十万。"他哈哈笑道："怪不得你又要耍我一手。你把你丈夫昨天弄得的一笔钱整个送掉，他白落一个贪污的名声了，赌实在不是一件好事。你不赌钱，这么一个漂亮的青年太太，何至于来做贼呢？"

魏太太听到做贼两个字，一阵心酸，那眼泪再也忍不住，双双地由脸腮上直挂下来。范宝华笑道："这是没有办法的事。这钱让你拿出这幢洋房，那钱就是你的了。钞票上我并没有做什么记号，我不敢说你那天衣袋里皮包里的钱是我的。现在人赃俱获，你没什么可以狡辩的，你得承认偷了我的钱。"

魏太太流着泪道："我承认，请你别再说了，你说我做贼，比拿刀子割我的肉还要难受。钱我都还你，请你在我身上搜查吧，除了皮包里我原来几千元而外，此外全是你的。你都拿回去吧。"范宝华摇摇头道："事情不那样简单。这次你偷我的钱，算是还了，上次那三十来万呢？我捉了你这次，当然我可以把你以往所做的案子清查出来。"

魏太太道："没有没有，我就是这一次。"范宝华将手由裤子袋里抽出来，环抱在胸前，斜伸了一只腿站着瞪了眼道："事到如今，你还要强辩。老实告诉你，我今天当你的面，把许多钞票放到抽屉里去，我就是勾引你上钩的。不是这样引你，破不了上次的案子。在你那天晚上由我这里走出去以后，我打开抽屉来，钞票不见了，我猜着就是你。也是你做贼外行，你在我抽屉里扔下了一条手绢。你就明明白白告诉我，偷了我的钱了。"

魏太太听说，收住了眼泪，望着他道："那么，你叫我到朱四奶奶家去赌钱，你是有意让我去输钱的？"范宝华道："有那么一点。但是我没有料到你一定会输。我是想着，你不输的话，今天虽不会来偷我的钱，但是你有了我的钥匙，一定常来光顾的。我知道我的钥匙，是在赌场上让你偷去了。不料下午罗太太来还我的钱，说你输得一塌糊涂，我就猜着你一定会来。我告诉你，我没有走远，就在对门一间屋子里，静守着你呢。我那个听差，在楼下小门房里，布下了第一道监视哨，你这架轰炸机，第一次经过这大门口的时候，他就放了警报。你进了大门以后，他就悄悄地来通知了我。你……"

魏太太听着这话，恍然大悟。她就伏在沙发上呜呜地哭起来，范宝华颠着那条伸出来的腿，扑哧一声笑了。因道："不要哭，哭也不能挽回你的错误。你也是贼星并不高照，我今天撒下钓鱼钩子，今天你偏偏地大输之下，上了我的钓钩。"

魏太太坐了起来，将大衣袋里，皮包里的钞票，陆续拿出，也都放在沙发上，脸上流着眼泪，一面埋怨着道："好吧，算我上了你的钩，你去叫警察吧。"范宝华在衣袋里掏出赛银扁平烟盒子来，将盖打开，伸到魏太太面前，笑道："定一定神，魏太太来一支烟吧。"说时，满面露着笑容。她将身子一扭，板着脸道："你太残忍一点，你像那老猫捉着耗子一样，先不吃它，拿爪子拨弄拨弄，放到一边，让它死不去，活不得。"

范宝华哈哈笑了，自取着一支烟卷，放到嘴里，把烟盒放到袋里去，将打火机掏出来打着了火，举得高高的，将烟支点着，他喷着烟，将打火机盖了，向空中一抛，然后接住放到衣袋里去，站在她面隙道："我太残忍？你以为我失去几十万元，让你走了，那才是不残忍？”魏太太掏出手绢来擦着眼泪道：“今天的钱，全在这里，你收回去就是。上次的钱，我也不必否认，是我拿了，将来让我陆续还你吧。”范宝华道：“还我？你出了我这房门，我有什么凭据说你偷了我的钱？你反咬我一口，我还得赔偿你名誉上的损失呢。”魏太太道：“那么我写张字据给你。”范宝华笑道：“你肯写做贼偷了我两回？”

魏太太哇的一声又哭了，颤着声音道：“你老说这个怕听的名词，我是知识妇女，我受不了。”说毕又伏在沙发上哭了。范宝华两手又插到裤子袋里，绕了写字台踱着步子，自言自语道：“既然做了这不名誉的事，还想顾全名誉，便宜都让你一人占了。”魏太太突然站起来道：“你不必拿我开玩笑，你去叫警察吧，快刀杀人，死也无怨。”范宝华已绕到写字台那一角，隔了写字台，用手指着她道：“你两次叫我报警察了。我真叫了警察，你拿什么脸面去见你的丈夫，去见你的亲戚朋友？以后，你还能在重庆社会上露面？”

魏太太听了这话，擦着泪痕，默然地站着，突然向门边一扑，手拉门转扭就想开门。不知道这门是几时上了暗锁，已是开不开了。范宝华笑道：“耗子已经关在铁丝笼子里，除了我自动地放了你出去，你跑不了的。我这门外，埋藏了伏兵，不会让你逃走掉的。”

魏太太手扶了门扭，将身子倒在门上，呜咽着道：“你把我关在屋子里，打算怎么办？报警又不报警，放又不放我。”范宝华道：“你坐下，我慢慢地和你谈条件。谈好了条件，我自然放你走。我把你关在这里，有什么用，你能在天花板下面变出钱来还我吗？”

魏太太又扭了两下门扭，果然是不能动，这就坐在沙发上，望了他道：“有什么条件，你就说吧。”范宝华益发将桌灯亮起，把抽屉关好，然后坐在写字台椅上，身子靠了椅子背，望着她笑道：“条件吗？那很优厚的。我先表示，我同情于你，先说关于你那一方面的，当然上次和今天这次的事我一笔勾销，决不提起。第二，今天你输了二十五万元，对丈夫是无法交账，我可以再送你二十万元，让你去补偿那个大窟窿。第三，我对着电灯起誓，对于你这两次到我写字间里来的事情，我绝对保守秘密，如漏出一个字，我会让雷火打死。”

魏太太听到他说出这样好的条件，就把眼泪收了。同时，脸上也就现出了轻松的颜色，因点点头道：“那我太感谢你了。只要范先生肯顾全我的颜面，不和我计较，我就当改过自新，感激不尽。我怎么还好意思要你送我那样多的钱呢?”范宝华微笑道:“我想你是很需要这二十多万元的吧?假如你不需要这二十多万元,今晚上何必又来冒这个险?我想,你今晚上没有二十万元现钞交给你们魏先生的话,恐怕有一场很大的是非吧?”

魏太太两手盘弄着大衣的纽扣,低了头摇摇头道:“那有什么法子呢?”范宝华道:“你能免掉这场是非,那不更好吗?”魏太太道:“当然是好。可是我做了这样对不住你的事,你不见怪我,已是仁至义尽了,我怎好再接受你的巨款?”

范宝华且不答她的话,又擦了一支烟吸着,两眼直射到她的脸上,约莫有四五分钟。魏太太也只是低头盘弄大衣纽扣,又偷眼看看那关着的门,默然不语。

范宝华望了她道:“我想你不但今天需要款子,以后需要款子的日子还多着吧?你在我手上犯了案,你的前途,就把握在我手心里。我刚才说了许多条件,都是有利于你的,天下哪有这样对付小偷的?当然我有点贪图。我索性告诉你,以后我可以多多给你花钱。只要你依允我一件事,你也知道我买金子发了一点小财,这话不会是空头支票。在这屋子里,现在有两条路任你选择。你还是和我决裂,让我去喊警察呢?还是接受优厚的条件,和我做好朋友呢?干脆,不光是二十五万,今天你所拿盼钞票,都让你拿走。这对你不是很优厚吗?现在限你五分钟,答复我的话。否则我们就决裂了。”魏太太听了,心里乱跳,只是低了头盘弄大衣纽扣。

004　心　病

魏太太田佩芝是个有虚荣心的女人,是个贪享受而得不着的女人,是个抗战夫人,是个高中不曾毕业的学生,是个不满意丈夫的少妇,是个好赌不择场合的女角。这一些身份,影响到她的意志上,那是极不安定的。现在被一个国难商人,当场捉到了她偷钱,她若不屈服,就得以一个被捕小偷的身份,押到警察局去,而屈服了,是有许多优厚条件可以获得的。范宝华叫她选择一条路走,她把握着现实,她肯上警察局吗?范宝华写字间的房门,始终不肯在她答复以前打开，她也没有那胆量，在楼窗户里跳出去。

在一小时的紧张交涉状态下，她得到了自由，坐在沙发上，靠了椅子背，手理着耳朵边的乱发，向同坐的屋子主人道："现在可以放我回去了。我家里那一位还等了我去看电影呢。"范宝华握了她另一只手，笑道："当然放你走。不过我明天请你吃午饭的话，你还没有答应我。"魏太太道："你何必这样急！我现在心里乱得很，不能预料明天上午是不是能起得来。"

范宝华摸摸她胸口，又拍拍她肩膀，笑道："不要怕，没关系。你以往在外面赌钱，不也是常常深夜回去吗？上午你不能来，就是吃晚饭吧。我家里的老妈子，下江菜做得很好，不是我特约朋友，没有人到我家里去找我的。"魏太太已站了起来。穿起搭在沙发靠上的大衣。范宝华就把桌上的票子清理一下，挑着票额大，捆数小的，塞进她的大衣袋里。还笑着问道："你那皮包里还放得下吗?"魏太太看看写字台上，只有三四捆小数钞票了，便笑道："行了行了，我上了你这样一个大当，就为的是这点钱吗？只要你说的话算话，我心里就安慰些。"

范宝华握了她的手道："我绝对算话。你明天中午来，中午我把镯子交给你，晚上来，我晚上交给你。不过我得声明，现在最重的金镯子，只有一两四五钱，再重可得定做。"魏太太道："太重了也不好看，当然是一两多的。你要明白，我并非贪图你什么。自认识你以来，根本你待我不错，我很把你当个朋友，不想这点好意倒反是害了我自己，结果是让你下了毒手，我上了金钓钩。"

范宝华笑道："不要说这话了，我也用心良苦呀。话又说回来了，唯其是我这样做法，才是真爱你啊。"魏太太瞅了他一眼道："真爱我？望后看吧。希望你不过河拆桥就好，放我走吧。"

范宝华对她脸上看看，笑道："你那口红不大好，明天我买两支法国货送你，又香又红。"魏太太道："有话明天再说吧，我该走了。"范宝华道："你明天是上午来呢？还是下午来呢？我好预备菜。"魏太太道："还是上午吧。晚上，我们那一位回家了。"

范宝华又纠缠了一会，这才用左手握了她的手，右手掏出裤袋里的钥匙开着房门。魏太太赶快抽开了他的手，走出房门去。范宝华在后面跟着。到了楼梯门，遇到了同寓的几个人上楼，魏太太立刻端正了面孔，回转身来向主人一鞠躬道："范先生不必客气，请回吧。"说毕，很快地走下楼去。

她走出了这洋楼，好像自己失落了一件什么东西似的，站着凝神想了一想，可又没有失落什么。正好有辆干净的人力车慢慢儿地在面前经过，她叫了一声车子，便走过去。车夫还扶着车把，不曾放下，她告诉了他地点，立刻塞了三千元在他手上。车夫很知足，放下车把，让她坐上，并无二句话，拉着她走了。

她坐在车上，好像是生了一场大病，向后倒在车座上。头垂在胸前，两手插在大衣袋里，觉得有无数的念头，在脑中穿梭来去，自己也不知还要跟着哪个念头想下去才对。忽然一抬头，却见灯火通明，街上行人如织，这正是重庆最热闹的市中心区精神堡垒。街两旁的店铺，敞开了大门，正应付着热闹的夜市。她想起是为什么出门来的了，踢着车踏板道："到了到了。"车夫道："到了？还走不到一半的路呢。"魏太太道："你别管，让我下来就是。"车夫自是乐得这样做，于是就放下车把了。

魏太太下了车子，先到糖果店里买了几千元糖果点心，又到茶叶店里买了两瓶茶叶，最后还到酱肉店里买了两大包卤菜，手上实在是不能提拿了，又二次雇了车子回家。

自己原是一路地自想着，必须极力镇定，可是到了家门口，那心房就跳得衣服的胸襟都有些震动，两片脸腮也不知受着什么刺激，只管发起热来。她在那冷酒店门口，站着定了一定神，然后把买的东西，连抱带提，向屋子里送了去。魏端本那间一当几用的屋子里，电灯还亮着哩。她伸头看看，见丈夫正端坐在方桌子边低头写字，桌子上正还放着一叠信封和信纸呢。

魏太太在门外就笑道："真是对不起，回来得太晚了，看电影是来不及了，明天我再奉请吧。"魏端本看了一看，笑道："我就知道，你出去了，未必马上就能回来。"魏太太先把大小纸包，都放在桌上，然后在衣袋里掏出一盒重庆最有名的华福牌纸烟，放到他面前，笑道："太辛苦了，慰劳慰劳你。"魏端本笑道："买这样好的烟慰劳我？"魏太太笑道："偶然一次也算不了什么，只要我以后少赌几场，买烟的钱要得了多少？"魏端本望了她笑道："你居然肯说这话，难得难得。"魏太太笑道："我也不是小孩子，这样极浅近的道理也不懂得吗？"说着，将一包糖果打开，挑了一粒糖果塞到丈夫的嘴里。

魏端本在她走近的时候，就看清楚了，大衣口袋包鼓鼓的，有一捆钞票角露出来，因笑道："怪不得你这样高兴，你弄了一笔外来财喜了。"魏太太回到屋子里，对丈夫一阵敷衍，本来就觉得精神安定多了。听了这句话，不觉脸上又是一阵红潮涌起来。望了他道："我有什么外来财喜呢？偷来的，打野鸡来的？"

魏端本笑道："言重言重！平常一句笑话，你又着急了。"他索性放下了笔，对太太望着。魏太太脸上略带了三分怒色，因道："看你说话，不管言语轻重。也不管人家受得了受不了。"魏端本笑道："我看你很高兴，衣袋钱又塞满了。我猜你是赢了一笔。"魏太太道："我出去不多大一会儿，这就能赢上一大笔钱吗?"魏端本伸手到她大衣袋里一掏，就掏出一捆钞票来。笑道："这不是钱？不是大批的钱?"说着，又在大衣袋里再掏一下，掏出来又是一捆。

魏太太道："钱是不少，根本是你的。你那二十万元，让人家借去了。说了只借一天，我就瞒着你，竟自做主借给他了。到了晚上，还没有送还，我急得了不得，就把款子自行取回来。"魏端本道："二十万元，没有这样大的堆头呀。你看，你大衣两个口袋，都让钞票胀满了。"魏太太道："也许多一点，这还是你的钱，不过在我手上经过一次，又借出去，在人家手上经过一次，最后还是回来了。你要调查这些款子的来源，干脆，我就全告诉你吧。"魏先生看太太这神气，又有了几分不高兴。这就立刻笑道："你就是这样不分好歹，把好意来问你话，你也啰唆一阵。"

魏太太是向来不受先生指摘的，听了这话，脸色不免沉下来，单独地拿了皮包，走回卧室去。她首先的一件事，自然是把大衣袋里的钞票送到箱子里去，其次，把皮包里的钞票，也腾挪出一部分来。这事做完了，她脱了大衣，坐到床沿上有点儿发呆。丈夫交来的二十万元，自己算是理直气壮地交代了事。可是在另一方面，给予丈夫的损失，那就更大了。她有了这样一点感想，就联系着把魏端本相待的情形仔细地分析了一下。觉得他的弱点，究竟不多，转而论到他的优点，可以说生命财产，可全为了太太而牺牲的。

想了一阵，自己复又走到隔壁屋子里去。这时魏端本还继续地在桌子上写信，魏太太悄悄地走到桌子边站住，见魏先生始终在写信，也不去惊动他。约莫是四五分钟，她才带了笑容，从从容容地低声问道："端本，你要吃点什么东西吗?"他道："你去休息吧，我不想吃什么。"魏太太将买的那包卤菜打开放在桌子角上。

魏端本耸着鼻子嗅了两下，抬起眼皮，看到了这包卤菜，微笑道："买了这样多的好莱?"魏太太笑道："我想着，你这次给那姓范的拉成生意，得了二十万的佣金，虽然为数不多，究竟是一笔意外的财喜。你应该享受享受。"魏端本听了她的话，又看卤菜，不觉食欲大动，这就将两个指头，钳了一块叉烧肉，送到嘴里去咀嚼着，点了两点头。魏太太笑道："不错吗？我们根本就住在冷酒店后面，喝酒是非常方便，我去打四两酒吧。"魏先生还要拦着，夫人可是转身出去了。

过了一会，她左手端了一茶杯白酒，右手拿了一双筷子，同放到桌子上。恰好是魏先生的信已写完了，便接过筷子夹了一点卤菜吃，笑道："为什么只拿一双筷子来？"魏太太道："我不饿，你喝吧，我陪着你吧。"说着搬了个方凳子在横头坐下。

魏端本喝着酒吃菜，向太太笑道："我在这里又吃又喝，你坐在旁边干瞧着，这不大平等吧？"魏太太笑道："这有什么平等不平等，又不是你不许我吃，是我自己不肯吃。再说，你天天去办公，我可出去赌钱，这又是什么待遇呢？"

魏端本手扶了酒杯子，偏了脸向太太望着，见她右手拐撑在桌沿上，手掌向上，托住了自己的脸腮，而脸腮上却是红红的，尤其是那两只眼睛的上眼皮，滞涩得失去正常的态度，只管要向下垂下来。便笑问道："怎么着，我刚喝酒，你那方面就醉了吗，你为什么脸腮上这样的红？你看，连耳朵根子都红了。"说着，放下筷子，将手摸了摸她的脸腮。果然，脸腮热热的像发烧似的。

魏太太皱了两皱眉头道："我恐怕是受了感冒了，身上只管发麻冷。"魏先生道："那么，你就去睡觉吧。"她依然将手托了脸腮，望了丈夫道："你还在工作呢，我就去睡觉，似乎不大妥吧。"魏先生笑道："你一和我客气起来，就太客气了。"她笑道："我只要不赌钱，心里未尝不是清清楚楚的，从今以后我决计戒赌了。我们夫妻感情是很好的，总是因为我困在赌场上，没有工夫管理家务，以致你不满意，为了赌博丧失家庭乐趣，那太不合算。"

魏端本不觉放下杯筷，肃然起敬地站起来。因望了她笑道："佩芝，你有了这样感想，那太好了，那是我终身的幸福。"说着两手一拍。说完了，还是对她脸上注视着，一方面沉吟着道："佩芝，你怎么突然变好了，新受了什么刺激吗？"魏太太这才抬起头来，连连地摇着道："没有没有，我是看到你辛苦过分，未免受着感动。"魏端本道："这自然也很可能。不过我工作辛苦，也不是自今日开始呀。"魏太太沉着脸道："那就太难了，我和你表示同情，你倒又疑心起来了。"

魏端本拱拱拳头道："不，不，我因对于你这一说，有些喜出望外。你去休息吧。"说着，便伸着两手来搀扶她。她也顺着这势子站起来，反过左手臂，勾住了丈夫的颈脖子。将头向后仰着，靠在丈夫肩上，斜了眼望着他道："你还工作到什么时候才休息呢?"他拍着太太的肩膀道："你安静着去休息吧，喝完了这点儿酒，我就来陪你。"魏太太将头在他的肩膀上轻轻撞了两下，笑道："可别喝醉了。"说毕，离开丈夫，立刻走回卧室去。

她虽是没有看到自己的脸色，也觉得是一定很红的，把屉桌上的镜子支起来，对着镜子照照，果然是像吃醉了酒似的。镜子里这位少妇，长圆的脸，一对双眼皮的大眼睛，皮肤是细嫩而紧张，不带丝毫皱纹。在那清秀的眉峰上，似乎带着三分书卷气。假如不是抗战，她就进大学了。以这样的青春少妇，会干那不可告人的丑事，这真是让人所猜不到的事情。

魏太太这样想时，镜子里那个少妇，就像侦探似的，狠命地盯人一眼。她不敢看镜子了，缩回身子来，坐在床沿上。手摸着脸，不住地出神。这心房虽是不跳荡了，却像两三餐没有吃饭，空虚得非凡。脑筋同时受着影响，仿佛这条身子摇撼着要倒，让人支持不住。这也就来不及脱衣裳了，向床上一倒，扯着整叠好了的棉被，就向身上盖着。

她睡是睡下去了，眼睛并不曾闭住。仰面望着床顶上的天花板，觉得石灰糊刷的平面东西，竟会幻变出来许多花纹。有些像画的山水，有些像动物，有些简直像个半身人影。看到了这些影子，便联想到一小时前在范宝华写字间里的事。偷钱时间的那一分下流，让人家捉到了那一分惶恐，屈服时间的那一分难堪……她不敢向下想了，闭着眼睛翻了一个身，耳边听到皮鞋脚步响，知道是魏端本走进屋子来了。更睡得丝毫不动，只是将眼睛紧闭着。

魏端本的脚步，响到了床面前，却听到他低声道："我这位太太，真是病了。她并不是一个糊涂人，只要让她有个考虑的时间，她是什么都明白的。"在说话的时间，魏太太觉得棉被已经牵扯了一番，两只脚露在被子外的，现在也盖上了。但魏先生的脚步并没有离开的声音，分明是他站在床面前看着出神。

约莫有三四分钟，她的手被丈夫牵起来，随后，手背上被魏端本牵着，嘴唇在上面亲了一下。然后他低声笑道："睡得这样香，大概是身体不大好，她是天真烂漫的人，藏不住心事，不是真病了，她也不会睡倒。"在赞叹一番之下，然后走了。

魏太太虽是闭了眼躺着，这些话可是句句听得清楚。心房随着每句话一阵跳荡，自己也就想着，我不是糊涂人？我天真烂漫，藏不住心事？哎呀！

这真是天晓得！反过来说，自己才是既藏有心事，而又极糊涂的人。她越是这样想，越是不敢睡着，翻一翻身，她是和衣睡的又盖上了一床被子，真觉得周身发热。自己正也打算起来脱衣，把被子掀起一角，正待起身，却听得隔壁的陶太太笑道："怎么屋子里静静的，我看到魏太太回来的呀。"魏太太便答道："我在家啦。请进来吧。"

陶太太手指缝夹了一支纸烟，慢慢走进屋子来。因问道："怎么着？魏太太睡了，那我打搅你了。"魏太太将被子揭开，笑道："你看，我还没有脱衣服呢，我虽然是个出名的随便太太，可也不能随便到这步田地。我不大舒服，我就先躺下了。"

陶太太坐在床沿上，因道："那么你就照常躺下吧，我来没有事，找你来摆摆龙门阵。"说着将手指缝里夹的纸烟，送到嘴唇里吸上了一口，只看她手扶了纸烟，深怕纸烟落下来，就是初学吸烟的样子，魏太太便笑道："你怎么学起吸烟来了？"她道："家里来了财神爷，他带有好烟，叫什么三五牌，每人敬一支，我也得了一支尝尝。"魏太太道："什么财神爷？是金子商人？还是美钞商人？"陶太太道："不就是做金子的商人吗？这人你也很熟，就是范宝华。"

魏太太听了这名字，立刻肌肉一阵闪动。摇摇头道："我也不大熟，只是共过两场赌博而已，那个人浮里浮气的，我不爱和他说话。"说着，把盖的被子，掀着堆在床的一头，将身子斜靠在被堆上，抬起手来，将拳头捶着额角，皱了眉头子道："好好的又受了感冒。"陶太太道："你还是少出去听夜戏，戏馆子里很热，出了戏园子门，夜风吹到身上，没有不着凉的。"

魏太太闭着眼睛，养了一会神，又望着陶太太道："你家里有客，怎么倒反而出来了呢？"陶太太道："他们做秘密谈话，我一个女人家参加做什么？"魏太太听了这话，立刻心里又乱跳一阵，红着脸腮，呆了一呆。陶太太也误会了，笑道："老陶为人倒是规矩，并不和他谈袁三小姐那类的事。我是说他们又想做成一笔买卖。"魏太太道："像老范这样发国难财的人，除了和他做生意，在他手上分几个不义之财，实在也是语言无味，面目可憎，你躲开他，那是对的。"

陶太太笑道："你说他语言无味，面目可憎吗？人家可坐在屋里发财，今天他又托银行和他定了五百两黄金储蓄券。半年之后他把黄金拿到了手，就是四五千万的富翁。买十两八两黄金储蓄千难万难，少不得到银行里去排班两三天；到了一买，几百两，那事情简单极了，给商业银行一张支票，坐在经理室里，抽两支烟，喝一杯茶，交代经理几句话，他就一切会和你办好，现在黑市的金价，是五万上下。五百两金子，你看他赚了多少钱吧。”魏太太道：“六个月后，赚一两千万。”

陶太太道：“不用半年，老陶说，现在市面上，就有人收买黄金储蓄券，每两三四万不等，越是到期快的，越值钱。还有一层，黄金官价快要提高，也许是提高到五万元，也许是提高到四万元。只要有这一天，黄金储蓄券本身就翻了个对倍了。到了兑现的日子，那就更值钱了。据说，老范明天可以把黄金储蓄定单拿到了。拿到之后，他要大请一次客。”魏太太道：“他明天要大请一次客？是上午还是下午。”

陶太太道：“他说了请客，倒还没有约定时间，我看他也是高兴得过分，特意找着老陶来说。”魏太太还想问什么，魏端本可走进屋子来了。她见了丈夫，立刻在脸上布起一层愁云，两道眉峰也紧紧皱起。魏端本见她斜靠在堆叠的棉被上，因问道：“你的病，好一点了吗？”魏太太好像是答话的力气也没有，只微微睁着两眼，摇了几摇头。

陶太太看到人家丈夫进屋子问病来了，也不便久坐下去，向魏太太说了句好好休息吧，自告辞而去，在房门外还听到魏太太的叹气声，仿佛她的病，是立刻加重了。

陶太太走回家里，陶伯笙和范宝华两人，还正是谈在高兴的头上。两人对坐在方桌子边，桌上几个碟子，全装满了酱鸡卤肉之类。面前各放了一只玻璃杯子，装满了隔壁冷酒店里打来的好酒。范宝华正端了玻璃杯子，抿着一口酒，这就笑问她道：“你在隔壁来吗？”

陶太太在旁边椅子上坐下，笑着点点头道：“我就知道范先生的意思，你让我去看魏先生在家没有，其实是想问问魏太太有唆哈的机会没有。她病了，大概明天是不会赌钱的。”范宝华笑道：“她生了病？下午还是好好的，她是心病。”

陶太太道：“她是心病，范先生怎么晓得？”老范顿了一顿，端着杯子抿了两口酒，又伸出筷子去，夹了几下菜吃。这才笑道：“我怎么晓得？赌场上的消息，我比商场上的消息还要灵通。今天六点钟的时候；罗太太还我的赌本。她说魏太太今天在朱四奶奶家里输了二十多万。你看，这不会发生一场心病吗？”

陶伯笙道：“真的吗？魏先生昨日一笔生意，算是白忙了。”范宝华只管端了玻璃杯子喝酒，又不住地晃着头微笑。

005　两个跑腿的

陶伯笙夫妇，对于范宝华，并没有什么笃厚的交情，原来是赌友，最近才合作了两次生意。所以有些过深的话，是不便和他谈起的。这晚上是范宝华自动来访谈，又自动地掏出钱来打的酒买的肉，他们夫妇，对此并无特别感觉，也只认为老范前来拉拢交情而已。

范宝华屡次提到魏太太，他们夫妇也没有怎样注意。这时，范宝华为了魏太太的事，不住地发着微笑，陶太太也有点奇怪。她联想到刚才魏太太对于他不好的批评，大概是范先生有什么事得罪了她，所以彼此在背后都有些不满的表示。

陶太太知道范先生是个经济上能做帮助的人，不能得罪，而魏太太是这样的紧邻，也不便将人家瞧不起她的表示传过去，这些可生出是非来的话，最好是牵扯开去。因此，陶太太坐在一旁，顷刻之间，就转了几遍念头，于是故意向范宝华望了一眼，笑道："范先生今天真是高兴，必然是在金子生意上，又想到了好办法。"

范宝华笑道："这样说，我简直昼夜都在做金子的梦。老实说，我也只想翻到一千两就放手了。虽然说金子是千稳万稳的东西，但做生意的人，究竟不能像猜宝一样，专押孤丁。我想把这五百两拿到手在银行里再兜转一下，买他二三百两，那就够了。"陶伯笙坐在他对面，脖子一伸，笑道："那还有什么不可以够的呢？一千两黄金，就是五六千万法币。只要安分守己，躺在家里吃利息都吃不完。"

范宝华笑道："挣钱不花那我们拼命去挣钱干什么？当然，安分守己这句话不能算坏，可是也要看怎样的安分守己。若是家里堆金堆银，自己还是穿粗布衣服喝稀饭，那就不去卖力气挣钱也罢。"说着端起杯子来，对陶伯笙举了一举，眼光可在杯子望过去，笑道："老陶，喝吧。我赚的钱，够喝酒的。将来我还有事求你呢？"陶伯笙也端了杯子笑道："你多多让我跑腿吧。跑一回腿，啃一回金条的边。"他使劲在酒杯沿上抿了一下，好像这就是啃金子了。

范宝华喝着酒，放下杯子，用筷子拨了碟子的莱，摇摇头道："不是这个事，你跑一回，我给你一回好处，怕你不跑。我所要请求你的……"说到这里，他夹了一块油鸡，放到嘴里去咀嚼，就没有把话接着向下说。陶伯笙手扶了杯子，仰了脸望着他道："随便吧，买房子，买地皮，买木器家具，只要你范老板开口我无不唯力是视。"

范宝华偏着脸，斜着酒眼笑道："我要活的，我不要死的。我要动产，我不要不动产。我要分利的，我不要生利的。你猜吧，我要的是什么？"老陶依然手扶了玻璃杯子，偏头想了一想，笑道："那是什么玩意呢？"

范宝华笑道："说到这里，你还不明白，那也就太难了。干脆，我对你说了吧，我要你给我做个媒，你看我那个家，什么都是齐全的，就缺少一位太太。"陶伯笙一昂头道："哦！原来是这件事，你路上女朋友有的是，还需要我给你介绍吗？"

范宝华端着杯子碰了脸，待喝不喝地想了一想，因微笑道："我自己当然能找得着人，可是你知道我吃过小袁一个大亏，一回蛇咬了脚，二次见到烂绳子我都害怕的。所以我希望朋友能给我找着一位我控制得住的新夫人。"陶太太坐在旁边插嘴道："这就难说了。人家介绍人，只能介绍到彼此认识，至于是不是可以合作，介绍人就没有把握。要说控制得住控制不住，那更不是介绍人所能决定的。"

范宝华点点头道："大嫂子，这话说的是。我的意思，也不是说以后的事。只要你给我介绍这么一个人，是我认为中意的，那我就有法控制了。这种人，也许我已经有了。只是找人打打边鼓而已。"说着，端起酒杯子来抿口酒，不住地微笑。陶伯笙夫妇听他说的话，颠三倒四，前后很不相合，也不知道他是什么用意，也只是相视微笑着，没有加以可否。

范宝华继续着又抿了两口酒，默然着有三四分钟，似乎有点省悟，这就笑道："我大概有点儿酒意，三杯下肚，无所不谈，我把我到这里的原意都忘记了，让我想想看，我有什么事。"说着，放下杯筷，将手扶着额头，将手指头轻轻地在额角上拍着。他忽然手一拍桌子，笑道："哦！我想起来了。明天我恐怕要在外面跑一天。你和老李若有什么事和我商量的话，不必去找我，我家里那位吴嫂有点傻里傻气，恐怕是招待不周。"陶伯笙笑道："她很好哇，我初次到你家里去，我看到她那样穿得干干净净的，我真疑心你又娶了一位太太了。"

范宝华哈哈大笑道："骂人骂人，你骂苦了我了。"说着，也就站起身来，向陶太太点点头道："把我的帽子拿来吧。"陶太太见他说走就走，来意不明，去意也不明。因起身道："范先生，我们家有很好的普洱茶，熬一壶你喝喝再走吧。"范宝华摇摇头笑道："我一肚子心事，我得回家去静静地休息一下了。"陶伯笙看他那神气，倒也是有些醉意，便在墙钉子上取下了帽子，双手交给他，笑道："我给你去叫好一部车子吧。"范宝华接过帽子在头上盖了一下，却又立刻取下来，笑着摇摇帽子道："不用，你以为我真醉了？醉是醉了，醉的不是酒。哈哈，改天再会吧。我心里有点乱。"说着，戴了帽子走了。陶伯笙跟着后面，送到马路上，他走了几步，突然回身走过来，站在面前，低声笑道："我告诉你一件事。"陶伯笙也低声道："什么事？"范宝华站着默然了一会，笑道："没事没事。"一扭身子又走了。

陶伯笙真也有点莫名其妙，手摸着头走回屋子去。陶太太已把桌子收拾干净，舀了一盆热水放在桌上，因向他道："洗把脸吧。这范先生今天晚上来到我家，是什么意思，是光为了同你喝酒吗？"陶先生洗着脸道："谁知道，吃了个醉脸油嘴，手巾也不擦一把，就言语颠三倒四地走了。

陶太太靠了椅子背站着望着他道："他好好地支使我到隔壁去，让我看魏太太在做什么？我也有点奇怪。我猜着，他或有什么事要和你商量，不愿我听到，我就果然地走了。到了魏家，我看到魏太太也是一种很不自在的样子，她说是病了。这我又有一点奇怪，仿佛范先生就知道她会是这个样子让我去看的。"陶伯笙笑道："这叫想入非非，他叫你去探听魏太太的举动不成？魏太太有什么举动，和他姓范的又有什么相干。"

陶太太道："那么，他和你喝酒，有什么话不能对我说吗？"陶伯笙已是洗完了脸，燃了一支纸烟在椅子上坐着，偏头想了一想，因道："他无非是东拉西扯，随便闲谈，并没有说一件什么具体的事。不过，他倒问过魏太太两次。"

陶太太点着头道："我明白了。必然是魏太太借了范先生的钱，又输光了。魏太太手气那样不好，赌一回输一回，真可以停手了。范先生往常就是三万二万的借给她赌，我就觉得那样不好。魏太太过日子，向来就是紧紧的，哪有钱还赌博账呢。"

陶伯笙靠了椅子背，昂着头极力地吸着纸烟，一会儿工夫，把这支烟吸过去一半。点着头道："我想起来了。老范在喝酒的时候，倒是问过魏太太赌钱的。"陶太太道："问什么呢？"陶伯笙道："他问魏太太往常输了钱，拿什么抵空子？又问她整晚在外面赌钱，她丈夫不加干涉吗？当时，我倒没有怎样介意，现在看起来，必然是他想和魏太太再邀上一场赌吧？这大小是一场是非，我们不要再去提到吧。”陶太太点点头。夫妻两人的看法，差不多相同，便约好了，不谈魏太太的事。

到了次日早上，陶氏夫妇正在外面屋子里喝茶吃烧饼。魏太太穿着花绸旗袍，肋下大襟还有两个纽扣没有扣着呢；衣摆飘飘然，她光脚踏了一双拖鞋，走了进来。似乎也感到蓬在颈脖子上的头发，刺得人怪不舒服，两手向后脑上不住抄着，把头发抄拢起来。

陶太太望她笑道：“刚起来吗？吃烧饼，吃烧饼。”说着，指了桌上的烧饼。魏太太叹口气道：“一晚上都没有睡。”陶太太道：“哟！不提起我倒忘记了。你的病好了？怎么一起来就出来了？”魏太太皱着眉头道：“我也莫名其妙，我像有病，我又像没有病。”说着，看到桌上的茶壶茶杯，就自动地提起茶壶来，斟了一杯茶。她端起茶杯来，在嘴唇皮上碰了一下，并没有喝茶，却又把茶杯放下。眼望了桌上的烧饼，把身子颠了两颠，笑道：“你们太俭省了，陶先生正做着金子交易呢。对本对利的生意，还怕没有钱吃点心吗？”

陶太太笑道：“你弄错了吧，我们是和人家跑腿，对本对利，是人家的事。”魏太太搭讪着端起那茶杯在嘴唇皮上又碰了一下，依然放下。对陶氏夫妇二人看了一眼，笑道：“据你这么说，你们都是和那范宝华做的吗？他买了多少金子？”

陶伯笙道：“那不用提了，人家整千两的买着，现在值多少法币呀！”魏太太手扶着杯子，要喝不喝的将杯子端着放在嘴边，抬了头向屋子四周望着，好像在打量这屋子的形势，口里随便地问道：“范先生昨天在这里谈到了我吧？我还欠他一点赌博帐。”

陶伯笙乱摇头道：“没有没有。他现在是有钱的大老板，三五万元根本不放在他眼里。”魏太太道：“哦！他没有提到我。那也罢。”说到这里，算是端起茶杯子来真正地喝了一口茶。忽然笑道：“我还没有穿袜子呢，脚下怪凉的。”她低头向脚下看了一看，转身就走了。

陶太太望着她出了外面店门，这就笑向陶先生道：“什么意思？她下床就跑到这里来，问这么一句不相干的话。陶伯笙道：“焉知不就是我们所猜的，她怕范先生向她要钱？”

陶太太道：“以后别让魏太太参加你们的赌局了，她先生是一个小公务员，像她这样的输法，魏先生可输不起。”陶伯笙道：“自今天起，我要考虑这问题了。这事丢开谈正经的吧，我们手上还有那三十多万现钞，赶快送到银行里去存比期吧；老范给我介绍万利银行，比期可以做到十分的息。把钱拿来，我这就走。”

陶太太道：“十分利？那也不过九千块钱，够你赌十分钟的？”陶伯笙笑道：“不是那话，我是个穷命，假如那些现款在手上，很可能的我又得去赌上一场，而且八成准输，送到银行里去存上，我就死心了。”

陶太太笑道：“你这倒是实话，要不然，我这钱拿去买点金首饰，我就不拿给你了。”陶伯笙虽是穿了西装，却还抱了拳头，和她拱拱手。笑道：“感谢之至。”说着，把床头边那只随身法宝的皮包拿了过来，放在桌上，打开将里面的信纸信封名片，以及几份公司的发起章程，拿出来清理了一番。

陶太太在里面屋子里，把钞票拿出来，放在桌上，笑道：“那皮包跟着你姓陶的也是倒霉，只装些信纸信封和字纸。”陶伯笙将钞票送到皮包里，将皮包拍了两下，笑道：“现在让它吃饱半小时吧。”

陶太太道：“论起你的学问知识，和社会上这份人缘，不见得你不如范宝华，何以他那样发财，你不过是和他跑跑腿？”陶伯笙已是把皮包夹在肋下，预备要走了，这就站着叹口气道：“惭愧惭愧！”说毕，扛了两下肩膀带了三分的牢骚，向街上走去。

他是向来不坐车子的，顺着马路旁边的人行道便走，心里也就在想着，好容易把握了三十万元现钞，巴巴地送到银行里去存比期。这在人家范大老板，也就是几天的拆息。他实在是有钱，论本领，真不如我，就是这次买金子，卖五金，不都是我和他出一大半力气吗？下次他要我和他跑腿，我就不必客气了。

正是这样地想着，忽然有人叫了一声，回头看时，乃是另一和范宝华跑腿的李步祥。他提着一只大白布包袱，斜抬起半边肩膀走路，他没有戴帽，额角上兀自冒着汗珠子，他在旧青呢中山服口袋里，掏出了大块手绢，另一只手只在额角上擦汗。

陶伯笙道：“老李，你提一大包什么东西，到哪里去？”李步祥站在路边上，将包袱放在人家店铺屋檐下，继续地擦着汗道：“人无利益，谁肯早起？这是些百货，有衬衫，有跳舞袜子，有手绢，也有化妆品，去赶场。”

陶伯笙对那大包袱看看，又对他全部油汗的胖脸上看看。摇摇头道：“你也太打算盘了。带这么些个东西，你也不叫乘车子？”李步祥道：“我一走十八家，怎么叫车子呢？”伯笙道“你不是到百货市场上去出卖吗？怎么会是一走十八家呢?”李步祥笑道:“若不是这样,怎么叫是跑腿的呢?我自己已经没有什么货。这是几位朋友,大家凑起来的一包东西。现在算是凑足了,赶到市场。恐怕时间又晚了。那也不管他,卖不了还有明天。老兄,你路上有买百货的没有?我照市价打个八折批发,我今天等一批现款用。”

陶伯笙笑道:“你说话前后太矛盾了。你不是说今日卖不了还有明天吗?”李步祥笑道:“能卖掉它,我就趁此弄点花样,固然是好。卖不掉它,我瞪眼望着机会失掉就是了。我还能为了这事自杀不成?”陶伯笙道:“弄点花样?什么花样?”李步祥左右前后各看了一看,将陶伯笙的袖子拉了一拉,把他拉近了半步,随着将脑袋伸了过去,脸上腮肉,笑着一颤动,对他低声道:“我得了一个秘密消息,不是明天,就是后天,黄金官价就要提高为四万一两。趁早弄一点现钱,不用说做黄金储蓄,就是买几两现货在手上,不小小地赚他个对本对利吗?”

陶伯笙道:“你是说黄金黑市价,也会涨过一倍?”李步祥道:“不管怎样,比现在的市价总要贵多了。”陶伯笙笑道:“你是哪里听来的马路消息?多少阔人都在捉摸这个消息捉摸不到。你一个百货跑腿的人,会事先知道了吗?”李步祥依然是将灰色手绢擦着额头上的汗珠,喘了一口气,然后笑道:“这话也难说。”

陶伯笙道:“怪不得你跑得这样满头大汗了,你是打算抢购金子的。发财吧,朋友。”说着他伸手拍了两拍他的肩膀。李步祥被陶先生奚落了几句,想把自己得来消息的来源告诉他,同时,又想到说话的人不大高明,踌躇了一会,微笑了一笑,提起包袱来道:“信不信由你,再会吧。”说着,提起包袱就跑了。

陶伯笙看着他那匆忙的样子,虽不见得有什么可信之处,但这位李老板,也是生意眼,若一点消息没有,他何必跑得这样起劲?陶先生为了这点影响,心里也有些动荡,便就顺了大街走着,当经过银楼的时候,就向门里张望,果然,每家银楼的生意,都有点异乎平常,柜台外面,全是顾客成排站着。看看牌子上写的金价,是五万八千元,他禁不住吓了一声,自言自语地道:“简直要冲破六万大关了。”他走到第四家银楼的时候,见范宝华拿着一个扁纸包儿,向西服怀里揣着,这就笑道:“怎么样,你也打铁趁热,来买点首饰?”

陶伯笙摇摇头道:“我不够那资格。老兄倒是细大不捐,整千两地储蓄,这又另外买小件首饰。”说着话,两人走上了马路。范宝华握住他一只手笑道："我们老伙计，你要买首饰就进去买吧，瞒着我干什么。"

陶伯笙笑道："我叫多管闲事，并非打首饰。"说着，低了声音道："老李告诉我一个消息，说是明后天黄金官价就要提高。劝我抢买点现金，他那马路消息，我不大相信。我走过银楼，都进去看看。果然，今天银楼的生意，比平常好得多。"范宝华笑道："那真是叫多管闲事。你看着人家金镯子金表链向怀里揣，你觉得这是你眼睛一种受用吗？"

陶伯笙道："那么，范先生到这里来，决不是解眼馋。"范宝华眉毛扬着，笑道："买一只镯子送女朋友。老陶，你看，这个日子送金镯子给女人，是不是打进她的心坎里去了？我要回家等女朋友去了，你可别追了来。"

陶伯笙道："昨晚上，你不就是叮嘱了一遍吗？我现在到万利银行去，老兄可不可以陪着我去一趟，我想做一点比期。"范宝华道："你去吧，准可做到十分息。这几天他们正在抓头寸。"说毕，他一扭身就走了。

陶伯笙站着出了一会神，自言自语地道："这家伙神里神经，什么事情？"说毕，自向万利银行来。这已快到十一点钟了。银行的营业柜上，正在交易热闹的时候。陶伯笙看行员正忙着，恐怕不能从容商量利息。就把预备着的范宝华名片取了出来，找着银行里传达，把名片交给他道："我姓陶，是范先生叫我来向何经理接洽事情的。"传达拿了名片去了，他在柜台外站着，心想何经理未必肯见。那传达出来，向他连连招着手道："何经理请进去，正等着你呢。"

陶伯笙心里想：这是个奇迹，他会等着我？于是夹了皮包，抖一抖西服领襟，走进会客室去，还不曾坐下，何经理就出来了。首先问道："范先生自己怎么不来呢？"陶伯笙这才递过自己的名片去，何经理对于这名片，并没有注意，只看了一眼，就再问一句道："范先生自己怎么不来呢？"

陶伯笙道："刚才我和他分手的，他回家去了。"何经理道："储蓄定单，我已经和他拿到了。这个不成问题。现在是十点三刻，上午在中央银行交款，还来得及。陶先生你什么话也不用说，赶快去把他找来，我有要紧的话和他说。"陶伯笙道："是不是黄金官价，明天就要提高？"何经理手指上夹着一支纸烟，他送到嘴里吸了一口，微笑了一笑，因道："不用问，赶快请范先生来就是，我们不是谈什么生意经，我是站在一个朋友的立场我应当帮他这么一个忙。我再声明一句，这是争取时间的一件事，请你告诉范先生千万不可大意。"

陶伯笙站着定了一定神，向他微笑道："我有三十万现款打算存比期。"

何经理不等他说完，一挥手道：“小事小事，若是给范先生马上找来了，月息二十分都肯出，没有问题，没有问题。快去吧，又是五分钟了。”

陶伯笙笑问道：“何经理说的是黄金官价要提高?”他微笑了一笑，仍然不说明，但点头道：“反正是有要紧的事吧？快去快去!”说着，将手又连挥了两下。陶伯笙看那情形，是相当的紧张，点了个头，转身就走。他为了抢时间，在人行便道上，加快了步子走。他心里想着，我这三十万，不存比期了，加入范宝华的大批股子，也买他几两，心里在打算发财，就没有想到范宝华叮嘱他的话，径直地就向范家走去。

在重庆，上海弄堂式的房子，是极为少数的，在战时，不是特殊阶级住不到这时代化的建筑，因之范宝华所住的弄堂，很是整洁，除了停着一辆汽车，两辆人力包车，并没有杂乱的东西。陶伯笙一走进弄堂口，就看到一位摩登少妇，站在范宝华门口敲门。这就联想到范宝华叮嘱的话，不要到他家去，又联想到他说，要送一只金镯子给女朋友，这事一联串起来，就可以知道这摩登少妇敲门，是怎么一回事了。但他心里这样想，脚步并没有止住，这更进一步地看着，不由他心里一动，这是魏太太呀。他立刻止住了脚，不敢动。

正自踌躇着，却见李步祥跑得像鸭踩水似的，走过来。陶伯笙回身过去，伸手挡了他的跑，问道：“哪里去?”李步祥站住了脚，脸上红红的，还是在旧中山服口袋里，掏出灰色手绢来擦额角上的汗，他喘着气笑道：“我丢了生意都不做，特意来给老范报信。”

陶伯笙道：“还是那件事，黄金官价要提高。”李步祥道：“这消息的确有些来源，我们只可信其有，不可信其无，反正抢买一点金子在手上，迟早都不吃亏。”

陶伯笙点点头道：“消息大概有点真，刚才我到万利银行，那何经理就叫我来催老范的，他更说得紧张，说是一分钟都不能耽误。”李步祥拉着他的手道：“那我们就去见他报告吧。”

陶伯笙摇摇头道：“慢来慢来。他昨天就叮嘱过了，叫我们不要去找他。刚才在马路上遇到，他又叮嘱了一遍。”李步祥道：“那为什么?”

陶伯笙道：“大概是在家里招待女朋友。”李步祥哧着笑了一声道：“瞎扯淡！老范和女朋友在一处玩，向来不避人的。我们这两位跑腿的，在这紧要关头，不和他帮忙，那还谈什么合作？而且我们和他跑腿，不为的是找机会吗？有了机会，自己也弄点好处，怎能放过。真的，一分钟也不能放过去。

走走!”说着，拉了陶伯笙的手向前。他笑道：“考虑考虑吧，我亲眼看到一位摩登少妇敲门进去。”说时，他将身子向后退。李步祥道：“是不是我们认得的?”陶伯笙笑道：“熟极了的人，是魏太太。”李步祥哈哈大笑道：“更是瞎扯淡，她是老范的赌友，算赌账来了，避什么嫌疑。”说着，他不拉陶伯笙了，径直地走向范家门口去敲门。

006 巨商的手法

在重庆这地方和江南一样，很少关闭大门的习惯。李步祥并不想到范家大门是关闭的，走向前，两手将门推了一下，那门就开了。他在门外伸头向里一看，就见隔了天井的那间正屋，算是上海客堂间的屋子里，那套藤制沙发式的椅子上，范宝华和魏太太围了矮茶几角坐着。他突然地走进来，范先生哦了一声。魏太太显着惊慌的样子，红着脸站了起来。

李步祥实在没有想到这有什么秘密，并不曾加以拘束，还是继续地向里面走，范宝华先也是脸红着，后来就把脸沉下来了，瞪了眼问道：“你没有看到老陶吗?”李步祥站在屋子门口顿了一顿。笑道：“他在弄堂里站着呢。”范宝华道：“他没有告诉你今天不要来找我呀?”李步祥笑道：“他倒是拦着我不要进来的，可是有了好消息，片刻不能耽搁，我不能不来!”范宝华依然将眼睛瞪了他道：“有什么要紧的事，片刻不能耽搁?”李步祥伸手乱摸着光和尚头，只是微笑。

陶伯笙知道李步祥是个不会说话的人，立刻跟着走进大门里来，代答道：“老范，你的发财机会又来了。刚才我遇到何经理，他说，他那定单，已经代领下了。他说，你快点去，每一分钟都有关系。我问他是不是黄金官价要提高……”不曾把话说完，李步祥立刻代答道：“的确是黄金官价要提高。”

陶伯笙一面说着，一面走进屋子来。看到魏太太就点了个头笑道：“还赌博债来了，我不是和你说了吗，范先生不在乎这个，你何必急急地要来。”魏太太红着脸，呆坐在藤椅上，本来找不着话说。陶伯笙这样提醒了几句，这倒让她明白了。这就站起来笑道：“我也知道。可是欠人家的钱，总得还人家吧？不能存那个人家不要就不还的心事吧？”

那范宝华听到陶李二人这个报告，就把魏太太的事放在一边，望陶伯笙道：“怎么不真？他简直话都不容我多说一句，就催着我快快地来请你去。”范宝华道：“何经理倒不是开玩笑的人，他来请我去，一定有要紧的事。”于是回转身来向魏太太笑道：“我得到银行里去一趟，可不可以在我家宽坐一下，我叫吴嫂陪着你。”魏太太也站起来了，将搭在椅子背上的大衣提起，搭在手臂上。笑道：“范先生不肯收下款子，让我有什么法子呢？只好改日再说了。”

范宝华将手连连地招着，同时还点点头，笑道：“不忙不忙，请稍坐一会。我上楼去拿帽子。”说着，跑得楼梯咚咚作响。一会儿，左手夹住皮包，右手拿了帽子，又回到客堂里来。将帽子向陶李二人挥着道：“走，走，我们一路走。”陶李二人看他那样匆忙的样子，又因魏太太站着，要走不走的样子，情形很是尴尬，也不愿多耽搁，早是在主人前面，走出了天井。

范宝华跑出了大门几步，却又转身走了回去。见魏太太已到了天井里，便横伸了二手，将去路拦着。低声笑道：“我还有东西没有交给你呢，无论如何，你得在家里等着我。”说时，在怀里摸出那个扁纸包，对魏太太晃了一次，笑嘻嘻地站着点了个头，料着她不会走开，也就放心走了。他走出弄堂口，见陶李二人，都夹了皮包，站在路旁边等着，便笑道：“为我的事，有劳二位跑路，不知道还有什么别的没有？”李步祥道：“我们还有什么见教的，不过我们愿说两句知己话。”

陶伯笙见他说到这里，不住地站在旁边向他使眼色。李步祥伸手摸着和尚头道：“你不用打招呼，我知道。老范交女朋友，他有他的手段，我们用不着管。我说的还是教老范不要错过这个机会，能够抢购多少，就抢购多少，一两金子，总可以赚个对本对利，这不比做什么生意都好得多吗？有了钱交女朋友，那没有问题，交哪种女朋友，都没有什么困难。”陶伯笙道：“你这不是废话，人家做几百两金子，还怕不明白这个。老范，快走吧。那何经理说了，一分钟都是可宝贵的。我们明天早上，在广东酒家见吧，等候你的好消息了。”说毕，拉了李步祥，就向街的另一端走去。

范宝华望着他们后影时，陶伯笙还回转身来，抬起手向他摆了两摆，那意思好像表示着决不乱说。范宝华倒是发财的事要紧，顾不了许多，也就夹着皮包，赶快地奔向万利银行。他一路来，都是不住地看着手表的。他到万利银行，还是十一点半钟。径直地走向经理室，见何经理坐在写字台边，这就脱下帽子，向他深深地点了个头，笑道："多谢多谢，我得着消息，立刻就来了。有什么好消息?"

何经理对房门看了一看，见是关着的，便指了写字台旁边的椅子，让他坐下。笑道："我帮助你再发一注财吧。这消息可十分的严密。大概明后天，黄金官价就要提高。说不定就是明天。你能不能再调一笔头寸来，我和你再买三百两。"范宝华的帽子，还戴在头上，皮包还夹在肋下呢。在旁边听着何经理的话，简直出了神，笑了一笑道："当然是好事，我哪里调头寸去，这样急?"

何经理打开抽屉，取出自用的一听三五牌纸烟，放在写字台的角上，笑道："不忙，我们慢慢地谈吧。先来一支烟。"说着，在烟筒子里取出一支烟，交到范宝华手上，又掏出口袋里的打火机，给客人点着烟。范宝华心里立刻想到，何经理为什么这样客气？平常来商量款项，只有看他的颜色的，今天有点反常了，这必定有什么花样暗藏在里面，这倒要留神一二。于是将皮包和帽子，都放在旁边沙发上，依然坐到写字台旁边来。在他这些动作中，故意显着迟缓，然后微偏了头喷出两口烟，笑道："怎么能够不忙。假如是明天黄金百价提高，今天上午交款，已经是来不及了。下午交出支票，中央银行今天晚上才交换，明天上午才可以通知黄金储蓄部收帐，恰好，黄金已经是涨价了。我们这不算是白忙。"

何经理笑道："阁下既然很明白，为什么不早点来呢？若是今天上午交出支票去，黄金储蓄处今天下午就可以收账，开下定单。"范宝华将脚在地面顿了两顿道："唉！晓得黄金提价的消息，会在这时候出来，我昨晚上就不必睡觉了。"

何经理笑道："今天早上你为什么不来呢？你不是该来拿定单的吗？过去的话也不提了，我问你一句，是不是还想买几百两?"范宝华道："当然想买，你有什么办法吗？有办法的话，我愿花费一笔额外的钱。"

何经理也取了一支烟吸，然后微笑了一笑。他架了腿坐着，颠动了几下身子。然后笑道："办法是有的，你在今天下午或者明天上午，把头寸调了来交给我，我就可以把黄金定单交给你。"范宝华道："那很简单啦。我不有三四百两定单在你这里吗？我再抵押给你们就是了。"

何经理噗嗤的一声笑了。因道："你也太瞧不起我们在银行当经理的了。你有黄金定单在我这里，我要放款给你，我还得请人去找你，我们是头寸太多，怕他会冻结了吗？这样做银行，那也太无用了。我们与其押人家的黄金定单，何不自己去储蓄黄金呢？”说到这里，他沉吟了一下，缓着声音道：“这两天我们正紧缩放款。”他说着吸了一口烟。

范宝华听了这话，就知道万利银行所有的款子，都调去做黄金储蓄了，或者是买金子了。于是也沉默着吸了纸烟暂不答话，心里可又在想着，他找我来既然不是叫我把黄金定单押给他，可是他叫我在今明天调大批头寸给他，那是什么意思，莫非他们银行闹空了，拉款子来过难关吧？那么，我那四百两黄金定单放在他银行里那不会有问题吗？这就笑着向何经理道：“人心也当知足，那四百两黄金定单，还没有到手呢，我又要想再来一份了。”

何经理含着微笑，也没有说什么，口里含着烟卷，把写字台抽屉打开，取出三张黄金定单，送到范宝华面前，笑道：“早就放着在这里了。你验过吧。一张二百两，二张一百两。”范宝华说着谢谢，将定单看过了，并没有错误，便折叠着，放在西装口袋里，同时取出万利银行的收据，双手奉还。

何经理笑道：“范先生没有错吧？办得很快吧？实话告诉你，到今天为止，我们经手定的黄金储蓄，已超过五千两了，可是这都是和朋友办的，我们自己一两未做。我们自己的业务，在办理生产事业，马上就动手，为战后建国事业上，建立一点基础，也可以说为自己的业务，建立一个固的基础。买卖黄金，纵然可以赚少数的钱，究竟不是远大的计划。”范宝华听他这篇堂堂正正的言论，再看他沉着的脸色，倒好像是在经济座谈会上演讲。心里也就想着：这话是真吗？于是又取了一支烟吸着，喷出一口烟来，手指夹了烟支，向烟灰碟子里弹着灰，却偏了头望着他道：“难道你们就一两都不做吗？你们拿到定单是这样容易，不做是太可惜了。你们纵然嫌利息太小，不够刺激，就是定来了，转让给别人，就说白帮忙吧，这也对来往户拉下了不少的交情，将来在业务上，也不是没有帮助的呀。”

何经理将烟支夹着，也是伸到桌子角上烟碟子里去，也是不住地将中指向烟支上弹着灰。先是将视线射在烟支上，然后望了范定华笑道：“难道听到了什么消息，知道我们的作风吗？那么，你的消息也很灵通呀。”范宝华摇摇头道：“我没有听到什么消息。怎么样？何经理肯这样办？”

何经理吸了一口烟，笑道：“你是老朋友，我不妨告诉你。在今日上午听到黄金要提高官价的消息，我们分散了四十个户头，定了一千两。这两千万元，在十一点钟以前，我们就交出去了。这些黄金，我们并不自私地留下，朋友愿做黄金储蓄的，在今日下午四点钟以前，把款子交给我们，只要赶得上今日晚上中央银行的交换，我们就照法币二万元一两，分黄金储蓄单给他。

不论官价提高多少，我们都是这样办。”范宝华望了他道：“这话是真的？”

何经理笑道：“我何必向你撒谎？你若是能调动一千万的话，后天我就交五百两黄金定单给你。”范宝华笑道：“一千万，哪里有这么容易？”何经理笑道：“你手上有五金材料和百货的话，现在抛出去，绝对是时候了。胜利是越来越近了。六个月后，也许就收复了武汉广州。海口一打通，什么货不能来？”范宝华道：“这个我怎么不明白？可是我手上并没有什么货了。”

何经理笑道：“端着猪头，我还怕找不出庙门来吗？随便你吧。”范宝华静静地吸了两口烟，笑道：“好的，我努力去办着试试看。下午四点钟以前，我一定到贵行来一趟。大概四五百万，也许可以搜罗得到。”何经理笑道：“那随便你，两万元一两金子，照算。这可是今日的行市，明日可难说。现在十二点钟了，我们上午要下班了。”范宝华明白他说钟点的意思，还有什么可考虑的，立刻轻轻一捶桌子，站起来道：“我努力去办吧。还有三个半钟头，多少总要弄点成绩来。”说毕，夹了皮包，戴了帽子，和何经理一握手，匆匆地就走出了银行。

在大街上随处可以看到女人，也就联想到了家里还有一位魏太太在等着。发财虽是要紧，可是女朋友的交情，也不能忘了。他没有敢停留，径直地就走回家来。他想着，曾拿出那只金镯对魏太太小表现了一下，料着她会在这里等着的。因之一推大门，口里就连连地道着歉道：“对不住，让你等久了。”说着话抢进了堂屋，却是空空的，并没有人。自己先咦了一声，便接着大声叫了一句吴嫂。

那吴嫂在蓝布大褂外，系了一条白布围襟，她将白布围襟的底摆掀了起来，互相擦着自己的手，由屋后面厨房里走出来。把脸色沉着，一点不带笑容，问道：“吼啥子？我又不逃走。”范宝华见她那胖胖的长方脸上，将雪花膏抹得白白的，在两片脸腮上，微微地有了一些红晕，似乎也擦了一点胭脂了。她那黑头发梳得滑光亮，将一条绿色小丝辫，在额头上层扎了半个圈子，一直扎到脑后，在左边耳鬓上，还扭了个小蝴蝶结儿。虽然是终年在家里看见的佣人，可是今天看见她，就觉得格外漂亮。因之吴嫂虽把话来冲了两句，可生不出气来，便笑道：“你不知道，今天下午，我有几百万元的生意要做，赶快拿饭来吃吧。”

吴嫂笑道：“我晓得。陶先生李先生来说过喀，金子要涨价，你今天抢买几百两，对不对头（即是不是之谓）？”范宝华连连地点头笑道：“对头对头。我买成了，送你一只金戒指。”吴嫂头一扭道：“我不要，送别个是金镯子，送我就只有金箍子。你送别个金镯子有啥用？你叫我忙了大半天，做饭别个吃。把脑壳都忙昏了，才把饭烧好，别个偏是不吃就走了。”范宝华道：“魏太太走了，没关系，她还要来的。”吴嫂道：“该歪哟（不正当之惊叹词）!”说着一扭身子走了，范宝华也就只好哈哈大笑。

吴嫂虽然心里很有点不以为然，可是听说范先生今天要买几百两金子，是个发财的机会，范先生发大财，少不得要沾些财运，就把做好了的菜饭，搬了来让范宝华吃。老范听说魏太太不吃饭就走了，在吴嫂那种尴尬面孔下，又不便多问，他忽然又一个转念，这个女人，是自己抓住了辫子梢的，根本跑不了。而且她很需要款子，不怕她不来相就。现在还是弄钱买金子要紧，再发一注财，耗费百分之几，她姓魏的女人，什么话不肯听。

他想定了，匆匆地吃过午饭，在箱子里寻找出一些单据，夹了皮包就向外跑。走到弄堂口上，吴嫂在后面一路叫着先生，追了出来；范宝华站住脚，回头看时，见她远远地将手举着一条白绸手绢，她走到面前，笑道：忙啥子吗？帕子也没有带。”说着，把手绢塞到他西服口袋里。她周围看了看，并没有人，低声笑道：“你是去买金子吧？给我买二两，要不要得？”范宝华笑道：“你也犯上了黄金迷。”吴嫂笑道：“都是有耳朵眼睛的人嘛！自己不懂啥子，看人家发财，也看红了眼睛嘛!”范宝华站着对她望望，眼珠一转，笑道：“只要你听我的话，办事办得我顺心，我就买二两金子送你。”说着，伸手摸了吴嫂一下脸腮，赶快转身就走。吴嫂在身后，轻轻说了一声该歪哟！

范宝华哈哈大笑，走上了大街。他第一个目的地，是兴华五金行。这是一所三层楼的伟大铺面，楼下四方的大小玻璃货柜里，都陈列着白光或金光闪烁的五金零件。他推开玻璃门走进，对穿着西装的店伙笑着点了一个头，问道：“杨经理在家吗？我有好消息告诉他。”那店伙对他也有几分认识，他既说了有消息来报告，便答应了经理在楼上。

范宝华夹了皮包向楼上走。这楼上显然表示了一副国难富商的排场。一列玻璃隔扇门，其中两扇花玻璃门，在门上有黑漆字圈着金边，标明经理室。范宝华心想：两个月来，姓杨的越发是发财了。便在门外边，敲了两敲门。里面说声进来。他推门进去，见杨经理穿着笔挺无皱的花呢西服，坐在写字桌边的紫皮转椅上。挺了个大肚子，露出西服里雪白的绸衬衫。手上夹了半截雪茄，塞在外翻的嘴唇皮里。在那夹雪茄的手指上，就露出一枚很大的白金嵌钻石的戒指。五六十岁的人了，半白的头发梳理得油淋淋的。那扇面形的胖脸，修刮得没有一根胡茬子。只看这些，他就气概非凡了。

范宝华也见过不少银行家，可是像杨经理这样搭架子的，也还不多。这屋子那头，另外两张写字台，都有穿了漂亮西服的人在办公。范宝华一进门，杨经理就站起来，向他点点头道："范先生好久不见。这两天生意不错呵！成交了整千万。请坐请坐。"说时，指了写字台边的椅子。

范宝华取下了帽子和皮包同放在旁边的茶几上，然后坐下。笑道："杨经理的消息，真是灵通。"杨经理将他肥胖的身体，向椅背上靠了去，口衔了雪茄，微昂起头来笑了一笑。然后取出雪茄来在烟灰碟子上敲着，望了他道："慢说五金和建筑材料，这些东西，在市面上有大批成交瞒不了我，就是百货，布匹，纸烟，大概我肚子里也有一本帐的。"说到这里，有工友进来敬茶敬烟。

范宝华借了这吸烟喝茶的机会，心里转了两个念头，心想：这家伙老奸巨猾，在他面前是不能耍什么手腕的，便望了他笑道："老前辈，我是无事不登三宝殿。我还有一点存货，想换两个钱用，你愿意收下吗？我这里有单子。"说着拿过皮包来，在里面取出一张货单子，双手捧着，送到杨经理面前。他左手指头缝里，依然夹了半支雪茄，右手却托了那单子很注意地看着。看完了，放在桌上，将五个指头轮流地敲打桌沿，望了他问道："你为什么把东西卖了？铅丝，皮线，洋钉，以及那些五金零件，就是现在海口打开了，马上也运不进来。放着那里，不会吃亏的。"

范宝华道："我怎么不知道？无奈我急于要调一笔头寸，不能不卖掉它。"杨经理笑道："你刚得了整千万的头寸，没有几天，现在又要大批的钱，我想着你是买金子吧？这是好生意。"范宝华笑道："我囤着这些东西，也不见得就不是好东西呀。我实在是要调一批头寸还债。"杨经理衔着雪茄喷了一口烟，笑道："我们谈的是买卖，我可不是查账员，这个我管不着。"说着，又拿起那单子来看了看，沉吟着道："这些东西，我们也不急于要收买。阁下打算卖多少钱？"说着，仰在椅子背上，昂头吸了两口烟。目光并不望他。

这时，在那边桌上，一个穿西装的中年汉子，捧了一叠表格过来，站在杨范两人之间，将表格送到杨经理面前。向他使了个眼色。那表格上有一张字条，自来水笔写了几行字，乃是皮线铅丝极为缺货。杨经理将手摆了一摆道："现在我们正在谈买卖呢，回头再仔细地看。"那人拿着表格走了。

范宝华道："照那单子上的东西，照市价估价，应该值七百万，我自动地打个九折吧。"杨经理微笑着摇了两摇头，然后又对他脸上注视了一下，笑道："老弟台，你不要把我当作机关的司长科长呀。你这些东西，我买来了是全部囤着，尤其是皮线铅丝之类，我们存货很多。这样的价钞，你向别处张罗张罗吧。”说着，他将写字台上的文具，向前各移了一下，表示着毫无心事谈生意。范宝华望了他道：“怎么着？连价也不还吗?”那杨经理又吸上两口雪茄，微摇了两下头，态度是淡漠之至了。

007　大家都疯魔了

关于杨经理的商业情形，范宝华是知道得很清楚的，只要是五金材料，人家肯卖给他，他是来者不拒的，而且自己所囤的东西，他也曾间接托人接洽过两次。原料着今日移樽就教，又自愿打个九折，他必然是慨然接受。现在他却表示着并不需要，甚至连价钱，都不屑于过问一声，难道他的五金材料，收得太充足了？或者他也没有头寸？关于前者，那不会，他就是囤五金材料发的大财，现在开着大门做生意呢，焉有不收五金之理？关于后者，那更不会，他的钱是太多了。千儿八百万的，在他简直不算是开支。

在杨经理犹疑没有答复之下，在身上取出纸烟盒与打火机来，缓缓地吸着烟。他表面上表示着从容，心里却是加十倍的速度在思索，怎样可以做成这笔买卖，他知道到万利银行交款的时间，只有两三小时了。两三分钟的犹豫，他就直率地向杨经理道：“实不相瞒，今天我抱着十二分的希望来拜访的。我只猜到在价钱上应当退让一点，才可以成交，不想杨经理干脆地不要。我在今日下午，非把东西变出钱来不可，到了四点钟，银行已经关门，那我就得大失信用。只好拼了两条腿，赶快去跑吧。”他在脸上表示出无可奈何的样子，慢吞吞站了起来，先把放在旁边的皮包提起，夹在肋下，然后将帽子拿在手上，向杨经理点了个头。

到了此时，杨经理方才站起来，笑着点点头道：“何必这样忙，好久不见，见了摆摆龙门阵吧。”范宝华道：“老前辈，你应当知道我心里是怎样地着急，四点钟我得给人家钱，现在已是一点钟了。”杨经理道：“得给人家多少钱?”范宝华道：“不少，总得七八百万。”说着，将帽子盖在头上，就有个要走的样子。杨经理手指夹了雪茄，连连向他招了几招，笑道：“不忙不忙，我们还可以谈谈。你这是怎么了？以为我不足与谈吗？坐着坐着。”说毕，他又赘上了这么坐着坐着四个字。范宝华看他这个样子，是大可转圜，便又伸手把帽子摘下来，站在椅子边。

杨经理将手对椅子指了一下，笑道：“你先坐着谈谈，假如价钱合得拢的话，我未尝不可以把你这批货留下来。”范宝华听了这话，就知道这老家伙是一种欲擒故纵的手腕。自己刚才做的这个姿态，那完全是对了。因之皮包依然夹在肋下，站着笑道：“老前辈，我在你面前，决不能耍花枪。我今天非七八百万，不能过去，满以为在这里可以凑合六百万，其余一二百万，再想办法。不料你老人家利利落落的，来个不接受，这让我丝毫希望都没有。我还在这里干耗着干什么呢？”

杨经理将两个指头捏住了半截雪茄，在烟灰碟子上轻轻地敲着，微笑道：“你的意思，以为我故意爱睬不睬，是有意按下你的行市。再明白说一点，是杀价，哈哈！”他轻描淡写地在嗓子眼里笑了一声。范宝华对这老家伙脸上一看，见他在沉着的脸上，泛出一种奸猾的笑容，依然是不即不离，心里着实有点生气，于是又将帽子盖在头上，扭转身子去。而且这一动作，跟着上来，是非常的迅速，他已手扶了经理室的玻璃门，有着拉门出去的样子。

杨经理皱着眉苦笑了一笑，乱招着手道：“不忙走，不忙走，我们慢慢地商量。”范宝华笑道：“老前辈，你可别拿我开玩笑啊，你若愿意买的话，你就出个价钱，不愿意……”杨经理笑道：“小伙子，你不要性急呀，我不收买五金材料，我是干什么的？坐下谈十分钟，误不了你的事。”范宝华抬起手臂来，看了看手表，点着头道：“好吧，就再谈五分钟吧。”说着，在写字台边椅子上坐了，将皮包和帽子，全放在怀里，笑道：“我恭敬不如从命，我没话说，就听杨经理吩咐一句话。”

那张货单子，还在杨经理手上呢，他现在算放下了雪茄，两手拿了货单子，很沉静地从头至尾，看上了一遍。点点头道：“照你这单子上开的货价，倒是和市价所高有限，再打一个九折，那也就平行了。这些货拿到手，我也不知道什么时候可以卖出去，至少，我得打上一个月的子金。废话少说，货，我要了，价钱照你单子上开的，打个八折。我的答复，没有超过十分钟的工夫吧？”说着，拿起放在烟灰碟子上的小半截雪茄。他也不管雪茄头上是否点着的，就向嘴角里一塞。然后将背靠在转椅的椅背上，半昂着那冬瓜式，紫棠色面孔，对范宝华望着。范宝华道：“我开的价是不是超过市价，我不必申辩，世上也没有在关夫子庙前耍大刀的人。”

杨经理觉得他这话倒是中肯之言，不免将下巴颏点了两点。范宝华道："老前辈，你若是承认我的话不错，我也不必多说，我就听你一个一口价。"他说着，又把那怀里的帽子，提了起来，眼望了杨经理，而且手里转动着帽子沿做出那个不耐烦的样子。

杨经理笑道："虽然如此，老兄的作风，也还不错。"说着，把他的冬瓜头，转着小圈子，摇了几摇。笑道："好吧，就是八五折吧。你不是等着钱用吗？我马上就开支票给你。"范宝华道："就开支票给我？货样既没有带来，凭据也没有开上一纸，老前辈相信得过我？"

杨经理笑道："你难道接了我的支票，收据都不给我一张？有收据我就有办法。哈哈，老弟台！"他最后两句话，带着一种得意的笑声，在轻视的态度中，又叫了一句老弟台。范宝华还不曾接着向下说，就看到他伸手到西服的里口袋内，掏出一本支票簿来，向客人点了一点头，微笑道："买卖论分毫，等我先算一算。"

于是拿过桌子边的算盘，拨得算盘子噼啪作响，然后指着算盘向客人道："照你开的货单和你定的价钱，打八五折，是五百二十五万八千四百五十二元八角二分。零的除了，凑你一个整数。"于是将算盘末几位，自千元以下，一阵扒动，把子都给除了，在万位上加了一个子。然后笑问道："老弟台如何如何？我就照这个数目开支票。"说着，在写字台抽屉里取出一支雪茄，咬掉雪茄的烟头，向桌子角下的痰盂里吐了去，然后把嘴角衔住了这支长雪茄。他竟自有那个能耐，抵得那雪茄像有弹簧的东西上下乱动，接着把打火机在口袋里掏出来，打了火点着烟。那本支票簿摆在他面前玻璃板上，却是原封未动。

范宝华正想说话，有个工友将红漆圆托盘，送着一只小蓝瓷花碗，放到玻璃板下。碗里还放着一柄白铜茶匙，原来是一碗莲子粥。杨经理问道："还有没有？给客人来一碗。"工友提着托盘沿，垂手站立了，低声答道："每天就是这一碗。"范宝华笑着摇手道："不必客气，我是刚吃了饭出门的。"杨经理笑道："在这里，不算外人，煮两个糖心蛋吃好不好？"范宝华道："实在是吃了午饭出来的，不必费事。"

杨经理口里谦逊着，已是把那碗莲子粥移近了面前，不过他嘴角上那支雪茄烟并未取下。他扶起碗里的小茶匙，将粥里的莲子，两个一双的留着，堆到碗里的一边。最后，他放下茶匙，取下了雪茄，放到烟灰碟子里，这才翻了眼向那工友道："你去告诉厨子老朱，他是越来越不像话了。三十二粒莲子的定额，这碗里只有二十粒。他落下三分之一还有余哩。去吧。”说着手一挥，叫工友走了。

范宝华看到，心想道：“好哇！我这里和你做几百万的大买卖，你倒去计算稀饭里的莲子。”便笑道：“杨经理，我实在没有工夫，依你这价钱，我又得吃三四十万元的亏，但是谁让我等着要钱用呢？好吧，我一切都依照着你的办法办了。”这老家伙微微一笑，点了几点头，才慢慢儿地将小茶匙，舀着莲子粥呷着。他呷粥的时候，只是把嘴唇皮抿着，斯文一脉地，将嘴舌吮唧着啧啧有声。范宝华坐在旁边侧目相视。

他吃完了，将碗推开，然后掀开支票簿，将手按了一按，向老范笑道：“我就照着我们定的价写了。”范宝华道：“随便了，还是那句话，谁让我等着要钱用呢？”杨经理抽出笔筒子里的毛笔，在支票上写下了五百二十六万元。将笔放下了，在抽屉里拿出图章盒子来，在手心里掂了几掂，望着范宝华道：“你可以写一张收据了。”范宝华心里想着：反正我收你的钱，我卖货给你，写收据就写收据，难道还让画一把刀给你吗？于是就把桌上的信纸取过一张，用毛笔写了收据。

杨经理看着把数目写过了，便道：“老兄，不忙，你得添上两句，说是另有货单一纸存照，将来将货交清，取回收条。”范宝华觉得这是正理，就依了他的话填写着。但是杨经理伏在桌上望了他的字据，口里连说着字写小一点，小一点，还有话往上填呢。范宝华道：“还要往上添吗？”杨经理道：“当然要把言语交代清楚。你再加上两句此项货物，若逾期三日不交，则款项须照每天四元拆息计算。”范宝华放下笔来，望了主人一望，微笑道：“条件订得这样地苛刻？”杨经理笑道：“字面上好像是苛刻，其实不成问题。你想，你拿了钱去，过了三天之久，还能不给我货吗？你说，你打算几天之后，才交给我货品呢？”范宝华低头想了一想，说句也好，就提起笔来，再写上这样两句。

杨经理手指夹着雪茄吸了两下，笑道：“干脆，我全告诉你，再赘上这么两句：此项货物，并未交看样品，如货物确系次等，或是锈蚀损坏情况，当酌量扣款。”范宝华将笔放下，伸直了腰向他望着道：“老前辈，这就太难了。蒙你的情，看得起我，信任我不会撒谎，就这样成交了。我姓范的，不能马上离开重庆，我能够随便这样欺骗你，不想在市面上混吗？”

杨经理皱了眉头，笑上一笑。因道：“话虽如此，可是总得有一点保证。老弟台，做生意谈生意，我不是没有看货样付的款吗？你就这样加上一句吧。

负责保证货品足够水准，否则任凭退货。”范宝华对壁钟一看，已是两点十分了。这老家伙开了支票老不盖章，便叹了口气笑道：“谁让我等着要钱用呢，一切条件，我都接受了。反正我自信货色决差不了，写吧。”于是提起笔来，加上了这两句，笔还是拿在手上，昂了头望着他道：“还要写些什么呢？”杨经理笑道：“没有什么了，你带了图章来了没有？”范宝华笑道：“预备借钱，岂有不带图章之理？”说着，在西服袋里，将图章拿出来，在收据上盖好，杨经理看得清楚，也就把放在桌上的支票盖了图章。

两人将支票和收据，隔了桌子角交换了，就在这时，铃叮叮，来了电话。杨经理把桌机的听筒拿起，首先就问：“有什么好消息？”接着，他面色紧张了一下，接着又哦了一声道：“这话是真的。那么，请你赶快来一趟，我们当面谈谈。好的好的。”说着，把电话听筒放了下来，向范宝华道：“哈哈！老弟台，我上了你一个当了。你要扯款买金子，就说买金子吧，为什么在我面前弄这些花枪呢？”范宝华的脸色不由得闪动了一下，笑道：“杨经理，谁多我这份事？特意打个电话向你报告。”

杨老头儿又打了个哈哈，笑道：“老弟台，我的消息，虽没有你得的快，可是也不会完全不知道。我已经得了的确的消息，官价从明日起，就要提高。你不是赶着找一笔头寸去买几百两金子吗？这么一来，慢说日拆四元，就是日拆八元，你也不在乎。今天买到金子，明天你就翻了一个身。老弟台你不够朋友，有这样好的消息，为什么不告诉我？我也可以找点赚钱的机会。你怕告诉了我，我自己拿钱买金子，就没有钱借给你吗？”范宝华已把支票拿到手了，料着他也不会反悔，便红着脸笑道：“消息我是得到了的，可是不知道是不是真的。我自己弄钱做他一票，弄得不对不要紧，我若鼓动杨经理去买金子，明日官价并不提高，把杨经理的款子冻结了，我可负着很大的责任。”

杨经理摆摆手道：“好了好了，不说了，算老弟台这回斗赢了我？”范宝华也正是感到没趣，站起身来，正待要走，却听到玻璃门外，有一阵很乱的脚步声，接着连连地敲了几下玻璃门。杨经理还不曾说请进，已是有一个人推门而进，他穿了一身灰色西服，头上没有戴帽子，汗珠子在额头上只管向外冒着，脸红红的喘着气，望了杨经理道：“是你老叫我来的吗？”杨经理点点头道：“是我叫你来的。你怎么得着黄金加价消息的。”那人道：“是……”说到这里走近了写字台一步，低了头下去，对着杨经理的耳朵，轻轻地说了几句。

杨经理的脸色，随了他的报告，时而紧张，时而微笑，最后，他将手轻轻地在桌沿上拍了一下，脸一扬道："我做他一千两。你有办法找得着路子吗？"范宝华看着这样子，他们是有点刺激了，在这里将妨碍人家的秘密，便揣好了支票，戴上帽子，夹了皮包，站起来向杨经理道："我这就到万利银行去，听说他们有买金子的路子，假如他们还可以分让若干的话，我给杨经理一个信。"

这杨老头坐在他经理位子上，始终没有离开，听了这句话，突然站起身来，由位子上追了出来，连连地向客人招着手道："范兄范兄，不要走，我还有话对你说。"范宝华道："三天之内交货，准没有错。"杨经理伸手拍了他两下肩膀，笑道："老弟台，真的？我就这样计较？你是个君子人，不会错。三天之内交货，就是一星期之内交货，又待何妨？你说的万利银行这条路线怎么样？真可以想点办法吗？"说时，他的眼角上，复射出许多鱼尾纹，那剃光了胡茬子的八字嘴角，也向上翘起，微露着嘴里的几粒金牙。范宝华笑道："我听到说万利银行有一千两可以匀出。他们那经理的意思只要今天下午四点钟以前，把款交给他，他就可以把黄金定单让出来。"

杨经理将夹着雪茄的右手腾出三个指头来。搔搔自己的头发，因踌躇着道："有？有这样好的事？银行界人物，见了黄金不要，而且买了来，分让给别人？哦，哦，是了，他要赚我们几文黑市。"范宝华道："不，只要是今天下午四点钟以前，把款子交给他，他还是照二万一两让出来。"

杨经理刚是把手放下，要将雪茄送到嘴里去吸，听了这话，又把手抬上去，只是在额角上搔着头发。在他搔了十几下之后，忽然笑道："我明白了。必是今天交换差着头寸，要抓进一笔款子。"说着，又摇摇头道："还是不对。今天抓一笔头寸，明天照现款还给人家就是了。岂能把那已经提高了官价的黄金给人？分一千两黄金储蓄定单给人，可能就损失一千万。天下有这样经营银行业务的人？"他正是这样沉吟考虑着，先来的那个人，却向他笑道："杨经理，不要管人家的事，还是来谈我们自己的吧。"

范宝华倒没有理会到杨经理有什么话在接洽，只是他说的那几句话，却把他提醒，那万利银行的何经理，为什么不发那整千万元的财，而愿让给别人？这里面必然大有缘故。这却急于要去见他，问个究竟。不等杨经理再说什么，点个头就奔上了大街。

只转一个弯，顶头就碰到了陶伯笙坐在人力车上。他口里连连喊着停住停住，车子刚停下，他就向下一跳。三步两步跑到范宝华面前伸手将他的手臂拉着，笑道："范兄，我又得着两个报告，先前那消息，完全证实。你有办法没有？若是做不到黄金储蓄的话，就是买点现货，也是极其合算的事。"

范宝华连连将他的衣服扯了几下，瞪着眼轻轻地喝道："你这是怎么回事，难道你疯了？在街上这样谈生意经。"陶伯笙回想过来了，笑道："我实在是兴奋过甚，到处找你，找到了你，我多少有点办法了。"说着，挽了范宝华一只手臂，开着步子就向前走，后面有人叫道："朗个的？不把车钱就跳了(跳读如条)。"陶伯笙哈哈笑了起来，回转身会了车钱。

范宝华笑道："你的消息果然是真的话，我算大大的有笔收入。我可以帮你一点忙，现在没有了说话的机会，快先上万利去吧。"两个人说着话，走了小半截街，却见李步祥同着一个穿蓝布大褂的人，由横街上穿了出来，开着很快的步子走路，像是要寻找什么。

范宝华叫了声老李，他突然站住。看到了范陶两位，飞步跑过来。这就老远的抬一只手，一路的招着。到了面前，喘着气笑道："我到处找你，你到哪里去了？"他站定了脚，看看陶伯笙笑道："你跟上了大老板，有点办法吗？"说着，走近一步，把脸伸到陶伯笙肩膀上来，将手掩了半边嘴，对了他的耳朵，轻轻地道："你买了一点现货没有？银楼帮，似乎也得了消息，吃过午饭以后，银楼对付客人，只卖钱把重的金戒指，你要其余的东西，他们一律宣告无货。"

陶伯笙道："真的？"李步祥指着后面跟上来的那个人道："这是我们同寓的陈伙计。我们已经碰了不少钉子了。可是我们绝对将就，你卖金戒指，我就买金戒指。你卖一钱，我就买一钱。"那陈伙计翘起两撇八字须，笑嘻嘻地站在路头上，看到范陶两人，抱着拳头拱拱手。

范宝华想起来了，这位仁兄，是带了铺盖卷到中国银行排班买金子的，便点头笑道："陈老板跑得这样起劲，有点成绩吗？"陈伙计一听他带下江口音，便在袖笼子里抽出一条手绢，擦着额头上的汗，因笑道："既然银楼里向格人才是一副尴尬面孔，伊拉勿是做生意，是像煞债主上门勿肯还债。阿拉勿要去哉！"范陶两人都哈哈大笑。

陶伯笙笑道："你管他什么面孔，只要他卖你就买，你明天就赚他个对本对利。"李步祥笑道："你鬼，他还鬼呢。他们到了现在，对付顾客，干脆，就说没有货。我们想着无路，还是来找范先生。"说着，就近一步，低了声音向他道："有法子买现货没有？范先生买大批的，我们凑点钱，买点金子边。”

范宝华抬起手表看了看，因道：“转弯就是一个茶馆，你们在茶馆里泡一碗沱茶喝，等我好消息吧。”说着，扯腿就走，只走了二十家铺面，却见魏太太穿了件花绸夹袍子，肋下夹着皮包，半高跟皮鞋，走得人行路水泥地面的的咯咯作响。她正是扬着眼皮朝前走，到了面前，看到范宝华，似乎吃了一惊，吓的一声笑着站住。

老范也嘻嘻地笑了，因道：“为什么不吃饭就走了？”魏太太撩着眼皮，向他笑了一笑道：“我怕你赶不回来。金价果然要提高了，你今天买了多少？”范宝华道：“还正在跑呢。”魏太太站着呆着脸沉默了一会，撩着眼皮向他一笑道：“你猜我在街上跑什么？我也是想买点现货呀。你……你上午说的……”说着，又嘻嘻向范宝华一笑。

008 如愿以偿

在今日上午，范宝华掏出怀里那个扁包，向魏太太晃了一晃，他是很有意思的，料着在今日全市为金子疯狂的时候，现在有金首饰要送她，她不能不来。这时魏太太问起上午说的事，他就料着是指金首饰而言。因笑道：“我当然记得。幸而我是昨天买的，若挨到今天下午，出最大的价钱，恐怕也买不到一钱金子。”魏太太把头低着，撩起眼皮向范宝华看了一看，抿了嘴笑道：“你……哼……恐怕骗我的吧？”说着，又微微地一笑。

范宝华在她几次微笑之后，心里也就想着：人家闹着什么，把这东西给人家算了。他正待伸手到怀里去探取那个扁纸包的时候，见魏太太扭转身去看车子，大有要走的样子，他立刻把要抬起来的手，又垂了下来了。笑道：“这时在大街上，我来不及详细地和你说什么。你七八点钟到我家里来找我吧。我还有要紧的事到万利银行去一趟，来不及多说了。你可别失信。”说着，伸手握着她的手，轻轻摇撼了两下，接着对她微微一笑，立刻转身就走了。

魏太太虽然感到他的态度有些轻薄，可是想到他的怀里还收藏着一只金镯子呢。这个时候，一只镯子，可能就值七八万，无论如何，不能把这机会错过了。她站在人行道上，望了范宝华去的背影，只是出神。这位范先生在她当面虽是觉得情意甚浓，可是一背转身去，黄金涨价的问题就冲进了脑子，拔开大步，就奔向万利银行。当他走到银行里经理室门口时，茶房正由屋子里出来，点了个头笑道："范先生，经理正在客厅里会客呢。"他听说向客厅去，却见烟雾缭绕，人手一支香烟，座为之满。何经理正和一位穿西服的大肚胖子，同坐在一张长藤椅上，头靠了头，嘀嘀咕咕说话。

范宝华叫了一声何经理，他猛可地一抬头，立刻满脸堆下了笑容，站起身来向前相迎，握了他的手道："老兄真是言而有信，不到三点钟就来了。我们到里面去谈谈吧。"说时，拉了他的手，就同向经理室里来。

他不曾坐下，先就皱了两皱眉头，然后接着笑道："你看客厅里坐了那么些个人，全是为黄金涨价而来的，守什么秘密，这消息已是满城风雨了。怎么样？你有了什么新花样？"说着，在身上掏出一只赛银的扁烟盒子，按着弹簧绷开了盖子，托着盒子到他面前，笑道："来一支烟，我们慢慢地谈谈吧。"

主客各取过一支烟，何经理揣起烟盒子，再掏出打火机来，打着了火，先给客人点烟，然后自己点烟，拉了客人的手，同在长沙发上坐下，拍了范宝华的肩膀道："我姓何的交朋友，实心实意，不会冤人吧？"范宝华笑道："的确是实心实意，不过我想着贵行虽不在乎千把两黄金的买卖，但是黄金官价一提高，你们让出去了，就是整千万元的损失，这……这……"他不把话来说完，左手两个指头，夹了嘴角上的烟卷，右手伸到额顶上去，只管搔着头发。何经理吸着一口烟，喷了出来。笑道："范先生，你想了这大半天，算是把这问题想明白过来了吗？这些问题，暂时不能谈，不过我可负责说一句，假使你这时有款子交给我，我准可以在明天下午，照你给钱的数目，付给你黄金储蓄定单，决计一钱不少。你若放心不下，你就不必做，这问题是非常的简单。"范宝华笑道："我若是疑心你，我今天下午就不来了。我打算买进三百两，你可以答应我的要求吗？"说着，就把带来的皮包打开，由夹缝里取出一张支票，对着何经理扬了一扬，因笑道："六百万还差一点零头，我可以找补现款。"

何经理道："差点零款没有关系，你就不找现，我私人和你补上也可以。"范宝华听了，脸上又表现了惊异的样子。他的话还不曾说出来，何经理已十分明了他的意思，便笑道："当然，你所谓零头，不过三五万的小数目。若是差远了，我有黄金储蓄单，还怕变不出钱来，反而向你贴现吗？"范宝华直到这时，还摸不清他这个作风，是什么用意。好在是求官不到秀才在，纵然万利银行失信，不交出三百两黄金储蓄单，给他的六百万元，作为存款，他们也须原数退回，于是不再考虑，立刻把得来的那张支票，交给何经理。笑道："贵行我的户头上，还有百十万元，难道我有给不付，真让何经理代我垫上零头不成？何况零头是七十四万呢？"说着，在身上掏出了支票簿，就在经理桌上，把支票填上了。

何经理口衔了支纸烟，微斜地偏了头，看他这些动作。他将支票接过去之后，便将另一只手拍了两拍范宝华的肩膀，因笑道："老兄，明天等我的消息吧。"正说到这里，他桌上的电话机，铃叮叮地响了起来。何经理接了电话之后，手拿着耳机，不觉得身子向上跳了两跳，笑道："加到百分之七十五，那可了不得，你是大大地发了财了，是是是，我尽量去办。好，回头我给你电话，没有错。五爷的事，我们无不尽力而为。好好，回头见。"他放下了话筒，遏止不住他满脸的笑容，转身就要向外走。他这时算是看清楚了，屋子里还站着一个人呢。便伸着手向他握了一握，笑道："消息很好。"

范宝华道："是黄金官价提高百分之七十五？"何经理笑道："你不用多问，明天早上你就明白了。哈哈！"说着，他正要向外走，忽然又转过身来，向范宝华笑道："我实在太乱，把事情都忘了。你的送款簿子带来了没有？应当先完成手续，给你入账。"范宝华觉得他这话是对的，这就在皮包里取出送款簿子来交给他。何经理按着铃，把茶房叫进来，将身上的支票掏出，连同送款簿，一并交给他道："送到前面营业部给范先生入账，免得他们下了班来不及。"说毕，回头向范宝华笑道："你坐一会儿，我还要到客厅里去应酬一番。"说完了，他也不问客人是否同意，径自走了。

范宝华在经理室坐着吸了一支纸烟，茶房把送款簿子送回。他翻着看看那六百万元，已经写上簿子，便揣起来了。坐在沙发上又吸了一支烟，何经理并没有回来，他静静地想到了魏太太会按时而来，也不再等何经理回到经理室，夹了皮包就向回家的路上走。走了大半条街，身后有人笑着叫道："范先生，还走啦，让我们老等在茶馆里吗？"

范宝华呵哟了一声笑道："我倒真是把你们忘了。你不知道，我急得很。"说话的是陶伯笙，迎上前低声笑道："我刚才特意到这街上银楼去打听行市，牌价并没有变动，可是比上午做得还紧，你就是要打一只金戒指他也不卖了。这种情形无疑的，明天牌价挂出，必定有个很大的波动。你说急得很，怎么样？还没有抓够头寸吗？"

范宝华左手夹了大皮包，右手是插在西服袋里的。这时抽出右手来举着，中指擦着大拇指，在空中啪的一声弹了一下响。笑道："实不相瞒，我已经买得三百两了。今天跑了大半天，总算没有白跑。"陶伯笙道："那我们也不无微劳呀。请你到茶馆里去稍坐片时，大家谈上一谈，好不好？"

范宝华抬起手臂来，看了一看手表。笑道："我今天还有一点事。你们的事，我当然记在心里，我金子定单到手，每位分五两。"说着，扭身就要走。陶伯笙觉得这是一个发财机会，伸手把他衣袖拉住，笑道："那不行，你今天大半天没有白跑，总也不好意思让我和老李白跑。你得……"

范宝华道："我的事情，还没有完全办了。明天早上八点钟，我请你在广东馆子里吃早点。准时到达不误。"他说着，扭身很快地跑走。走远了，抬起一只手来，招了两招，笑道："八点钟不到，你就找到我家里去。"说到最后一句话，两人已是相距得很远了。

他一口气奔到家里，心里也正自打算着，要怎样去问吴嫂的话，魏太太是否来过了。可是走进弄堂口，就看到吴嫂站在大门洞子里，抬起一只手来，扶着大门，偏了头向弄堂口外望着。范宝华走了过来，见她沉着个脸子，不笑，也不说话，便笑问道："怎么不在家里做事，跑到大门口来站着？"吴嫂冷着脸子道："家里有啥子事嘛！别个是摩登太太吗，我朗个配和别个说话吗？我也不说话，呆坐在家里，还是看戏，还是发神经吗！"凭她这一篇话，就知道是魏太太来了。

范宝华就轻轻拍了她两下肩膀笑道："我给你二两金子储蓄单子，你保留着，半年后，你可以发个小财。"吴嫂一扭身子抬起手来将他的手拨开，沉着脸道："我不要。"范宝华笑道："为什么这样撒娇，井水不犯河水，我来个客也不要紧呀，进去进去。"吴嫂手叉了大门，自己不动，也不让主人走进去。

范宝华见她这样子，就把脸沉住了。因道："你听话不听话，你不听话，我就不喜欢你了。"说着，手将大腿一拍。主人一生气，吴嫂也就气馁下去了。她把脸子和平着，带了微笑道："不是做饭吃夜宵吗？我已经大致都做好了。我做啥子事的吗，我自然做饭你吃。不过，你说的话要算话。你说送我的东西，一定要送把我咯。"说着，向主人一笑，自进屋子去了。

范宝华走进大门，在院子里就叫道："对不起，对不起，让你等久了。"随着话走进屋子来，却看到魏太太手臂上搭着短大衣，手里提着皮包，径自向外走。范宝华笑道："怎么着，你又要走吗？"魏太太靠了屋子门站定，悬起一只脚来，颤动了几下微笑道："我知道你这几天很忙，为财忙，我犯不上和你聊天耽误你的正经事。”

范宝华笑道：“无论有什么重大的事，也不会比请你吃饭的事更重要。请坐请坐！”说着，横伸了两手，拦着她的去路，一面不住地点头，把她向客堂里让。她站在堂屋门口，缓缓地转着身，缓缓移动了脚，走到堂屋里去。先且不坐下，把大衣放在沙发椅子背上搭着。手握了皮包，将皮包一只角，按住堂屋中心的圆桌子，将身子轻轻闪动了一下，笑道：“你有什么话，对我说就是了吗！范老板，人心不都是一样，你想发大财，我们就想发小财，趁着黄金加价的牌子还没有挂出来，今天晚上我去想点办法。”

范宝华点了两点头道：“这是当然。但不知你打算弄多少两？”魏太太将嘴一撇，微笑道：“范大老板，你也是明知故问吧？像我们这穷人，能买多少，也不过一两二两罢了。”范宝华笑道：“你要多的数目，我不敢吹什么牛。若是仅仅只要一两二两的，我现在就给你预备得有。东西现放在楼上，你到楼上来拿吧。”魏太太依然站在那桌子边，向他瞅了一眼道：“你又骗我，你那个扁纸包儿，不是揣在怀里吗？”

范宝华笑道：“上午我在怀里掏出来给你看看的，那才是骗你的呢，上楼来吧。”说着，顺手一掏，把她的皮包抢在手上，再把搭在沙发靠上的短衣，也提了过来，便向她做了个鬼脸，舌头一伸，眼睛一睒。然后扭转身向楼梯口奔了去。魏太太叫道：“喂！开什么玩笑，把我的大衣皮包拿来。”一面说着，也一面追了上去。

那吴嫂在堂屋后面厨房里做菜，听到楼梯板咚咚地响着，手提了锅铲子追了出来。望了楼口，嘴也一撇，冷笑着自言自语地道：“该歪哟！青天白日，就是这样扮灯（犹言捣乱也），啥样子吗！”站着呆了四五分钟，也就只好回到厨房里去。

一小时后，吴嫂的饭菜都已做好，陆续的把碗碟筷子送到堂屋里圆桌上，但是主人招待着客，还在楼上不曾下来。吴嫂便站在楼梯脚下，昂着头大声叫道：“先生，饭好了，吃夜宵（重庆三餐，分为过早，吃上午，吃夜宵）。”范宝华在楼上答应着一个好字，却没有说是否下来。

吴嫂还有学的一碗下江菜，萝卜丝煮鲫鱼，还不曾做得，依然回到厨房里去工作。这碗鲫鱼汤做好了，二次送到堂屋里来，却是空空的，主客都没有列席，又大声叫道：“先生吃夜宵吧，菜都冷了。”这才听到范宝华带了笑声走下来。魏太太随在后面，走到堂屋里，左手拿了皮包夹着短大衣，右手理着鬓发，向桌上看看，又向吴嫂看看，笑道：“做上许多菜！多谢多谢！”

吴嫂站在旁边，冷冷地勉强一笑，并未回话。

范宝华拖着椅子，请女宾上首坐着，自己旁坐相陪。吴嫂道："先生，我到厨房里去烧开水吧？"范宝华点头说声要得。吴嫂果然在厨房里守着开水，直等他们吃过了饭方才出来。

这时，魏太太坐在堂屋靠墙的藤椅上，手上拿着粉红色的绸手绢，正在擦她的嘴唇，范宝华道："吴嫂，你给魏太太打个手巾把子来。"吴嫂道："屋里没得堂客用的手巾，是不是拿先生的手巾？"魏太太把那条粉红手绢向打开的皮包里一塞，站起来笑道："不必客气了。过天再来打搅，那时候，你再和我预备好手巾吧。"她说着话，左手在右手无名指上，脱下一枚金戒指，向吴嫂笑道："我和你们范先生合伙买金子，赚了一点钱。不成意思，你拿去戴着玩吧。"吴嫂哟了一声，笑着身子一抖战，望了她道："那朗个要得？魏太太戴在手上的东西，朗个可以把我？"

魏太太把左手五指伸出来，露出无名指和中指上，各带了一枚金戒指。笑道："我昨天上午买了几枚戒指，到今天下午，已经赚多了。你收着吧，小意思。"说着，近前一步，把这枚金戒指塞在吴嫂手上。吴嫂料着这位大宾是会有些赏赐的，却没有想到她会送这种最时髦最可人心的礼品。人家既是塞到手心里来了，那也只好捏着，这就向她笑道："你自己留着戴吧。这样贵重的物品，怎样好送人？"魏太太知道金戒指已在她手心里了，连她的手一把捏住，笑道："不要客气，小意思，小意思，我要走了。"说着，一扭身就走开了。

范宝华跟在后面，口里连说多谢，一直送到大门外弄堂里来。他看到身边无人，就笑道："明天我请你吃晚饭，好吗？六点多钟，我在家里等你。"魏太太瞅了他一眼，笑道："我不来，又是请我吃晚饭。"范宝华笑道："那么，改为吃午饭吧。"魏太太笑道："请我吃午饭？哼！"说时，对范宝华站着呆看了两三分钟，然后一扭身子道："再说吧。"她嗤的一声笑着，就开快了步子走了，范宝华在后面却是哈哈大笑。

魏太太也不管他笑什么，在街头上叫了辆人力车子，就坐着回家去。老远的，就看到丈夫魏端本站在冷酒店屋檐下，向街两头张望着。她脸上一阵发热，立刻跳下车来，向丈夫面前奔了去。魏先生在灯光下看到了她，皱了眉头道："你到哪里去了，我正等着你吃饭呢。"

魏太太道："我到百货公司去转了两个圈子，打算买点东西，可是价钱不大合适，我全没有买成。"正说到这里，那个拉车子来的人力车夫，追到后面来叫道："小姐，朗个的？把车钱交把我们吗！"魏太太笑道："啊！我急于回家看我的孩子，下车忘了给车钱了。给你给你。"说着，就打开皮包来，取了一张五百元的钞票塞到他手上。

车夫拿了那张钞票，抖上两抖，因道："至少也要你一千元，朗个把五百？"魏端本道："不是由百货公司来吗？这有多少路，为什么要这样多的钱？"车夫道："朗个是百货公司，我是由上海里拉来的？"魏端本道："上海里？那是阔商人的住宅区。"他说着这话，由车夫脸上，看到自己太太脸上来。

魏太太只当是不曾听到，发着车夫的脾气道："乱扯些什么？拿去拿去！"说着，将皮包顺手塞到魏先生手上，左手提着短大衣，右手在大衣袋里摸索了一阵，摸出五张百元钞票，交给了车夫。魏先生接过太太的皮包。觉得里面沉甸甸的，有点异乎平常，便将那微张了嘴的皮包打开，见里面黄澄澄的有一只带链子的镯子。不由得吓了一声道："这玩艺由哪儿来的？"她红了脸道："你说的是那只黄的？"魏端本道："可不就是那只黄的。"魏太太道："到家里再说吧。"她说时，颇想伸手把皮包取了回去。可是想到这皮包里并没有什么秘密，望了一眼，也就算了。

她首先向家里走去。魏先生跟在后面，笑道："你比我还有办法。我忙了两天，还没有找到一点线索，你出去两三小时，可就找到现货回来了。"魏太太见丈夫追着问这件事，便不在外间屋子停留，直接走到卧室里来。魏端本放下皮包，索性伸手在里面掏摸了一阵。接连的摸出了好几叠钞票，这就又惊讶着咦了两声。

魏太太道："这事情很平淡，实告诉你，我是赌钱赢来的。"魏端本将那只金镯子拿起，举了一举，笑道："赢得到这个东西？"魏太太道："你是少所见而多所怪。我又老实告诉你。我自赌钱以来，这金镯子也不知道输掉多少了，偶然赢这么一回，也不算稀奇。我就决定了，自这回起，我不再赌了。赢了这批现款，赶快就去买了一只镯子。我就是好赌，也不能把金镯子卖了去输掉了吧？"魏先生将那镯子翻来覆去地在手上看了几遍，笑道："赢得到这样好的玩艺，那我也不必去当这穷公务员，尽仗着太太赌钱吧。"

魏太太将大衣向床上一丢，坐在桌子边，沉着脸道："你爱信不信。难道我为非作歹，偷来的不成？"魏先生笑道："怎么回事，我一开口，你就把话冲我。"魏太太道："本来是吗，我花你的钱，你可以不高兴，可是我和你挣钱回来，你不当对我不满呀。"她说是这样地说了，可是她心里随着这挣钱两个字，立刻跳了好几跳。自觉得和丈夫言语顶撞，那是不对，于是向他笑了一笑。

魏端本道："算是不错，你挣了钱回来了，我去买点卤菜来你下饭吧。"她笑道："我又偏了，你还等着我吃晚饭吗！"魏端本被她这句话问起，透着兴奋，这就两手插在裤袋里，绕了屋子中间那方桌子走路。先摇摇头，然后笑道："以前人家说，眼睛是黑的，银子是白的，相见之下，没有不动心的。现在银子不看见，金子可看得见。黑眼睛见了黄金子，这问题就更不简单了，只要有金子，良心不要了，人格也不要了。"

魏太太听到丈夫提出这番议论，正是中了心病，可是他并没有指明是谁，也没有指明说的是哪一件事，这倒不好从中插嘴，看到桌上放着茶壶茶杯，她就提起茶壶来，向杯子里慢慢斟着茶，两只眼睛的视线，也就都射在茶杯子上。但是魏先生本人，对这个事，并没有加以注意，他依然两手插裤子岔袋内，继续的绕了桌子走着。他道："我自问还不是全不要人格的人，至少当衡量衡量，是不是为了一点金子，值得大大的牺牲。金子自然是可爱，可是金子的分量，少得可怜的话，那还是保留人格为妙。为了这个问题，我简直自己解决不了，你以为如何呢！"他说到最后，索性逼问太太一句，教太太是不能不答复了。

009 一夕殷勤

人格比黄金哪一样贵重？这是有知识者，人人所能知道的事情，实在用不着问的。不过魏太太被问着，她就得答复。她笑道："遇到这种事，你比我知道得多，你还用得着问吗？"魏端本两只手还是插在裤袋里，他绕了屋子中间那张桌子，只是低了头走着。摇摇头道："你说的话，以为我会挑选人格这条路上走吗？我不那样傻，人格能卖多少钱一斤？这生活的鞭子，时刻的在后面鞭打着，没有钞票这日子怎么过？要钱，钱由哪里来？靠薪水吗？靠办公费吗？靠天上掉下馅儿饼来吗？既然如此，只要是挣得到钱，我们什么事都可做，也就什么问题都没有顾忌。"他口里说着，两只脚只管在屋子里绕了桌子走着。偶然也就站定了脚，出神两三分钟，接着便是叹口气。

魏太太向他周身上下看着，见他虽有愁容，却没有怒色，看那情形，还不是在太太身上发生了问题？便向他身上看看，因道："你这样坐立不定，还有什么解决不了的事情吗？你就说出来我们大家商量商量吧。"魏端本向屋子外张望了一下，手撑着了桌子，弯住腰，低声问她道："现在不是大家都在买金子吗？我们做小公务员的也不会例外。我们司长科长和我私下商量，也想做一点金子储蓄。"

魏太太笑道："我以为你有什么了不得的困难，原来是买金子。这件事太好办了，拿了款到中央银行黄金储蓄部柜上去定货，问题就解决了。"魏端本笑道："若仅仅是这样的简单，那何必你说，我就老早办理了。问题是这买金子的钱，究竟出在哪里？"

魏太太笑道："这不叫废话？没有钱买金子，结果，是金子买不到手，做了一场梦。"魏端本还是绕了屋中间桌子走，两手插在裤袋里，微微地扛了两只肩膀，不住地摇着头。魏太太的眼光，随了魏先生的身子转，等到魏先生直转了个圈子，走到自己身边，她一手将魏先生挽住，笑道："你心里到底在想什么？你给我说明白。你这样走下去，你就要疯了，我看，你心里头好像是藏着什么疙瘩吧？"魏先生站住了脚，两手撑在桌沿上，回头看看屋子外面，然后低声笑道："我们科长和司长在买黄金储蓄上想了一个不小的新花样，也拉我在内。我若答应他们冲锋陷阵，大概可以得一点甜头，可是要负相当的责任。万一事情发作了，我得顶这口黑锅，若是不答应，自然有人照办，眼望那个甜头，是让人家得去的了。"

魏太太道："我说有了什么大不了的事，急得你像热石上蚂蚁一样，原来不过是这么一件事。这有什么可考量的，赶快去办吧。我得来的消息，是明天一早就要宣布，黄金官价，改到三万五，今天晚上不办，明天就是财政部长，也没有什么法子可想了。"魏端本拖了张方凳子，挨了太太坐了，拍着她的肩膀，笑道："怎么着？你的消息很灵通，你也知道黄金官价要升为三万五了。大概这事情已闹得满城风雨了。"

魏太太道："反正做投机生意的人，天天捉摸这件事，总不会把这机会错过去了。你到底是怎么回事？"魏端本看到桌上放了茶壶茶杯，这就拿起壶来，向杯子里斟着茶，端起来，咕嘟大喝了一口。

魏太太伸手抢着按住杯子道："这茶凉了，我给你找开水去吧。"他又端起来喝了一口，笑着摇了摇头道："用不着。我心里头热得很，喝点凉茶下去，心里痛快些。”说着，嗄了一声，放下杯子来。因道：“我老实告诉你吧，坏事已经做了，舞弊也已经舞了，不过我做完了之后，回得家来，有点后悔。正如那失身的女人，当时理智控制不住自己的感情，把身体让人家糟蹋了，回来之后呢，觉得这究竟是个污点，心里非常地难过，你虽是我的太太，我都不好意思告诉你。”

魏太太红着脸道：“你这叫也没的难为情了，说话没有一点顾忌，乱打乱喻。”魏端本道：“的确是如此。我把这经过的情形告诉你吧：是今日下午三点多钟，司长接了一个电话，知道黄金明天要涨价了，这就把科长叫到他办公室里去，做了一段秘密谈话。科长出来了，把我引到接待室里，掩上了房门，笑着对我说：‘我们公务员的生活，实在是太清苦了。有了机会，我们得想点办法，以便补贴补贴生活。’我听到他这个话头，我就知道他要利用我一下，反正他上司也不能白利用我，一定得给我一点好处。于是向他笑着说：‘科长有什么指示呢？只要能找到生活补贴，我是好乐于接受呀。’他笑了一笑，说了声：‘黄金官价，明天要提高了，而且提高很多是百分之七十五。今天买一两黄金，明天就赚一万五千元。假使能买到一二百两，那就赚得多了。我们设法找一点款子，买它一批，大家分润分润，发个小财，你看好不好？’我说：‘那当然是好。可是买一百两黄金储蓄的话，要二百万元现款。我们这穷公务员，哪里去找这笔款子呢？’提到这里，那位科长就笑了。他说：‘戏法人人会变，各有巧妙不同。要挪用二三百万元款子，并没有问题。我这里就现成。’说着，他在怀里抽出两张支票给我看，一张是一百万元，一张是一百六十万元。这支票上，司长科长，都已经盖了章。但是还欠一点手续，我还没有盖章。你不要看我在机关上地位低，开支票，还得我盖上一个图章。当然，机关里用这个例子，无非是防止人家舞弊。其实，毫无用处。这么一来，小弊受了牵制，也许不肯舞。等到有此必要，大家沟通一气，就大大地舞他一回弊，以便弄一笔钱，大家好分，像我今天这件事，就是个例子了。”

魏太太听到这里，心里放下了一块石头，完全了解，丈夫坐立不安，完全说的是自己的事，因扬起双眉笑道：“那么，你们科长，要你盖章了。你这个老实人，当然是遵命办理了。”魏端本道：“他不先加说明，糊里糊涂的拿出支票来叫我盖章，也许我真的遵命办理了。不过他这样说了，我倒不能不反问他一声。我就说：‘这样多的数目，拿出去买什么东西呢？给上峰上过签呈呢？’他笑说：‘若上签呈，我还找你干什么？’司长和银行界很有点拉拢，银行方面，答应特别通融，四点钟以后，也给我们把支票换成银行的本票，然后将本票入账，给我们定一百三十两黄金。两三天后，黄金定单就可以到手，到了手之后，我们拿去卖，三万五千元一两，不赚一文，将原单子让给人，你怕没有人要?’我听他这样说，那就完全明白了。我笑说：‘原来是司长科长有意提拔我，那我为什么不赞成？图章我这里现成。’说着，在怀里掏出图章来，手托了给他看。科长笑说：‘魏科员倒是痛快，我们得了钱，一定是三一三十一，大家分用。’他这样说着，顺手一掏，就把那图章拿过去了。到了这时，我只有瞪眼望了人家，还能把那图章抢了过来吗？科长拿了图章向我笑着点了个头，开着招待室的门走了。我在招待室里呆站了一会，也就只好回到办公室里去，直到下班的时候，科长才把图章交还给我。在办公室里，我也不便向科长再说什么，只好接过图章微微一笑。自然在我那笑的时候，我的脸色并不十分安定。科长也许很明白了我的意思，走出机关的时候，和我同在街上走着，他就悄悄地向我说：‘那一百三十两黄金的本钱，挪的是公家的款子，在一星期之内，应当归还公家。剩余的钱，司长大概分三分之二，人家不是负着很大的责任吗？还有三分之一，我们两个人对分了吧。照责任说，我是负担重得多，你愿意多分我一点更好，那是情义。你若要平分，我也无所不可。我不过还有一句话，还得对你交代明白，这事情是我们合伙作了，你在司长当面可别提起。有什么事，我们私下谈得了。’”

魏太太道：“这样的说，那他们是个骗局啊！你怎样地对他说?”魏端本坐不住了，又站了起来，两手插在裤子袋里，还是绕了屋子中间的桌子走路，摇了两摇头道：“这就是我不能满意的一点了。一百三十两金子，可能赚二百来万，司长分一百二十万，我和科长分八十万，科长还要我少分一点，连四十万都分不到。作弊是大家合伙的，钱可要我分的最少。我越想越气，打算把这事，给揭发了，可是揭发不得。揭发之后，我首先得丢纱帽。以后哪个机关还敢用我这和上司捣蛋的职员？我和司长科长为难不是和自己的饭碗为难吗?”

魏太太笑道：“你真是活宝。你自己盖了章，自己答应同人合伙买金子，自己点了头愿意少分肥，为什么到了家里来这样后悔？就是后悔，也不算晚，明天你可以向司长提出抗议。”魏端本道：“那岂不是自己砸碎自己的饭碗吗?”

魏太太将头一偏道：“你这叫做废话！你怕事就干脆别说，还绕了这桌子转圈子干什么?”魏端本笑道：“这一点，我自己也莫名其妙。大概有两点是我心里有些搁放不下。第一，我只知道他们拿了支票到银行去做黄金储蓄，却不知道他们弄的是些什么花样？第二，做这么一笔大买卖，我只分那么一点钱，我有点不服气。这正像那青年女子，让拆白党骗了，太得不偿失了。”

魏太太皱了眉道："你怎么老说这个比喻?"魏端本手扶了太太的肩膀，向她笑道："我知道你是个好强的女人。不过你之好强，有些过分。自己做个正经女人，尊重自己的人格，那也就行了，还要替社会上一切的女人好强。天下的年轻女人全都像你这样好强，那么，做丈夫的人，就太可放心了。"

魏太太突然地站了起来，本来有意闪开了他。可是她起身离开半步之后，复又走着靠近来，然后握了他的手笑道："你好好的这样恭维我一顿干什么?我有什么可以效劳的，你尽管说，我一定尽力而为。"魏端本原是让她握着一只手的，看到太太表示着这样亲切，就以另一只手，反握了她的手，轻轻地摇撼了两下，笑道："你不要多心，我并没有什么事需要你帮忙的，不过我今天为了所做的事得不偿失，心里非常的懊悔，这种事除了回来对你商量，又没有其他的人可以说。其实，事情已经做了，纵使懊悔于事也无补。"

魏太太听他的话音，依然是颠三倒四。笑道："不要说了，我看你是饿疯了，直到现在为止，你还没有吃饭，我去和你做晚饭吃吧。"说着，又摇撼他的手几下，然后轻身到厨房里去了。魏端本单独地坐在屋子里，围了桌子，又绕了两个圈子，然后向床上一倒，将两只脚垂在床沿下，来回地摇撼着，两只手向后环抱着，枕了自己的头。他眼望了楼板，只管出神，回转眼珠来，他看到了一叠被上，放着太太的手皮包，顺手将皮包掏来打开，只一颠动，那只金镯子就滚了出来。他拿着镯子在手上颠动了几下，觉得那分量是够重的。看看镯子里面，印铸有制造银楼的招牌。花纹字迹的缝里，没有一点灰痕，当然是新制的。他想着，太太赢了钱，赶快就去买只金镯子，这办法是对的，只是她在什么地方，赢得了这一笔巨款呢?而况皮包里还很有几叠现钞。

他想到了现钞，就伸手到皮包里去，掏出钞票来再看验一次。在钞票堆里，来有一张字条，是钢笔写的，上写："我已按时而来，久候不至，所许之物，何时交我?想你不能失信吧?知留白。即日下午五时。"这字条没有上下款，但笔迹认得出来，这是太太写的字，而且那纸条，是很好的蓝格白报纸上裁下来的，正是自己那日记本子上的。太太写这字条给什么人?人家许给她什么东西呢?写了这个字条，又为什么还放在手皮包里，没有给人呢?

魏先生把这张字条翻来覆去地看了若干遍，心里也正是翻来覆去地猜这些事的缘由。他想着，也许手皮包里，还有其他线索可寻，再将皮包拿过来，重新检查一遍。躺着还觉费事，坐了起来，将皮包抱在怀里，又把零碎东西一样样地看过，甚至粉扑几包子，胭脂膏几盒子，都打开来看看；但是这些东西，完全平常，并没什么痕迹。一转念，无故地检验太太的皮包，太太发作了，其罪非小，赶快把这些东西都收回到皮包里去。

正就在这时，魏太太走进屋子来向他笑嘻嘻地道：“你吃点什么呢？”她说话时，眼睛向床上瞟了来，见那床单上放着一张字条，立刻哟了一声，把那字条抢在手上。魏端本看了他太太，还不曾说什么。魏太太把抽屉里的火柴，取出来擦了一根，立刻把字条烧了，带了笑道：“不相干，这是和朋友开玩笑的。”魏端本原想问太太这字条是怎么回事，现在字条烧成了纸灰，死无对证，也就无须再说什么了。

倒是太太毫不把这事放在心上，笑嘻嘻地走近了床边，向先生道：“我给你煮点儿面条子吃吗？还是炒碗鸡蛋饭？”魏先生看到太太陪了笑容，就情不自禁地软化了，因道：“我肚子里简直不觉得饿，你随便弄点什么给我吃都可以，要不然，省事一点，就到门口去买两个干烧饼我来啃吧？”

魏太太听说，伸手替他抚摸了头发。俯着身子对他笑道：“你找本书看看，我好好地和你煮上一碗面。先让你吃个整饱，把心里这份儿难受先给它洗刷洗刷。”一面说着，一面将手去清理他的头上乱发。魏先生实在难得到太太这种殷勤与温存。当时被太太抚摩着，好像到按摩室里受着电烫似的，周身非常地舒适。

魏太太将她丈夫的头发抚摸了一会，见丈夫已把那张纸条的事忘记过去了，又伸手轻轻地拍了他的肩膀道：“一会儿工夫我就把面煮好了。”魏端本道：“我什么都吃，只要是你煮的。”说着，站了起来，两手连拍了几下。

魏太太看到这情形，什么痕迹都没有了，这就高高兴兴地向厨房里做饭去。在半个小时内她把面煮了来了，一只黑漆木托盘，托着两个小碟子，一碟是皮蛋和肉松，一碟是叉烧肉和香肠，另外两碗宽条子面，煮得清清楚楚的，在面堆上，铺着两撮咸菜肉丝浇头。便笑道：“这是为我赚了几文脏钱，犒劳犒劳我吗？”

魏太太笑道：“又发牢骚了，我老实告诉你，我没有这样好的巧手。我这是在斜对面面馆叫了来的。我不愿那伙计走进我们的卧室，我让他送到厨房里去，然后把家里的黑漆托盘转送到屋子里来。趁热吃吧。”说着，在衣袋里掏出两张方片白纸，把筷子擦抹干净了，然后两手捧着架在面碗沿上。魏端本对于太太这番招待，虽感到异乎寻常，但是太太盛情，不能不知好歹，反而表示怀疑，因之一切不加考虑，就痛痛快快的先吃完一碗面。

魏太太是空手坐在桌子横头，横过手肘拐来，斜靠了桌子沿坐着，直望了丈夫吃东西。魏先生把那碗面吃完了，她立刻将那碗残汤移开，而把这碗整面，立刻送到他面前去。魏先生笑道："你何必这样客气，我一切忍受，不要惦记那张支票上的图章了。明天早上起来听行市吧，你那金镯子要下蛋了。"他说着，向太太瞟上一眼。太太的面孔，在电灯下就飞出左右两片红晕。魏先生看到太太这样子，那金镯子是不能提起了，这也就随着微微一笑，不再说话。

魏太太带着两三分尴尬的情形，默然地坐在桌子横头，看到先生把面吃完，立刻拿了黑漆托盘来，把碗碟收了过去。随着送洗脸水送热茶，进出了无数次。魏先生心里本来想试探试探太太的口气，可是怕自己啰里啰唆，又把太太得罪了。因笑道："天天办公回来，若都有这样的享受，那真可以教人心满意足了。"

魏太太这时拿了一把长毛刷子，掸床单上的灰尘，弯了腰，一面刷灰，一面答道："这在战前，也太算不了什么了吧？我想，只要我们好好地合作，战后过今天晚上这份生活，那也太没有问题吧？"说着，把叠的被展开来，牵扯得四平八稳，又把两个枕头在床的一端摆齐了，回转身来，向丈夫做了个媚笑，因道："什么心事也不用想，睡吧。明天早上起来看报，看黄金加价的喜讯吧。"魏端本也是这样想着，管他今天做的事是黑是白，做了也是做了，明天黄金官价宣布出来，若是真变为三万五一两，那也就算中了个小小的头彩了。想到这里，心平气和自也安然去睡觉。

不过魏先生究竟是有心事的人，一觉醒来，见太太黑发蓬松，满枕都披散乌云，苹果脸儿紧偎在枕头窝里，紧闭了双眼，鼻子里呼噜呼噜地发出了鼻呼声，那她是身体困乏，睡得很甜呢。魏先生睁眼向吊楼的窗户上看了看，见窗纸完全变成了白色，重庆清晨的窗户有这样的白色，乃是时间已十分不早了。他一个翻身爬了起来，匆匆地披了一件灰布长衫，赶快开门就向外走。

这时，冷酒店里还没有上座，店老板正两手捧了一张土纸的日报，坐在板凳上看，立刻放下报望了他道："黄金官价涨到三万五了。魏先生，你买了金子没得？说是要涨价，硬是涨价咯。咧个老子，昨日子要是买到十两黄金储蓄的话，困了一觉，今天就赚到十五六万，这路生意不做，还做哪路生意？"魏端本睡眼蒙眬地站在老板面前。老板就将报纸递到他手上，笑道："硬是涨到三万五一两。你看报吗？"魏端本也没有说什么，双手将报纸接过，捧着展开一看，果然，第二版新闻里面，就有出号字作的题目，大书"黄金三万五千元一两，购买期货与黄金储蓄，即照新定价格办理。官方宣布此事时，虽业已深夜，但外间早日已有风闻，尤其昨日传言甚炽，故黄金黑市，即开始波动，预料今日更有剧烈之上升”。魏端本把这条简短的新闻，反复地看了几遍，脸上泛出了笑容，摇摇头自言自语地道：“真是朝里无人莫做官，怎么他们所猜的，就和官方宣布的丝毫不差呢？老板，你这张报，借给我送把太太去看看。”说着，正待转身要走，陶伯笙却在屋檐下叫了声魏先生。

抬头看时，陶先生已是西服穿得整齐，将他那个随身法宝大皮包夹在肋下。魏端本点个头道：“这样早就出门？”他站在屋檐下笑道：“吃早点去。今天有人发了财，要他大大请客了。你猜是谁？就是那卖一批五金材料的范先生。他把卖得的八百万元，滚了两滚，定了七百两黄金储蓄，你看，这赚的钱还得了哇！越是有钱的人，生意越好做呵。”魏端本笑着点点头道：“这么一来，我太太也发了个小财哩！”陶伯笙听说，倒为之愕然，站在冷酒店屋檐下呆了一呆。

010 乐不可支

陶伯笙也是一位在社会上来往钻动的人，尤其是这七年抗战的时候，社会上的人心，变得完全自私。只要是便于自私的，可以六亲不认。他夹着一个大皮包，终日在这种自私自利的人群里跑，什么人物行动，他看不出来？魏太太这两天在范家穿房入户，已不是一位赌友所应有的态度。再看看范宝华的言行举止，也就很不寻常，在这两方面一对照，这就大可明了了。这时听到魏端本说太太发了一个小财，觉得这语病就大了。照说，听了这话，应当反问人家一句，而且人家特意把话提了出来，也有引人反问的意味。不反问，也显着有意装聋卖哑了。他脑筋里接连地转了几个念头，他已很明白当如何答复这个问题，这就笑道：“今天早上的日报，一定是很好的销路，谁不愿意听到黄金涨价的消息呀。”

魏端本笑道：“那也不见得吧？没有买金子的人，他要知道这涨价的消息干什么？老实说，我看到这消息，心里就十分的不痛快。眼睁睁地看到人家平地发财，我丝毫捞不着，有点不服气。尤其是这抗战期间，我们当公务员的，千辛万苦，为国家撑着大后方这个政治机构，虽没有到前方去冲锋陷阵，可是躲在防空洞里，还不免抱着公事皮包，也算尽其力之所能为了。商人……”他一口气地说下来，说到商人这两个字，觉得这问题已转到了陶伯笙本人身上，大清早的怎好对人嘲骂？立刻转了话锋笑道：“其实这也是不可理解的事，我既讨厌黄金涨价的消息，为什么我还巴巴地爬起来就拿报看呢？这就叫过屠门而大嚼，虽不得肉，聊以快意了。老兄衣冠整齐，似乎已经早起来了，也是过屠门吗？”

陶伯笙笑道：“我的确要大嚼一顿，倒不是过屠门。”魏端本倒无意问他什么大嚼，手里捧了那张报纸，自向屋子里走，口里自言自语地道：“像陶伯笙这样韵小游击商人听说黄金涨了价，都兴奋之至，别个大商人就不用说了。怪不得他一早起来就有一顿大嚼。”

魏太太睡在床上，当他们在冷酒店里说着黄金价目的时候，她就醒了。睁眼见丈夫捧了报纸进来，这就突然地坐了起来，笑道：“黄金果然涨到三万五了吗？”魏端本笑道：“一点不错。你看这事，我应当怎么办？”他右手将报递给太太，左手在头上连连的乱搔一阵。

魏太太找着那段新闻，匆匆地看了一遍，披衣下床，向魏先生微笑着道：“你这个书呆子，还在这里发什么痴，你应该快点去见你那贵科长，看他表示着什么态度？趁着他还在高兴的时候，你要和他谈什么条件，也许他乐于接受。这就叫打铁趁热，你懂是不懂？”说着，伸手轻轻地拍了他两下肩膀。

魏端本想着也是，看了报上的消息，是买了金子的人，谁也得高兴一下。在科长高兴的时候，话是好说的，于是匆忙着打水洗了一把脸。太太发财找机会的心，似乎比他还要热烈；他在这里洗脸，她却在旁边送香皂，送牙膏，不断地伺候着。

魏先生还没有把脸洗完，魏太太就端了一盏新泡的茶送过来。她还怕茶太热了，魏先生喝着烫口，另将一只空杯子，把茶倒来倒去，两个杯子来回地冲倒了十几次，将茶斟得温热了，递给丈夫。笑道：“喝吧。喝了就走，我还等着你的好消息哩。”说着又把那顶半旧的呢帽子交给他。魏端本戴起帽子，太太又将皮包塞到手上。魏端本虽感到太太有些催促的意思，反正那也是青年女子发财心急吧。他说了声等好消息吧，就转身向外了。

但在他将出房门的时候，回头看了一看，却见太太抬起手臂来看过手表，又把手表送到耳边听听。现着有什么时间性的事要办一样，心里不免带上一些奇怪的意味出门而去。魏太太并不觉丈夫有什么惊异之处，洗脸水盆放在五屉柜上，水还没有倒去呢，就支起桌上的镜子来，多多地在脸上抹着香皂，然后低头伸到脸盆去洗脸。这和平常将把湿毛巾随便抹了抹嘴唇和眼睛大为相反。她左手按住了盆沿，右手托住带水的手巾，在脸上抹了十几下。自己也料着洗得够干净，将手巾拧干，把脸上水渍擦干，手巾捏成一团，向桌上一扔。立刻把她制服男子时的武器，如雪花膏、粉扑、胭脂、唇膏等等，全数由抽屉内取出来，放在镜子边。

尽管心里是恨不得一步就踏出大门去的，但是这化妆的功夫却不肯草草，先在脸上抹匀了雪花膏，再将粉扑子满脸轻轻抹上香粉，尤其是鼻子两边，这是粉不容易扑匀的所在，她对着镜子从容地按上了几遍。在镜子里看得粉是扑匀了，这才将胭脂盒里铜钱大的小胭脂扑儿，在腮脸上转着圈儿，慢慢地去涂画着。她有两只口红，一只深红的，一只淡红的，她对面前这两只口红，踌躇着选择了很久，最后选择了那深红的，在嘴唇上仔细地而又浓厚地涂抹着。涂抹完了，还用右手的中指，在嘴唇上轻轻地画匀。每一下都正对了镜子工作，让嘴唇和脸的赤白界限非常的清楚，最后一次，是画眉毛了，在抽屉里找出先生工作用的铅笔，在眉毛上来回的画了十几道，将眉梢画得长长的。

一切都化妆完毕，对镜子再看看，这还感到怕有不周全之处，把桌上那个湿手巾团儿拿起，将中指卷着一点儿手巾边缘，把眼睛的双眼皮细细的抹去粉渍。这样，双眼皮就格外的分明了。脸上的工作完了，才去把生发油瓶子取过来，很不惜牺牲的，在左手心里倒下了满掌的油。然后放下瓶子，两手心分盛着油，向烫的头发上涂抹着，其次是弯腰对了镜子，取过梳子，把头发从头到尾梳理。尤其是烫发的尾梢，这是表现美丽的所在，左手梳着，右手托着，让它每个乌云卷儿非常的蓬松而又不乱。这个修理头面的工作，她总耗费了三十分钟，然而她还觉得是过于匆忙的。

把五屉柜上那些征服男子的重武器，全部送回到抽屉，以后她还拿起桌上的镜子照过两次，她感到时间是不许可再拖延了。立刻把挂在墙上的那件花绸长夹袍穿上。这是她不无遗憾的事，无论到哪里去做客，就是这件衣服，见过三面的人，就要让自己的容光减色了，但这没有办法，就是有钱临时去做也来不及。她踌躇了一会，夹上大衣和皮包，又照了一下镜子。皮鞋今天先换上的，因为自己有这个毛病，常常是因匆促地出门，忘记了换皮鞋，有时走出门很多路，复又回来换上皮鞋，这次有意纠正这个错误，所以先把皮鞋穿上了。

这时走出了门，正要雇人力车，可是低头看到自己这双皮鞋，却是灰土蒙着的，还走回了屋子去，要整理一下。急忙中又找不到擦皮鞋的东西，就把桌上那湿手巾团拿起，将紫色皮子洗干净了，也就放出了一阵红光，她这算满意了，带三分高兴，七分焦急，雇人力车子，就奔向她的目的地而去。她坐上车上，还两次抬起手腕上的表来看了看时刻，距心里头的八点钟仅仅只过十分钟，觉着是没有多大问题，这就取出手皮包里的小粉镜对着脸上照了两次。

车子到了目的地门口，就是大广东馆子。她付出车钱，赶快地走进食堂，但到了食堂门口，就把脚步放缓了。她眼光很快的，向满茶座横扫了一遍。早就看到范宝华和陶李二位坐在茶座上大吃大喝。只看范的脸上那收不住的笑容，就知道他心里是太高兴了，但她虽是看到，却不向他们座位上走去。故意地远远绕开正中若干座位，走向食堂的角落里去。

范宝华看到，突然由座位上站起来，手里拿着筷子，连连地招了几下手笑道："请这边坐。"魏太太向他点了两点头，依然在座位上坐下。范宝华见她不肯过来，也就只有自行坐下了，但他那双眼睛，却直向这边探望着。约莫有十分钟，见她那位子上还只是一个人，便笑道："老陶，你过去看看，她若是自用早点，就请她过来坐吧。你是她老邻居，一请就会来的。"说着，又伸手将陶伯笙推了两下。

陶伯笙对于这事，自然是感到有些不大方便，可是今天的范老板，非比等闲，已是拥有七百两黄金的富翁了，便带着笑容走向魏太太座位上去。果然不辱使命，人家就让他邀着同走过来了。范宝华见她走来，便已起身相迎。她到了座位前，并不坐下，扶了椅靠站定，因笑道："让我做个小东吧。"

范宝华道："谁做东都没有关系，请坐下吧，魏太太不等什么人吗？"她笑道："我今天起早出来买点东西，路过门口，顺便来吃些早点。"陶伯笙道："那就更不客气了，我都愿意替范先生代邀你这位贵客。"

范宝华三个指头夹住了纸烟，抿着嘴吸了一口，然后喷着烟笑道："你那下面几句话，我替你说了吧，范先生买金子发了财了。哈哈！"魏太太还是不肯坐下，向他脸上瞟了一眼，见他眉飞色舞，喷出来的烟，像一支箭似的，向面前直射出去，便是这烟，好像都带了一股子劲。因笑道："可不是吗！一夜之间，一两金子就赚一万五千元，千把两金子这要赚多少钱？"

范宝华站起来连连地点了头笑道："请坐请坐！要吃点什么？"说着，将桌子外的椅子，向外轻轻拖开了几寸路，笑道："只管坐下来吃，反正我不请客也不行。"魏太太带了几分踌躇的样子，缓缓地坐了下来。陶伯笙就斟了一杯茶，送到她面前来放着。魏太太欠了一欠身子，因笑道："陶先生也是这样客气。"陶伯笙笑道："你别瞧不起我，我也打算请客。因为我多少也赚了一点钱吧？"他说着，抿了一支烟在嘴里划着火柴，将烟点上。当他划火柴的动作时，手指像上足了发条的机件，摆动得非常的有力。魏太太抿了嘴笑着，没有作声。

范宝华笑道："真的，老陶也弄了几两，小有赚头。就是他……"说着，伸手拍了两拍李步祥的肩膀，笑道："他也不会放过这个很好的机会呀。"李步祥今天的确也在高兴之中，他右手举了筷子，夹着一个大鸡肉包子，左手端了一杯热菜，一面喝着茶，一面吃点心，那脸上的笑容，不住的将肌肉挤得颤动，自是十分的高兴，便向他微微地点着头道："那么，李老板也可以请客。"李步祥正将那大鸡肉包子满口的含着，没有了说话的机会，翻着大眼望了她，只是笑。魏太太在应酬过了陶李二人几句话之后，没有话说，将桌子角上放的两份日报拿起来看着。

范先生再三地请她吃点心，她只提起筷子，夹了一块荸荠糕，将四个门牙，一丝丝地咬着咽下。吃完了那块荸荠糕，放下筷子，又拿起报来看着。陶伯笙偷眼看看范先生的颜色，透着十分的踌躇，便立刻站起来道："今天上午，我还应当出去忙上一阵。老李，怎么样？我们一路走走吧。"李步祥口里还在咀嚼着东西，拿了一张擦筷子的纸片，抹了几下嘴，两手按住了桌沿，缓缓地站了起来，笑道："走？好，我们就走。"魏太太并不作声，向两个瞟了一眼。

范宝华道："你们要去发财，我也不能拦着。请吧。"他说时，并不起身，抬起手来，向他们连挥了两挥。李步祥并没有理会到陶伯笙叫他走是什么意思，现在范宝华也叫他走，他就料着这里面必定有什么缘故，也就把挂在柱子上的帽子摘下，向大家点了个头，笑道："我走了，我走了！"他说着话，只是倒退着向外走。他没有理会到身后的椅子，给绊住了腿，人向旁边一歪，几乎倒了下去。幸是旁边有一根柱子，伸手一撑，把身子撑住了。魏太太看到，只是抿嘴笑着，立刻掏出手帕来捂住嘴。

范宝华笑道："走好一点，别犯了脑充血。赚几个钱，吃一点，穿一点，享受享受，别拿去吃药。"李步祥红着那张胖脸，微微地笑着，手捧着帽子连连地作了几个揖，也就抢着走开了。陶伯笙向二人也是笑着一点头，然后走去。魏太太对李步祥那些笨重举动倒没什么介意，看到陶伯笙走去的一笑，心里却是一动。他们走了，她端起一杯茶来，慢慢地抿着。

范宝华在她对面望着，见她今天满面红光，低声笑道："你大概知道我发了个小财了。"魏太太道："怎么是小财？是大大的一注财喜吧。"范宝华道："我也情愿发笔大财，发了大财，我当然也要……也要……也要帮你一个大忙。"他说到最后一句，声音就非常的低微。魏太太倒不去追问他下面是一句什么话，却伸了手向他道：“给我一支烟吸吸吧。”

范宝华托着烟盒子送到她面前去，让她取过一支，然后取回烟盒子去，掏打火机，将火焰打出来了，送到她面前来，给她将烟点上。笑道：“我和你说句实话，的确，这次我可以赚到一千多万。我若是好好地运用一下，不但现在日子好过，就是将来国家胜利了，回到江苏去安家立业也没有什么问题了。”魏太太手肘拐撑了桌子沿，两手指夹了纸烟，放到嘴唇里抿着慢慢地向外喷着，乌眼珠一转，向他微笑着道：“你的确是有办法，这年头是有钱人的世界，不，自古以来就是有钱的人有办法了。

范宝华对于她这样感慨而又像钦佩的话，突然而来，实在有些莫名其妙。因笑道：“我们找个地方去玩玩好吗？我为了这票生意，足足紧张了三天三夜，现在事情算是大功告成。我得好好地休息一下了，我有很多的话，想对你说说，你能和我一路走吗？”魏太太对他脸上张望了一下，微笑道：“我们有什么问题需要商量的吗？还要特地找个地方谈谈！”

范宝华取一支烟卷吸着，烟卷抿在嘴唇里，他按着了打火机，正待点火，却又把打火机盖上，同时，烟卷也取了下来，横放在桌上。他的手臂和这烟卷，取了一个姿势，两手横抱着，平放了在桌沿上，身子半伏在手臂上，两只眼睛的光线差不多对起来，全射在面前两碟点心上。似乎呆定着在想个什么问题。这样想了四五分钟，然后向她笑道：“我们有许多地方很对劲。假如你愿和我长期合作的话，我愿把我将来的计划，详细地和你谈一谈。”魏太太淡淡地一笑，她并没有说话，但她的眼珠向范先生一转，似乎在这个动作里面，表示了一点轻视的意味。

范宝华笑道：“田小姐，你以为我这是信口胡诌的话？”魏太太提起茶壶来，向杯子里斟着茶，似乎她心里，笑得有些乐不可支，手里那茶壶，被她斟得有些颤动。放下茶壶，端起茶杯，靠了嘴唇慢慢儿地呷着，她的视线由茶杯沿上射过来，射到范先生脸上。在他的脸上，似乎隐隐地刻下了两行字：我有金子七百两，我有法币两千多万。在民国三十四年春间，对于一位拥有两千多万资财的人，那还是不可不加以尊重的。便放下杯子来向他笑道：“我不是说了吗？有钱的人总是有办法的，你现在是个财翁了，要做什么计划的话，那还不是要什么有什么，怎么会是胡诌？不过你那有钱的人的复员计划，说给我们这没有钱的人听着，那不是让我增加为难吗？我不愿和你谈。”

范宝华虽听了她拒绝的话，可是看她的脸色，还是笑嘻嘻的，便说：“日久见人心，那就将来再谈吧。不过我告诉你一个好消息，今天罗家有个热闹场面，我已经被邀参加，你也去一个，好不好？”魏太太道：“赌钱的人，听到了有场面，不会拒绝参加的。不过你们今天这个场面，是庆功宴，我姓魏的有什么资格参加呢？”

范宝华道：“倒不一定是庆功，不过一部分人确是有点高兴。你要去参加，那没有什么关系，我和你垫一批资本。”她微笑着望了他道：“你和我垫资本？垫多少？我赢了，当然可以还你，我若是输了呢？”

范宝华笑道：“我们的事，那还不好说吗？我决不骗你，先付现，以为凭证。”说着，在西服口袋里，各处搜罗了一阵，搜出大小八叠钞票，除了留下两小叠外，其余一把捏着，都放到魏太太面前，笑道：“你看这作风如何？”魏太太真也没得话说了，嘻嘻地一笑。

范宝华道：“罗家大概预备了一顿午饭，我们是上午去，黄昏以前回到重庆来。”魏太太道：“那不行，家里的事，一点没有安排，这个时候，就要过江，那又得牺牲一天的整工夫。”范宝华笑道：“这是推诿之词吧？以往你出来赌钱，还不是赌到半夜里回家，那个时候你怎么不说是牺牲一整天的工夫呢？”魏太太向他望着，笑了一笑。

范宝华道：“你也没得可说的了。那么，我们马上就过江去吧。”说着，掏出钱来，竟自会账。他原来放在魏太太面前的那六叠钞票，却像没有其事，竟自站起来向柱子上去取下帽子来，向头上戴着。魏太太却依然坐着不动，还是提起茶壶来，向杯子里斟上一杯茶，笑着把肩膀颤动了几下。

范宝华走着离开了座位几步，就半偏了身子，两手环抱在胸前，斜伸了一只脚，对她看着。魏太太慢条斯理地站了起来，好像是很不经意的样子，把桌上放的那几叠钞票拿着，又很不经意地拿在手上。

范宝华笑道：“你收起来吧。这是第一批，我也希望你只要这第一批。万一不够，我还可以给你补充起来。”魏太太笑道：“你怎么打坏我的彩头，我要挂印封金了。”她借着这封金的一个名词，立刻打开皮包来，把几叠钞票向里面塞着，然后慢慢地走出座位来。

范宝华看到她走来了，就站着不动，让她在前面走。等她走过去了，然后在后面紧紧地跟着。走出了馆子大门口，魏太太站在路边，两头望了一望。

范宝华道，“今天我们两人合作也许可以大获胜利，而且今天在场的几位战将，我把他们的脾气也摸得很熟。趁着这两天的运气还不错，我们来一回锦上添花，好不好？”魏太太抿了嘴微笑，对他看看。范宝华道：“的确，今天这场赌，我们一定可以捞他一笔，别回家了，我给你雇车吧。”她又在街两头张望了一下，因道："别雇车了，我先走，在南岸码头上等你。"

范宝华喜欢得肩膀扛起了两下，眯住了双眼向她笑问道："你说这话是真的?"魏太太将嘴一撇，低声道："我现在不是让你控制住了。我要撒谎，也不敢向你撒谎呀!"她虽是低着声音的，可是她的语尾，非常的沉着，好像很有气。说毕，她扭身就走了。

范宝华站着没动，看了她的去路，确是走向船码头，这就自言自语地道："我控制你? 黄金控制你。有黄金，不怕你不跟我走，黄金黄金，我有黄金!"

011 极度兴奋以后

二十分钟后，范宝华也追到了轮渡的趸船上。魏太太手捧一张报纸，正坐在休息的长凳上看着呢。范宝华因她不抬头，就挨着她在长板凳上坐下。魏太太还是看着报的，头并不动，只转了乌眼珠向他瞟上一眼。不过虽是瞟上一眼，可是她的面孔上，却推出一种不可遏止的笑意。范宝华低声笑道："我们过了江，再看情形，也许今天不回来。"魏太太对这个探问，并没有加以考虑，放下报来，回答了他三个字："那不成。"范宝华碰了她这个钉子，却不敢多说，只是微笑。

这是上午九点多钟，到了下午九点多钟，他们依然是由这趸船，踏上码头。去时，彼此兴奋的情形还带了两三分的羞涩。回来的时候，这羞涩的情形就没有了，两人觉得很热，而且彼此也觉得很有钱，看到江岸边停放着登码头的轿子，也不问价钱，各人找着一乘，就坐上去了。上了码头之后，魏太太的路线还有二三百级坡子要爬，她依然是在轿子里。范先生已是人力车路，就下了轿子了。因站在马路上叫道："不要忘记，明天等你吃晚饭。"魏太太在轿子上答应着去了。

范宝华一头高兴地回家，吴嫂在楼下堂屋里迎着笑道："今天又是一整天，早上七点多钟出去，晚上九点多回来。你还要买金子?"范宝华道："除了买金子，难道我就没有别的事吗?"他一面说着，一面上楼，到了房间里，横着向床上一倒，叹了一口气道："真累!"

吴嫂早是随着跟进来了，在床沿下弯下腰去，在床底下摸出一双拖鞋来，放在他脚下，然后给他解着鞋带子，把那双皮鞋给脱下来。将拖鞋套在他脚尖上，在他腿上轻轻拍了两下，笑道："伺候主人是我的事。主人发了财，就没得我的事了。"范宝华笑道："我替你说了，二两金子，二两金子！"吴嫂道："我也不是一定是啥金子银子，只要有点良心就要得咯。"范宝华道："我良心怎么样了？"

吴嫂已站起来了，退后两步，靠了桌子角站定，将衣袋里带了针线的一只袜底子低头缝着。因道："你看吗？都是女人吗，有的女人，你那样子招待，有的女人，还要伺候你。"范宝华哈哈一笑地坐了起来，因道："不必吃那飞醋，虽然现在我认识了一位田小姐，她是我的朋友，我们过往的时间是受着限制的。你是替我看守老营的人，到底还是在一处的时候多。"

吴嫂道："朗个是田小姐，她不是魏太太吗？"范宝华道："还是叫她田小姐的好。"吴嫂把脸沉了下来道："管她啥子小姐，我不招闲（如沪语阿拉勿关），我过两天就要回去，你格外（另外也）请人吧。"范宝华笑道："你要回去，你不要金子了吗？"吴嫂嘴一撇道："好稀奇！二两金子吗！哼！好稀奇。"说时，她还将头点上了两点，表示了那轻视的样子。

这个动作，可让范先生不大高兴，便也沉下了脸色道："你这是什么话，你是我雇的佣人，无论什么关系，佣人总是佣人，主人总是主人，你做佣人的，还能干涉到我做主人的交女朋友不成？你要回去，你就回去吧，我姓范的就是不受人家的挟制。我花这样大的工价，你怕我雇不到老妈子。"吴嫂什么话也不能说，立刻两行眼泪，成对儿地串珠儿似的由脸腮上滚了下来。范宝华走到桌子边，将手一拍桌子道："你尽管走，你明天就和我走，岂有此理。"说着，踏了拖鞋下楼去了。

吴嫂依然呆站在桌子角边。她低头想着，又抬起头来对这楼房四周全看了一看，她心里随了这眼光想着：这样好的屋子，可以由一个女佣人随便地处置。看了床后叠的七八口皮箱，心里又想着，这些箱子，虽是主人的，可是钥匙却在自己身上，爱开哪个箱子，就开哪个箱子。这岂是平常一个老妈子所能得到的权利？至于待遇，那更不用说，吃是和主人一样，甚至主人不在家，把预备给主人吃的先给吃了，而主人反是吃剩的。穿的衣服呢？重庆当老妈子，尽管多是年轻的，但也未必能穿绸着缎。最摩登的女仆装束，是浅蓝的阴丹士林大褂与杏黄皮鞋。这样的大褂，新旧有四件，而皮鞋也有两双。工薪呢，初来的时候，是几十元一月，随了物价增长，已经将明码涨到一万，这在重庆根本还是骇人听闻的事，而且主人也没有限制过这个数目，随时可以多拿。尤其是最近答应的给二两金子，这种恩惠，又是哪里可以找得到的呢？辞工不干，还是另外去找主人呢？还是回家呢？另找主人，决找不到这样一位有家庭没有太太的主人。回家？除了每天吃红苕稀饭而外，还要陪伴着那位黄泥巴腿的丈夫，看惯了这些西装革履的人物，再去和这路人物周旋，那滋味还是人能忍受的吗？

她越想她就越感到胆怯，不论怎么样也不能是自动辞工的了。辞工是不能辞工，但是刚才一番做作，却把主人得罪了。手上拿了那只袜底子，绽上了针线，却是移动不得。这样呆站着，总有十来分钟，她终于是想明白了。这就把袜底子揣在身上。溜到厨房里去，舀了一盆水洗过脸，然后提着一壶开水，向客堂里走来。

范先生是架了腿坐在仿沙发的藤椅上。口里衔了一支纸烟，两手环抱在胸前，脸子板着一点笑容都没有。吴嫂忍住胸口那份气岔，和悦了脸色，向他道："先生，要不要泡茶？"范宝华道："你随便吧。"吴嫂手提了壶，呆站着有三四分钟，然后用很和缓的声音问道："先生，你还生我的气吗？我们是可怜的人吗！"说到这里，她的声音也就硬了，两包眼泪水在眼睛里转着，大有滚出来的意味。

范宝华觉得对她这种人示威，也没有多大的意思，这就笑着向她一挥手道："去吧去吧。算了，我也犯不上和你一般见识。"吴嫂一手提着壶，一手揉着眼睛走向厨房里去了。范宝华依然坐着在抽烟，却淡笑了一笑，自言自语地道："对于这种不识抬举的东西，决不能不给她一点下马威。"就在这时，李步祥由天井里走进来，向客堂门缝里伸了一伸头，这又立刻把头缩了回去。

范宝华一偏头看到他的影子，重声问道："老李，什么事这样鬼鬼祟祟的。"他走了进来，兀自东张西望，同时，捏了手绢擦着头上的汗。然后向范宝华笑道："我走进大门就看到你闷坐在这里生气，而且你又在骂人不识抬举。"范宝华笑道："难道你是不识抬举的人？为什么我说这话你要疑心？"李步祥坐在他对面椅子上，一面擦汗，一面笑道："也许我有这么一点。你猜怎么着，今天一天，我坐立不安。我到你家里来过两次你都不在家。"

范宝华道："你有什么要紧的事，要和我商量吗？"李步祥抬起手来搔搔头发道："你的金子是定到三百两了，可是黄金定单，还在万利银行呢。这黄金能说是你已拿到手了吗？你没有拿到手，你答应给我的五两，那也是一场空吧？"范宝华道："那要什么紧，我给他的钱，他已经入账。"李步祥道：

“银行里收人家的款子，哪有不入账之理？他给你写的是三百两黄金呢？还是六百万法币？”范宝华道：“银行里还没有黄金存户吧？”李步祥道：“那么，他们应当开一张收据，写明收到法币六百万元，代为存储黄金三百两。你现在分明是在往来户上存下一笔钱，你开支票，他兑给你现钞就是了，他为什么要给你黄金？若给你黄金的话，一两金子，他就现赔一万五，三百两金子，赔上四百五十万。他开银行，有那赔钱的瘾吗？”

范宝华吸着纸烟，沉默着听他说话。他两个指头夹了烟支放在嘴唇里，越听是越失去了吸烟的知觉。李步祥说完了，他偏着头想了一想，因道：“那不会吧？何经理是极熟的朋友，那不至于吧？”李步祥道：“我是今天下午和老陶坐土茶馆，前前后后一讨论，把你的事就想出头绪来了。那万利银行的经理，他有那闲工夫，和别人买金子，让人家赚钱，他倒是白瞪着两眼，天下有这样的事吗？开银行的人，一分利息，也会在账上写得清清楚楚，我不相信他肯把这样一笔大买卖，拱手让人。”

范宝华将手指头向烟碟子里弹着烟灰，因道：“哟！你越说越来劲，还抖起文来了。你说不出这样文雅的话，这一定是老陶说我把这笔财喜拱手让人。”李步祥咧开了厚嘴唇的大嘴，嘻嘻地笑着。

范宝华背了两手在屋子里踱来踱去。然后顿一顿脚道：“这事果然有点漏洞。我是财迷心窍，听说有利可图，就只想到赚钱，可没有想到蚀本。”李步祥道：“蚀本是不会蚀本，老陶说，一定是万利银行想买进大批黄金，一时抓不到头寸，就在熟人里面乱抓。你想，他明知道这二日黄金就要涨价，他凭什么不大大地买进一笔，就是他没有意思想做这投机生意，你在这个时候，几百万的在他银行存着，他为什么不暂时移动一下。你相信你存进去的几百万，他会冻结在银行里吗？你又相信他做了黄金储蓄，不自己揣起来，会全部让给别人吗？”

范宝华道：“你和老陶所疑心的，那一点不会错，不过何经理斩钉截铁地和我说着，他不应该失信。纵然他有意坑我，一位堂堂银行的经理，骗我们这小商人的钱，见了面把什么话来对我说？”李步祥笑道：“我们想来想去，也就只有这样想着，明天你不妨向何经理去要定单，看他怎么说？你可不能垮，你要垮了，我们的希望那就算完了。”

范宝华是点了一支纸烟夹在手指上的。他把两只手背在身后，在屋子里踱来踱去。听了这话，把手回到前面，把那截纸烟头子突然地向身边的痰盂里一扔，又把脚一顿，唉了一声道：“不要说了，说得我心里慌乱得很。”李步祥看他的颜色，十分不好，说了声再见，一点头就走了。

范宝华满腹都是心事，也不和他打招呼，兀自架腿坐在椅子上吸烟。那吴嫂不知就里，倒以为主人还是发着她的气，格外地殷勤招待。在平常，范宝华到了晚上十二点钟总要出去，到吃夜宵店里去吃顿吃夜宵。今天晚上也不吃吃夜宵了，老早地就上楼去安歇。他这晚上，在床上倒做了好几个梦，天不亮他就醒了。

他睁着眼睛躺在床上，到了七点多钟，再也不能忍耐了，立刻披衣下床，就走出了门去。他为了要得着些市场上的消息，就在大梁子百货市场的旁边，找了家馆子吃早点。这座位上自有不少的百货商人看到了他占着一副座头，都向他打个招呼，说声范老板买金子发了财。范宝华正是心里十分不自在，人家越说他买金子发财，他心里越不受用。怀着一肚子闷气，端了一杯茶，慢慢地呷着，还另把一只手托了头，只管对着桌上几碟点心出神。肩膀上轻轻地让人拍了一下。接着一股子脂粉香味，送到鼻子里来。

他回头看时，是个意外的遇合，乃是袁三小姐。便站起来笑道：“早哇！这时候就出来了。”她也不等人让，自行在横头坐下，两手抱了膝盖，偏了头向范宝华笑道：“我是特意找你来的，你怕我找你吗？”他坐下笑道：“我为什么怕你呢？至少，我们现在还是朋友呀。”

袁三先叫着茶房要了一杯牛乳，又要了一份杯筷，然后向他道：“既然还是朋友，我就不必客气了。老范，人家都说你在前日，抢买了大批黄金，你真有手段，这又发了整千万的大财吧？”范宝华提着茶壶，向她杯子里斟着茶，笑道：“黄金储蓄是做了一点，可是我为这件事，还大大的为难呢！”于是就把万利银行办手续的经过全告诉了她。然后向她笑道：“我越想越不是路数，恐怕是上了人家的当。”

袁小姐笑道，哼一声，眼珠向他瞟着道：“假如现在我们还没有拆伙，我和你出点主意，就不会让你这样办。我用钱是松一点，但是我也不会白花人家的。不过站在朋友的立场上，我还可以帮你一点忙。索性告诉你，我今天起这个早，就是特意来找你的。”范宝华道：“我这件事，很少有人知道哇，莫不是老李告诉你的。”

这时，大玻璃杯子，盛着牛乳送来了。她用小茶匙舀着牛乳慢慢地向嘴里送着。因微笑道：“你小看了袁三了。我路上有两个熟人，也是在万利做来往的。那何经理是用对付你的手腕，一般地对付他们，说是可以和他们抢做一批黄金储蓄，把人家的头寸，大批地抓到手上足足地做上一批黄金储蓄，那可是他的了。”范宝华道：“你怎么知道万利银行会这样干？”

袁三笑道：“已经有人上了当，明白过来了。人家比你做的还十分周到呢。万利收到他款子的时候，还开了一张临时收据，言明收到国币若干，按官价代为储蓄黄金，一俟将定单取得，即当如数交付。收据是这样子说的，照字面说，并没有什么毛病，可是昨天那储蓄黄金的人，和银行里碰头时，他们就露出欺骗的口风了。第一就是这次黄金加价，外面透露了风声，财政部对于黄金加价先一日的储户，一概不承认，定单大概是拿不到了。若一定要储蓄，只有按三万五千元折合。老范，你这次可上了人的当，那样的一张代存黄金储蓄的收据都没有，你凭着什么向人家要黄金定单。”

他本来是满肚子不自在。听了这些话，脸色变了好几次，这就斟满了一杯茶，端起来一饮而尽，接着一摆头道：“不谈了，算我白忙了三四天。”这时，正有一阵报贩子的叫唤声音，由大门外传了进来。范宝华起身出去，买了一份，两手捧着一面走，一面看；走回了座位。将报放在桌上，用手拍了报纸道：“完了完了，就是万利银行承认，我做了黄金储蓄，我也没法子取得定单。”

袁三取过报来看时，见要闻栏内，大衣纽扣那么大的字标题：“黄金加价泄漏消息”大题外，另有一行小些的字标题，乃是某种人舞弊政府将予彻查。再细看内容，也就是外传的消息，黄金加价头一天定的黄金储蓄，一律作废。袁三将报看完，带着微笑，依然放下。望了他道：“老范，我们总还算是朋友，你能不能相信我的话，让我帮你一点忙？”范宝华道：“事到于今，还能有什么法子挽回这个局面吗？”

袁三道：“你存在万利银行的那笔款子，他虽不能给你黄金定单，可是他还能不退回你的现钞吗？你有现钞，怕买不到黄金？”范宝华不由得笑了，很自在地取了一支烟衔在嘴里，划了火柴点着，吸着烟喷出一口烟来。因道：“这一层你还怕我不知道。可是再拿现钞去买黄金，就是三万五千元一两了。”

袁三笑道：“你虽是个游击商人，若论到投机倒把，我也不会比你外行。若是叫你去买三万五千元一两的黄金，我也就叫多此一举了。”范宝华将手指着报上的新闻道：“你看黄金黑市，跟着官价一跳，已跳到了七万二。还有比三万五更低的金子可买吗？”

袁三笑道：“你买金子，钻的是官马大路，你是找大便宜的，像人家走小路捡小便宜的事，你就漆黑了。昨天的黄金，不是加价了吗？就有前两天定的黄金储蓄，昨天才拿到定单的。照着票面，两万立刻变成了三万五，他赚多了。若是到六个月，拿到值七八万元一两的现金，那就赚得更多，可是那究竟是六个月以后的事呀。算盘各有不同，他宁可现在换一笔现金去做别的生意，所以很有些拿到二万一两定单的人，愿以三万一两的价格出卖。在他是几天之间，就赚了百分之五十，利息实在不小。你呢，少出五千元一两，还可以做到黄金储蓄，这比完全落空，总好得多吧？你若愿意出三万元一两，我路上还有人愿出让三四百两。你的意思怎么样？”她说着这话时，将一只右手拐撑在桌沿上，将手掌托了下巴，左手扶了茶杯，要端不端地，两只眼睛，可就望了范宝华的脸。’范宝华道：“照说，这是一件便宜买卖。不过我明明买到了二万一两的黄金，忽然变着多出百分之五十，我不服这口气。”袁三听说，手拿了桌上的皮包，就突然地站了起来。因笑道：“我话只说到这里，信不信由你。扰了你一杯牛乳，我谢谢了。”说着扭身走去。

她走到了餐厅门口回头看来，见他还是呆呆地坐在座头上的，却又回转身，走到桌子边，笑道：“老范，我们交好一场，我不忍你完全失败，我还给你一个最后的机会。假如你认为我说的话不错，在三天之内去找我，那还来得及。三天以后，那就怕人家脱手了。”她说着将皮包夹在肋下，腾出手来，在范宝华肩膀上轻轻拍了两下。她向来是浓抹着脂粉的，当她俯着身子这样的轻轻地拍着的时候，就有那么一阵很浓的香气，向老范鼻子里袭了来。他昂起头来，正想回复她两句话，可是她已很快地走了。尤其是她走的时候，身子一掀，发生了一阵香风。这次她走去，可是真正地走了，并不曾回头。

范宝华望了她的去影，心里想着：这家伙起个早到茶馆子里来找我，就为着是和我计划做笔生意吗？她有那样的好意，还特意起个早，来照顾我姓范的发财吗？他自己接连地向自己设下了几个疑问，也没有智力来解决。但他竟不信李步祥和袁三怀疑的话，完全靠得住。他单独地喝着茶，看看报，熬到了九点钟，是银行营业的时候了，再不犹豫，就径直地冲上万利银行。

到了经理室门口，正好有位茶房由里面出来，他点了头笑道：“范先生会经理吗？”范宝华道：“他上班了吗？”茶房道：“昨日上成都了。”范宝华道：“前两天没有说过呀。那么，我会会你们副理刘先生吧。”茶房道：“刘副理还没有上班。”范宝华道：“你们经理室里总有负责的人吧？”茶房道：“金襄理的屋子里。”范宝华明知道襄理在银行里是没有什么权的，可是到了副经理不在家，那只有找襄理了，于是就叫茶房先进去通知一声。

那位金襄理还是穿了那身笔挺的西服，迎到屋子外来，先伸了手和他握着，然后请到经理室里去坐。范宝华心里憋着一肚子问题，哪里忍得住，不曾坐下来，就先问道：“何经理怎么突然到成都去了？”金襄理很随便地答道：

“老早就要去的了，我们在那里筹备分行。”说毕，在桌上烟筒子里取来一支烟敬客。范宝华接着烟，也装着很自在的样子，笑问道：“何经理经手，还替朋友代定着大批的黄金储蓄呢。”金襄理取过火柴盒，取了一支火柴擦着了火，站在面前，伸手给他点烟，笑道：“那没有关系，反正有账可查。”这句很合理的话，老范听着，人是掉在冷水盆里了。

012　一张支票

根据李步祥和袁三的揣测，万利银行代定黄金储蓄的事，分明是骗局。本来范宝华还不信他们的话是真的，现在听说何经理突然到成都去了，天下事竟有这么巧，那分明是故意的了。站在经理室里，倒足足地发呆了四五分钟。金襄理依然还是不在乎的样子，自己点了一支烟吸着。因道：“范先生也定得有黄金储蓄吗?”他道：“我正为此事而来，曾托何经理代做黄金储蓄三百两。”金襄理像是很吃惊的样子，将头一偏，眼睛一瞪道：“三百两?这个数目不小哇。我还不曾听到说有这件事，让我来查查账看。”

范宝华摇摇头道：“你们账上是没有这笔账的。我给的六百万元，你们收在往来户头上了。”金襄理将两个指头，把嘴里抿着的纸烟，取了出来，向地面上弹着灰，将肩膀扛了两扛。笑道：“这非等何经理回来，这问题就解决不了，这事我完全不接头。”

范宝华到了这时，算是揭破了那哑谜，立刻一腔怒火向上把脸涨红了。连摇了几下头道：“不然，不然！这事情虽然金襄理未曾当面，你想，我们银行里的往来户，还能讹诈银行吗?这是何经理当着我的面，恳恳切切和我说的，让我交款子给他，他可以和我在中央银行定到黄金。”金襄理不等他说完，立刻抢着道：“也许那是事实，不过那是何经理私人接洽的事，与银行无关。这事除了范先生直接和何经理接洽，恐怕等不着什么结果。不过范先生的钱若是已经存入往来户的话，那就不问范先生是不是存了黄金，我们只是根据了帐目说话，范先生要提款，那没有问题。”

范宝华笑着打了个哈哈，因道：“我也不是三岁二岁的孩子，在银行里存了钱，我还不知道开支票提款吗？有款提不出来，那成了什么局面？”金襄理笑道：“请坐吧，范先生。这件事我们慢慢地谈吧，反正有账算不烂。”范宝华站着呆了一会笑道：“诚然，我的款子是存在往来户上，我就认他这是活期存款吧。”说着，又淡笑了一笑，向金襄理点了两点头，立刻就走出万利银行了。

他先到写字间里坐了两小时，和同寓的商人，把这事请教过了，都说，这事没有什么可补救的。你钱是存在往来户上，能向人家要金子吗？他前前后后地想着，这分明是那个姓何的骗人，李步祥这种老实人都看破了，自己还有什么可说的。又回想到袁三说的话，也完全符合。人家都说自己做了一批金子发了大财，于今落了个大笑话，未免太丢人了。袁三说，只要肯出三万一两，还可以买到人家两万储蓄的定单，虽是每两多花一万元，究竟比新官价少五千元，还是个便宜。

他坐在写字台边，很沉思了一会子，最后他伸手一拍桌子道：“一不做，二不休，我非再买足三百两不可。去！去找袁三！”他自言自语地完了，也没有其他考虑，立刻起身去寻袁三。

这是上午十点钟，袁三小姐上午不出来，这时可能还在睡早觉，既出来了，她就非到晚上不回去。范宝华午饭前去了一趟，袁小姐不在家，下午五点钟再去一趟，她依然不在家。可是由袁小姐寓所里出来，却有个意外的奇遇，魏太太却正是坐着人力车子，在这门口下车，出得门来，正好和她顶头相遇，要躲避也无从躲避。只好咦了一声，迎上前道：“巧遇巧遇！”

魏太太看到他，也是透出几分尴尬的样子，笑道：“我们还不能算是不期而遇吧？”范宝华道：“你是来找袁三的？我今天来找她两次了，她不在家。”魏太太道：“什么袁三袁四？我并不认得她。这里二层楼上有我一家亲戚，我是来访他们的。”范宝华看她的面色，并不正常，她所说的话，分明完全是胡诌的。当时也不愿说破，含笑闪在一边，让她走进门去。他也不走远，就闪在大门外墙根下站着。

果然是不到十分钟，魏太太就出来了。他又迎上前笑道：“快到了我约会你的时候了。”魏太太道：“谢谢吧。你这个主人翁一点能耐没有，驾驭不了老妈子。我看她，对我非常的不欢迎，我不愿到你公馆里去看老妈子的颜色。”范宝华笑道：“那是你多心，没有的话，没有的话。你不愿到我家里去，我们先到咖啡馆里去坐坐。”她望着他微笑道：“就是你我两个人？”

范宝华哦了一声算明白了，因道：“我有生意上许多事要和你畅谈一下，也就是我来找袁三的原故。在咖啡座上，也许不大好谈，你到我写字间里去罢。”魏太太道：“你的黄金储蓄定单，已经拿到了？”她问到这句话时，两道眉峰扬了起来。范宝华道：“我正要把这件事告诉你。我兴奋得很，我要把我的新计划，对你说一说。”提到金子，提到了关于金子的新计划，魏太太就不觉得软化了。笑道：“充其量你不过是把写字间锁起来，把我当一名囚犯，我已经经验过了的，也算不了一回什么事。”

范宝华笑道：“你知道这样说，这事就好办了。要不要叫车子呢？”魏太太并不答话，挺了个胸脯子，就在前面走着。范宝华带了三分笑容，跟在她后面走。她倒是很爽直的，径直地就走到写字间的大楼上来。这已是电灯大亮的时候，范宝华用的那个男工，将写字间锁着，径自下班了。魏太太走到门边，用手扶了门上黄铜扭子，将它转了几转，门不能开。她就靠了门窗，悬起一只脚来，将皮鞋尖在楼板上连连地颠动了，微斜了眼睛，望着后面来的范宝华。他到了面前，低声笑道：“你那里不还有我几把钥匙吗？”魏太太红着脸道：“你再提这话，以后……”

范宝华乱摇着两手，不让她把话说了下去。他笑嘻嘻地将门打开，让她走进房去。魏太太首先扭着门角落里的电门子，将电灯放亮，但立刻她又十分后悔，人家的写字间，自己是怎么摸得这样熟练呢！电灯亮了，而写字间的布置，多半是没有什么移动，她看了这些，回想到今日又到了这个吃亏的地方，虽然是过去了的事，可是那天的事情，样样都在眼前，不由得这颗心房，怦怦地乱跳。红着脸，手扶了写字台，只是呆呆地站着。

范宝华随手掩了房门，笑道：“田小姐，坐下吧。”魏太太将手抚着胸口，皱了眉道：“老范，我看还是另找个地方去谈谈吧，我在这地方有些心惊肉跳。”范宝华走向前，在她肩上轻轻拍了一下，笑道：“不要回想前事，只要你能够和我合作，这个写字间，就是你我发祥之地，将来我们若有长期合作的希望，这写字间还大大地可以纪念一下呢。”说着，他握了魏太太的手，同在长的藤椅子上坐下。

她的脸色沉着了一下，但忽然又带上了笑容，摇着头道：“不要谈得那样远吧。我觉得这物价指日高升的时候，什么打算，没有比巩固了经济基础更要紧的。你做的黄金储蓄，把定单拿到了没有？”范宝华叹口气道：“唉！我受了人家的骗。好在本钱并没有损失，我当然要再接再厉地干下去。”

说到这里，他颇勾起了心事，于是坐到写字台边去，先亮上了台灯。随着抬起两只脚来，放在桌子上，然后吸着纸烟，把储蓄黄金落空的事告诉了她。又笑道：“你在袁三门口，看到我出来，必然大为奇怪，以为我们又和好了。我和她合作不了，你放心。”魏太太笑着一摆头道：“笑话！我有什么放心不放心。”

范宝华道：“这也不去管它，我今天特地去找她两次，是由于她今天早上在茶馆里找着我，说是有人愿把最近取得的黄金储蓄单出让。当然是两万元一两定着的。现在他愿意少官价五千元，三万一两求现。我想了一想，两万一两，既是落空，能只出三万元买到定单，还是一桩便宜，所以我急于找她把这事弄定妥。”魏太太笑道：“你们又合作经商。看她每天打扮得花蝴蝶子似的，倒不忘记赚钱。”

范宝华笑道：“这样说，你们天天见面。”魏太太道：“也不过在朱四奶奶那里会过她两次。”范宝华道：“你倒是常去朱家。”她笑道：“常去又怎么样？其实，我也不过去过两三回。”范宝华道：“那么，你在她面前问我来着？”魏太太顿了一顿，笑道：“我也不能那样幼稚吧？”范宝华道：“我想你也不会。不过你今天既是特意去找她，应该是有什么事去和她商量吧？”魏太太将头微偏着想了一想，微笑道：“反正总有点事去找她，女人的事，你怎么会知道。”

范宝华由桌子上抽回脚来，站起来一跳，因道：“我心里本来是一团乱草，不知道怎么是好。你一和我说话，就引起了我的兴趣，什么也不想了。你可以多耽搁一会吗？我开个单子，叫馆子里送些酒菜来，我们就在这里吃晚饭。”魏太太对于这个约会，倒不怎样的拒绝，将手皮包放在怀里，两手不住的抚弄着。她眼光望了皮包道：“你以为我家里穷得开不了伙食，天天到你这里混一餐晚饭吃。”

范宝华笑道：“言重言重。”魏太太道：“什么言重呀！你就是这样每天招待我一顿晚饭，让我提心吊胆地跑了来找你，以前，我不过是实逼处此，不能不向你投降。可是这几日，你可以看得出来，我已经因你的缘故，把对家庭的观念动摇了。士为知己者死，只要你永远是这样地对待我，我是愿为你牺牲的。你以为我去找袁三，是对你有什么不利之处吗？那就猜到反面去了。我正和她交朋友，打算在她口里探听出来，你喜欢吃什么？你喜欢女人穿什么衣服。你也认得我这样久了。你看我总是穿了这一件花绸夹袍子，我也应当做两件衣服。以后少不得和你同出去的时候，大家都是个面子，我总不能老是这一套。”

范宝华笑道：“有你这话，我死了都闭眼睛。衣服，那不成问题，你要做什么料子的。我还有两家绸缎店的熟人，我可以奉送你几件，就是裁缝工，我也可以奉送。因为那两家绸缎店，全都代人做衣服的。”魏太太道：“你那意思，以为我可以和你一路到绸缎店里去？你范先生要什么紧，无拘无束，爱做什么就做什么？可是你没有替我想想，我是什么身份。我哪回到你这里来，不是手心里捏着一把冷汗。我是回去，我心里也扑通扑通要跳个很久。”

范宝华道：“那好办，我给钱你自己去买吧。支票也可以吗？”魏太太想了一想，因道：“也可以，你不写抬头就是了。”范宝华笑道：“穿衣服是未来的事，吃饭问题，可就在目前。我来开个菜单子去叫菜。”说着，坐下去。在身上抽出自来水笔，取过一张纸放在面前，将手按着，偏了头望着她道：“你想吃些什么？”魏太太道：“你打算真到馆子里去叫莱吗？那大可不必。我知道你们这大楼里就有座大厨房。你就向这厨房里招呼一声，他们有什么就做什么来吃。以后我这地方，不免常来，每次都向馆子里叫菜来吃，既是很浪费，而且端来了也都冷了。”

范宝华点着头笑道：“我依你，我依你。只是不恭敬一点。”魏太太半抬了头向他瞟上一眼，因微笑道：“你还约我长期合作呢，怎么说这样的话？”范宝华笑嘻嘻地站起来，点着头道：“我亲自到厨房里去叫菜。不忙，我这人容易忘事，先把支票开给你吧。”说着，又坐了下去。立刻在身上掏出支票簿子来，开了一张二十万元的支票，盖上图章交给魏太太道：“你看这数目够了吗？”魏太太接过支票来，先笑了一笑，然后望了他道：“这有什么够不够的，你就给我十万，我也够了，不过少做两件衣服而已。”

范宝华笑道：“我又要自夸一句了，我做金子赚的钱，送你四季衣服的资本，那是太不成问题了。你看中了什么衣料，尽管去买，钱不够，随时到我这里来。”她听到他这样慷慨地答应着，实在不能不感谢，可是口里又不愿说出感谢的字样，将右手抬起来，中指压住大拇指，啪的一声，向他一弹，而且还笑着一点头。

范宝华也是很高兴，笑嘻嘻地亲自跑到厨房里去，点了四莱一汤，让他们送了来，两人饱啖一顿，饭后，又叫厨房熬了一壶咖啡来喝。魏太太谈得起劲，也就不以家事为念，直到十一点多钟，方才回家去。

魏先生的公事，今天是忙一点，疲倦归来，早已昏然入睡了。魏太太本想叫醒他的，转念一想，他睡着了也好。这样，他就不晓得太太是几时回来的了。次日早上，却是魏端本先醒，因为他做了一个梦，梦到和司长科长定的那批黄金，却把储蓄单子兑到现金，手里捧一块金砖，正不知道收藏在什么地方是好，耳朵里却听到很多人叫着，捉那偷金砖的人。自己扯起腿来跑，身后的叫喊声，却是越来越大，急得出了一身汗。睁开眼来看，吊楼上的玻璃窗户，现出一片白，那喊叫声在街上兀自叫着没歇。仔细听去，原来是下早操的国民兵，正在街上开步跑，叫着一二三四呢。自己在枕上又闭着眼想了一想，若是真得了一块金砖，那就什么问题都解决了。可是这金砖怎能够得到它呢？金砖不必去想，还是和司长科长做的这批黄金储蓄，赶快去把它弄到手吧。这事在机关里，偷偷摸摸的总不大好去和科长谈判。今天可以起个早，先到科长家里去把他拦着。

主意想定了，一骨碌就爬了起来。自己打了水到屋子里来漱口洗脸。太太在床上是睡得很熟，水的响声，把她惊醒了。睁眼看了一下，依然闭着。一个翻身向里闭了眼睛道："怎么起床得这样的早?"魏先生道："我要到科长家里去谈谈，你睡你的吧。"他虽是这样答应了，太太却没有作声，又睡着了。

魏端本看了太太，见她身穿的粉红布小背心，歪斜在身上，那胸襟小口袋里露出一块纸头，好像是支票。魏先生对于近几日太太用钱的不受拘束，很是有点诧异，而且她手头松动，并未向自己要钱。原是想问她两句，既怕得罪了她，而且那些话也想象得出来，必然说是赢来的，那也就不必多此一问了。这时看到这支票头子，颇引起了好奇心，这就悄悄地走到床边，伸出两个指头，将支票夹住，抽了出来。他看那全张时，正是二十万元的一张支票。下面的图章，虽是篆字，仔细地看着，也看得出来，乃是"范宝华印"四字。上次和他成交几百万买卖，接过他的字据，不也是这颗图章吗？他为什么给太太这么多钱？而且就是昨日的支票。自然他和她是常在一处赌钱的。原来只知道他们赌钱是三五万的输赢，照这支票看起来，已是几十万的输赢了，那还得了。他怔怔地将支票看了好几分钟，最后，他摇了两摇头：依然把那支票悄悄地送回到太太衣袋里去。

她昨晚上回来的时候，人是相当的疲倦，随便地把这支票向小背心的小口袋里塞了去，并没有什么顾虑。一觉醒来，她听到街上的市声，很是嘈杂，料着时间已是不早。立刻坐了起来，在枕头褥子下面，掏出手表来一看，时间乃是十点。再将小背心的衣襟牵扯了几下，掏出小口袋里的支票看了一看，并不见得有什么不对之处，依然把支票折叠着塞在小口袋内。披衣下床，赶紧地拿着脸盆要向厨房里去。

杨嫂手上抱着小渝儿，牵着小娟娟，正向屋子里走。在房门口遇个正着。杨嫂道："太太，让我去打水吧，我把娃儿放在这里就是。"魏太太道："你带着他们吧，我要赶到银行里去提笔款子。"小娟娟牵着她的衣襟道："妈妈你带我一路去吧。”魏太太拨开了她的手道：“不要闹！”娟娟噘了小嘴道：“妈妈，你天天都出去，天天都不带我，你老是不带我了吗？”小孩子这样几句不相干的话，倒让她这口气向下一挫，心里随着一动，便牵过女儿来，将脸盆交给杨嫂。

杨嫂将小渝儿放在地上，摸了他的头发道：“在这里耍一下儿，不要吵。你妈妈今天买肉买鸡蛋转来，烧好菜你吃。”娟娟又噘了嘴道：“我们好久没有吃肉了。”魏太太道：“哪有那么馋？又有几天没吃肉哩？”她是这样地说了，牵着两个孩子到床沿上坐着，倒说不出来心里有一种什么滋味。两只手轮流的在小孩子头上脸上摸摸，因道：“今天我带你们出去就是，你们不要闹。”两个孩子，听说妈妈带去出门，高兴得了不得，在母亲左右，继续地蹦蹦跳跳。娟娟牵着妈妈的衣襟，轻轻跳了两下，将小食指伸着，点了弟弟道：“不要闹，闹了妈妈就不带你上街了。”

魏太太被这两个小孩子包围了，倒不忍申斥他们，只有默然地微笑。杨嫂打着洗脸水来了，她在五屉桌上支起了镜子开始化妆。这两个孩子，为了妈妈的一句话，也就变更了以往的态度，只是紧傍了母亲，分站在左右。魏太太伸伸腿弯弯腰，都受着孩子们的牵制。她瞪着眼睛，向孩子们看了看，见他们挨挨蹭蹭地站在身边，那四只小眼珠又向人注视着，这就不忍发什么脾气了。她想着：出门反正是坐车，就带着两个孩子也不累人，而况到银行里兑款或到绸缎店去买衣料，都不是拥挤的所在，这虽带着两个孩子，那也是不要紧的。她这样地设想了，也就由孩子跟着。

等着自己在脸上抹胭脂粉的时候，对了镜子看看，忽然心里一个转念，在自己化妆之后，人是年轻得多，而也漂亮得多，若是带两个很脏的孩子到银行绸缎店去，人家知道怎么回事？有一位年轻的太太，带着这样脏的孩子的吗？她这样地想着，对两个孩子，又看上了两眼，越看是孩子越脏，不由得摇了两摇头。因叫着杨嫂进来，向她皱了眉道：“你看，孩子是这样的脏，能见人吗？”

杨嫂抿了嘴笑着，对两个孩子看看。魏太太道：“你笑什么？”杨嫂道：“我就晓得你不能带这两个娃儿出去咯，你看他们好脏哟！妈妈穿得那样漂亮，小娃儿满身穿着烂筋筋，郎个见人吗？”魏太太的心，本已动摇了，听了这话，越是对两个孩子不感到兴趣，这就向杨嫂丢了个眼色，又在衣袋里掏出两张钞票来，交给她道：“你带他们去买东西吃吧。”

杨嫂道：“来，两个娃儿都来。”娟娟道：“你骗我，我不去。你把我骗走了，我妈妈就好偷走了。我要和我妈妈一路去看电影。”她说着这话，牵了她妈妈的衣襟，就连扭了几下。

魏太太把脸色沉下来，瞪了眼道：“这孩子是贱骨头，给不得三分颜色，给了三分颜色就要和我添麻烦。有钱给你去买东西吃，你还有什么话说，给我滚。”说着把手将孩子推着。小娟娟满心想和妈妈上街，碰了这么个钉子，哇的一声哭了。

杨嫂一手牵着一个孩子，就向门外拉，口里叫道：“随我来，买好家伙你吃，像那天一样你妈妈赢了钱回来，我们打牙祭，吃回锅肉，要不要得?”魏太太站在五屉桌边对了镜子化妆，虽是怜惜这两个孩子哭闹着走开，可是想到这青春少妇，拖上这么两个孩子，无论到什么地方去，也给自己减色，这就继续地化妆，不管他们了。

这究竟因为是花钱买东西，与凭着支票向银行取款，化妆还用不着那水磨工夫，在十来分钟之后，她已化妆完毕，换了那件旧花呢绸夹袍，肋下夹了手皮包，就匆匆地走上街去。可是只走了二三十个店面，就顶头遇到了丈夫，所幸他走的是马路那边，正隔着一条大街。她见前面正是候汽车的乘客长蛇阵，她低头快走几步，就掩藏在长蛇阵的后面了。

013　谦恭下士

魏端本在马路那边走着，他却是早看到了他太太了，但是他没有那个勇气，敢在马路上将太太拦住。遥见太太在人缝里一钻，就没有了，这就心房里连连地跳了几下。自己站在人家店铺屋檐下，出了一会神，最后，他说了句自宽自解的话：“随她去。”说完了这句话之后，也就悄悄地走回家去。杨嫂带着两个孩子出去买吃的，这时还没有回来，魏端本由前屋转到后屋，每间房子的屋门，都是洞开着的，魏先生站在卧室中间，手扶了桌子沿，向屋子周围上下看了一遍。因又自言自语地道：“这成个什么人家?若是这个样子，就算每日有二十万元的支票拿到手，那有什么用?相反的这个不成样子的家，那是毁得更快了。”

他说话的时候，杨嫂伸进头来，向屋子里张望了一下，见屋子里就是主人一个，不由得笑了。魏端本道："你笑什么?"杨嫂左右手牵着两个孩子，走将进来，笑道："我听到先生说话，我以为屋子里有客，没有敢进来。"魏端本道："唉！我一肚子苦水，对哪个说?"杨嫂看到先生靠了桌子站定，把头垂下来，两只手不住在口袋里掏摸着。他掏摸出一只空的纸烟盒子，看了一看，无精打采地向地面上一丢。杨嫂看到主人这样子，倒给予他一个很大的同情。便道："先生要不要买香烟?"魏端本两手插在裤子袋里摇了两摇头。杨嫂道："你在家里还有啥子事，要上班了吧?"

魏端本低了头，细想了几分钟，这就问她道："你知太太昨天在哪里赌钱?"杨嫂道："我不晓得。太太昨天出去赌钱?我没有听到说。"她说着这话时，脸上带了几分笑容。魏端本道："我并不是干涉你太太赌钱，而且我也干涉不了。我所要问的，你太太身上很有钱，她和谁合伙做生意，赚了这么些个钱呢?"杨嫂笑道："太太同人合伙做生意?没听到说过咯。"魏端本道："她这样一早就出去，没有告诉你是到银行里去吗?"杨嫂道："她说是买啥子家私去了。她一下子就会转来，你不用问，还是去上班吧，公事要紧。"魏端本站着出了一会神，叹了一口气道："我实在也管不了许多，往后再说吧，不错，公事要紧，上班去。"说着戴着帽子，夹起皮包，就向外面走。

他走出房门以外，却听到小渝儿叫了声爸爸。这句爸爸，本来也很平常，可是在这时听到，觉得这两个字格外刺耳动心，这就回转身来，走进屋子问道："孩子，有什么话，爸爸要办公去了。"小渝儿穿了一套灰布衣裤，罩着一件小红毛绳背心。原是红色的毛绳，可是灰尘、油渍、糖疤、鼻涕、口水，在毛绳上互相渲染着，说不出来是一种什么颜色了。他那圆圆的小脸上，左右横拖了几道脏痕。圆头顶上，直起一撮焦黄的头发。他原是傍了杨嫂站着。看到父亲特意进来相问，他挨挨蹭蹭地向她身后躲，将一个小食指，送到嘴里咬着。他只在麻虎子脸上转动了一双小眼珠，却答复不出什么话来。

魏先生点点头道："我知道你想吃糖，我下班回来给你带着。"小娟娟牵着杨嫂的手，也是慢吞吞地向后退，还是那样，一件工人裙子，外面还是罩着一件夹袍子，纽扣是七颠八倒，衣服歪扯在身上。听到父亲说下班可以带糖回来吃，这就转动了两只小眼珠子，只管向父亲望着。

魏先生道："那没有问题，我一定带回来，你在家里好好地跟着杨嫂玩。"娟娟道："妈妈呢?"她问这话时，两只小眼注视了父亲，做一个深切的盼望。魏先生心里，本就把太太行踪问题高高地悬在心上，经娟娟这么一问，心里立刻跳上了两跳。眼睛也有了两行眼泪，要由眼角上抢着流出来。但是他不愿孩子看到这情形，立刻扭转身走了。他心里想着：只当是自己没有再结婚，也就没有这两个孩子，放开两只脚，赶快地就走向机关里去。

他们这机关，在新市区的旷野地方，马路绕着半边山坡，前后只有几棵零落的树，并无人家，老远地看到上司刘科长垂了头两手插在裤岔袋里，肋下夹着那个扁扁的大皮包，无精打采地走着。魏端本看到，这就连连地大声叫着科长。刘科长听了这种狂叫也就站住脚，回头向这里看来。他见是魏科员追了来，索性回转身来迎了他走近几步，点着头道："我正想找着你商量呢，在这里遇着了你，那是更好，我们可以走着慢慢地谈。"

魏端本走到了面前，笑道："这倒是不谋而合。我今天早上，就到府上去找科长的，因为科长不在家，扑了一个空。科长倒是有事要和我说，那就好极了。"刘科长伸手扯了他的衣袖将他扯到路边停住，然后对他周身上下看望了一眼，因微笑道："你有什么事要找我，我很明白。可是你也太不知道实际情形了。我们做的那黄金储蓄，不但兑不到现，发不到财，且……"说到这里，他在身前身后看望了几下，然后向他低声笑道："我们犯了法了，你知道吗？"

魏端本笑道："这个我知道，罪名是假公济私。当我们动了这个念头的时候，我们就犯了这个嫌疑了。"刘科长连连地摇头道："你说到这一点，未免太把事情看轻了。现在政府因新闻界的攻击，要调查泄漏黄金价格的人。同时，也要清查第一天拿钱去买黄金的人。"魏端本道："那也没有什么了不得，拼了我们把那定单牺牲掉了也就是了。"刘科长摇摇头道："事情不能那样简单，就算我们把定单牺牲了，这现款几百万，已经送到银行里去了，也没有法子抽回。挪移的这批钱，我们怎么向公家去填补呢？"

魏端本道："难道我们这件事已经发作了？"刘科长道："假如我们弥缝得快，事情是没有人知道。大家算做了个发财的梦，那是千幸万幸。再迟几天，财政部实行到银行里去查账，那就躲避不了。"魏端本踌躇着望了他道："事情有这样的严重？"刘科长微笑道："难道你也不看看报。你不要痴心妄想，还打算弄一笔钱，就怕像四川人的话，脱不到手。你一大早去找我，就是要听好消息吗？准备吃官司吧，老弟台。"说着，他打了一个哈哈。他交代完了，立刻就顺了路向前走着。

魏端本要追着向下问，无奈刘科长是一语不发，低了头放宽了步子走着。他一颗火热的心，让冷水浇过了，呆呆地出了一会神，也就只好顺了路向前走着。可是到了机关里，越是感到情形不妙，见到熟同事，和人家点个头向人笑着，人家虽也勉强地回着一笑，可是那两只眼睛里的视线，已不免在身上扫射了一遍。见到了不相识的同事，自照往例，交叉过去。然而人家却和往日不同，有的突然地站住，向头上看到脚上，有的走过去了，却和同行的人窃窃私议，若是回头看他一下，准和人家的眼光碰住。这倒不由得白吃一惊，心想：难道我身上出了什么问题吗？他越是心里不安，越看到人家的目光射到身上，全像绣针扎入似的。

他心里怦怦地跳着，赶快就跑进办公室里去。他的办公室，也是国难式的房子，靠了山岗，建筑了一排薄瓦盖顶，竹片夹壁的平房。屋子里面，正也和其他重庆靠崖的房子一样，半段在崖上挖出的平地，铺的是三合土。在悬崖上支起来的，是半边吊楼。魏先生这办公室里，有七八张三屉或五屉桌子，每座有人。他的这张桌子，是安放在靠窗户的楼板上的。由室门进去，破皮鞋踏着三合土，啪达有声，已是很多人注意。及至走上了楼板的那一段，踏脚下去咯吱咯吱作响。他想着：这是格外地会惊动人的，就大跨着步子，轻轻地放下。楼板自然是不大响了，可是这走路的样子，很是难看。在他的身后，立刻发生了一片嘻嘻的笑声。

魏端本虽然越发地感到受窘，可是他极力地将神志安定着，慢慢地坐了下去。又很从容地打开抽屉来，捡出几件公事，在桌上翻看着。战时机关的工作，虽然比平时机关的工作情绪不同，但其实只有录事小科员之流，是没有闲暇的。那些比较高级的公务员，就没有什么了不得的事，除了轮流地看报，也隔了桌子互相谈话。

魏端本的常识，在这间屋子里同人之中，是考第一的，所以谈起话来，总有他的一份。今天他却守着缄默。在他椅子后面，两个公务员，正是桌子对桌子地坐着。他们在轻轻地谈着："黄金官价升高到三万五，黑市决不后人，已经打破了六万的大关，眼见就要靠近七万，成了官价的对倍，追的比走的还快，买着黄金储蓄的人，真是发了财。可是，也许吃不了，兜着走。"说着，嗤嗤笑了一声。

魏端本听了这笑声，仿佛就在耳朵眼里扎上了一针。他不敢回头望着，耳朵根上就像火烧了似的，一阵热潮，自脊梁上烘托出来。随了这热潮，那汁水觉得由每个毫毛孔里涌了出来。两只眼睛虽然对着每件公事，可是公事上写的什么字，他并没有看到。自己下了极大的决心，聚精会神，将公事上的字句仔细看着，算是每句的文字都看得懂了，可是上下文的意义却无法通串起来。心里也就奇怪着：怎么回事，今天的这颗心，总不能安定下去。

正自纳闷着，一个听差却悄悄地走到身边来，轻声地报告着道：“司长请魏先生去有话说。”魏端本答应着站起来，向全屋子扫了一眼，立刻看到各位同事的眼光，都向他身上直射了来。心想：不要看他们，越看他们越有事。于是将脸色正定了一下，将中山服又牵着衣襟扯了几扯。就跟着听差，一同走向司长室里来。

这位司长的位置，自不同于科长，他在国难房子以外的小洋楼下，独占了一间屋子，写字台边，放了一张藤制围椅，他口衔了一支纸烟，昂起头来，靠在椅子背上，眼望了那纸烟头上的青烟绕着圈子向半空里缓缓地上升，只是出神。魏端本走进屋子来，向司长点了个头，司长像没有看到似的，还是在望着纸烟头上冒的烟。他总站有四五分钟，那司长才低下头来看到了他，就笑着站了起来，接着又摇摇头道：“我有点精神恍惚，你在我面前站着很久，我知道你来了，可是我要和你说话，却是知觉恢复不过来。”说到这里，他将手向魏端本身后指了一指。

他看时，乃是房门不曾关上，还留着一条缝呢。他于是反手将房门掩上。司长看到房门掩合了缝，又沉着脸色坐了下来，向魏端本点了两点头道：“你知道黄金风潮起来了吗？”他答了两个字不知。司长望了他一下，因道：“我有一件事要和你商量一下，这次我们储蓄八十两金子，虽是说做生意，可是我也是为了大家太苦，在这取不伤廉的情形下，把公家款子挪用一百六十万，在这个把星期内，我另外想法子，把公家款子调回来，公家的一百六十万，还他一百六十万，对公家丝毫没有损失。可是我们就赚了一百二十万了。有这一百二十万元法币，我们拿来分分，做两件衣服穿，岂不甚好？可是我这番好意，完全弄错了。谁知捉住这个机会，想发横财者大有人在。有买五六百两的，有买一二千两的，弄得风潮太大了，监察院要清查这件事。我现在已想了个法子，在别的地方已借来一百六十万元，把那款子补齐了。可是这里面有点问题，我们开给银行的那张支票，是你我和刘科长三人盖章共同开出的，这是个麻烦。”说着说着，他抬起手来乱搔了一阵头发。

魏端本听到这里，知道这黄金梦果然成了一场空。可是听司长的口气，后半段还有严重问题，便微笑道：“能够还，还会发生什么严重后果吗？国家奖励人民储蓄黄金，我们顺了国家的奖励政策进行，还有什么错误吗！”司长淡笑了一笑道：“将来到法庭受审，你和审判官也讲的是这一套理论吗？”魏端本望了他道：“还要到法庭去吗？”

司长又在衣袋里取出一支烟卷来，慢慢地擦了火柴，慢慢地将烟卷点着，他吸着喷出一口烟来，笑道："那很难说。"他说这话时，态度是淡然的，脸色可是沉了下去。魏端本站着呆了一呆，望了司长道："还要到法庭去受审？这责任完全由魏端本来负吗？"他说着这话，也把脸色沉了下去。

司长看到他的颜色变了，便也挫下去了半截的官架子，于是离开座位，向前走近了两步，向他脸上望着，低声笑道："魏兄，你不要着急，你首先得明白，我这回做黄金储蓄，完全是一番好意。至于发生变化，这完全是出乎意料。自然，有什么责任问题发生，我得挺起肩膀来扛着。不过有一点要求你谅解，我混到了一个司长，也是不容易，我有了办法，自然老同事都有办法，无论如何，我得先巩固我的地位。所以有什么小问题发生，不需要我出马的话，我就不出马。我恳切地说两句，希望你和我合作，我心里十分明白，决不能让你吃亏。我总得有福同享，有祸同当。"

魏端本见司长虽表示了很和蔼的态度，可是说话吞吞吐吐，很有把责任向人身上推来的意味，心里立刻起了两个波浪，想着，好哇，买金子赚钱，我只能分小股，若是犯了案的话，责任就让我小职员来完全负担。便道："自然！司长不会让我吃亏，可是天下事总是这样，对于下属无论怎样客气，反正不能让下属享的权利义务，和自己相提并论。"

司长听了这话，脸色动了一下，取出口里的纸烟，向地面上弹了两弹灰，扛着肩膀，笑了一笑，因道："好吧，下了班的时候，你可以到我家里去谈谈。我也不预备什么菜，请你和刘科长到我家里便饭。"魏端本道："那倒是不敢当的。"司长笑道："你回去吃饭，不也是要吃。我们一面吃饭，一面谈话，也不会耽误什么时候。"魏端本怔怔地站了一会。因道："好，回头我再去对刘科长商量。"司长又将纸烟送到嘴里吸了两口烟，点点头道："那也好。现在没有什么公事，你去吧。"

魏端本听了命令转身向外走着，刚是走出房门，司长又道："端本，你回来，我还有话和你说。"魏端本应声回来，司长随在写字台上取过一件公事，交给他道："你拿着去看看吧。"魏端本接过公事一看，见后面已有司长批着"拟如拟"三个行书字，分明已是看过了的文字，这应该上呈部次长，不会发回给科长，怎么交到自己手上来呢？但他立刻也明白了，那是免得空手走回公事房去引起同事的注意。于是向司长做了个会心的微笑，点个头拿着公事就走了。

走进公事房，故意将公事捧得高高的，眼光射在公事上，放了沉重而迂缓的步子走向公事桌去。好像这件司长交下的公事很重要的，全副精神都注射在上面。明知道全屋子同事的眼光都已笼罩在自己身上，只当是不知道，缓缓地走到座位上去，将公事放在面前，两只眼睛，全都射在公事的文字上。

约莫是呆呆坐了两小时，刘科长就站在办公室门口，向里面招了两招手。魏端本立刻起身迎上前去，刘科长大声道："我们那件公事，须一同去见次长，你把那件公事带着吧。"魏端本心想：哪有什么公事要去同见次长？随便就把桌上司长交下的那公事带着。随了刘科长同走出屋子来。刘科长并不踌躇，带了魏先生径直地就向机关大门外走。

魏先生看看后面，并没有人，就抢着走向前两步，低声问道："司长约我们吃午饭，我们去吗？"刘科长道："我们当然去，老实一句话，我们的前途，还是依仗了他，眼看全盘胜利就要到来。将来回到了南京，政府要慰勉司长八年抗战的功勋，不给他个独立机关，也要给他一个次长做做。他若有了办法了，能把我们忘了吗？我们大家在轰炸之下，跟着吃苦，总算熬了出来了。一百步走了九十多步，难道最后几步，我们还能够牺牲吗？无论如何，现在他遇到了难关，我们应当去帮他一个大忙。"

魏端本道："你说的帮忙，是指着这回做黄金储蓄失败了，让我们去顶这个官司来打吗？"刘科长沉默地走了一截路，魏端本缓缓地跟着后面走，也没说什么，只是轻轻地咳嗽了两声。刘科长在前面走着，不时地回头向他看了来。魏端本虽看到他脸上有无限的企求的意思，但他只装作不知道，还是默然地跟了刘科长走。

司长的公馆，去机关不远，是一幢被炸毁补修着半部分的洋楼，他家住在半面朝街的楼上。那楼窗正是向外敞开着，伸出半截人身来。刘科长站定，老远地就向楼窗上深深地点了个头，并回头向魏端本道："司长等着我们呢。"魏端本口里哼着，那个哦字却没有说出来。

事有出于意料的，司长是非常的客气，已走出大门，放出满面的笑容迎上前来。刘魏二人走向前，他伸着手次第地握过，笑道："你二位大概好久没有到过我这里来过吧？"魏端本道："不，上个星期，我还到公馆里来过的。"

司长道："哦，是的，什么公馆？也不过聊高一筹的难民区，你看这个花圃……"说着，他站在那倒了半边砖墙，用木板支的门楼框下，用手向里面一指。那花圃里面的草地，长些长长短短的乱草，也有几盆花胡乱摆在草地上，有一半草将盆子遮掩了。倒是破桌子凳子，和旧竹席，在院子里乱七八糟地放着，占了大半边地方。司长站在楼廊下，又向两人笑道："这屋子原来也应该是富贵人家的住宅，不过毁坏之后，楼上下又住了六七家，这也和大杂院差不多，现在当一个司长和战前当一个司长，那是大大的不同了。"说着就闪在一边，伸手向楼上指着，让客人上楼。

魏端本站在路口楼梯边，向主人点了两点头，司长也点着头道：“这倒无须客气，你们究竟是客，刘科长引路罢。”刘先生倒是能和司长合拍，先就在前面引路。司长家里，其实倒是还有些排场，对着楼梯还有一个客厅，敞着门等客呢。里面也有一套仿沙发的藤制椅子，围了小茶桌。那上面除了摆着茶烟而外，还有两个玻璃碟子，摆着糖果和花生仁。司长很客气的向二人点着头。笑道：“请坐请坐！”说着，将纸烟盒子拿起来，首先向魏端本敬着一支烟，然后取过火柴盒子，擦了一支火柴向魏端本面前送着。

魏先生向司长回公事，向来是立正式的，就是到司长公馆里来接洽事情，也是司长架腿坐着吸纸烟，自己站着回话，自己虽然把眼光向司长看着，司长却是眼睛半朝了天，不对人望着。今天司长这样谦恭下士，那更是出人意料。心里一动，情不自禁地，就挺立着低声答道：“司长有什么命令，我自然唯力以赴。司长提拔我的地方就多了。”司长听了这话，耸着肩膀笑了一笑。他那内心，自是说你完全入套了。

014　忍耐心情

魏端本在司长背后，那是很不满意他的，尤其是这次做黄金储蓄，他竟要分三分之二的利益，心里头是十分不高兴。可是在司长当面，不知什么原故，锐气就挫下去了一半。这时是那样的客气，他把气挫下去之后，索性软化了，就把司长要说的话先说了。司长笑着向他点了个头道：“我们究竟是老同事，有什么问题，总可以商量，倒茶来。”说着话，突然回过头去向门外吩咐着。

他们家的漂亮女仆，穿着阴丹士林的大褂，长黑的头发，用双股儿头绳，圈着额顶，扎了个脑箍，在左边发角上，还挽了个小蝴蝶结儿呢。她手上将个搪瓷茶盘，托着三只玻璃杯子进来。这杯子里飘着大片儿的茶叶，这正是大重庆最名贵的茶叶安徽六安瓜片。她将三杯茶放在小茶桌上，分敬着宾客。司长让着两位属员坐下。算是二人守着分寸，让正面的椅子给司长坐了。他笑道：“这茶很好，还是过年的时候，朋友送我的，我没有舍得喝掉。来，喝这杯茶，我们就吃饭。”说着，他就端起茶杯子向客人举了一举。举着杯子的时候，脸上笑嘻嘻的，脸色那分儿好看，可以说自和司长共事以来所没有的现象，也就随着谈笑，喝完了那杯茶。

喝完之后，就由司长引到隔壁屋子里去吃饭，这屋子是司长的书房，除了写字台，还有一张小方桌，这桌上已陈设下了四碗菜，三方摆了三副杯筷。只看那菜是红烧鸡，干烧鲫鱼，红炖牛肉，青菜烧狮子头，这既可解馋，又是下江口味，早就咽下了两批口水。

司长站在桌子边，且不坐下，向二客问道：“喝点什么酒？我家里有点儿茅台，来一杯，好吗？”刘科长笑着一点头：“我们还是免了酒吧。下午还要办公呢。”司长笑道：“我知道魏兄是能喝两盅的，不喝白的，就喝点黄的吧。我家里还有两瓶，每人三杯吧，有道是三杯通大道。哈哈！”他说着，就拿了三只小茶杯，分放在三方。那位干净伶俐的女仆，也就提了一瓶未开封的渝酒进来。

司长让客人坐下，横头相陪。一面斟酒，一面笑道：“黄酒本来是绍兴特产，但重庆有几家酒？仿造得很好，和绍兴并无逊色，这就叫做渝酒了。在四川军人当政的时候，什么都上税，而且是找了法子加税，有一位四川经济学大家，现在是次长了。他脑筋一转，用玻璃瓶子装着卖。征税机关，就把来当洋酒征税，税款几乎超出了酒款的双倍。这位次长大怒，自写呈文，向各财政机关控诉。他的名句是‘不问瓶之玻不玻，但问酒之洋不洋’。各机关首脑人物看了，哈哈大笑，结果以国产上税了事。直到于今，这位次长，还不忘记他的得意之笔。这也可见幽默文章，很能发生效力。来，不问酒的黄不黄，但问量之大不大。”说着，举起杯子来。

魏端本真没有看到过上司这样地和蔼近人，而且谈笑风生。这也就暂时忘了自己的身份，随着主人谈笑。不知不觉之间，就喝过了三四杯酒。还是刘科长带了三分谨慎性，笑道：“我们不必喝了，司长下午还有事，我们不要太耽误时间了。”魏端本虽然是吃喝得很适意，可是科长这样说了，也就不敢贪杯。随着两位上司吃过了午饭，又同到客厅里去。

这时，那漂亮的女仆又将一把锑壶，提了进来。老远地就看到壶嘴子里冒着热气，由那气里面，嗅到茶的香气，就知道这又熬了另一种茶来款客了。司长看到，亲自动手在旁边小桌上取过三套茶杯来，放在小桌上。因笑道：“来，这是云南普洱茶，大家来一杯助助消化。”女仆向杯子里冲着，果然，有更浓厚的香气冲人鼻端。司长更是客气，捧起碟子，先送一杯给魏先生，其次再给刘科长。

魏端本虽觉得司长是越来越谦恭，也无非是想圆满那场黄金公案。好在他是部长手上的红人，官官相护，这件事总可弥缝过去，自己无非守口如瓶，竭力隐瞒这件事，也不会有什么了不起的大事。这么一想，心里也宽解了。喝完了这杯普洱茶，刘科长告辞，并向司长道谢。

司长笑道："这算不了什么，至多一年，我们可以全数回到南京。那个时候，我们虽不能天天这样吃一顿，三五天享受这样一次，那是太没有问题的，那时，我可以常常做东。"刘科长凑了趣笑道："那个时候，司长一定是高升了，应酬加多，公事也加多，恐怕没有工夫和老部下周旋了。"

司长点点头笑道："八年的抗战，政府也许会给我一点酬劳，可是，你们也是一样呀。难道我升级，你们就不升级？若是你们不升级，单单让我一个人向上爬，我也一定和你们据理力争。老实一句话，谈到公务员抗战，越是下级公务员越吃的苦最多。高级公务员，不过责任负得重些而已。若是赏不及上级公务员，失望的人还少，赏不及下级公务员，失望的人就太多了。"刘科长道："若是政府里的要人都和司长这样的想法，那我们当部属的，还有什么话说，真是肝脑涂地，死而无怨。"

司长听了这话，两眉扬着，嘻嘻地一笑。魏端本听了这话，心里想着：刘科长的话，分明是勾引起司长的话，要叫部属卖力气，司长大概要开腔了，也就默然地站着，听是什么下文。可是司长什么托付的话也没说。在他的西服口袋里，掏出了挂表来看上一看，笑道："该上班了。到了办公室里，可不必说受了我的招待。同人听到，他们会说我待遇不公的。"

刘魏二人同答应了是，鞠躬而出，司长还是客气，下楼直送到门洞子下方才站住，魏端本随了刘科长走着，心里可就想着：这事可有点怪了。司长巴巴地请到家里吃饭，一味地谦逊，一味地许愿，这是什么道理？难道要我自告奋勇？我也在他当面表示了，要我做什么，我可以效力，可是他只一笑了之，这个作风，倒让人猜不透。我且不说，大概他是要托刘科长转告我的，我就听他的吧。反正要负什么责任的话，姓刘的也不比姓魏的轻松。姓刘的不着急，我姓魏的还着什么急吗？他这样主意拿定了，索性默然地跟着刘科长后面走，可是刘科长似乎对他这个决定，也有所感似的，始终地默然在前引导，并不作声。

魏端本自怀了一肚子郑重的心情，回到机关里办公室去。他料着同事们对他的眼光，还是注射着的。他除了看着桌上的公事，就是拿一份报看看。恰好这天没有什么重要事情发生，他下了班，立刻回家，比平常到家的时候，约莫是提前了两小时。他那间吃饭而又当书房的小屋子里，满地洒着瓜子壳花生皮，还有包糖果的小纸片。杨嫂带了两个孩子趴在桌子上，围了桌面上的糖果花生，吃着笑着。杨嫂自己，也是当仁不让，手剥着花生，口里教着小孩子唱川戏。

魏端本伸头看了一看，笑道："你们吃得很高兴。"杨嫂站起来笑道："都是太太买回来的。"魏端本道："太太回来了。"他也不等杨嫂回话，立刻走回自己屋子里去，但是太太并不在屋子里，桌上放了许多大小的纸包，床上有几个纸包透了开来，有三件衣料，花红叶绿地展开着铺在床上。

他牵起来抖着看看，全是顶好的丝织品，他反复地看了几看，心里随着发生问题，心想这些东西，大概都是那张支票，换来的了。她这张支票，自然不会是借来的，要说是赢来的，也可考虑，什么样子的场面，一赢就是二十万呢？就是赢二十万，也不会是赢姓范的一个人的，他站着出了一会神，把衣料向床上一抛，随着叹了口气。

杨嫂这时进房来了，问道："先生，是不是就吃夜宵？"魏端本道："中饭我吃得太饱，这时我吃不下去，等太太回来，一路吃吧。"杨嫂道："你不要等她，各人消各人的夜吗，太太割了肉回来，我已经把菜头和你炖上汤。还留了一些瘦肉，预备切丁了，炒榨菜末，要得？"她说着话，抬起一只粗黑胳臂，撑住了门框，半昂了头向主人望着。

魏端本道："你今天也高兴，对我算是殷勤招待，你希望我怎样帮助你吗？可是不幸得很，我做的一批生意，不但没有成功，而且还惹下了个不小的乱子。"说着，摇了两摇头，随着叹上一口气。接着在身上掏出纸烟盒子来，先抽出一支烟来，将烟盒子向桌上一扔，啪的一声响。杨嫂立刻找着火柴盒子来，擦了一支火柴，走近来和他点烟。

魏先生向她摇摇手，把烟支又放在桌上。杨嫂这虽算碰了主人一个钉子，但是她并不生气，垂了手站在面前向他笑道："先生啥子事生闷气？太太不是打牌去了。"魏端本不大在意的，又把那支纸烟拿起来了。杨嫂的火柴盒子，还在手上呢。这时可又擦了一支火柴送过来。

魏先生也没有怎样的留意，将烟支抿在嘴里，变着腮把烟吸着了。喷出一口烟来，两指夹了烟支，横空画了个圈圈，问道："她不是去打牌，你怎么又知道呢？"他说着时，望了她脸上的表情。她抿嘴微笑着，也把眼光望了主人，可没有说话。

魏端本道："怎么你笑而不言？这里面有什么问题吗！"杨嫂道："有啥子

问题哟！我是这样按（猜也）她喀。”魏端本道：“就算你是这样的猜吧，你必定也有些根据。你怎么就猜她不是去赌钱呢?”杨嫂道：“平常去打牌的话，她不会说啥子时候转来。今天她出去，说是十一点多钟，一定回来。好像去看戏，又像是去看电影。”

魏端本将手向她挥了两挥，因道：“好吧，你就去做饭吧，管她呢。”他吸着烟，在屋子里绕了桌子，背着两手走。他发现了那五屉桌上，太太化妆的镜子，还是支架着的，镜子左边，一盒胭脂膏敞着盖，镜子右边，扔了个粉扑儿，满桌面还带着粉屑呢。最上层那个放化妆品的抽屉，也是露出两寸宽的缝，露出里面所陈列的东西乱七八糟。他淡笑着自言自语地道：“看这样子，恐怕是走得很匆忙，连化妆的善后都没有办到呢。”

说着，再看床面前，只有一只绣花帮子便鞋，再找另一只便鞋，却在屋子正中方桌子下。他又笑道：“好！连换鞋子全来不及了。”说着，将桌上那些大小纸包，扒开个窟窿看看，除了还有一件绸衣料而外，丝袜子，细纱汗衫，花绸手绢，蒙头纱。这些东西，虽不常买，可是照着物价常识判断，已接近了二十万元的阶段。那么，就是那张支票上的款子，她已经完全花光了。

他坐在桌子边，缓缓地看着这些东西，缓缓地计算这些物价，心里是老大的不愿意，可又想不出个什么办法来解决这个问题。坐坐走走，又抽两支纸烟。杨嫂站在房门口笑道：“先生吃夜宵了，消过夜，出去耍一下，不要在家里闷出病来。”

魏端本也不说什么，悄悄地跟着她到外面屋子来吃饭，两个小孩子知道晚饭有肉吃，老早由凳子上爬到桌子沿上，各拿了一双筷子，在菜头炖肉的汤碗里乱捞。满桌面全是淋漓的汁水。

魏端本站在桌子边，皱着双眉，先咳了一声，两个小孩子，全是半截身子都伏在桌面上的，听了这声咳，两只手四只筷子，还都交叉着放在碗里，各偏了头转着两只眼珠望了父亲。魏端本点点头道：“你们吃吧，我也不管你们了。”小娟娟看到父亲脸上，并无怒色，便由碗里夹了一块瘦肉，送到嘴里去咀嚼。而且向父亲表示着好感，因道：“爸爸，你不要买糖了，妈妈买了很多回来了。”

杨嫂正捧了两碗饭进来，便笑道：“这个娃儿，好记性，她还记得上午先生说买糖回来，改天先生说话要留心喀。”魏端本道：“是的，我上午说了这话才出门的。也罢，有个好母亲给他们买糖吃。”说着又叹了口气，也不再说什么，坐下去吃饭。

杨嫂看到主人总是这样自己抱怨自己，也就很为他同情，就站在桌子角边，看护着小孩子吃饭。魏端本勉强地吃了一碗饭，将勺子舀了小半碗汤，端着晃荡了两下，然后捧着碗把汤喝下去，放下碗来，立刻起身向后面屋子里去。那五屉桌上还放着一盆冷水呢，乃是太太化妆剩下来的香汤。他就在抽屉角上，把太太挂着的那条湿手巾取过来，弯了腰对着洗脸盆洗过一把冷水脸。

杨嫂走了进来，先缩着脖子一笑，然后向主人道："先生遇事倒肯马虎。"魏端本坐在椅子上擦了支火柴点着烟抽。因道："在抗战前，我是个做事最认真的人，现在是马糊得多了。第一是你太太嫁我以后，相当的委屈。因为我家乡还有一位太太还没有离婚呢。第二是你太太是相当的漂亮，老实说，像我这样一个穷公务员，要娶这样一位漂亮太太，那还是不可能的事。第三，又有这两个孩子了。一切看在孩子的面上，我就忍耐了吧。不但是对家里如此，对在公家服务，我也是这样的。唉！忍耐了吧。"

他说完了这篇解释的话，就开始将抖乱在床上的几件绸料，缓缓地折叠好了，依然将纸包着。然后将五屉桌的抽屉，清理出一层，把床上的纸包和桌上的纸包合并到一处，都送到那清理过的抽屉里去。床上都理清楚了，也没个刷床刷子，只好在床栏杆上，取下一件旧短衣，将床单子胡乱掸了一阵，然后展开被褥来就脱衣就寝。

照往例，太太不在家，杨嫂是带着两个孩子睡的。可是她于这晚，有个例外，她将睡着了的小渝儿，两手托着抱了进来，放在主人脚头，然后站在床面前笑道："今晚上睡得朗个早？"魏端本道："我躺在床上休息休息吧。"杨嫂将床栏杆的衣服，一件件地取到手上翻着看看，不知道她是要清理着去洗，还是想拿去补丁，魏先生且看她要做什么并不作声。

杨嫂将床栏杆上的旧衣服，都一一翻弄遍了，她手上并没有拿衣服，依然全都搭在床栏杆上。她又站了两三分钟的时候，然后向主人微笑道："先生，二天你多把一点钱太太用吗！"魏端本道："今天说过钱不够用吗？她这样的买东西，那是永远不够用的。"杨嫂笑道："今天她剪衣料，买家私，都是你把的钱吗？"她说着这话，故意走到桌子边去，斟了一杯凉茶喝，躲开主人的直接视线。

魏端本道："我没有给她钱，大概是赢来的吧？赢来的钱，花得最不心痛。"杨嫂道："恐怕不是赢的吧？"魏先生一个翻身坐起来，睁了眼望着她道："不是赢来的钱，她哪里还有大批收入呢？"杨嫂倒并不感到什么困难，从容地答道："太太说，她是借来的钱咯。今天才借成二十万元，那不算啥子，她硬要借到一二百万，才得倒台，借钱不要利钱吗？现在没有大一分，到哪里也借不到钱，借起二百万块钱，一个月把几十万块利钱，省了那份钱，做啥子不好。”

魏端本道：“你太太说了要借这么多钱，那是什么意思？”杨嫂笑道：“女人家要钱做啥子？还不是打首饰做衣服？”魏端本道：“就算你说的是对吧。这个星期以来，你太太是新衣服有了，金镯子也有了，以一个摩登少妇的出门标准装饰而论，至多是差一个新皮包和一双新皮鞋，就是这两样东西，要去借钱一二百万来办吗？”杨嫂笑道：“要买的家私还多吗！你不是女人家，朗个晓得女人家的事？”

魏端本坐着呆了一呆，因道：“这就是你劝我多给钱太太去花的理由？”杨嫂笑道：“你有钱把太太花，免得她到外面去借，那不是好得多。”魏端本对于杨嫂这些话，在理解与不理解之间，将放在枕头旁边的纸烟与火柴盒，全摸了出来，又点着烟吸。他的纸烟瘾原来是很平常的，可是到了今天，一支跟着一支，就是这样地抽着。杨嫂看到他很沉默地吸着烟，站在床头边出了一会神，然后向主人道：“先生，休息吧，不要吃朗个多的烟。”说着，她含了笑走出去了。魏端本吸过一支烟，又跟着吸一支烟，接连地将两支烟吸过，把烟头扔在痰盂子里，火吸着水嗤的一声。他叹了口气，身子向下一溜，在枕头上仰着躺下了。

在昏沉沉地想着心事的时候不知不觉地睡了过去。耳边似乎有点响声，睁眼看时，太太已经回来了。

她悄悄地站在电灯下面，将那抽屉里的衣料，一件件地取了出来，正悬在胸面前低了头去看衣料的光彩，同时，并用脚去踢着料子的下端。魏端本看了着，然后闭上眼睛。魏太太似乎还不知道先生醒过来了，她继续地将衣料在胸面前比着。衣料比完了，又翻着丝袜子花绸手绢，一样样地去看。在她的脸上，好几次泛出了笑容。

魏先生偷眼看着，见那桌上，放着一双半高跟的玫瑰紫新皮鞋，又放着一只很大的乌漆皮包，心里暗暗叫了一声：“好的，原来所猜，缺少着的两样东西，现在都有了。”在他惊异之下，在床上不免有点展动，魏太太看到了，走向床面前来笑道：“你睡着一觉醒了，我带了一样新鲜东西回来给你尝尝。”说着，在衣服口袋里摸索一阵，摸出一小盒口香糖来，塞到丈夫手上，笑道：“这是真正的美国货。”魏端本勉强地笑道：“谢谢，难为你倒还想得起我。”

魏太太站在床面前，向着他看了一看，将上排牙齿，咬了下嘴唇，又把上眼皮撩着，簇起长眼毛来约有三四分钟没有说话。魏先生倒是并不介意，把糖纸包打开，抽了一片口香糖，送到嘴里去咀嚼着。魏太太道："你这话是什么意思?"魏先生嚼着糖道："没有什么意思。"魏太太一撒手，掉转身去道："你别不知道好歹，我给你留下晚饭吃，又给你孩子买东西吃，我还给你带了一包好香烟，在口袋里没有拿出来呢，先就送你一包口香糖，难道我这还有什么恶意吗?"说着，她走回桌子边去，将买的那些东西，陆续地送到抽屉里去。

魏先生道："我这话也不坏呀，我是说你在外面的交际这样忙，你还忘不了我。"魏太太鼻子里哼了一声，冷笑着道："不错，我的交际是忙一点。现在社会上，先生本事不行，太太外面交际，想另外打开一条出路，这样的事很多。这应该做丈夫的人引为荣幸，你难道还不满吗？时代不同了，女人有女人的交际自由，你说什么俏皮话?"

魏端本道："难道你在外面的行踪，我绝对不能过问吗?"说着这话，一掀被子，他可坐起来了。魏太太也坐着桌子边沉下脸来，将手一拍桌沿道："你不配过问，你心里放明白一点。"

魏端本脸色气得发紫，瞪了眼向她望着，问道："我怎么不配过问？太太在外面弄了来历不明的首饰，来历不明的支票，做丈夫的还不配过问吗?"魏太太又将桌子拍了一下道："你是我什么丈夫？我们根本没有结婚。"这句话实在太严重了，魏先生不能再忍下去，他一跳下床，这冲突就尖锐化了。

015 破家之始

魏太太对于丈夫这个姿势，是不能忍受的。也就将桌子一拍，起了个猛烈的反击，迎向前去，瞪了眼道："你怎么样？你要打我?"魏端本捏了拳头，咬了牙齿，很想对着她脑袋上打过一拳去。可是他心里想到，这一拳是不可打过去的，若把这拳打过去了，可能的反响，就是太太出走，眼前站着这样一个年轻美貌的小姐，固然是舍不得抛弃了，而且太太走了，孩子是不会带走的，扔下这处处需人携带的两个小孩，又教谁来携带呢？在一转念之下，他的心凉了半截。不但是那个拳头举不起来，而且脸上的颜色，也和平了许多。他身子向后退了一步，望了她道："我要打你？这个样子，是你要打我呀。"

魏太太将脚一顿道："你要放明白一点，这样的结合，这样的家庭，我早就厌倦了。你对我的行为，有什么看不顺眼吗？这问题很简单，不等明天，我今天晚上就走。"魏端本不想心里所揣想的那句话，人家竟是先说了。因道："你的气焰，为什么这样高涨？牙齿还有和舌头相碰的时候，夫妻口角，这也是很寻常的事。你怎么一提起来，就要谈脱离关系？"他说着这话时，已是转过身去，将枕头下的纸烟火柴盒拿到手上，绕了桌子，和太太取了一个几何上的对角位置站住，第一步战略防御，已是布置齐备，太太已不能动手开打了。

魏太太虽然气壮，却不理直，她对先生那个猛扑，乃是神经战术。当魏先生战略撤退的时候，她已是完全胜利了。这就隔了桌子瞪了眼睛问道："你已睡了觉的人，特意爬了起来，和我争吵，这是什么意思？你有帐和我算，还等不到明日天亮吗？"

魏先生实在没有了质问太太的勇气，心里跟着一转念头，太太向来是在外面赌钱，赌到夜深才回来的。她虽常常是大输小赢，而例外一次大赢，也没有什么稀奇，又何必多疑？这样想着，原来那一股子怒气，就冰消瓦解了。因在脸上勉强放出三分笑意道："你那脾气，实在教人不能忍受。我在外面回来晚了，你可以再三地盘问，我还得赔笑和你解释。怎么你回来晚了，我就不能问呢？"

魏太太脖子一歪，偏着脸道："你问什么？明知我是赌钱回来。无论我是输是赢，只要我不花你的钱，你就不能过问。你要过问，我们就脱离关系。我就是这点嗜好，决不容别人干涉。"她越说就越是声音大，脸色也是红红的。

魏先生拿了火柴与纸烟在手上，就是这样拿了，并没有一次动作，直等太太把这阵威风发过去了，这才擦了火柴，将纸烟点着。坐在那边一张方凳子上，从容地吸着烟。他把一只手臂微弯了过去，搭在桌子上，左腿架在右腿上不住的颤动着。他虽燃着了一支烟，他并不吸，他将另一只手两个指头夹了纸烟，只管用食指打着烟支向地面上去弹灰，低了头，双目只管注视那颤动着的脚尖，默然不发一语。

魏太太先是站着的，随后也就在桌子对角下的方凳子上坐着。她的旧手皮包还放在桌上，她打开皮包来，取出一包口香糖，剥了一片，将两个指头，钳着糖片的下端，将糖片的上端，送到嘴唇里，慢慢地咬着。

她不说话，魏先生也不说话。彼此默然了一阵，魏先生终于是吸烟了，将那支烟抽了两下，这就向太太道："你可知道我现时正在一个极大的难关上。"魏太太道："那活该。"说着沉下了脸色，将头一偏。魏端本淡笑道：

“活该？倘若是我渡不过这难关而坐牢呢？”魏太太道：“你做官贪污，坐了牢，是你自作自受，那有什么话说？”

魏端本将手上剩的半截纸烟头子丢在地下，然后将脚践踏着，站起来点点头道：“好！我去坐牢，你另打算吧。”说着，他钻上床去，牵着被子盖了。魏太太道：“哼！你坐牢我另做打算，你就不坐牢，我另做打算，大概也没有什么人能够奈何我吧？”魏端本原来是脸朝外的，听了这话，一个翻身向里睡着。

魏太太对于他这个态度，并不怎样介意，自坐在那里吃口香糖，吃完了两片口香糖，又在皮包里取出一盒纸烟来，抽了一支，衔在嘴里，擦了火柴，慢慢地吸着。把这支纸烟吸完了，冷笑了一声，然后站起来，自言自语地道：“我怕什么？哼！”说着，坐在椅子上，两只脚互相搓动着，把两只皮鞋搓挪得脱下了。光着两只袜子在地板上踏着，低了头在桌子下和床底下探望着，找那两只便鞋。好容易把鞋子找着了，两只袜底子，全踩得湿黏黏的。她坐在床沿上，把两只长筒丝袜子倒扒了下来。扒下来之后，随手一抛，就抛到了魏先生那头去。

魏先生啊哟了一声，一个翻身坐了起来，问道：“什么东西，打在我脸上。”说着，他也随手将袜子掏在手上看着。正是那袜底上践踏了一块黏痰，那黏痰就打在脸上。他皱着眉毛，赶快跳下床来，就去拿湿毛巾擦脸。魏太太坐在床沿上，倒是嘻嘻地笑了。魏先生在这一晚上，只看到太太的怒容，却不看见太太的笑容。现在太太在红嘴唇里，露出了两排雪白的牙齿，向人透出一番可喜的姿态。望了她道：“侮辱了我，你就向我好笑。”

魏太太笑道：“向你笑还不好吗？你愿意我向你哭？”魏端本道：“好吧，我随你舞弄吧。”他二次又上床睡了，在魏太太的意思，以为有了这一个可笑的小插曲，丈夫就这样算了。现在魏先生还是在生气之中，她也不去再将就，自带着小渝儿睡了。

她爱睡早觉，那是个习惯，次日魏先生起来时，她正是睡得十分的香甜，她那只旧皮包就扔在桌子角上。魏先生悄悄地将皮包打开来一看，里面是被大小钞票，塞得满满的。单看里面的两叠关金票子，约莫就是三四万。他立刻想到，太太买的那些衣料和化妆品，已是超过二十万元。现在皮包里又有这多的现款，难道还是赢的？正踌躇着对了这皮包出神，太太在床上打了个翻身。心里想着，反正是不能问，越知道得多了，倒越是一种烦恼，也就转身走开，自去料理漱口洗脸等事。把衣服整理得清楚了，买了几个热烧饼，自泡了一壶沱茶，坐在外面屋子里吃这顿最简单的早餐。他是坐着方凳子上，将一只脚搭在另一张方凳子上的。左手端了茶杯，右手拿了烧饼，喝一口沱茶，啃一口烧饼，却也其乐陶陶。

忽然一阵沉重的脚步声，有人很急迫地问道："魏先生在家吗？"他听得出来，这是刘科长的声音，立刻迎出门来道："在家里呢，刘科长。"他一面说着，一面向来宾脸上注意，已经看出他脸色苍白，手里拿了帽子，而那身草绿色的制服，却是歪斜地披在身上。他怔了一怔道："有什么消息吗？"刘科长两手一扬，摇了头道："完了，完了，屋子里说话吧。"魏端本的心房，立刻乱跳着一阵，引了客进屋子。

刘科长回头看了看门外，两手捧着呢帽子撅了几下，低声道："我想不到事情演变得这样严重。司长是被撤职查办了。"魏端本道："那么，我我我们呢？"刘科长道："给我一支烟吧，我不晓得有什么结果？"说着，伸出手来，向主人要烟。

魏端本给了他一支烟，又递给他一盒火柴。他左手拿帽子，右手拿烟，火柴盒子递过去了，他却把原来两只手上的东西都放下。左手拿火柴盒，右手拿火柴棍，在盒子边上擦了一支火柴之后，要向嘴边去点烟，这才想起来没有衔着烟呢。他伸手去拿，烟支被帽子盖着，他本是揭开帽子找烟的，这又拿了帽子在手上当扇子摇，不吸烟了。魏端本道："科长，你镇定一点，坐下来，我们慢慢地谈。"

刘科长这才坐下，因苦笑了一笑道："老魏，我们逃走吧。我们今天若是去办公，就休想回来了，立刻要被看管，而看管之后，是一个什么结果，现时还无从揣测，说不定我们就有性命之忧。"魏端本道："逃走？我走得了，我的太太和孩子怎么走得了？刘科长，你也有太太，虽然没有孩子，可是你把太太丢下了，难道看管我们的人，找不着我们，还找不着我们的太太吗？"

刘科长这才把桌上的那支烟拿起衔在嘴里，擦了一支火柴，将烟点上。他两个指头夹纸烟，低着头慢慢地吸烟，另一只手伸出五个指头，在桌沿上轮流地敲打着。

魏端本道："刘科长，这件事我糊里糊涂，不大明白呀。"刘科长道："不但你不大明白，我也不大明白。司长和银行里打电话接好了头，就开了一张单子，是黄金储户的户头，另外就是那两张支票了。我一齐交到银行里去，人家给了一张法币一百六十万元，储蓄黄金八十两的收据，并无其他交涉。我又知道这里是些什么关节呢？"

魏端本道："司长在银行里作来往，无论是公是私，我跑的不是一次。这次让科长去，不让我去，我以为科长很知道内情呢?”他吸着烟喷出一口来，先摆了两摆头，然后又叹口气道：“我也冤得很啰。我是财迷心窍，以为这样办理黄金储蓄，除了早得消息，捡点便宜，并不犯法。这日到银行去，是下午三点三刻，银行并没有下班，我找着业务主任，把支票和单子交给他。他带了三分的笑意，点了头说：‘和司长已经通过电话了，照办照办。’我是和他在小客厅里见面的，那里另外还有两批客在座，我心里怀着鬼胎，自也不便多问。那业务主任一会儿取了一张收据来交给我，又对我笑着握了两握手。那个时候，银行已下班，大门关着，我由银行侧门走出来的。我在机关里，不敢把收据露出来，直送到司长公馆里去。司长见了收据笑逐颜开，向我点着头，低声说，‘这件事办得神不知鬼不觉。只要三天之后，黄金储蓄定单到手立刻将它卖了，补还了公家那笔款子，大家闹一套西服穿吧’。我所知道的，我所听到的就是这些。前昨两天，同事们忽然议论纷纷起来，说是有人挪用了公款买黄金，我料着不会是说我们，只装不知。可是我们这位司长大人沉不住气，首先就慌乱起来。我看那意思，恐怕已是碰了上峰两个大钉子了。昨天他请我们吃饭，你不是很想知道有什么意思吗?老实说，我也是丈二和尚，摸不着头脑。到了昨天晚上，我才听到人说，我们在银行里做的这八十两黄金，已经让上峰知道了。他为了卸除责任起见，不等人家检举，要自己动手。我听了这个消息，一夜都没有睡着，起了个大早，就到司长公馆里去。我以为他未必起来了，哪知道他蓬着一头头发穿了身短裤褂，踏了双拖鞋，倒背着两手，在楼下空地里踱来踱去，手里还夹着大半支纸烟呢。我一见就知道这事不妙。站着问了声司长早。他沉着脸道：‘什么司长，我全完了，撤职查办了。事到于今，我想你和魏端本分担一点干系的希望，已经没有了。你们自为之计吧。’我听了这话，不但是掉在冷水盆里，同时我也感觉到毫无计划。让我自为之计，我怎么自为之计呢?我呆了，说不出话来，只是站着望了他。他立刻又更正了他的话。走近两步，站在我面前，向我低声说：‘假如你和魏端本能给我担当一下，说是并没有征求司长的同意，你们擅自办理的，那我就轻松得多了。’”

魏端本立刻接着道：“我们擅自办理的?支票上我们三个人的印鉴，是哪里来的?那好，我们除了挪用公款，还有假造文书，盗窃关防的两行大罪，好！那简直让我们去挨枪毙。”刘科长道：“你不用急，当然我同样地想到了这层，我也和他说了。他最后给我们两条路让我们自择：一条路是逃跑。一条路是我们打官司的时候，总要多帮他一点忙。我也是毫无主意，特意来找你商量商量。”

魏端本听说，只是坐着吸纸烟，还不曾想到一个对策，却听到外面冷酒铺里的人答道：“那吊楼上住的，就是魏家，你去找他吗！”魏先生走到房门口伸头向外看去，却来了三个人。一个是穿中山服的，相当面熟，两个是穿司法警察黑制服的，料着也躲避不了。便道：“我叫魏端本，有什么事找我吗？”

那个穿中山服的，揭起头上的帽子，向他点了个头笑道：“魏先生这可是不幸的事情。我奉命而来，请你原谅。我们是同事，我在第四科。”说着，他就走进屋子来了。他又接着叫了一声道：“刘科长也在这里。我们也正要请你同走。”刘科长站起来，嘴唇皮有些抖颤，望了三人道：“这样快？法院里就来传我们了，有传票吗？”一个司法警察，在身上掏出两张传票，向刘魏二人各递过一张。

刘科长看了一看，点头道：“也好，快刀杀人，死也无怨。老魏，走吧，还有什么话说。”魏端本道：“走就走，不过我要揣点零用钱在身上。同时，我也得向太太去告辞一下，怎知道能回来不能回来呢？”说着就向隔壁卧室里走去。他猜着太太是位喜欢睡早觉的人，这时一定没有起来，可是走进屋子的时候，却大为失望，原来床上只有一床抖乱着的被子，连大人带小孩全不见了。

他站在屋子里连叫了两声杨嫂，杨嫂却在前面冷酒店里答应着进来，在房门外伸着头向里张望了一下。笑着问道：“啥子事？”魏端本道：“太太呢？”杨嫂笑道：“太太出去了。”魏端本道：“好快，我起来的时候，她还没有醒，等我起来。她又不知道到哪里去了。”杨嫂道：“没有到啥子地方去，拿着衣料找裁缝裁衣服去了。”魏端本道：“裁好了衣服就会回来吗？”杨嫂摇摇头道：“说不定。有啥子事对我说吗？”魏端本道：“一大早起来，她会到哪里去？奇怪！”杨嫂笑道：“你怕她不会上馆子吃早点？”

魏端本叹口气道：“事情演变到这样子，我就是和她告辞，大概也得不着她的同情的。好吧，我就对你说吧。杨嫂，我告诉你，我吃官司了。外面屋子两名警察，是法院里派来的。虽然是传票，也许就不放我回来，两个孩子，托你多多照管。孩子呢？带来让我见见。”杨嫂望了他道：“真话？”他道：“我发了疯，把这种话来吓你，你只告诉太太是买金子的事，她就明白了。你把孩子带来吧。”杨嫂看他脸色红中带着灰色，眼神起麻木了，料着不是假话，立刻在厨房里将两个孩子找了来。

魏端本蹲在地上，两手搂着两个孩子的腰，也顾不得孩子脸上的鼻涕口水脏渍，轮次地在孩子脸上接了两个吻。他站了起来，摸着小渝儿的头道：

"在家里好好地跟杨嫂过，不要闹，等你爸爸回来。"说毕，又抱拳向杨嫂拱了两拱手道："诸事拜托，你就当这两个孩子是你自己的儿女吧。"说毕，一掉头就走到外面屋子里去了。

杨嫂始终不明白这是怎么一件事，只有呆站在屋子里看着。见魏端本并没有停留，肋下夹住那个常用皮包，同刘科长随同来的三个人，鱼贯地走了。她料着主人一定是出了事。可是大小是个官，比乡下保甲长大得多。从来只看到保甲长抓人，哪里看到过保甲长反被人抓的呢？难道做官的人，也会让法院里抓了去吗？她这样地纳闷想着，倒是在屋子里没有出去。虽然主人吃官司与自己无关，主人没有面子，佣工的自然也不大体面。因之可能避免冷酒店伙友视线的话，就偏了头过去，免得人家问话。

她心里搁着这个哑谜，料着太太回来了，一定知道这是什么案子发作了的。可是事情奇怪得很，太太拿着衣料去，找裁缝以后，一直就没有回来过。去吃官司的主人，直到电灯发亮，也并无消息，太太对于这个家，根本没有在念中，先生吃官司，太太未必知道，也许在打牌，也许在看电影，当然，还在高兴头上呢。这么一想，她很觉是不舒服。不是带着两个孩子在家里发闷，就带了两个孩子到冷酒店屋檐下去望一下。这样来回地奔走着，到了孩子争吵着要吃晚饭了，她才轻轻地拍着小渝儿肩膀道："你小娃儿晓得啥子？老子打官司去了，娘又赌又耍，昏天黑地，我都看得不过意，硬是作孽！"

她是在屋下站了，这样叽咕着的。正好隔壁陶伯笙口衔了一支烟卷，也背了手望街。不经意地听到她的言语，便插嘴问道："打官司，谁打官司？"杨嫂道："朗个的？陶先生，还不晓得？今天一大早，来了两个警察兵，还有一个官长，把我们先生带走了，到现在，硬是没有一点消息。太太也是一早出去，晓得啥子事忙啊，没有回来打个照面。"

陶伯笙走近了一步，望了她问道："你怎么扣道是打官司？"杨嫂道："先生亲自对我说的，还叫我好好照应这两个娃儿，我看那样子，恨不得都要哭出来咯。"

陶伯笙道："你可知道这事的详细情形？"杨嫂摇摇头道："说不上。不过，我看他那个情形，好像是很难过咯。陶先生，你和我打听打听吗，我都替我们先生着急咯。"陶伯笙看看她那情形，料着句句是真的，就随同着杨嫂一路到屋子里去查看了一遍，前前后后，又问了些话，还是摸不着头绪，便走回家去，问自己太太。陶太太回答着，三天没有看到他夫妻两个了。陶伯笙更是得不着一点消息，倒不免坐在屋子里吸上一支烟，替魏端本夫妻设想了一番。

约莫是二十分钟后，李步祥笑嘻嘻地走进屋子来，手里拿了呢帽子当扇子摇，因道："老陶，金子，今日的金价破了七万大关了。"陶伯笙道："破七万大关？破十万大关，你我还不是白瞪眼。"李步祥坐在对面椅子上望了他的脸，问道："你有什么心事？在这里呆想？"陶伯笙道："不相干，我想隔壁魏家的事。"

李步祥走近，将头伸过来，把手掩了半边嘴，向陶伯笙低声道："喂！老陶，这件事有些不妙。我看隔壁这位，总是和老范在一处，不是在他写字间里谈天，就是在馆子里吃饭，我碰到好几回了。刚才我在电影院门口经过，看到他们挽了手膀子由里面出来。"陶伯笙叹了口气摇摇头道："让男子们伤心。"

李步祥道："都怪那位男的不好，女人成天成夜在外面赌钱，为什么也不管管呢？"他说着，回头向外面看看，笑道："那位女的，长得也太美了，当穷公务员的人怎能够不宠爱一点？"陶伯笙道："我还不为的是这个叹气呢。"因把魏端本吃官司的消息，说了一遍。

李步祥道："既然如此，大家都是朋友，去给魏太太报个信吧。"陶伯笙道："到哪里去报信？若是在老范那里的话，我们根本就不便去。"李步祥道："我看到他们由电影院出来，走向斜对门一家广东馆子里去了，马上就去，一顿饭大概还没有吃完。"

陶太太在门外就插言道："伯笙，你假装了去吃小馆子，碰碰他们看吧。我刚才到魏家去了一次，那个小渝儿有点发烧，已经睡下了。魏太太实在也当回来看看。我们做邻居的，在这时候，怎能够坐视呢？"陶伯笙想了一想，说声也是，就约同李步祥一路出门，去找魏太太。

016 胜利之夜

二十分钟后，陶李二人，走进了一家广东馆子。他们为了避嫌起见，故意装出一种找座位的样子，向各方面张望着。范魏二人并不在座，倒是牌友罗太太和两位女宾，在靠墙的一副座头上，正在吃喝着。罗太太正是一位广结广交的妇人，并不回避谁人，就在座位上抬起一只手高过头顶，向他连连招了几下。

陶伯笙笑道："罗太太今天没有过江去？又留在城里了。"在他们赌友中说出这种话来，自然话里有话，罗太太便微笑着点了两点头。陶伯笙走近两步，到了她面前站住，低声笑问道："今天晚上是哪里的局面？"罗太太道："朱四奶奶那里请吃宵夜，我是不能去。你们的邻居去了。"陶伯笙唉了一声道："她还糊里糊涂去作乐呢。"罗太太看他脸上的颜色，有点儿变动，而这声叹息，又表示着很深的惋惜似的，便道："你这是什么意思？"

陶伯笙回头看了邻座并没有熟人，又看罗太太的女友，也没有熟人，这才低声道："魏先生挪用公款，做金子生意，这个案子，已经犯了，今天一大早，就让法院传了去，到现在没有回来。同时，他家里的小男孩子也病了。罗太太若是见着她的话，最好让她早点回去。家里有了这样不幸的事，她也应当想点办法。"罗太太道："刚才我们看见她的，怎么她一字不提？"陶伯笙道："大概她还不知道吧？我们是她的老邻居，在这种紧要关头，我不能不想法子给她送个信吧？"

罗太太道："既然这样我告一次奋勇，和你去跑一趟吧。好在我今天也不回南岸去。"陶伯笙抱着拳头道："你多少算行了点好事了。"他看看这座位上全是女客，也无法再站着说下去，就告辞了。罗太太家里，常常邀头聚赌，因之多少带些江湖侠气和赌友们尽些义务。这时听了陶伯笙说的消息，对魏太太很表同情，会过饭东，别了三位女宾，在马路上坐人力车子，下坡换轿子，利用了人家健康的大腿，二十分钟就赶到了朱四奶奶公馆。

老远的在大门口，就看到洋楼上的玻璃窗户，电光映得里外雪亮。她在楼下叫开了门，由朱四奶奶的心腹老妈子引上了楼。隔了小客厅的门，就听到一阵窸窸窣窣的小响声。久赌扑克的人，都有这个经验，这是洗扑克牌和颠动码子的声音，那正是在鏖战中了。朱公馆是个男女无界限的交际场合。男宾进来，还有在楼下客厅里先应酬一番的，至于女宾，根本就不受什么限制，无论日夜，都可以穿堂入户。罗太太常来此地，自然更无顾忌，她伸手拉开了小客室的门，见男女七位，三女四男，正围了圆桌子赌唆哈。朱四奶奶并没有入场，在桌子外围来往逡巡着，似乎在当招待。她进来了，好几个人笑着说欢迎欢迎，加入加入。魏太太就是其中的一个。

罗太太看她脸上笑嘻嘻的，似乎又是赢了钱，正在高兴头上呢。看看场面上这些个人，且有男宾，那话当然不便和她说，便站在门口，向她招招手道："老魏，来！我和你有两句话说。"魏太太两手正捧了几张扑克牌，像把摺扇似的展开，对了脸上排着。听了这话，眼光由牌上射了过来，对罗太太望着，脸上带着三分微笑。罗太太点点头道："你来，我有话和你说。"魏太太将面前几个子码，先向台中心一丢，说了一声加二万元。然后对罗太太道："看完了这牌我就来。"罗太太知道她又赌在紧要关头上，不便催她，只好在门边站了等着。

魏太太看了她那种静等的样子，直等这牌输赢决定，把人家子码收下了，才离开了座位，迎着罗太太笑道："你还有什么特别紧要的事和我商量呢，必定说在你家里，又定下一个局面。"罗太太携着她的手，把她拉到外面客厅角落里，面对面地站了，低声道："你是什么时候离开家里的？"魏太太道："我是一早就离开家里了。你问这话，有什么意思吗？"罗太太道："那就难怪了，你家里出了一点问题，大概你还不知道吧？"魏太太听说，将脸色沉下来道："魏端本管不着我的事。"

她刚是分辩了这句，里面屋子，就有人叫道："魏太太，我们散牌了。你还不来入座？"魏太太说声来了，转身就要走。罗太太伸手一把将她拉住。连连地道："你不要走，你不要走，我的话没有说完呢。"魏太太道："有什么话，你快说吧，我的个性是坚强的。"

罗太太笑道："你说的是具体错误，你们先生在今日早上，让法院传去，一直到晚上，还没有回来。你家里无人做主，你……"魏太太这倒吃了一惊，瞪了眼向她望着道："你怎么知道的呢？"罗太太道："我在饭馆子里吃饭，陶伯笙找着我说的，好像他就是有心找你的。"魏太太立刻问道："还有其他的人在一路吗？"罗太太道："他后面跟着一个胖子，并没有和我搭话。"魏太太道："陶伯笙和你说了这事的详情吗？"罗太太因把陶伯笙告诉的消息，转述一遍。

话还不曾说完呢，那边牌桌上又在叫道："魏太太，快来吧。有十分钟了。"魏太太偏着头叫道："四奶奶，你和我起一牌吧。我家里有点事，要和罗太太商量商量。"说毕，依然望了罗太太道："你看我这事应当怎么办？"罗太太道："这事很简单，你得放下牌来，回去看看。今天是晚了，你打听不出什么所以然来，明天你就一早该向法院里去问问。你那孩子，也有点不大舒服，你也应当回去看看，两个主人都不在家，老妈子是会落得偷懒的。"

魏太太听了这个报告，深深地将眉峰皱着，两条眉峰，几乎是凑成了一条线。她手上拿了一方手帕，只管像扭湿手巾似的，不住地拧着，望了罗太太连说了几声糟糕。

罗太太道："你是赢了呢？还是输了呢？"她道："输赢都没有关系，我大概赢了五六万元，这太不算什么，我不要就是了。不过今晚上这个局面，是我发起着要来的。朱四奶奶很赏面子，五方八处打电话把角色邀请了来的。我若首先打退堂鼓，未免对不住朱四奶奶，而且同桌的朋友，也一定不高兴。”

罗太太道：“那么，我顶替你这一脚吧，天有不测风云，谁也难免突然发生问题，我可以和大家解释解释。”魏太太两手，还是互相地拧着那条手绢，微仰着脸向人望着。罗太太道：“你不要考虑，事情就是这样办，你所赢的钱，转进我的财下，就算我用了你的现款好了。”魏太太道：“好吧，我去和朱四奶奶商量。”说着，她走回屋子去。

朱四奶奶在她的座位前，正堆了好几叠子码，她招招手道：“我给你惹下了个麻烦了，接连两把，将全桌都杀败了，我赢了将近三十万。你自己来吧。我再要打替工，桌上人要提起反抗了。来来来，你看这牌，应当怎么处理?”魏太太看时，她面前放了四张牌，一暗三明。三张明牌，是一对八，一张K，赶快走到朱四奶奶身后，手按着暗牌，扳起牌头来，将头伸进朱四奶奶怀里，对牌头上注视着，事情是那样令人称心，还是一张八。她故意镇定了脸色，因淡淡地道：“牌是你取的，还是由你做主吧。”

这时，桌上已有三家还在出钱进牌。最后一家三张明牌，是一对A，一张J，牌面子是非常好看。她丝毫没有考虑，在码子下面，取出一张五万元的支票，向桌心一掷。魏太太早已在别人派斯的牌堆里扫了一眼，已有一张A存在着。心想，她很少有三个A的可能。纵然是AJ双对，也不含糊。便笑道：“怎么样？四奶奶，花五万元买一张牌看看吧?”四奶奶自是会意，笑道：“反正你是赢多了，就出五万元吧。”于是数了五万元的码子，放到桌子中心去。

庄家接着散牌，进牌的前两家都没有牌，出支票的这家，进了一张八。朱四奶奶进的最后一张，去口又是个K。摆在桌子上的就是K八两对，这气派就大了。应该是朱四奶奶说话了，她考虑到出了钱，别家会疑心是钓鱼，出多了钱，人家就说是牌太大了，而不肯看牌，她取了个不卑不亢的态度，随手取了几个码子，向桌中心一丢，因道：“就是三万元吧。”说着回头对魏太太回头看了一眼。

那个有对A的人，将自己的暗张握在掌心里，看了一看，那也是一张A。他看过之后，又看朱四奶奶面前的两对牌。他将牌放下，在他的西服袋内，摸出了纸烟盒与打火机，取出一支烟，打着了火把烟点着，然后啪的一声，把盒子盖着。他这烟盒子是赛银的，电灯光下照着，反映出一道光射人的眼睛，而且关拢盒子盖的时候，其声音相当的清脆。在这声色并茂的情形下，可想到他态度的坚决。他把烟盒子放在面前，用手拍了两拍，口角里衔了那支烟卷，把头微偏了，把面前堆的两叠子码，用手指向外拨着，把两叠子码都打倒了，口里说句唆了！

魏太太望了他微笑道："陈先生，你唆了是不大合算的。"那位陈先生看着她的面色，也就微微地一笑。魏太太问道："这是多少，清清数目吧。"朱四奶奶将桌面上的子码扒开着数了，增加的是七万元，于是数了七万元子码，总共放到桌子中心比着。朱四奶奶笑道："请你摊开牌来吧。"她说这话时，其余两家，不敢相比，都把牌扔了。

那陈先生到了这时，也就无可推诿了，把那张暗 A 翻了过来，笑道："三个顶大的草帽子，还不该唆吗？"朱四奶奶向他撩着眼皮一笑，微微地摆着头道："那可不行，我们三个之外，还带着两个呢。"说着，把那张暗八翻了过来，向桌子中心一丢。那位陈先生也摇摇头道："倒霉倒霉，拿三个爱斯，偏偏的会碰着钉子。可是四奶奶，你又何必呢？"朱四奶奶将子码全部收到面前，笑道："不来了，不来了，赢得太多了。"说着话，站了起来，扯着魏太太的手道："你坐下来吧，我总算是大功告成。"说话时她身子一挤挤了开去，两手推着，让魏太太坐了下来。

罗太太原是跟进来的，以为等魏太太把话交代完了，就可以接她的下手，现在见魏太太大赢之下，眉飞色舞，已把前五分钟得到的家庭惨变消息，丢在九霄云外了。她站在魏太太对面，离赌桌还有两三尺路。朱四奶奶是已经离开座位的了，这就抢步走向前来，伸手将她抓住，笑道："你怎么回事？这赌桌上有毒虫咬你吗？简直不敢站着靠近。"罗太太道："并不是我不敢靠近，因为我家里有点事。"主人不等她说完，立刻接着道："家里有事，你就不该来。"她口里说着，亲自搬了一把软垫的椅子，放在赌客的空当中。还将手拍了两下椅子。

罗太太望着她这分做作笑了一笑。因道："你自己不上桌子，倒只管拉了别人来。"朱四奶奶道："今天不巧得很，我家里有两个老妈子请假，楼上楼下，只剩一个老妈子了。我不能不在这屋子里招待各位。"罗太太看看场面上的赌局是非常的热闹，便笑道："我今天不来，我是和魏太太传口信的，所以我根本就没有带着赌本。"朱四奶奶道："没有赌本，要什么紧，我这里给你垫上就是。先拿十万给你，够不够？"罗太太道："我不来吧？看看就行了。"说时，她移着脚步，靠近了赌桌两尺。朱四奶奶道："哎呀！不要考虑了，坐下来吧。"说着，两手推了她，让她坐下。她也就不知不觉地坐了下来。

恰好是魏太太做庄散牌，她竟不要罗太太说话，挨次的散牌，到了罗太太面前，也就飞过一张明牌来。牌是非常的凑趣，正是一张 A。她笑道："好！开门见喜。"罗太太手接着牌，将右手一个中指，点住了扑克牌的中心，让牌在桌子中心转动着。她默然地并未说话，还在微笑，而第二张是暗张，又散过来了。她虽然还没有决定，是不是赌下去，可是这张暗牌来了，她实在忍不住不看。她将右手三个指头按住了牌的中心，将食指和拇指，掀起牌的上半截来，低了头靠住桌沿，眼光平射过去。她心里不由得暗暗叫了一声实在是太巧了，又是一张 A。打唆哈起手拿了个顶头大对子，这是赢钱的张本，于是将明张盖住了暗张，拢着牌靠近了怀里。

魏太太道："你拿爱斯的人，先说话呀。"罗太太笑道："我还没有筹码呢。"魏太太便在面前整堆的子码中，数了十来个送过去，因道："这是三万，先开张吧。"罗太太有了好牌，又有了筹码，她已忘记了家里有什么事，今晚上必须渡江回家，至于魏太太的丈夫被法院逮捕去了，这与她无干，自是安心把唆哈打下去。

这晚上，魏太太的牌风甚利，虽有小输，却总是大赢。每做一次小结束，总赢个十万八万的。因为在场有男客也有女客，赌过了晚上十二点钟以后，大家既不能散场回家，朱公馆又没有可以下榻的地方，只有继续地赌了下去。赌到天亮，大家的精神已不能支持，就同意散场。魏太太把帐结束一下，连筹码带现款，共赢了四十多万。朱四奶奶招待着男女来宾，吃过了早点，雇着轿子，分别地送回家去。

魏太太高兴地赌了一宿，并没有想到家里什么事情。坐了轿子向回家的路上走着，她才想到丈夫已是被法院里传去了，而男孩子又生了病。转念一想，丈夫和自己的感情，已经是格格不入，而且他又是家里有原配太太的人，瞻望前途，并不能有一点好的希望。这种丈夫，就是失掉了，又有什么关系？至于孩子，这正是自己的累赘，假如没有这两个孩子，早就和魏端本离开了。自己总还是去争自己的前途，若惦记着这个穷家，那只有眼看着这黑暗的前途，糊里糊涂地沉坠下去。管他呢，自己做自己的事，自己寻求自己的快乐。这么想着，心里就空洞得多了。

轿子快到家了，她忽然生了一个新意念：这么一大早，由外面坐了轿子回来，知道的说是赌了一宿回来了。不知道的，却说整晚在外干着什么呢，尤其是自己家里发生着这样重大变化的时候。这个念头她想着了，立刻就叫轿夫把轿子停了下来。她打开皮包，取出了几张钞票，给轿夫做酒钱。然后闪到街上店铺的屋檐下，慢慢儿地走着，像是出来买东西的样子。

于是走到一家糕饼店里去，大包小裹，买了十几样东西，分两只手提着。她那皮包里面满盛着支票和钞票，她却没有忘记。将皮包的带子挂在肩上，把皮包紧紧夹在肋下，她沉静着脸色，放缓了步子，低了头走回家去。前面那间屋子，倒是虚掩了门的，料着屋子里没人，自己的卧室里却听到杨嫂在骂孩子，她道："你有娘老子生，没有娘老子管，还有啥子稀奇，睁开眼就跟我扯皮，我才不招闲喀，晓得你的娘，扮啥子灯啰！"

魏太太听了这些话，真是句句刺耳。在那门外的甬道里呆站了一会，听到杨嫂只是絮絮叨叨地骂下去，若冲进屋子去，一定是彼此要红着脸冲突起来的，便高声叫着杨嫂，而且叫着的时候，还是向后倒退了几步，以表示站着很远，并没有听到她的言语。杨嫂应着声走了出来，望了她先皱着眉道："太太，你朗个这时候才走回来？叫人真焦心啰。"

魏太太道："让人家拖着不让走，我真是没有办法。"说着，把手上的纸包交给了杨嫂，走进房去。却看到男小子渝儿静静地躺在床上，身上还盖着一条被子，只露了一截童发在外面。便问道："孩子怎么了？"杨嫂道："昨天就不舒服了，都没有吃夜宵，现在好些，困着了，昨晚上烧了一夜咯。"

魏太太将两手撑在床上，将头沉下去，靠着孩子的额头，亲了一下。果然，孩子还有点发热，而且鼻息呼咤有声，是喘气很短促的表现。因向杨嫂道："大概是吃坏了，让他饿着，好好地睡一天吧。"杨嫂站在一边，怔怔地看了她的脸色。因道："小娃儿点把伤风咳嗽倒是不要紧。先生在昨日早上让警察兵带到法院里去了，你晓不晓得？直到现在，还没有转来，也应当打听打听才好。"

魏太太放下皮包，脱着身上的大衣，一面向衣钩上挂着，一面很不在意地答道："我知道了，那有什么法子呢？"说着，打了个呵欠，因道："我得好好地先睡一觉。"杨嫂见她的态度，竟是这样淡，心里倒不免暗吃一惊，可是她立刻也回味过来了，淡淡一笑。

魏太太正是一回头看到了。脸色动了一动，因道："一大早上，法院里人，恐怕还没有上班。我稍微睡几小时，打起精神来，我是应当去看看。"说着，把放在桌上的皮包，打开来，取出一万元钞票来，轻轻向桌子角上丢着。因笑道："拿去吧，拿去买两双袜子穿吧。"杨嫂看到千元一张的钞票，厚厚一叠。这个日子千元一张的钞票，还是稀少之物，估量着这叠钞票，就可以买一件阴丹大褂的料子，岂止买两双袜子呢？这样地想明白了，立刻就嘻嘻地笑了。

魏太太道："拿去吧，笑什么，难道我还有什么假意吗?"杨嫂说声谢谢，把钞票在桌子角上摸了过去。笑问道："太太赢了好多钱?"魏太太眉毛扬了起来，笑道："昨晚上的确赢得不少，四十万。魏先生半年的薪水也没有这多钱。老实告诉你，我是不靠丈夫也能生活的。"杨嫂想着，你有什么本事，你不就是赌钱吗？一个人会赌钱，就可以不靠丈夫生活吗？然而她还对了太太笑道："那是当然吗！你是最能干的太太吗！一赢就是四五十万，硬是要得!"

魏太太笑道："这话又不对了，难道我一个青年女人，还去靠赌吃饭？不过这是一种交际场上的应酬。在应酬场上，认识许多朋友，我随便就可以找个适当的工作。"杨嫂笑道："太太，你也找事做的话，顶好是到银行里搞个行员做。在银行里做事，硬是发财喀。"

魏太太坐在床沿上，把皮包里的钞票，都倒在床上，然后把大小票子分开，一叠叠地清理着。杨嫂看魏太太在清理着胜利品，悄悄地避嫌走开了，魏太太也没有加以注意。

魏太太把票子清理完了，抬起头来，却看见女儿小娟娟挨挨蹭蹭地，沿着床栏杆走了进来。她蓬着满头的干燥头发，眼睛睫毛上，糊了一抹焦黄的眼眵，她那上嘴唇上，永远是挂着两行鼻涕的，今天也是依然。今天天气暖和些，她那件夹袄脱去了，只穿那件带裤子的西服，原来是红花布的，这已变成了淡灰色的了。她将个食指送到嘴里衔着，瞪了小眼睛，望了母亲走了来。

魏太太叹了口气道："小冤家，你怎么就弄得这样脏哟！回头我给杨嫂五万块钱，带了你去理回发，买套新衣服穿，不要弄成这小牢犯的样子。"魏太太说出了小牢犯这个名词，她才联想到娟娟的父亲，现在正是牢犯。心里到底有点荡漾，她发呆在想心事了。

017 弃旧迎新

这时，隔壁的陶太太，由外面走了来。她口里还叫着杨嫂道："你家小少爷，好了一些吗？我这里有几粒丸药，还是北平带来的。这东西来之不易，你……"她说到这个你字，已是走进屋子来，忽然看到魏太太呆呆地坐在床上，倒是怔了一怔，身子向后倒缩了去。

魏太太已是惊醒着站起来了，便笑着点头道："孩子不大舒服，倒要你费神。请坐请坐。"陶太太笑着进来，不免就向她脸上注意着。见她两个颧骨上，红红的显出了两块晕印，这是熬夜的象征，同时也就觉得她两只眼睛眶子，都有些凹了下去。可是床沿上放着敞开口的皮包，床中心一叠一叠地散堆着钞票，这又象征着一夜豪赌，她是大胜而归了，便立刻偏过头去，把带来的两粒丸药放在桌子上。因问道："孩子的病好些了吗？"

魏太太道："那倒没有什么了不得，不过是有点小感冒。最让我担心的，是孩子的父亲。你看这不是人在家中坐，祸从天上来？好端端地让法院里把他带去了。"陶太太向她看时，虽然两道眉毛深深地皱着，可是那两道眉毛皱得并不自然。这样，陶太太料着她的话并不是怎样的真实的，因之，也就不想多问。随便答道："我听到老陶说了，大概也没有什么要紧。你休息休息吧，我走了。"

魏太太倒是伸手将她扯住，因道："坐坐吧，我心里乱得很，最好你和我谈谈。"陶太太道："你不要睡一会子吗？"魏太太道："我并没有熬夜，赌过了十二点钟不能回来，我也就不打算回来了。现在精神恢复过来了，我不要睡了。"

陶太太也是有话问她，就随便地在椅子上坐下，因道："我们老陶，是输了还是赢了呢？"魏太太道："我并没有和陶先生在一处赌，昨晚上他也在外面有聚会吗？"陶太太道："他到现在还没有回来，我也不知道他是赢是输。家里还有许多事呢，他不回来，真让人着急。"说着，将两道眉毛都皱了起来了。魏太太点着头道："真的，他没有同我在一处赌，我是在朱公馆赌的。"陶太太望了她道："朱公馆？是那个有名的朱四奶奶家里？"说着，她脸上带了几分笑容。魏太太看到她这情形，也就很明白她这微笑的意思了。因摇摇头道："有些人看到她交际很广阔，故意用话糟蹋她，其实她为人是很正派的。"

陶太太在丈夫口里，老早就知道朱四奶奶这个人了。后来陶伯笙的朋友，都是把朱四奶奶当着个话题，这朱四奶奶为人，更是不待细说。这就静默地坐了一会，没有把话说下去。她静默了，魏太太也静默了，彼此无言相对了一阵，魏太太又接连地打了两个呵欠。陶太太笑道："你还是休息休息吧，一夜不宿，十夜不足。"魏太太打了半个呵欠，因为她对于呵欠刚发出来，就忍回去了。因张了嘴笑道："我没有熬夜，不过起来得早一点。"说着，将身子歪了靠住床栏杆。这样，陶太太觉得实在是不必打搅人家了。说声回头见，起身便走。

魏太太站起来送时，人家已经走出房门去了，那也就不跟着再送。她觉得眼睛皮已枯涩得睁不开来，而脑子也有些昏沉沉的。赶快地把床上摆的那些钞票理起来，放到箱子里去锁着，再也撑持不住了，倒在小孩子脚头，侧着就睡了。

约莫是半小时以后，那杨嫂感激着太太给了她一万元的奖金，特意地煮了三个糖心鸡蛋，送进屋子来给她当早点。不想她侧身而睡，已是鼾声呼呼地在响着。走到床面前轻轻地叫了声太太，哪里还有一点反应。她放下碗在桌上，正待给太太牵上被，可是就看见她脚上还穿着皮鞋。大概她睡的时候，也是觉着脚上有皮鞋的，所以两条腿弯曲着向后，把皮鞋伸到床沿外来。杨嫂轻轻地说了声硬是作孽，说着，她就弯下腰来，给太太把皮鞋脱下。睡着了的人，似乎也了解那双鞋子是被人脱下了，两只皮鞋都脱光了的时候，双脚缩着，就向里一个大翻身。杨嫂跟随女主人有日子了，知道她的脾气，熬夜回来，必然是一场足睡。这就由她去睡，不再惊动她了。

魏太太赢了钱，心里是泰然的，不像输家熬夜，睡着了，还会在梦里后悔。她这一场好睡，睡到太阳落山，才翻身起床。她坐起来之后，揉揉眼睛，首先就没有看到脚头睡的小渝儿，因叫杨嫂进来，问道："小渝儿呢?"杨嫂笑道："他好了，在灶房里耍。太太，你硬是有福气，小娃儿一点也不带累人。他睡到十二点钟，一翻身起来，烧也退了，病也好了。你要是打牌的话，今晚上你还是放心去打牌。"

魏太太看她脸上那分不自然的笑意，也就明白了几分。因道："你那意思，以为我只晓得赌钱，连魏先生打官司的事，我一点都不放在心上吗？这样大的事，那不是随随便便可了的，着急并没有用处。我遇到了这样困难的事，我自已不打起精神来，着实的奔走几天，是找不到头绪的。你不要看我今天睡了这么一天，我是培养精神。你打盆水来我洗过脸，我马上出去。哦！我想起来了。昨天一大早拿去的衣料，现在应该做起来了吧？你给我拿一件来，我要穿了出去，就是那大巷子口上王裁缝店里。"杨嫂道："昨日拿去的衣服，今天就拿来，哪里朗个快?"魏太太道："包有这样快。我昨天和王裁缝约好了，加倍给他的工钱，他说昨日晚上一定交一件衣服给我。现在又是一整天了，共是三十六小时了，难道还不能交给我一件衣服吗?"

杨嫂曾记得太太在裁缝店里，就换过一件新衣服回来，她说是要拿新衣服，那大概是不能等的，这也就不敢耽搁，给她先舀了一盆热水来，立刻走去。果然是她的看法对的，不到十五分钟，杨嫂就夹着一个小白包袱回来了。

魏太太正在洗脸完毕，擦好了粉，将胭脂膏的小扑子，在脸腮上涂抹着红晕。在镜子里面看到杨嫂把包袱夹在肋下，这就扭转身来，连连地跳了脚道："糟了糟了，新衣服你这样地夹在肋下，那会全是皱纹了。"说着就立刻跳过来，在杨嫂肋下把包袱夺了过去。杨嫂看到她那猛烈的样子，倒是怔了一怔。心里可也就想着：为什么这样留心这新衣服的皱纹，把这份儿心思用到你吃官司的丈夫身上去，好不好？

魏太太把那白布包袱在床上展开，将里面包的那件粉红白花的绸夹袍子在床上牵直了，用手轻轻抚摸了一番。很好，居然没有什么皱纹。她这就微微地笑道："半年以来，这算第一次穿新衣。"说着她把身上这件衣服，很快地脱了下来，向床下一丢。然后把这件新衣穿上，远远地离了五屉桌站着，以便向那支起的小镜子可以看到全身。

她果然看到镜子里一片鲜艳的红影。她用手牵牵衣襟，又折摸领圈。然后将背对了镜子，回转头来，看后身的影子。看完了，再用手扯着腰身的两旁。测量着这衣服是不是比腰身肥了出来。这位裁缝司务，却是能迎合魏太太的心理，这衣服的上腰和下腰，正合了她的身体大小，露出了她的曲线美。她高兴之下，情不自禁地说了句四川话："要得。"立刻在桌屉里把新皮包取了出来，将昨晚上赢的款子，取了十万整数，放在里面，再换上新丝袜子新皮鞋。

身上都理好了，第二次照照镜子，觉得两鬓头发，还是不理想的那样蓬松，于是右手拿牙梳拢着头发，左手心将鬓角向上托着，自己穿的是新衣，又用的是新化妆品，觉得比平常是漂亮多了。这就没有什么工作了，夹了新皮包，就向外面走。

可是走出房门她又回来了。她想起了一件事，在拍卖行里买的一瓶香水放在抽屉里，还不曾用过呢。这个时候，正好拿来洒上一洒。这样想着，她又转身走回屋子，将香水瓶拿出来，拨开塞子，将瓶眼对衣襟上洒了几遍。年轻人嗅觉是敏锐的，这就有一阵浓烈的香气，向鼻子里猛袭了来，心里高兴着，脸上也就发出遏止不住的笑容。她这次出门，并不像以往那样鲁莽，把那香水瓶盖好，从容地送到抽屉里去。把抽屉关好了，还向五屉桌上仔细审查了一下，方才走出去。

她现在是口袋里很饱，出门必须坐车子，当她站在屋檐下正要开口叫人力车子的时候，让她想起了一件事，难道就不到法院里去打听打听吗？魏端本总不至于叛死罪，迟早是要见面的。见了面的时候，那时，他说两日都没有到法院去打听，那可是失当的事。虽然现在天色不早，总得去看看，反正扑空也没有关系，只多花几个车钱。

她这样想着，还是不曾开口叫车子，那卖晚报的孩子，肋下夹了一叠报，手上挥着一张报，脚下跑着，口里喊道："看晚报，看晚报，黄金案的消息。"魏太太心里一动，拦着卖报孩子，就买了一张。展开报来看着，正是大字标题，"黄金犯被捕"。她看那新闻时，也正是自己丈夫的事。新闻写着，法院将该犯一度传讯，已押看守所。犯人要求取保，未蒙允许。

魏太太看了报之后，觉得实在是严重，纵然夫妻感情淡薄，总觉得魏端本也很可怜。他若不是为了有家室的负担，也许不去做贪污的事。她只管看了报，就忘记走开。身后有人问道："魏太太，报上的消息怎么样。"她回头看时，正是邻居陶伯笙。便皱了眉道："真是倒霉，重庆市上，做黄金买卖的人，无千五万，偏偏就是我们有罪。"

陶伯笙摇摇头道："不，牵连的人多了，被捕的这是第三起，昨天晚报上，今天日报上都登了整大段的新闻。"魏太太道："我有两天没有看报，哪里知道？我现在想到看守所去看看。"陶伯笙抬头望了一下天，因笑道："这个时候到看守所去，不可能吧？电灯都快来火了。"魏太太道："果然是天黑了，不过天上有雾。"她说完了觉着自己的话是有些不符事实的，便转过话来问道："陶先生，昨晚上也有场局面吗？"陶伯笙笑道："不要提起，几乎输得认不到还家，搞了一夜，始终是爬不起来。天亮以后，又继续了三小时，算是搞回来了三分之二。我在朋友那里睡了一天，也是刚刚回家，太太埋怨死了。"说着，他举起手来，摇摆了几下，扭身就走了。

魏太太看看天色，格外的昏沉，电灯杆上，已是一串串的，在街两旁发现了亮球。她想着，任何机关，这时下了班。看守所这样严谨的地方，当然是不能让犯人见人。反正案子也不是一天有着落，明天一大早去看他吧。她这就没有了考虑，雇着车子，直奔范宝华的写字间。

可是在最热闹的半路上，就遇到他了，他也是夹了那只大皮包，在马路边上慢慢地迎头走来。远远看到，他就招着手大声叫着："佩芝佩芝！哪里去？"魏太太叫住了车子，等他走近了，笑道："这时候，你说我哪里去呢？"范宝华笑道："下车下车，我们就到附近馆子里去吃顿痛快的夜饭。"

魏太太依了他付着车钱下车，她和他走了一截路，低声微笑道："你疯了吗？在大街上这样叫着我的名字大声说话。"范宝华道："你还怕什么？你们那位已经坐了监牢了，你是无拘无束的人，还怕在大街有人叫吗?”魏太太笑道：“你说痛快地吃顿晚饭，就为的是这个？你这人也太过分了，姓魏的虽然和我合作有点勉强，可是与你无冤无仇，他坐监牢，你为什么痛快?”范宝华挽了她一只手臂，又将肩膀轻轻碰了她一下，笑道：“你还护着他呢？我说得痛快，也不过是自己的生意做得顺手，今天晚上，要高兴高兴。”说着，挽了她的手更紧一点。

魏太太倒也听其自然，随了他走进一家江苏馆子去。范宝华挑了一间小单间放下门帘陪了魏太太坐着。茶房送上一块玻璃菜牌子来，交到范宝华手上。他接着菜牌子，向茶房笑道：“你有点外行。你当先交给我太太看。出外吃馆子，有个不由太太做主的吗?”魏太太听了这话，脸上立刻通红一阵，可是她只能向范先生微微地瞪着眼睛，却不能说什么。

可是那位茶房却信以为真，把菜牌子接过来，双手递到魏太太手上，半鞠着躬笑道“范太太什么时候到重庆来的？以后常常照顾我们。范太太是由下江来的吗?”茶房越说越让她难为情，两手捧着菜牌子呆看了，做声不得。范宝华倒是笑嘻嘻的，斜衔了一支烟卷对她望着。

魏太太心里明白，这个便宜，只有让他占了去，说穿了那更是不像话了。这就把菜牌子递回给范宝华道：“我什么都可以，我只要个干烧鲫鱼，其余的都由你做主吧。吃了饭我还有事呢，不要耽误我的工夫。”说着，她又向他瞪了一眼。他这就很明白她的意思了，笑嘻嘻掏出西装口袋里的自来水笔，和日记本子，在日记本子上写了几样菜撕下一页交给茶房拿去。

魏太太等茶房去了，就沉着脸道：“不作兴这样子，你公开地占我的便宜。”范宝华并没有对她这抗议加以介意，又把纸烟盒子打开，隔了桌面送过来，笑道：“吸一支烟吧，你实际上是我的了，对于这个虚名，你还计较什么。”

她真的取了一支烟衔着，他擦了火柴，又伸过来，给她将烟点着。她吸了一口烟，喷出烟来，将手指夹了烟支，向他指点着道：“还有那样便宜的事吗？你当了人这样乱说，让朋友们全知道了，我怎么交代得过去？下次不可。这且不管了，你说生意做得很顺手，是什么事?”范宝华道：“黄金储蓄券，我已买到手了。有三万的，有两万七八的，还有两万五的。正好遇到几位定黄金储蓄的人，等着钱用，赚点利钱，就让出来了。我居然凑足了三百两。我就不等半年兑现，这东西在我手上两个月，我怕不赚个对本对利。”

魏太太道：“好容易定到黄金储券，那些人为什么又要卖出来呢?”范宝华隔了桌面，向她注视着，笑道：“你应该明白呀。你们老魏就做的是这生意。他们只想短期里挪用公款一下，买他百十两金子，等黄金储蓄券到手，占点儿便宜就卖了。于是把公款归还公家，就分用那些盈余。像这种人，他怎么不知道金券放在手上越久就越赚钱。可是公家的款子可不能老放在私人腰里。你说是不是？”魏太太点点头道：“是的，只是你们有钱的人，抓住了那些穷人的弱点，就可以在他们头上发财了。”

范宝华对于她这个讽刺，并不介意，只是向她身上面对了她望着。她将手上夹的纸烟，隔桌子伸了过来，笑道：“你老望着我干什么？我要拿香烟烧你。”范宝华笑道：“我不是开玩笑，像你这样青春貌美，穿上好衣服，实在是如花似玉。这样的人才，教她住在那种猪窠样的房子里，未免不称。我对你这身世很可惜，我也就应当想个办法来挽救你。”

魏太太默然地坐着听他的话，最后向他问道：“你怎么挽救我？”范宝华道：“那很简单，你和老魏脱离关系，嫁给我。”魏太太将纸烟放在烟灰碟子里，提起桌上的茶壶，斟了一杯茶，慢慢地喝着，然后微笑道：“你吃了袁三一次大亏，你还想上当。”范宝华道：“那是你太瞧不起自己了。你不是她那种人，你不会丢开我，我觉得我们的脾气很合适。”魏太太道：“你这时候，提出这话，那是乘人于危，人家不是在吃官司吗？”他道：“我正因为老魏吃了官司，我才和你说这话。不要说什么大罪，就是判个三年两年，你这日子，也不好过。我今天看到晚报以后，我就这样想了，这是给你下的一颗定心丸啦。”

魏太太还要说什么，茶房已经送进酒菜来了。她笑道：“你今天特别高兴，还要喝酒？”说着，她望了那把装花雕的瓷壶微笑。范宝华指着放在旁边椅子上的大皮包笑道：“我为它庆祝。”这样，她心里就暗想着，这家伙今天眉飞色舞，大概是弄了不少钱。趁这机会就分他两张黄金储蓄券过来，于是心里暗计划着，要等一个更好的机会，向他开口。

饭吃到半顿时，范宝华侧耳听着隔壁人说话，忽然呀了一声道：“洪五爷也在这里吃饭。”魏太太道：“哪个洪五爷？”范宝华道：“人家是个大企业家，手上有工厂，也有银行。朱四奶奶那里，他偶然也去，你没有会到过他吗？”魏太太道：“我就只到过朱公馆两回，哪会会到过什么人？”范宝华倒不去辩解这个问题。停了杯筷只去听间壁的洪五爷说话。听了四五分钟，点头道：“是他是他，我得去看看。”说着，他就起身走了。

她听到隔壁屋子里一阵寒暄，后来说话的声音就小一点，接着隔开这屋子的木壁子，有些细微的摩擦声，似乎有人在那壁缝里张望，随后又嘻嘻地笑了。魏太太这时颇觉得不安。但既不能干涉人家窥探，也不便走开，倒是装着大方，自在地吃饭。可是范宝华带着笑容进来了，他道："田小姐，洪五爷要见见你。"她道："不必吧，我……"这个我字下的话没有说出，门帘子一掀，走进来一个穿着笔挺西服的人。

他是个方圆的脸，两颧上兀自泛着红光。高鼻子上架着一副金丝脚光边眼镜，两只眼珠，在镜子下面，滴溜溜地转着现出一种精明的样子。鼻子下面，养出两撇短短的小胡子。在西装小口袋里，垂出两三寸金表链子，格外衬得西装漂亮挺括。他手里握了一支烟斗，露出无名指上蚕豆大的一粒钻石戒指。

魏太太一见，就知道这派头比范宝华大得多，记得有一次到朱四奶奶家去，在门口遇到她很客气地送一位客出来，就是此公。为了表示大方起见，自己就站了起来。范宝华站在旁边介绍着，这是洪五爷，这是田小姐。

洪五爷对魏太太点了个头道："我们在哪里见过一面吧？不过没有经人介绍，不敢冒昧攀交。"魏太太笑道："洪先生说话太客气，请坐吧。"他倒是不谦逊，带了笑容，就在侧面椅子上坐下，范宝华也坐下了。因笑道："五爷，就在我们这里喝两杯，好不好?"他笑道："那倒无所谓，那边桌上，也全是熟人，我可以随时参加，随时退席。不过你要我在这里参加，我就得做东。"范宝华笑道："那是小事，我随时都可以叨扰五爷。"他听了这话，倒把脸色沉重下来了，微摇了头道："我不请你，我请的是田小姐。"说着，立刻放下笑容来，向魏太太道："田小姐，你可以赏光吗?"她笑着说不敢当。

洪五爷倒不研究这问题是否告一段落，叫了茶房拿杯筷来，正式加入了这边座位吃饭。魏太太偷眼看范宝华对这位姓洪的，十分地恭敬，也就料着他说这是一位大企业家，那并不错。自己是个住吊楼的人，知道企业家是什么型的呢？范宝华都恭敬他，认得这种人，那还有什么吃亏的吗?

018 挤 兑

这位洪五爷，以不速之客的资格，加入了他们男女成对的聚会，始而魏太太是有些尴尬的。但在聚谈了十几分钟之后，也就不怎么在意了。洪五爷倒是很知趣的，虽然在这桌上谈笑风生，他并不问魏太太的家庭。而范宝华三句话不离本行，却只是向洪五爷谈生意经。说到生意上，洪五爷的口气很大，提到什么事，就是论千万，胜利前一年，千万元还是个吓人的数目。魏太太冷眼看到他的颜色，说到千万两个字，总是脱口而出，脸上没有一点改样。她心里虽然想着，这总有些夸张。可是范宝华对于他每句话，都听得够味，尤其是数目字，老范听得入神，洪五爷一说出来，他就垂下了上眼皮，静静地听他报告数目字。等到有个说话的机会，他就笑问道："五爷，我有一事不明，要请教请教。"

洪五爷手握了烟斗头子，将烟斗嘴子倒过来，指着他笑道："你说的是哪门生意，只要是重庆市上有货的，我一定报告得出行市来。"范宝华道："倒不是货价。我问的是那位万利银行的何经理，他骗取了许多朋友的头寸，做了一笔大大的黄金储蓄，这个报上披露黄金案的名单，怎么没有他在内？"洪五爷笑道："我知道，你是上当里面的一个。他们是干什么的，做这种事，还有不把手脚搞得干干净净的吗？他不但是做黄金储蓄，而且还买了大批的期货。他若是买的十月份期货，这几天正是交货的时候，万利银行，真是一本万利了。你打算和他找点油水吗？"范宝华笑道："我也没有那样不懂事。我们凭什么，可以去向银行经理找油水。"

洪王爷将烟斗嘴子，送到嘴里吸了两口，笑着点点下巴颏道："只要你愿意找，我可以帮你个忙，给他开个小小的玩笑。"范宝华道："那好极了，这回我上他们当的事，五爷当然知道。我也不想找什么油水，我只要出口气就行了。"洪五爷道："若是你只图出口气，我决可办到。我现在开张八百万元的抬头支票给你，你明天拿去提现。他看到这支票，一定会足足地敷衍你一顿。"范宝华望了他有些不解，问道："五爷给我八百万元的支票，我提到了现又交给你吗？"

洪王爷哈哈一笑道："假如这八百万元之多的支票，你到了银行里就可以取现，那万利银行的何育仁，也就不到处向大额存户磕头作揖了。今天下午，他还特意托人向我打招呼，在这两三天之内，千万不要提存呢。再说，我们交情上，谈得到银钱共来往。可是无缘无故我开张八百万元支票给你，这说是我钱烧得难受吗？"范宝华道："我也正是这样想。五爷把支票给我，无论兑现不兑现，我应当写一张收据给五爷，因为这数目实在太大了。"

洪五爷点点头道："那倒也随你的便。"说着，他在西装怀里，摸出了自来水笔和支票簿子，写了一张抬头的八百万元支票。随后又摸出了图章盒子，在支票上盖了章。笑嘻嘻地递了过来，因道："过去十来天，我们这位何经理太痛快了。现在我们开点小噱头让他受点窘，这是天理良心。”范宝华将支票接过来看了一看，然后也拿出日记本子来，用自来水笔写了一张收据，也摸出图章盒子来，在上面盖了章，两手捧了拳头抱着支票作揖，笑道：“多谢多谢。”

洪五爷笑道：“你多谢什么，我又不白送你八百万元。”魏太太见他碰了这样的大钉子，以为他一定有什么反应。可是他面不改色的，把支票折叠着，塞到西服小口袋里放着。似乎是怕支票落了，还用手在小口袋上按了一按。

魏太太这时倒无话可说，慢慢地将筷子头夹了菜，送到嘴里，用四个门牙咬着，而且是慢慢地咀嚼下去。洪五爷似乎看到她无聊，却偏过头向她笑道：“田小姐平常怎样消遣？”她道：“谈不到消遣，于今生活程度多高，过日子还要发生问题呢。”

洪五爷笑道：“客气客气！不过话又说回来了，重庆这个半岛，拥挤着一百多万人口，简直让人透不出气来，听个戏，没有好角，瞧个电影，是老片子。那个公园，山坡子上种几棵树，那简直也就是个公园的名儿罢了。只有邀个三朋四友，来他个八圈，其余是没有什么可消遣的。”范宝华笑道：“田小姐就喜欢的这一类消遣，不过十三张是有点落伍了，她喜欢的是五张纸壳的玩具。”魏太太将筷子头对他一挥，嘴里还嗤了一声。在她的笑脸上眼珠很快地转动着，向他似怒似喜地看着。

这五爷看了这份动作，那就很可以了解，他们是什么关系了。因笑道：“这没有关系呀，打个小牌，找点家庭娱乐，这是很普通的事。田小姐打多大的牌？”魏太太笑道：“我们还能说打多大的？不过是找点事消遣消遣。”洪五爷向范宝华笑道：“我并不想在赌博上赢钱，倒是不论输赢，有兴致就来，兴致完了就算了。怎么样？哪天我们来凑个局面。”范宝华笑道：“五爷的命令，那有什么话说，我哪天都可以奉陪。”

洪五爷将眼睛转了半个圈，由范宝华脸上，看到魏太太脸上。微笑道：“怎么样？田小姐可以赏光吗？”魏太太正捧了饭碗吃饭，将筷子扒着饭，只是低头微笑。洪五爷道：“真的我不说假话，就是这个礼拜六吧。定好了地点我让老范约你。可以吧？”说到个“吧”字，他老声音非常的响亮。

魏太太到了这时，不能不答应，便笑道：“我恐怕不能确定，因为我家里在这两天正有点问题。”范宝华手上拿了筷子竖起来，对着他摇了几下，笑道：“不要听她的，她没有什么事。一个当小姐的人，家里有事，和她有什么相干呢？”

洪五爷听他这样说，就知道这确是一位小姐。便道：“果然的，小姐在家里是没有什么事。田小姐说是有事，那是推诿之词。不过我和老范倒是好友，而且老范还推我做老前辈呢。老范可以邀得动你，我也就可以邀得动你。”范宝华笑道：“没有问题。”他这句话没有交代完，隔壁屋子里，却是娇滴滴地有人叫了声五爷。他对于这种声音的叫唤，似乎没有丝毫抵抗的能力，立刻起身就走向隔壁的雅座里去了。

魏太太低声问道：“这个姓洪的，怎么回事？他有神经病吗？平白无事，开一张八百万元的支票给你，让你到银行里去兑现。”范宝华笑道：“慢说是八百万元，就是一千六百万元，他要给人开玩笑，他也照样地开。你若是有这好奇心的话，我明天九点钟就到万利银行去，你不妨到我家里去等着我的消息。”

魏太太道：“明天上午，我应该……”她下面的这句话，是交代明日要到法院里去，可是她突然想到老说丈夫坐牢，那徒然是引起人家的讪笑。因之将应该两个字拖得很长，而没有说下去。范宝华笑道：“应该什么？应该去做衣服了，应该去买皮鞋了，可是这一些你已经都有了哇！”魏太太道：“已经都有了？就不能再置吗？”

范宝华道：“不管你应该做什么吧，希望你明天上午到我家里来。假如我明天在万利银行那里能出到一口气，我就大大地请你吃上一顿。”魏太太将手上的筷子，点了桌上的菜盘子，笑道：“这不是在吃着吗？”范宝华笑道：“你愿意干折，我就干折了吧。”魏太太向他啐了一口道：“你就说得我那样爱钱？”

就在这个时候，那洪五爷恰好是进来了。这个动作，和这句言语，显然是不大高明的。她情不自禁地，将脸上抹的脂胭晕，加深了一层红色。洪五爷倒是不受拘束，依然在原来的座位上坐下。

这是一张小四方桌子。范田二人，是抱了桌子角坐的。洪五爷坐在魏太太下手，他很亲切地，偏过头对了魏太太的脸上望着。笑道：“老范少读几年书，做生意尽管精明，可是说出话来，不怎样的细致，可以不必理他。”魏太太对于这个，倒不好说什么，也只是偏过头去一笑，那范宝华对于洪五爷这番亲近，似乎是很高兴，只是嘻嘻地笑。大家在很高兴的时候，把这顿饭吃过去了。

这当然已是夜色很深，魏太太根本没有法子去打听魏端本的官司。她到了十二点钟回家，倒是杨嫂迎着她，首先就问先生的官司要不要紧？魏太太淡淡地说："还打听不出头绪来呢。"杨嫂不便问了，她也不向下说。不过她心里却在揣想着那洪五爷的八百万元。她想着天下没有把这样多的钱给人开玩笑的，不知道他和老范弄着什么鬼玩意。也许这笔钱就是给老范的。他一笔就收入八百万元，为什么不分她几个钱用呢？她有了这个想法，倒是大半夜没有睡，次日早上起来，就直奔范宝华家。

在巷子口上，就遇到了老范，他肋上夹着一只大皮包，匆匆出门。他已经坐上人力车子了，没有多说话，口里叫了声等着我，手拍了一下肋下的皮包，车子就拉走了。范宝华虽知道皮包里一张八百万元的支票，并不是可以兑到现金的。可是他有个想法，万利银行兑不到现款的话，不怕何经理不出来敷衍，那时就可以和他算黄金储蓄的旧账了。这样想着很高兴地奔到了万利银行。

这时，何经理和两个心腹高级职员，正在后楼的办公室里，掩上门，轻轻地说着话。那正中的桌子上，正摆着十块黄澄澄的金砖。何育仁经理站在桌子旁边，将手抚摸着那砚盘大的金块子，脸上带了不可遏止的笑容，两道眉峰，只管向上挑起。那金块子放在桌子中心，是三三四，做三行摆着，每块金砖，有一寸宽的隔离。这桌子正是墨绿色的，黄的东西放在上面，非常好看，而且也十分显目。金焕然襄理，和石泰安副理，各背了两手在身后，并排在桌子的另一方，对了金砖看着。

何经理向他们看了一下，笑道："我们费尽九牛二虎之力，才把这东西弄到手。照着现在的黑市计算，五六千万元可赚，不过我们所有的款子都冻结了。我们得想法了调齐头寸，应付每天的筹码。"石泰安是张长方的脸，在大框眼镜下，挺着个鹰钩鼻子，倒是个精明的样子。他穿了件战前的蓄藏之物，乃是件长长的深灰哔叽夹袍子。这上面不但没有一点脏迹，而且没有一条皱纹。只看这些那就知道这个人是不肯做事马虎的人。他对于经理这种看法，似乎有点出入，因笑道："经理所见到的，恐怕还不能是全盛计划。现在重庆市面上的法币，为了黄金吸收不断，大部分回了笼，这半个月来，一直是银根紧着。家家商业银行，恐怕都有点头寸不够，调头寸的话，恐怕不十分顺手。我们不如抛出几百两金子去……"

何育仁不等他把话说完，就将头摇得像按上了弹簧似的。淡笑着道："唉！这哪是办法？我不是说了吗？我们费了九牛二虎之力，才买到这批期货，今日等来明日等，等到昨日才把这批金子弄回来，直到现在，还不过十几小时，怎么就说抛售出去的话？"那位金焕然襄理，倒是和何经理一鼻孔出气的，他将手由西服底襟下面，插到裤岔袋里，两只皮鞋尖点在楼板上，将身子颠了几颠，笑道：“有了这金子在手上，我们还怕什么？万一周转不过来，把金子押在人家手上，押也押他几千万。再说，我们现在抛售，也得不着顶好的价钱。我们为什么不再囤积他一些日子。”

石泰安笑道：“当然金价是不会大跌，只有大涨的。不过我们冻结这多头寸，业务上恐怕要受到影响。”何经理站着想了一想，因道：“我在同业方面，昨天调动了两千万，今天上午的交换没有问题。下午我再调动一点头寸就是。不知道我们行里，今天还有多少现钞？”石泰安笑道：“经理一到行里，就要看金砖，还没有看账目呢。我已经查了一查，现钞不过三四百元。我觉得应当预备一点。”

何经理对于这个问题还没有答复。门外却有人叫道：“经理请出来说句话吧。”何育仁开门走出来，见业务主任刘以存，手上拿了张支票，站在客厅中间，脸上现出很尴尬的样子。便问道：“有什么要紧的事？”刘主任将那张支票递上，却没有说话，何经理看时，是洪雪记开给范宝华的支票，数目写得清清楚楚，是八百万元，下面盖的印鉴，固然也是笔画鲜明，而且翻过支票背面来看，也盖有鲜红的印鉴。他看完了，问道：“这是洪五爷开的支票，昨天我还托人和他商量过了，请他在这几天之内，不要提现，怎么今天又开了这么一张巨额支票。而且是开给范宝华的，这位仁兄，和我们也有点别扭。”

刘以存看经理这样子，就没有打算付现。因道：“这个姓范的和经理也是熟人，可以和他商量一下吗？”他拿着支票在手上，皱了眉头望着，因道：“那有什么法子呢！请他到我经理室里谈谈吧。”刘以存答应着下楼去了，何育仁又走回屋子里，再看了看桌上的金砖，就叫金石二人，把它送进仓库，然后才下楼去。

他到了经理室里，见范宝华已不是往日那样子，架了腿坐在沙发上嘴角里斜衔了一支烟卷，态度非常自得。何经理抢向前，老远伸着手，老范只好站起来和他相握了。何经理握着他的手道：“上次办黄金储蓄的事，实在对不起，我不曾和行里交代就到成都去了。好在你并没有什么损失，下次老兄有什么事要我帮忙，我一定努力以赴补偿那次的过失。”范宝华笑道：“言重言重，我不过略微多出些钱，那些黄金单子我还买到了。”

何育仁点着头道：“是的！把资金都冻结在黄金储蓄上，那也是很不合算的事。”说话时他另一只手还把支票捏着呢。这就举起来看了一看，因笑道：“老兄又做了一笔什么好生意，洪五爷开了这样一张巨额支票给你。”范宝华道："哪里是什么生意，我和他借的钱，还是照日拆算息呢。我欠了许多零零碎碎的债，这是化零为整，借这一票大的，把人家那些鸡零狗碎的帐还了。"

何育仁见他说是借的钱，先抽了口气。这张支票，人家等着履行债务，而且还是亲自来取，怎好说是不兑现给人家。因把支票放在桌上，先敬客人一遍纸烟，又伸了脖子，向外面喊着倒茶来。然后拉着客人的手，同在一张沙发上坐了。他昂着头想了一想，笑道："我们是好朋友，无事不可相告，我们做黄金做得太多了，资金都冻结在这上面，这两天很缺乏筹码。"

范宝华听着，心里好笑，洪五爷真是看得透穿，就知道万利兑不出现来。姓何的这家伙非常可恶，一定要挤他一挤。因笑道："何经理太客气了，谁不知道你们万利的头寸是最充足的。"何育仁道："我不说笑话，的确，这两天我们相当紧。钱我们有的是，不过是冻结了。我们商量一下，你这笔款子迟两天再拿，好不好。"

范宝华道："五爷的存款不足，退票吗？"何育仁连连地摇头道："不是不是！五爷的支票，无论存款足不足，我们也不敢退票。求老兄帮帮忙，这票子请你迟一天再兑现。"说着抱了拳头连连地拱揖。

范宝华皱了眉头只管吸烟，两手环抱在怀里，向自己架起来的腿望着，好像是很为难的样子。何育仁道："耽误老兄用途的话，我们也不能让老兄吃亏。照日子我们认拆息。"

范宝华笑道："何经理还不相信我的话吗？我是借债还债。若有钱放债，我何不学你们的样，也去买金子。请你和我凑凑吧，现在没有，我就迟两小时来拿也可以。只要上午可以拿到款子，我就多走两次路，那倒无所谓。"何育仁见他丝毫没有放松的口风，这倒很感到棘手。自己也吸了一支烟，这就向范宝华说："那也好，你在什么地方，在十一点半钟的时候，我给你一个电话。支票奉还。"说着，捡起桌上那张支票，双手捧着，向他拱了两个揖，口里连道抱歉抱歉。

范宝华将支票拿着笑道："我倒无所谓，拿不到钱，我请洪五爷另开一张别家银行的吧，不过洪五爷他遇到了退票的事，重庆人的话，恐怕他不了然。"何育仁道："那是自然，我立刻和他打电话。范兄，这件事还请你保守着秘密。改日请你吃饭。"范宝华慢慢地打开皮包，将支票接了放进去，笑道："我看不必等你的电话了。我在咖啡馆里坐一两小时再来吧。"何经理笑道："虽然八百万元，现在是个不小的数目，可是无论如何，一家银行也不会让八百万元挤倒，我就不为老兄这笔款子，也要调头寸来应付这一上午的筹码，我准有电话给你。”

范宝华想了也是，在现在的情形，每家商业银行，总应该着一两千万元的筹码预备着。若是逼得太狠了，到了十二点钟，他可以付出八百万元时，这时候算是白做了个恶人。这就笑道：“好吧，我等你的电话吧。”何育仁见他答应了不提现，身上算是干了一身汗，立刻笑嘻嘻地和范宝华握着手道：“老兄帮忙我感谢不尽，希望这件事包涵一二，不足为外人道也。”范宝华点头道：“那是自然，我们又不是外人。”这句话说得何经理非常高兴，随在他身后送到大门口为止。

他回到经理室，营业科刘主任就跟进来了。低声问道：“那张支票压下来了吗?”何育仁叹了口气道：“压是压下来了，听他的口风，还是非要钱不可。我看他意思，有点故意为难，他说十二点钟以前，还要到我行里来一趟呢。”

刘主任手上捏着一张纸条，上面写了几行阿拉伯字码，先把那张纸条递过去，然后，伸了个指头，将那字码一行行地指着，口里报告着道：“我们开出的支票是这多，收到人家的支票是这多，库存是这多，今天上午短的头寸，大概是这多。”

何育仁随了他的指头看着，看到了现金库存只有三百六十万元。便道：“现在已是十点多钟了。若是没有大额支票开来，这事情就过去了。至于中央银行交换的数目，我昨天就估计了，上午还不会短少头寸。下午?”他说到这里，低头沉吟了一下子，因道：“我得出去跑跑，在同业方面想点法子，大概需要五千万到六千万，原因是这一个星期以来，每天都让存户提存去了几百万，而吸收的存款，还不到十分之二呢。”

正说到这里，一个穿西服的职员，匆匆地走了进来，直了眼睛，向刘主任望着道：“又来了两张支票，一张是一百二十万，一张是八十万，整整是二百万。”刘主任抬头看看墙壁上的挂钟，还是十点三十五分，他怔怔地不敢答复这个问题，只有向何经理望着。那钟摆在那里响着，听得很是清楚。吱咯吱咯地响着，好像是说严重严重！欲知何经理怎样渡此难关？请看本书续集《此间乐》。